BRIAR UNIVERSITÉ

1

the chase

W0399070

Ce livre est une fiction. Toute référence à des évènements historiques, des personnages ou des lieux réels serait utilisée de façon fictive. Les autres noms, personnages, lieux et évènements sont issus de l'imagination de l'auteur, et toute ressemblance avec des personnages vivants ou ayant existé serait totalement fortuite.

Tous droits réservés, y compris le droit de reproduction de ce livre ou de quelque citation que ce soit, sous n'importe quelle forme.

The Chase Copyright © 2018 by Elle Kennedy

Collection New Romance® créée par Hugues de Saint Vincent,
dirigée par Arthur de Saint Vincent
Ouvrage dirigé par Bénita Rolland
Traduit par Lucie Marcusse
Photo de couverture : © Shutterstock

Pour la présente édition
©2019, Hugo Roman, département de Hugo Publishing
34-36, rue La Pérouse
75116 - Paris
www.hugoetcie.fr

ISBN : 9782755638479
Dépôt légal : juin 2019
Imprimé en France par Corlet Imprimeur - N° 201124

NEW ROMANCE®

ELLE KENNEDY

BRIAR UNIVERSITÉ

1

the chase

Hugo Roman

1

Summer

– C'est une blague ?

Bouche bée, j'observe les cinq filles qui me dévisagent d'un air désapprobateur. Malgré les variations de coiffures, de couleurs d'yeux ou de peau, je n'arrive pas à les différencier tant leurs expressions sont semblables. Sous le remords factice qu'elles s'efforcent d'afficher transparaît une grande suffisance.

Elles veulent me faire croire qu'elles sont dévastées. En réalité, elles jubilent.

– Je suis désolée, Summer. Ce n'est pas une blague, réplique Kaya en esquissant un sourire de pitié. Nous prenons la réputation de la sororité Kappa Beta Nu très au sérieux. Ce matin, nous avons reçu un message de la part du siège national…

– Ah bon ? Un message ? On vous a envoyé un télégramme ?

– Non, un mail, répond-elle sans relever mon sarcasme, puis elle repousse ses cheveux brillants derrière son épaule. Il nous a été rappelé que tout membre de la sororité doit respecter les règles en matière de comportement établies par le siège. Autrement, la réputation de notre confrérie en pâtit.

– Nous devons absolument maintenir une bonne réputation, renchérit Bianca, le regard suppliant.

Des cinq pétasses qui m'entourent, Bianca semble être la moins désagréable.

– Surtout depuis ce qui est arrivé à Daphné Kettleman, ajoute une fille dont je ne me rappelle pas le prénom.

– Qu'est-il arrivé à Daphné Kettleman ? je demande, piquée de curiosité.

– Coma éthylique, chuchote la quatrième fille – je crois qu'elle s'appelle Hailey – en jetant un coup d'œil par-dessus son épaule, comme si des micros étaient dissimulés dans les vieux meubles du salon de la maison Kappa.

– Elle a dû subir un lavage d'estomac, révèle avec entrain la fille sans nom.

Serait-elle contente que Daphné Kettleman ait été à deux doigts d'y passer ?

Kaya reprend alors la parole d'un ton sec.

– Ça suffit. Tu n'aurais pas dû en parler, Coral…

Coral ! Voilà. Un prénom toujours aussi nul qu'au moment où elle s'est présentée.

– On ne prononce plus le nom de Daphné dans cette maison, m'explique Kaya.

Seigneur… Il aura suffi d'un lavage gastrique pour que cette pauvre Daphné subisse le même sort que Voldemort ! De toute évidence, la sororité Kappa Beta Nu de l'université Briar est plus stricte que celle de Brown.

La preuve : je suis exclue avant même d'emménager.

– Ce n'est pas contre toi, poursuit Kaya en m'adressant de nouveau un sourire hypocrite de consolation, notre réputation est très importante. Même si tu bénéficies d'un héritage…

– D'un héritage présidentiel, je précise.

Échec et mat, Kaya ! Ma mère était présidente d'une sororité Kappa pendant ses études, et ma grand-mère avant elle. Les femmes de la famille Heyward sont indissociables des confréries Kappa Beta Nu, tout comme les frères Hemsworth de leurs gros muscles.

– Un héritage, répète-t-elle. Notre attachement à ces liens ancestraux n'est plus aussi déterminant qu'avant.

Des liens ancestraux? Mais qui parle comme ça? Elle sort d'une machine à remonter le temps, ou quoi?

– Comme je l'ai déjà dit, la sororité est guidée par des règles. On ne peut pas dire que ton départ de la confrérie Brown se soit passé dans les meilleures conditions.

– Je n'ai pas été virée de la sororité mais de la fac, je démens.

Kaya me fixe d'un air ahuri.

– Y a-t-il vraiment de quoi être fière? Tu viens d'être expulsée d'une des meilleures universités du pays.

– Non, je n'en suis pas fière. Je signale simplement que, techniquement parlant, je fais encore partie de cette confrérie, je rétorque, les dents serrées.

– Soit. Ça ne te donne malgré tout pas le droit de vivre ici.

Kaya croise les bras par-dessus son pull blanc en mohair.

– Je vois.

J'adopte la même pose qu'elle en croisant aussi les jambes.

Kaya pose son regard envieux sur mes bottes Prada en daim noir, un cadeau de ma grand-mère pour fêter mon admission à l'université Briar. J'ai bien ri en ouvrant son colis la veille: pas sûr que Mamie Céleste ait compris que cette admission est la conséquence directe de mon éviction de l'autre université. En fait, je parie qu'elle le sait, mais qu'elle s'en fiche. Ma grand-mère trouve toujours une bonne excuse pour porter du Prada. C'est mon âme sœur.

– Et tu n'aurais pas pu m'annoncer ça avant que je fasse toute la route depuis Manhattan? je poursuis avec une pointe d'agacement.

Seule Bianca a la décence de prendre un air coupable.

– Nous sommes vraiment désolées, Summer. Mais comme l'a expliqué Kaya, le siège ne nous a prévenues que ce matin, nous avons ensuite procédé à un vote et… (elle hausse mollement les épaules) nous te prions de nous excuser, répète-t-elle.

– Vous avez donc voté contre ma présence ici.

– Oui, répond Kaya.

Je me tourne vers les autres.

– Hailey ?

– Halley, corrige-t-elle sèchement.

Oh, qu'importe ! Comme si j'étais censée me souvenir de leurs prénoms ; on vient à peine de se rencontrer.

– Halley, je réitère, puis je me tourne vers la suivante. Coral ?

Et la fille d'à côté. Zut. Celle-ci, je ne sais vraiment pas comment elle s'appelle.

– Laura ?

– Tawny, aboie-t-elle.

Raté !

– Tawny, je répète d'un ton confus. Vous êtes sûres de vous ?

En guise de réponse, j'obtiens trois hochements de tête.

– Super ! Merci pour la perte de temps.

Je me relève, repousse mes cheveux vers l'arrière et serre mon écharpe autour de mon cou, sans doute un peu trop brusquement, car cela semble agacer Kaya.

– Dispense-nous de tes grands airs, ordonne-t-elle d'un ton narquois. Comme si c'était notre faute si tu as mis le feu à ton ancienne maison ! Tu nous excuseras de ne pas vouloir vivre avec une pyromane.

Je hausse les épaules pour garder mon calme.

– Je n'ai pas mis le feu.

– Ce n'est pas ce que nous ont rapporté les sœurs de l'université Brown, rétorque-t-elle en pinçant les lèvres. De toute façon, il faut que tu y ailles, nous avons une réunion dans dix minutes.

– Encore une réunion ? Dites donc, vous avez un emploi du temps chargé aujourd'hui !

– Nous organisons une soirée caritative pour le réveillon du nouvel an, afin de lever des fonds, rétorque froidement Kaya.

Au temps pour moi !

– Pour quelle cause ?

– Oh. (Bianca prend un air penaud.) Pour restaurer la cave de la maison.

Sans blague. L'argent sera pour elles ?

– Alors, vous avez du pain sur la planche.

En affichant un sourire moqueur, j'agite négligemment les doigts et quitte la pièce.

Arrivée dans le hall, je sens les larmes qui montent.

Au diable ces filles. Je n'ai absolument pas besoin d'elles ni de leur stupide sororité.

– Summer, attends !

Bianca me rattrape sur le seuil de la porte. Je m'empresse d'arborer un sourire et cligne des yeux pour retenir mes larmes. Elles ne me verront pas pleurer. Je suis bien contente d'avoir laissé mes valises dans la voiture et de n'avoir pris que mon sac à main. L'humiliation aurait été totale si j'avais dû les remettre dans le coffre. En plusieurs fois, qui plus est, car je ne sais pas voyager léger.

– Écoute, amorce-t-elle d'une voix si basse que je dois tendre l'oreille, tu as eu de la chance.

Je hausse les sourcils.

– De me retrouver à la rue ? C'est vrai, je suis une sacrée veinarde.

Elle esquisse un sourire.

– Tu t'appelles Heyward-Di Laurentis. Tu n'es pas à la rue et ne le seras probablement jamais.

J'esquisse un sourire penaud. Impossible de le nier.

– Je ne plaisante pas, chuchote-t-elle. Mieux vaut ne pas vivre ici.

Elle jette un coup d'œil par-dessus son épaule avant de poursuivre :

– Kaya est un vrai sergent-chef. C'est sa première année en tant que présidente et le pouvoir lui monte à la tête.

– J'avais remarqué.

– Si tu avais vu ce qu'elle a fait à Daphné ! Elle prétend que l'alcool est la cause de son renvoi alors qu'en réalité elle était juste jalouse que Daph couche avec son ex, Chris. Alors, elle lui a mené une vie infernale. Un week-end, alors que Daphné n'était pas là, Kaya a « accidentellement » (Bianca symbolise des guillemets avec les doigts) donné tous ses vêtements aux étudiants de première année pour une collecte. Daph a fini par déménager.

Ce coma éthylique est sans doute la meilleure chose qui soit arrivée à Daphné Kettleman. Au moins, elle est sortie de cet enfer.

– Pas grave. Je m'en fiche de ne pas vivre ici. Comme tu l'as dit, je n'ai aucun souci à me faire, dis-je en prenant le ton *rien ne peut m'atteindre* que j'ai perfectionné au fil des ans.

Voilà mon armure. Je fais comme si ma vie ressemblait à une somptueuse maison victorienne, en priant pour que personne ne s'approche de trop près et découvre les fissures sur la façade.

Peu importe que j'aie réussi à rester convaincante aux yeux de Bianca. Dès que je m'installe au volant de ma voiture, je n'arrive pas à contrôler la vague d'anxiété qui monte en moi. J'ai du mal à respirer, mon cœur accélère et je peine à réfléchir.

Que faire ?

Où aller ?

Je prends une profonde inspiration. C'est bon. Tout va bien. Je respire à fond une nouvelle fois. Je vais me débrouiller. Comme toujours, n'est-ce pas ? Je n'arrête pas de faire des bêtises, mais je trouve toujours des solutions. Il suffit que je réfléchisse sérieusement à…

Mon téléphone sonne, faisant retentir la chanson « Cheap Thrills » de Sia. Dieu merci.

Je réponds immédiatement.

– Hey, dis-je en guise de salutation à mon frère Dean, ravie de son appel.

– Salut, Morveuse. Je viens aux nouvelles, tu es arrivée entière au campus ?

– Pourquoi tu demandes ça ?

– Qui sait, tu as peut-être pris la tangente pour Miami avec un rappeur en herbe qui faisait du stop sur l'autoroute, conditions idéales pour terminer découpée en petits morceaux par un serial killer. Mais… attends une seconde… C'est déjà fait !

– N'importe quoi. Primo, Jasper était un chanteur de country, pas un rappeur. Deuzio, j'étais accompagnée de deux autres filles et on roulait vers Daytona Beach, pas Miami. Pas une seule fois il n'a tenté de me toucher, encore moins de me tuer, dis-je en soupirant. C'est Lacey qui a couché avec lui et il lui a filé un herpès.

Silence incrédule au bout du fil.

– Dicky ? (Je le surnomme ainsi depuis l'enfance et il déteste ça.) Tu es là ?

– J'essaie de comprendre en quoi tu considères ta version de l'histoire plus acceptable que la mienne. (Soudain, il pousse un juron.) Merde alors, c'est bien avec Lacey que j'ai couché à la fête de tes dix-huit ans ? (Puis il marque une pause.) L'épisode de l'herpès a eu lieu avant cette fête. Bon sang, Summer ! Je me suis protégé, mais tu aurais pu me prévenir !

– Non, tu n'as pas couché avec Lacey. C'était Laney, avec un N. Et ce n'est plus mon amie.

– Pourquoi ?

– Parce qu'elle a préféré coucher avec mon frère plutôt que de passer du temps avec moi pendant ma fête. Pas cool.

– C'est vrai. Quel égoïsme !

– Je confirme.

Soudain, un grand vacarme envahit la ligne : le vent, des bruits de moteurs, puis une série de coups de klaxon.

– Désolé, je sors de chez moi. Mon Uber est arrivé, explique Dean.

– Où vas-tu ?

– Récupérer mon linge au pressing. Allie et moi, on préfère le magasin de Tribeca. Ils sont super, ça vaut le déplacement.

Dean et Allie, sa copine, vivent dans le West Village, à Manhattan. Allie m'a confié que le quartier est bien plus bourgeois que ce dont elle avait l'habitude, alors que pour mon frère, c'est l'inverse. Le penthouse de notre famille se trouve dans l'Upper East Side ; il occupe les trois derniers étages de notre hôtel, le Heyward Plaza. Mais l'immeuble de Dean est situé à proximité de l'établissement privé où il enseigne et, comme Allie tient le rôle principal d'une série tournée partout dans Manhattan, son emplacement est idéal pour elle aussi.

– Alors, tu es bien installée dans la maison Kappa ?

– Pas vraiment, je confesse.

– Bon sang, Summer. Qu'est-ce que tu as fait ?

Vexée, j'en demeure bouche bée. Pourquoi ma famille pense-t-elle toujours que *je* suis la cause de tous mes problèmes ?

– Je n'ai rien fait, je réponds d'un ton sec, avant qu'un sentiment d'échec affaiblisse ma voix. Les sœurs s'imaginent que j'aurai une mauvaise influence sur la réputation de la confrérie. L'une d'entre elles m'a même traitée de pyromane.

– Ce n'est pas totalement faux, rétorque Dean sans aucun tact.

– Va te faire voir, Dicky ! C'était un accident. Le propre d'un pyromane, c'est de mettre le feu de façon intentionnelle.

– Tu n'es peut-être qu'une pyromane involontaire. Tiens, ça ferait un bon titre de bouquin ça : *La pyromane involontaire.*

– Super, tu n'as qu'à l'écrire. (Je me fiche d'être méprisante, je suis à cran.) Bref, elles m'ont radiée et maintenant je dois trouver un nouveau logement pour le semestre.

La gorge nouée, un sanglot manque m'échapper.

– Ça va ? demande immédiatement Dean.

– Je ne sais pas, dis-je en avalant péniblement ma salive. C'est… ridicule. Je ne vois pas pourquoi tout ça m'affecte. Ces filles sont cruelles et jamais je n'aurais aimé vivre avec elles. Imagine un peu : ce soir, c'est le réveillon du premier de l'an et elles préfèrent rester sur le campus pour une œuvre de bienfaisance plutôt que de faire la fête. C'est vraiment pas mon truc.

Voilà que je ne contrôle plus les pleurs que je retenais, deux grosses larmes se mettent à couler. Je suis contente que Dean ne puisse pas me voir. C'est déjà assez humiliant qu'il m'entende pleurer.

– Je suis désolé, Morveuse.

D'un geste colérique, j'essuie mes yeux mouillés.

– C'est rien. Je ne vais pas regretter des teignes et une maison surpeuplée. Je ne vais pas me laisser abattre. Est-ce que Selena Gomez se laisserait abattre ? Bien sûr que non.

La confusion règne du côté de mon frère.

– Selena Gomez ?

– Oui, dis-je en soulevant le menton. Cette fille incarne la classe et la pureté ; j'en ai fait mon modèle. Pour sa personnalité, bien sûr. Pour le style, je reste fidèle à Coco Chanel. Je rêve de devenir comme elle, même si je n'y arriverai jamais. Personne ne peut être Coco Chanel.

– Évidemment. À quelle période de Selena Gomez tu te réfères ? Celle de Justin Bieber ou de The Weeknd ? Ou encore celle du second chapitre Bieber ?

Je fronce les sourcils.

– Tu te fiches de moi ?

– Quoi ?

– Ce ne sont pas les hommes qui définissent une femme, mais ce qu'elle accomplit. Sans oublier ses chaussures.

Je regarde mes nouvelles bottes, un grand merci à Mamie Céleste, mon fournisseur officiel. Au moins, dans ce domaine, je connais le succès.

Pour ce qui est du reste, peut mieux faire.

– Je pourrais peut-être demander à papa de contacter les responsables de l'internat pour y obtenir une place. (Une fois de plus, je me sens vaincue.) Mais j'aimerais mieux ne pas le faire, il s'est déjà démené pour me faire entrer à Briar.

Sans parler que j'aimerais éviter de vivre dans un dortoir. Mon pire cauchemar serait de devoir partager une salle de bains avec une dizaine de filles, comme dans la maison Kappa de l'université Brown. Mais au moins, là-bas, j'avais une chambre pour moi toute seule. C'est forcément peine perdue d'imaginer obtenir une chambre privée à l'internat en milieu d'année.

– Que faire ? je chouine.

Mes deux grands frères n'ont jamais, au grand jamais, manqué une occasion de se moquer de moi ou de me coller la honte. Pourtant, dans de rares moments, ils savent aussi faire preuve de compassion.

– N'appelle pas papa, déclare Dean d'une voix grave, laisse-moi voir ce que je peux faire.

Des lignes se forment sur mon front.

– Je ne suis pas sûre que tu puisses faire quoi que ce soit.

– Attends un peu avant de l'appeler. J'ai une idée. (Un crissement de pneus retentit dans le combiné.) Attends une seconde. Merci, mon vieux, tu as gagné tes cinq étoiles. (Une porte claque.) Summer, tu reviens en ville ce soir, n'est-ce pas ?

– Ce n'est pas ce que j'avais prévu, mais je n'ai plus le choix. Je vais prendre une chambre à Boston et réfléchir pour trouver une solution.

– Je voulais dire, à New York. Le prochain semestre ne commence que dans quelques semaines, je pensais que tu resterais à la maison en attendant.

– Non, je voulais déballer mes affaires, m'installer, etc.

– Du coup, c'est loupé pour aujourd'hui. Et je te rappelle que ce soir, c'est le réveillon. Autant que tu viennes le fêter avec Allie et moi. Quelques anciens coéquipiers nous rejoignent aussi.

– Qui ? je demande, soudain curieuse.

– Garrett, qui a fait le déplacement pour un match et l'équipe actuelle de Briar. Tu en connais certains : Mike Hollis et Hunter Davenport qui a été élève au lycée privé de Roselawn, dans la promo juste après toi. Il y aura aussi Pierre et Corsen, mais je ne pense pas que tu les connaisses. Et puis Fitzy…

Mon cœur fait un bon.

– Je me souviens de Fitzy, dis-je en feignant la plus grande décontraction, ce qui ne marche absolument pas, à cause du ton beaucoup trop enjoué de ma voix.

Quoi de plus naturel, pourtant ? Fitzy est le diminutif de Colin Fitzgerald, l'incarnation du Graal absolu. Grand, sexy, tatoué, en plus d'être joueur de hockey… Un mec pour qui j'ai un tout petit peu le béguin.

Bon, je l'avoue…

Un mec dont je suis raide dingue.

Il est tellement… envoûtant. Mais tout aussi inatteignable. D'habitude, les coéquipiers de Dean craquent inévitablement quand ils me rencontrent. À l'exception de Fitz. Il y a un an, je l'ai rencontré lors de mon passage sur le campus de Briar pour rendre visite à Dean et c'est à peine s'il m'a vue. Plus tard, à l'anniversaire de Logan, un ami de Dean, nous n'avons échangé qu'une dizaine de mots, dont *bonjour, ça va* et *au revoir.*

Il m'agace. Loin de moi l'envie que tous les hommes se jettent à mes pieds, mais je sais pertinemment que je l'attire. J'ai remarqué la façon dont ses yeux brillent quand il me regarde. Ce n'est pas une blague : ils brillent !

À moins que je me fasse des illusions.

Mon père est fier de la formule pompeuse qu'il a inventée pour le plaidoyer d'une affaire criminelle et qu'il emploie désormais à volonté, même quand la situation ne s'y prête pas : *La perception et la réalité sont très éloignées l'une de l'autre, et la vérité se trouve généralement à mi-chemin.*

Si la vérité se trouve à mi-chemin entre l'attitude hautaine de Colin Fitzgerald à mon égard (il me déteste) et l'ardeur que j'entrevois dans son regard (il brûle d'une passion sans appel pour moi), eh bien… il suffit de couper la poire en deux : il me considère sans doute comme une amie.

Je fais la moue.

Non. Je refuse catégoriquement d'être reléguée au rang d'amie avant même d'avoir tenté quoi que ce soit.

– Reviens à New York, on va bien s'amuser, lance Dean. En plus, ça fait des lustres qu'on n'a pas fêté le réveillon ensemble. Envoie-moi un texto quand tu es arrivée. Je te laisse, je file au pressing. Bisous.

Il raccroche et j'ai le sourire aux lèvres. Un sourire tellement grand qu'on aurait du mal à croire que je pleurais encore il y a cinq minutes. La plupart du temps, Dean se montre particulièrement énervant, mais il assure comme grand frère. Il est là quand j'ai besoin de lui. C'est tout ce qui compte.

Me voici attendue à une fête ; rien de mieux pour remédier à une journée de merde. J'en ai vraiment besoin.

Je regarde ma montre, il est treize heures.

J'entreprends un rapide calcul dans ma tête : Boston se trouve à une heure du campus de Briar. Il faut ensuite compter entre trois heures trente et quatre heures pour atteindre New York. Je n'arriverai à Manhattan que dans la soirée, ce qui ne me laisse pas beaucoup de temps pour me préparer. L'éventualité de croiser le Saint Graal ce soir exige une mise en beauté de la tête aux pieds.

Ce garçon n'a pas idée de ce qui l'attend.

2

Fitz

– Tu danses avec moi ?

J'ai envie de répondre non.

Mais je me tâte à dire oui.

C'est le fameux « Dilemme Summers », terme que j'ai inventé pour qualifier les réactions diamétralement opposées que provoque en moi cette déesse blonde aux yeux verts.

Un « *évidemment que oui* », aussitôt suivi de « *non, jamais de la vie* ».

Ou encore « *j'ai envie de la déshabiller* », puis « *mieux vaut courir le plus loin possible d'elle* ».

– Merci, mais je n'aime pas danser.

Je ne mens pas. Il n'y a pas pire que la danse.

Et en présence de Summer Di Laurentis, c'est mon instinct de survie qui prend le dessus.

– Tu n'es pas drôle, Fitzy, déclare-t-elle en émettant un « tss-tss » qui attire mon regard sur ses lèvres.

Des lèvres roses et charnues couronnées d'un petit grain de beauté du côté gauche. Une bouche ensorcelante.

Pour être plus exact, tout est ensorcelant chez Summer. C'est de loin la plus jolie fille du bar, tous les mecs autour de nous me regardent de travers parce que je suis avec elle.

Non pas que je sois avec elle. Nous ne sommes pas ensemble. Je ne fais que me tenir près d'elle, à une cinquantaine de centimètres, distance que Summer semble vouloir raccourcir en se penchant constamment vers moi.

À sa décharge, il lui faut quasiment hurler dans mon oreille pour que je puisse l'entendre par-dessus la musique électronique qui résonne dans le bar. Je déteste danser et je n'aime pas ce genre de bar avec piste de danse et musique assourdissante. À quoi bon prétendre que c'est un bar alors que c'est une boîte de nuit ? Le propriétaire du *Gunner's Pub* aurait mieux fait de baptiser son établissement le *Gunner's Club*. J'aurais fait demi-tour dès que j'aurais vu les néons, préservant ainsi mes tympans.

Une fois de plus, j'en veux à mes amis de m'avoir fait venir jusqu'à Brooklyn pour la Saint-Sylvestre. J'aurais préféré rester chez moi, à boire quelques bières et regarder la boule de Time Square descendre à la télé. J'aime les choses simples.

– On m'avait dit que tu étais un ours mal léché. Pourtant, je ne voulais pas y croire.

– Qui ça « on » ? je demande avec méfiance. Et puis, je n'ai rien d'un ours mal léché.

– Oui, tu as raison. L'expression est un peu désuète. Va pour Grincheux.

– Je m'y oppose.

– Alors que dis-tu de « rabat-joie » ? C'est mieux ? lance-t-elle d'un air innocent. Plus sérieusement, Fitz, pourquoi refuser de t'amuser ?

Sans le faire exprès, j'esquisse un grand sourire.

– Je n'ai rien contre l'idée de m'amuser.

– Très bien. Alors, qu'est-ce que tu as contre moi ? demande-t-elle avec défiance. Chaque fois que j'essaie de te parler, tu t'enfuis.

Mon sourire s'efface. Pas surprenant qu'elle me fasse déjà une scène. Nous ne nous sommes croisés que deux fois, mais j'aurais donné ma main à couper qu'elle était du genre à aimer les drames.

Moi, je déteste ça.

– Je n'ai rien contre toi, dis-je en haussant les épaules et en m'écartant du bar, prêt à mettre à exécution ce dont elle m'accuse : la fuite.

Dans ses grands yeux verts, identiques à ceux de son frère aîné, je lis de la frustration. C'est à cause de Dean que je reste sur mes gardes. Dean est un très bon ami, je ne pourrais pas concevoir de mal me comporter avec sa sœur, par respect pour lui, mais aussi pour sauver ma peau. Sur la glace, son crochet droit est particulièrement impressionnant.

– Je suis sérieux, j'ajoute d'un ton rauque. Je n'ai rien contre toi. Pas de problème entre nous.

– Quoi ? Je n'ai pas entendu ta dernière phrase ? crie-t-elle par-dessus la musique.

Je rapproche ma bouche de son oreille et suis surpris de ne pas avoir à me pencher tant que ça. Elle est plus grande que la moyenne pour une fille, avec un bon mètre quatre-vingts. Je mesure un mètre quatre-vingt-huit et j'ai l'habitude de faire une tête de plus que le sexe opposé. C'est agréable.

– J'ai dit qu'il n'y a pas de problèmes entre nous, je répète mais, cette fois, j'ai mal calculé la distance qui sépare mes lèvres de son oreille.

Elles se heurtent

Un frisson la traverse.

Je frissonne aussi, car ma bouche est beaucoup trop près de la sienne. Elle sent extrêmement bon, un mélange de fleurs, de jasmin, de vanille et… de santal peut-être ? De quoi vous faire planer. Et puis, il y a sa robe… blanche, sans bretelles, très courte. Si courte qu'elle recouvre à peine ses cuisses.

Au secours !

Je me redresse vite avant de commettre une erreur. Qui serait, par exemple, de l'embrasser. Je prends une gorgée de ma bière, mais j'avale de travers et me mets à tousser, comme si je vivais au XIXe siècle et que j'étais atteint de tuberculose.

La classe.

– Ça va ?

J'arrête enfin de tousser et aperçois ses yeux verts qui me dévisagent. Ses lèvres affichent un sourire malicieux. Elle sait exactement ce qui m'a troublé.

– Oui, ça va, je réponds, pile au moment où trois types complètement bourrés s'approchent du bar d'un pas lourd et la bousculent.

Elle vacille et, tout à coup, la voilà dans mes bras avec son doux parfum.

Elle éclate de rire et saisit ma main.

– Allez, viens. Éloignons-nous de la foule, sinon on va se faire mal.

Pour une raison que j'ignore, je la laisse m'entraîner plus loin.

Nous nous arrêtons à une table haute près de la rampe qui sépare la salle du bar de la petite piste de danse. Je regarde autour de moi. Tous mes amis sont complètement saouls.

Mike Hollis, mon coloc, se frotte à une jolie brune qui ne semble pas le moins du monde s'en offusquer. C'est lui qui a insisté pour que nous venions à Brooklyn au lieu de rester à Boston. Il voulait fêter le nouvel an avec Brody, son frère aîné, qui, lui, a disparu dès que nous sommes arrivés. Il se console sans doute avec cette fille d'avoir été abandonné par son frère.

Hunter, notre autre colocataire, danse avec trois filles. Oui, j'ai bien dit trois. Elles lui lèchent le visage et je suis à peu près sûr que l'une d'elles a une main dans son jean. Bien entendu, Hunter est aux anges.

C'est fou comme les choses changent en un an. La saison dernière, il était encore mal à l'aise avec les filles. Il se sentait bizarre. Alors que, maintenant, il n'a plus aucun problème à profiter de son statut de joueur de hockey pour l'équipe universitaire de Briar. Et, croyez-moi, ce statut offre beaucoup d'avantages.

Évidemment, les sportifs sont les mecs les plus désirés de tous les campus universitaires. Dans les facs qui pratiquent le football américain, les filles se battent pour coucher avec le quarterback. Au basket, on voit le nombre de groupies doubler, voire tripler au moment du championnat universitaire. À Briar, l'équipe de hockey participe à une douzaine de tournois nationaux dont les matchs sont généralement diffusés à la télé. En conséquence, les hockeyeurs sont de véritables dieux.

Sauf moi. Certes, je fais du hockey et je suis fort. Mais « dieu », « athlète » et « superstar » sont des termes qui me mettent mal à l'aise. Au fond, je reste un gros geek. Un geek se faisant passer pour un dieu.

– Hunter n'a pas perdu son temps, dit Summer en observant le cortège qui l'entoure.

Le DJ clôt la session de beats électro pour passer de minables hits du Top-40. Par chance, il a aussi baissé le volume, sans doute en prévision du compte à rebours qui approche. Encore trente minutes et je pourrai m'éclipser.

– En effet, j'acquiesce.

– Je n'en reviens pas.

– Ah bon ?

– Les mecs de Greenwich ont la réputation d'être de vrais prudes.

Comment sait-elle que Hunter vient du Connecticut ? Je ne les ai jamais vus discuter ensemble. Peut-être que Dean le lui a dit ? Ou peut-être que…

Quelle importance ? Sinon, ça veut dire que cette sensation étrange qui grésille dans ma poitrine s'apparente à de la jalousie. Et ça, ce n'est franchement pas acceptable.

Summer parcourt à nouveau le bar des yeux et blêmit.

– Bon sang, c'est dégueulasse, s'exclame-t-elle avant d'entourer sa bouche de ses mains pour mieux faire porter sa voix. Garde ta langue dans ta bouche, Dicky !

J'éclate de rire. Impossible que Dean l'ait entendue, pourtant, probablement mû par un lien fraternel invisible, il décolle ses lèvres de sa petite amie et tourne la tête vers nous. Dès qu'il aperçoit Summer, il lui tend son majeur.

En retour, elle lui souffle un baiser.

– Je suis ravi d'être fils unique, dis-je.

– Détrompe-toi, tu rates quelque chose. Embêter mes frères fait partie de mes passe-temps favoris.

– J'avais remarqué.

Elle surnomme Dean « Dicky », un petit nom qu'elle pouvait se permettre dans l'enfance mais qu'elle aurait dû arrêter d'employer depuis plusieurs années déjà si elle avait été plus sympa.

D'un autre côté, Dean la traite de « Morveuse ». Alors, elle a sans doute raison de le martyriser.

– Dicky mérite tout à fait que je l'embête ce soir. Je n'arrive pas à croire qu'on fasse la fête à Brooklyn, grommelle-t-elle. Quand il m'a invitée à New York pour le réveillon, j'imaginais que ce serait à Manhattan. Du coup, quand Allie et lui m'ont traînée jusqu'à cet horrible quartier de Brooklyn, j'ai senti que je me faisais avoir.

– Qu'est-ce que tu as contre Brooklyn ? Le père d'Allie habite par ici, non ? je demande en ricanant.

Summer acquiesce.

– Oui, ils passent la journée avec lui demain. Pour répondre à ta question : avant, Brooklyn était cool mais depuis que les hipsters ont envahi les lieux, c'est terminé.

– Les hipsters existent encore ? Je pensais qu'on en avait terminé avec ces conneries.

– Oh non ! N'écoute pas ceux qui voudront te faire croire le contraire. Ils grouillent de partout, ajoute-t-elle en faisant semblant de trembler.

À l'entendre, on dirait qu'ils sont porteurs d'une horrible maladie incurable. Elle a sans doute raison. Il suffit d'observer la foule pour découvrir une flopée de tenues vintage, de mecs en jean slim et d'accessoires rétro assortis à de la technologie dernier cri, sans oublier beaucoup, beaucoup de barbes.

Je caresse ma propre barbe en me demandant si je n'appartiendrais pas, moi aussi, au camp des hipsters. Je l'ai portée tout l'hiver, surtout pour m'isoler du froid glacial qu'il fait dehors. La semaine dernière, nous avons été frappés par une tempête, une des pires jamais connues.

– Ils ont l'air tellement… (elle cherche le bon mot) débiles !

Je me retiens d'exploser de rire.

– Pas tous.

– La plupart, oui, rétorque-t-elle. Tu vois cette fille là-bas ? Avec la frange et les tresses ? Elle porte une veste Prada à mille dollars avec un tee-shirt à cinq dollars, probablement déniché dans une fripe, et des mocassins bizarres qu'on trouve à Chinatown. Cette fille est une arnaque.

– Comment tu sais que sa veste coûte mille balles ?

– Parce que j'ai la même en gris. Et puis je sais reconnaître du Prada en un coup d'œil.

Je n'en doute pas. Je parie qu'elle a porté un pyjama de créateur dès qu'elle est sortie du ventre de sa mère. Summer et Dean viennent d'une famille très riche. Leurs parents sont deux grands avocats, eux-mêmes issus d'un milieu social extrêmement favorisé. Ils forment donc un super-couple ultra-riche qui pourrait, j'en suis sûr, acquérir un petit pays sans trop puiser dans leur compte en banque. Je me suis rendu plusieurs fois dans leur penthouse de Manhattan, il est absolument dingue. Ils possèdent aussi une maison à Greenwich, une propriété au bord de la mer et d'autres biens immobiliers ailleurs dans le monde.

En ce qui me concerne, j'ai déjà du mal à payer le loyer de la maison que je partage avec deux autres gars. Nous sommes d'ailleurs à la recherche d'un quatrième colocataire, ce qui fera baisser ma part de loyer.

Pour être franc, je trouve ça perturbant que Summer ait grandi dans un penthouse et qu'elle porte des vêtements qui coûtent des milliers de dollars.

– Les hipsters craignent, Fitzy. C'est vraiment pas mon truc. Je préfère largement… Oh ! J'adore cette chanson ! En plus, j'ai pu la voir en coulisse après son concert au Madison Square Garden en juin, c'était génial !

Cher ami, ce sujet présente de sérieux troubles du déficit de l'attention.

Je refrène le sourire qui me vient, vu le caractère on ne peut plus « hipster » de sa dernière phrase. Pendant ce temps, Summer se met à remuer la tête en rythme avec la chanson de Beyoncé, faisant valser sa queue-de-cheval dans tous les sens.

– T'es sûr que tu ne veux pas danser ? me supplie-t-elle.

– Affirmatif.

– T'es vraiment nul. Reste là, je reviens.

Je cligne des yeux et elle a disparu. Je recommence et la repère tout de suite sur la piste de danse, les bras en l'air, les cheveux flottant dans les airs et les hanches battant la cadence.

Je ne suis pas le seul à l'observer. Une multitude de paires d'yeux sont braquées sur elle, la belle fille en robe blanche. Summer ne remarque rien, ou s'en fiche. Elle danse seule, sans aucune gêne. Elle a l'air vraiment bien dans sa peau.

– Wouaaah ! s'écrie Hunter en arrivant à ma table.

Comme la plupart des hommes qui nous entourent, il regarde Summer avec une envie dévorante.

– Elle n'a pas oublié ses enchaînements de pom-pom girl, dit-il en continuant à la reluquer.

Quand il remarque mon air interrogateur, il ajoute :

– Elle était dans une équipe de danse au lycée.

Quand s'est-il entretenu avec Summer suffisamment longtemps pour connaître ces détails ?

Je me sens à nouveau gagné d'une sensation désagréable qui remonte, cette fois, le long de ma colonne.

Ce n'est pas de la jalousie.

– Alors, comme ça, elle était pom-pom girl ? je demande, l'air de rien. C'est elle qui te l'a dit ?

– On a fréquenté le même lycée, révèle-t-il.

– Sans blague.

– J'étais dans la promo juste après elle. Tous les mecs hétéros du lycée connaissaient par cœur la chorégraphie de Summer Di Laurentis, tu peux me croire !

Ça ne me surprend pas.

– Je vais aux toilettes et prendre un autre verre. Tu veux quelque chose ?

– Ça va, merci.

Sans trop savoir pourquoi, je suis soulagé que Hunter soit parti quand Summer revient à la table, les joues rougies par l'effort.

Malgré le froid glacial qu'il fait à l'extérieur, elle ne porte pas de collants. Pourtant, ses jambes sont interminables. Longues, douces, magnifiques, qui seraient terriblement sexy autour de mes hanches. Sa robe blanche met en valeur son teint hâlé et lui donne une apparence radieuse, presque hypnotisante.

– Alors comme ça, tu... (Je me racle la gorge.) Tu étudieras à Briar à partir de la rentrée ? je me renseigne, en évitant de me focaliser sur son corps appétissant.

– Oui ! répond-elle avec entrain.

– Providence va te manquer, non ?

Je sais qu'elle a fait ses deux premières années de fac et le premier semestre de sa troisième année à l'université Brown. Si c'était moi, je n'aurais pas aimé changer d'université en cours d'année.

Contre toute attente, Summer secoue négativement la tête.

– Pas vraiment. Je n'aimais pas la ville ni même la fac. J'y allais juste parce que mes parents voulaient que je fasse mes études dans une université de l'Ivy League, mais je n'ai pas été reçue à Harvard ou Yale, contrairement à eux. (Elle hausse les épaules.) Tu as toujours voulu faire tes études à Briar ?

– Sans aucune hésitation. J'avais eu de très bons échos de la section arts plastiques, et puis l'équipe de hockey est formidable. J'ai obtenu une bourse pour faire partie de l'équipe et étudier ce qui me plaît vraiment, donc... (Je hausse les épaules à mon tour.)

– C'est vraiment important de pouvoir faire ce qu'on aime. Il y a tellement de gens qui n'ont pas cette chance dans la vie.

Sa remarque m'intrigue, je lui demande :

– Qu'est-ce que tu aimes faire dans la vie ?

Elle esquisse un sourire plein d'autodérision.

– Je te ferai signe quand je le saurai.

– Il doit bien y avoir quelque chose qui te passionne.

– Je me suis passionnée pour beaucoup de choses : la décoration intérieure, la psychologie, la danse classique, la natation...

Le problème, c'est que ça ne tient jamais. Je perds trop vite mon intérêt. Sans doute parce que je n'ai pas encore trouvé une véritable passion sur le long terme.

Sa sincérité est désarmante. Ce soir, elle me paraît avoir davantage les pieds sur terre que lors de nos précédentes rencontres.

– J'ai soif, annonce-t-elle.

Sans doute un code pour m'inciter à lui offrir un verre. Agacé, j'ai envie de lever les yeux au ciel, mais je me retiens. Seulement, je me trompe complètement. À ma grande surprise, Summer esquisse un sourire malicieux et m'arrache ma bière des mains.

Nos doigts s'effleurent, je fais alors semblant de ne pas remarquer le picotement qui parcourt mon bras et la regarde prendre une longue gorgée de Bud Light.

Elle a de petites mains aux doigts délicats. Ce serait un vrai défi de les dessiner, de restituer leur intrigante harmonie, entre fragilité et audace. Ses ongles sont courts et ronds, avec les extrémités blanches ; une manucure très simple pour une fille comme Summer. Je m'attendais à de longues griffes recouvertes de rose ou d'une couleur pastel.

– Ça y est, tu recommences, s'exclame-t-elle d'un ton accusateur et un peu agacé.

– Quoi donc ?

– À m'ignorer. À faire du boudin, rétorque-t-elle en prenant une autre gorgée de ma bière.

Mon regard se pose alors sur ses lèvres.

Bon sang, il faut que j'arrête ça tout de suite. Cette fille n'est pas mon genre. La première fois que je l'ai rencontrée, j'ai immédiatement perçu qu'elle avait tout d'une *sorority girl,* avec ses fringues de créateur, ses boucles blondes et son visage qui fait tourner toutes les têtes.

Impossible, d'ailleurs, que je sois son genre. Pourquoi passe-t-elle son réveillon à discuter avec un crétin mal habillé et mal rasé comme moi ?

– Excuse-moi, je ne suis pas très bavard. Ne le prends pas mal, dis-je en récupérant ma bière.

– D'accord. Tu n'as pas envie de parler. Mais rien ne t'empêche de me divertir d'une autre façon, lance-t-elle, les mains plaquées sur ses hanches. Je propose que tu m'embrasses.

3

Fitz

Une fois de plus, je manque m'étouffer au beau milieu d'une gorgée de bière.

Seigneur. Elle vient vraiment de dire ça ?

Je lui jette un coup d'œil. Elle attend ma réponse, les sourcils haussés. Elle a bel et bien dit ça.

– Euh… Tu veux que…

Je me mets à tousser.

– Du calme ! C'était une blague, s'exclame-t-elle en riant.

Je plisse les yeux en la regardant.

– Une blague, je répète. Alors, tu n'as pas du tout envie de m'embrasser ?

Quoi ? Mais pourquoi la défier ? Je sens mon sexe qui se réveille contre la braguette de mon pantalon, signal que je ne devrais pas continuer à entretenir l'idée d'embrasser Summer.

– Ce ne serait pas la fin du monde, dit-elle en m'adressant un clin d'œil. C'est toujours agréable d'avoir quelqu'un à embrasser à minuit. Mais c'était une blague, bien sûr. Je voulais simplement te voir rougir.

– Je ne rougis jamais, je riposte.

Parce que je suis un mec et que les mecs n'avouent jamais qu'ils rougissent.

Summer s'esclaffe.

– Pourtant, en ce moment même, tu rougis.

– Ah bon ? Tu le vois à travers ma barbe ? je rétorque en caressant mon visage avec défiance.

– Ah ah !

Elle tend la main et caresse ma joue, juste au-dessus de ma barbe.

– Juste là.

J'en ai le souffle coupé. Et je sens à nouveau des choses au niveau de mon entrejambe.

Je ne supporte pas de constater combien je suis attiré par elle. Je m'en veux de ne pas pouvoir me contrôler.

– Fitzy, murmure-t-elle à mon oreille, accélérant le rythme de mon cœur. Je pense qu'on…

– Bonne année !

Sauvé par Hollis.

Mon ami titube jusqu'à nous et dépose négligemment un baiser sur la joue de Summer. Ils viennent de se rencontrer, mais ça n'a pas l'air de la déranger, simplement de l'amuser.

– Tu as vingt minutes d'avance, l'informe-t-elle.

– Et toi tu n'as rien à boire, réplique-t-il d'un air désapprobateur. Pourquoi elle n'a pas un verre ? S'il vous plaît, un verre, pour la jolie demoiselle !

– Je ne bois pas beaucoup, proteste Summer.

– Foutaises ! s'exclame Dean qui s'est rapproché de nous en compagnie d'Allie Hayes, sa copine. Tu étais complètement bourrée quand tu as mis le feu à la maison de ta sororité.

– Tu as mis le feu à ta sororité ? demande une voix familière.

Dean se retourne.

– G ! s'écrie-t-il. Juste à temps !

– C'était moins une, répond Garrett Graham en arrivant à la table. Nous sommes restés bloqués sur le pont pendant une heure à cause des bouchons.

– Nana ! lance gaiement Allie en se jetant autour du cou d'Hannah Wells, sa meilleure amie, qui se trouve être aussi la copine de Garrett. Je suis si contente que tu sois là.

– Moi aussi ! Bon réveillon !

– Je te rappelle que c'est mon réveillon, corrige Garrett.

Summer s'esclaffe.

– En quel honneur ?

Dean fait les gros yeux à l'ancien capitaine de notre équipe, puis il se tourne vers Summer.

– Il se la pète parce que demain c'est son anniversaire.

– Autrement dit, le *jour de Garrett*, rétorque ce dernier avant de nous saluer, Hollis et moi, puis les autres membres de l'équipe qui ont fait le déplacement jusqu'à Brooklyn.

Summer a droit à une accolade et une bise sur la joue.

– Content de te voir, ma petite Summer. Alors, il paraît que tu as fait flamber l'édifice de ta sororité ?

– Pas du tout ! Je n'ai rien fait flamber, dit-elle en jetant un regard noir à son frère.

– Mec, tout le monde te regarde, lance soudain Hollis en adressant un grand sourire à Garrett.

Il a raison : plusieurs têtes sont tournées dans notre direction. La plupart des fêtards ont trop bu pour regarder ce qui se passe autour d'eux, mais certains ont reconnu Garrett. Il fait une excellente saison comme nouvelle recrue de l'équipe de Bruins, sans doute la meilleure de toute son histoire. Pas étonnant qu'il attire l'attention, même loin de Boston.

– Je parie qu'ils vont me faire passer un sale quart d'heure, dit-il d'un air morose. On a perdu à quatre contre cinq face aux Islanders hier.

– Mais c'est toi qui as triplé le score, ajoute Hannah. Il n'y a que les cons stupides qui s'en prennent à un joueur capable de marquer trois buts d'affilée.

– Un con peut-il être autre chose que stupide ? demande Dean en souriant.

– La ferme, Di Laurentis ! Tu vois très bien ce que je veux dire.

D'autres personnes se mettent à pointer Garrett du doigt. Allie en profite pour le charrier.

– Alors, ça fait quoi d'être célèbre ?

– C'est plutôt à toi de me le dire, riposte Garrett.

– Je ne suis pas si connue que ça, répond-elle.

Allie est actrice dans une série HBO, l'adaptation d'un roman que j'avais vraiment beaucoup aimé. Je suis content qu'elle puisse faire carrière grâce à la série, mais je trouve le livre beaucoup mieux.

Les livres sont toujours mieux.

– Arrête de faire ta modeste ! s'exclame Summer en prenant Allie, qui fait une tête de moins qu'elle, dans ses bras. Je l'ai vue signer quatre autographes ce soir, les gars. C'est une star.

– Pour l'instant, seuls quelques épisodes ont été diffusés, objecte Allie. La série ne sera peut-être même pas reconduite.

– Mais si ! ajoute Dean, comme si ça allait de soi.

Summer lâche Allie et revient à mes côtés en posant sa main sur mon bras. Il n'y a rien de démonstratif dans son geste, mais je remarque la façon dont Garrett et Hunter nous dévisagent. Heureusement, Dean ne remarque rien, car Allie l'a entraîné plus loin, voulant danser au moins une fois avant le compte à rebours.

À côté de moi, Hollis parcourt la salle des yeux, de façon particulièrement minutieuse pour quelqu'un qui a déjà trop bu.

– Faut que je trouve une bouche à embrasser à minuit, annonce-t-il.

– Classe, fait Summer.

– Si tu as de la chance, c'est toi que je choisirai, rétorque-t-il.

En guise de réponse, elle éclate de rire.

Hollis a la chance d'avoir un ego surdimensionné. Il se contente de hausser les épaules et s'éclipse, ce qui pousse les autres à se disperser. Pierre, le Canadien francophone de l'équipe, et Matt Anderson, défenseur en première année, se dirigent vers le bar. Seuls Garrett et Hannah sont encore là. Hunter, une bière dans une main et son téléphone dans l'autre, filme la foule pour sa story sur Snapchat.

– Et toi ? demande Summer à Hunter. Je t'ai vu danser avec sept filles différentes ce soir. Laquelle vas-tu embrasser ?

– Aucune, dit-il avant de baisser son téléphone et d'afficher un regard des plus sérieux. Je n'embrasse jamais personne le soir du réveillon, sinon les filles en profitent pour se faire des films.

Summer lève les yeux au ciel.

– Ah oui, c'est vrai que toutes les filles pensent déjà au mariage après un baiser. (Elle se tourne ensuite vers Hannah en riant.) Tu m'accompagnes aux toilettes ? J'aimerais retoucher mon maquillage avant minuit. Il me faut des lèvres parfaites pour mon futur mari, dit-elle en se tournant vers Hunter d'un air moqueur.

Indifférent, celui-ci lui adresse un clin d'œil.

– Dépêche-toi, Blondie. Plus que seize minutes, rétorque-t-il en désignant la grande horloge digitale au-dessus de la cabine du DJ.

– Je reviens tout de suite.

Hannah embrasse Garrett et emboîte le pas à Summer.

– Je vais reprendre un verre, dis-je à Garrett, et je remarque que ses mains sont vides. Toi aussi, mon vieux.

Il acquiesce et nous laissons Hunter seul à la table pour rejoindre l'autre extrémité du bar, plus calme, près du couloir conduisant aux toilettes.

Je commande deux bières, puis je les paie. Quand je me retourne, Garrett me dévisage.

– Quoi ? je demande maladroitement.

– Qu'est-ce qui se passe entre Summer et toi ?

– Rien.

Merde. Ai-je répondu trop vite ?

– Menteur. Tu as répondu beaucoup trop vite.

Bordel !

– Quand elle t'a touché, tout à l'heure, ça n'avait pas l'air de te déranger.

Il a raison. La dernière fois que j'ai vu Summer, j'ai fait en sorte de garder mes distances. Ce soir, je l'ai laissée me toucher le bras. J'ai partagé ma bière avec elle. Sincèrement, si j'aimais danser, je me serais laissé entraîner sur la piste de danse.

– Elle… elle m'aime bien, je crois, dis-je lentement.

Garrett s'esclaffe.

– Sans blague, mec. Elle a surtout envie de toi.

– Je sais.

Un sentiment de culpabilité monte en moi. J'espère que je n'ai pas été trop entreprenant.

– T'inquiète pas, j'ajoute pour le rassurer. Je n'ai pas l'intention d'aller plus loin.

Il semble étonné.

– En quoi ça m'inquiéterait ? fait-il en fronçant les sourcils. Attends, tu te trompes. Je ne suis pas en train de te déconseiller de faire quoi que ce soit avec elle. Au contraire, je pense que ça pourrait être bien.

– T'es sérieux ?

– Bien sûr. Primo, tu ne couches jamais avec des filles.

Je suis à deux doigts d'exploser de rire. Ce n'est absolument pas vrai. J'ai plein d'aventures. Simplement, je n'en parle pas.

– Deuzio, Summer est mignonne, sympa et abordable. C'est exactement ce qu'il te faut. Il faudra d'abord que tu passes par Dean. Pour lui, c'est une morveuse, mais ça ne l'empêche pas d'être protecteur envers sa sœur.

Passer par Dean ? Autrement dit, obtenir son approbation pour coucher avec sa petite sœur ? Garrett est fou de penser que…

Mes pensées s'arrêtent net.

– Selon toi, ce serait plus qu'un coup d'un soir ?

– Tu n'as pas le choix. C'est la sœur de Dean. Il pourrait te tuer.

– Je n'ai pas l'intention de sortir avec elle, Garrett.

– Pourquoi pas ?

Il attrape nos bières et m'en tend une. Je prends une gorgée avant de lui répondre.

– Parce que Summer n'est pas mon genre. On n'a rien en commun.

– Elle aime le hockey, signale-t-il, c'est déjà un début.

– Et une fin, je rajoute sèchement. Moi je conçois et je critique des jeux vidéo. J'aime l'art. J'ai toujours de l'encre partout ; je regarde sans interruption des séries policières sur Netflix. Mais elle… j'en sais rien. (Je me creuse la cervelle.) D'après Dean, elle adore les chaussures. Et il n'arrête pas de dire qu'elle est addict au shopping.

– Bon, c'est vrai qu'elle aime la mode. Mais pour certains, c'est de l'art.

Je me mets à ricaner.

– Tu veux me faire changer d'avis.

– Tu es en train de la juger, mais c'est une chouette fille, Fitz.

– Mec, elle a été virée de Brown pour avoir trop fait la fête. C'est une fêtarde. Et elle est membre d'une sororité.

Je suis à bout d'arguments, tentant désespérément de trouver une raison de ne pas coucher avec Summer alors que je sens quelque chose qui se durcit déjà dans mon pantalon.

– Elle est… superficielle, je finis par dire.

– Superficielle ?

– Oui, je réplique en haussant les épaules. Elle n'est pas sérieuse, elle n'approfondit rien.

Garrett s'interrompt pendant un long moment en me dévisageant.

Pendant qu'il me scrute, je joue machinalement avec les manches de mon sweat à capuche. J'ai l'impression qu'il m'étudie au microscope et je déteste la sensation de son regard qui me sonde. Je suis de ceux qui ont besoin de se fondre dans la masse, de passer inaperçus. Cela me vient d'une cicatrice de l'enfance.

Me voici sur le point de lui dire d'arrêter son petit manège quand, soudain, il éclate de rire.

– J'ai compris ! Je perds mon temps à essayer de te convaincre alors que tu es déjà conquis, s'exclame-t-il, le regard pétillant. Tu as un faible pour la sœur de Dean.

– Pas du tout, dis-je, à moitié crédible.

– T'es sûr ? On dirait plutôt que tu te forces à penser qu'elle n'est pas assez bien pour toi, rétorque-t-il, un grand sourire aux lèvres. Ça marche ?

En signe de défaite, je pousse un soupir.

– En quelque sorte… Disons que, pour l'instant, j'arrive à me retenir face à elle.

J'obtiens un éclat de rire.

– Écoute Colin, je peux t'appeler Colin ? (Il écarquille les yeux.) Je viens de me rendre compte que je ne t'ai jamais appelé comme ça !

Garrett reste silencieux jusqu'à ce que je pousse un grognement d'impatience.

– Désolé, je trouve ça dingue. Bref, Fitzy. Regarde, Hannah et moi, c'était pas gagné, à première vue. Pourtant, ça marche.

Il n'a pas tort. Quand je les ai vus ensemble pour la première fois, j'avais du mal à comprendre. Hannah étudie la musique, Garrett incarne le cliché du sportif trop sûr de lui. Tout les oppose et, pourtant, ils sont vraiment bien ensemble.

Seulement, Summer et moi… on n'a pas grand-chose en commun. D'après ce que j'ai pu observer et ce que Dean m'a dit, elle aime faire des histoires ou être sous le feu des projecteurs, contrairement à moi qui fuis tout cela. C'est déjà trop, à mon goût, que nos matchs passent à la télé tous les vendredis soir, sur la chaîne de la Nouvelle-Angleterre, et que les rencontres importantes soient diffusées sur ESPN. J'exècre l'idée que des inconnus me regardent patiner, tirer et me bagarrer sur la glace sur un immense écran.

– Tout ce que je te conseille, c'est de rester ouvert, de ne pas lutter, déclare-t-il en posant sa main sur mon épaule. Laisse-toi faire.

Laisser faire.

Mince alors. Ça pourrait vraiment se faire. Il me suffirait de sourire à Summer pour qu'elle tombe dans mes bras. Elle semble s'intéresser à moi, mais…

Au fond, le problème, c'est qu'elle est trop bien pour moi.

Certes, je joue au hockey, je suis plutôt intelligent et beau gosse, à en croire mon succès auprès des filles.

Mais je reste avant tout un geek qui, enfant, s'enfermait dans sa chambre pour jouer à des jeux vidéo afin d'oublier les disputes incessantes de ses parents.

Au lycée, j'ai brièvement tenté d'élargir mes horizons en traînant avec une bande de rebelles nihilistes qui n'avaient d'intérêt que pour la bagarre, mais cet engouement a pris fin le jour où une baston a éclaté contre des jeunes du lycée voisin et que la moitié du groupe s'est alors fait arrêter pour agression. J'ai vite repris mon statut de solitaire pour ne pas perdre ma place dans l'équipe de hockey et pour ne pas donner un motif de querelle supplémentaire à mes parents, puisqu'ils s'étaient hurlé dessus pendant deux heures pour déterminer lequel des deux était responsable de mes « mauvaises fréquentations ». C'était beaucoup plus simple d'être seul.

Il va de soi qu'à l'époque, aucune fille du genre de Summer ne se jetait sur moi. Je ne faisais pas la fête avec mes coéquipiers après les matchs, je n'avais donc même pas droit d'interagir avec les groupies du hockey sur glace.

À la fac, je me suis efforcé d'être plus sociable mais, au plus profond de moi, je suis encore un mec qui cherche à rester invisible.

Summer est la fille la plus visible que je connaisse.

Mais Garrett a raison. Je la juge, en vrai salopard. C'est vrai qu'elle est trop gâtée et un peu superficielle parfois, mais elle mérite une chance. Comme tout le monde.

Hannah est déjà à la table quand Garrett et moi y retournons.

– On n'est plus très loin ! s'exclame-t-elle en montrant la grosse horloge.

Plus que deux minutes avant minuit.

Je fronce les sourcils, car Summer n'est pas avec elle. Zut. Où est-elle ?

J'ai décidé de suivre les conseils de Garrett et d'arrêter de lutter. Je compte l'embrasser fougueusement quand la cloche sonnera minuit. Et puis, on verra ce qui se passe.

– Plus qu'une minute ! rugit la voix du DJ.

Je regarde autour de moi. Aucune de trace de Summer.

J'aimerais demander à Hannah où elle se trouve, mais Garrett l'a enlacée et ils se regardent dans le blanc des yeux.

– Trente secondes ! hurle le DJ.

Tout autour de moi, les gens se rassemblent entre amis. Allie et Dean s'embrassent déjà. Hollis est en compagnie d'une brune avec qui il dansait plus tôt.

Pas de Summer en vue.

– DIX ! crie l'assemblée.

Le compte à rebours de l'horloge est lancé. Les cris de la foule retentissent au rythme des chiffres rouges.

– NEUF !

Chaque seconde passée augmente ma déception.

– HUIT ! SEPT !

Soudain, je la vois. Du moins, je crois que c'est elle. Les spots de lumière s'allument par intermittence, balayant tous les corps entassés dans le bar. Chaque éclair de lumière me permet de discerner davantage les traits de cette fille appuyée contre le mur.

– SIX ! CINQ !

Robe blanche. Ballerines rouges. Queue-de-cheval.

– QUATRE ! TROIS !

Pas de doute, c'est Summer.

– DEUX !

Mais elle n'est pas seule.

– UN !

Je détourne le regard au moment où Hunter pose avidement sa bouche sur ses belles lèvres.

– BONNE ANNÉE !

4

Fitz

Le lendemain, je me réveille sans gueule de bois. Voilà ce qui arrive quand on ne boit que trois bières et qu'on retourne à son hôtel avant une heure du matin.

Le soir du nouvel an.

Serais-je devenu un garçon modèle ?

Mon téléphone m'informe d'une dizaine de messages et d'appels reçus. Je m'ébouriffe les cheveux et roule sur le dos avant de parcourir les notifications.

Mes parents m'ont chacun envoyé un texto à minuit pétant. Je ne peux pas m'empêcher de les imaginer dans leurs maisons respectives, à 23h59, agrippés à leur téléphone comme au buzzer de l'émission *Une famille en or*, pour être le premier à m'envoyer son message. Ils sont tellement compétitifs.

MAMAN : Bonne année mon chéri ! Je t'aime foooooort ! C'est TON année ! La meilleure de ta vie ! Hip hip hip, hourra !

Mon Dieu. Ça devrait être banni de dire encore « Hip hip hip, hourra ».

Le message de mon père n'est pas mieux :

PAPA : Bonne année. Ça roule.

Qu'est-ce qui « roule » exactement ? C'est gênant quand les parents essaient de passer pour des gens cool.

Les messages de mes amis sont plus amusants :

HOLLIS : T'es où ? La tête ne fait que commencer !

HOLLIS : *tête

HOLLIS : *têtard

HOLLIS : Fête !!!! IL EST CON CE TÉLÉPHONE !

GARRETT : Bonne année !! T'es passé où, Colin ? (C'est trop bizarre de t'appeler comme ça).

Logan et Tucker, mes anciens coéquipiers, ont envoyé leurs vœux sur les différents groupes de chat. Tuck et Sabrina ont partagé une photo de leur bébé qui a immédiatement obtenu un million d'émojis cœur de la part de nos amis.

Pierre a posté un message en québécois.

Les gars de mon équipe actuelle ont fait exploser le fil de discussion de notre chat avec des messages de vœux et des vidéos aléatoires de leurs soirées, trop sombres et bruyantes pour y comprendre quelque chose.

L'un d'eux manque visiblement à l'appel, n'apparaissant ni sur le chat ni sur mon téléphone. Bizarre. Pas un mot de Hunter.

Je parie qu'il était trop occupé pour envoyer des messages.

Très, très occupé.

Je ne prête pas attention au pincement dans ma poitrine et m'efforce de vider ma tête de toute pensée liée à Hunter et à sa nuit trépidante. Je continue à parcourir les messages sur mon téléphone.

Une fille avec qui j'étais au lycée a envoyé un message impersonnel. Pour une raison que j'ignore, je figure encore dans ses contacts et dès qu'une occasion se présente, je reçois un message de sa part.

Hollis a envoyé d'autres messages qui me font rire.

HOLLIS : Yo. Le bar ferme. T'es où ? Tu te fais sucer ou quoi ?

HOLLIS : After chez Danny, un nouveau pote. Tu vas l'adorer.

HOLLIS : Ok

HOLLIS : Je suppose que t'es mort.

HOLLIS : J'espère que tu n'es pas mort ! I <3 YOU, mec. Bonne année !

Confisquez-lui son téléphone quand il a trop bu ! Tout en riant, je prends connaissance du message suivant. Il vient de Dean.

Je reprends alors mon sérieux.

DEAN : Bonne année ! J'aurais aimé te parler avant que tu partes. J'ai un grand service à te demander.

DEAN : Vous cherchez encore un quatrième colocataire ?

5

Summer

Deux semaines plus tard.

L'assistant du doyen de la faculté s'est fabriqué un faux accent anglais. J'en suis convaincue, même si ça ne fait pas plus de sept minutes que je suis dans son bureau. J'ai sacrément envie de le cuisiner à propos de ses origines, mais Monsieur Richmond n'apprécierait sans doute pas que je l'interrompe. Il a l'air de prendre un certain plaisir à me faire la leçon.

– … période de probation académique, marmonne-t-il.

Sa voix est un étrange croassement rauque. Si elles avaient le don de parler, je suis à peu près sûre que les grenouilles auraient cette voix-là.

Un surnom me vient immédiatement en tête. Grenouille.

– … politique de tolérance zéro, étant donné la nature de votre précédente expulsion…

Crapaud. Encore mieux.

– Summer…

Qu'il prononce « *Sum-ah* ». J'essaie de me souvenir de la façon dont Gavin prononçait mon nom, le mec sexy que j'ai fréquenté l'année passée pendant des vacances en Angleterre.

Lui n'avait pas du tout le même accent. Gavin est de sang bleu, il s'exprimait donc avec cette charmante mélodie que seuls les héritiers au trône possèdent. Même si une quarantaine de membres de la famille royale le devancent pour la succession, son monde était bien supérieur à celui de Monsieur Richmond.

L'assistant du doyen de Briar est loin d'être un duc. Il s'appelle Hal, ce qui ne fait pas très british. À moins que ce soit le diminutif de *Halbert* ?

– Mademoiselle Di Laurentis !

Je relève brusquement la tête. Crapaud affiche une expression sévère. Il a compris que je ne l'écoutais plus.

– Je sais bien que les règles de conduite et les mesures de scolarité ne sont pas des sujets passionnants, mais vous êtes particulièrement tenue d'y prêter attention. La poursuite de vos études en dépend.

– Je vous prie de m'excuser, je me force à dire. Ce n'est pas un manque de politesse. J'ai... des problèmes d'attention.

Il hoche la tête, le regard posé sur mon dossier.

– D'après ce que je lis, vous souffrez d'un trouble du déficit de l'attention. Vous prenez des médicaments ?

Mes poils se hérissent. Non, je n'en prends pas, mais ça ne le regarde pas.

N'est-ce pas ?

Il faudra que je pose cette question à mes parents, ils sont avocats. Mais je suis quasiment sûre qu'un élève n'est pas obligé de révéler à l'administration les traitements qu'il est amené à prendre.

J'ignore la question, ce qui rendrait mon père fier de moi.

– Je suppose que votre document signale également les problèmes que je rencontre à l'écrit.

J'arrive bel et bien à détourner son attention. Crapaud se plonge à nouveau dans mon dossier dont il tourne les pages.

– Des difficultés à l'écrit. Oui, c'est généralement une des conséquences de ce trouble. Votre conseiller de l'université de Brown a recommandé des méthodes alternatives d'évaluation, quand c'est possible. Plus de temps imparti pour les interrogations, davantage de soutien scolaire et d'examens oraux pour réduire l'écrit. Toutes les interrogations écrites vous posent problème ou simplement les dissertations ?

– Tous les examens écrits.

Je suis toute rouge. C'est vraiment gênant d'être assise là, à discuter de ma stupidité.

Tu n'es pas bête, Summer. Tu apprends différemment.

La voix ma mère résonne dans ma tête. Ces phrases, j'ai passé ma vie à les entendre. J'adore mes parents, mais leur soutien ne rend pas mon incapacité à organiser mes pensées par écrit moins humiliante. Et comment ! Je n'arrive pas à me concentrer, ne serait-ce que cinq minutes, sur quelque chose que mon esprit est déjà ailleurs.

Je ne suis pas la seule à avoir des difficultés d'apprentissage. Je le sais. Mais quand vos parents et vos deux grands frères ont fait Harvard, tandis que vous n'êtes qu'en licence de stylisme et que vous n'arrivez même pas à rédiger un paragraphe, c'est un peu dur de ne pas se sentir… nulle.

– Nous essaierons de mettre en œuvre le même soutien scolaire que vous receviez à Brown, mais vos professeurs ne seront pas toujours en mesure de vous aider. (Il saisit un autre document.) Regardons votre emploi du temps… Seules deux matières présentent des examens théoriques : *Histoire de la mode* et *Introduction aux couleurs et à la création*. Les autres cours s'articulent davantage autour de la pratique.

Je ne parviens pas à cacher mon soulagement. En plus des deux matières qu'il vient de citer, j'ai aussi choisi un cours sur les tissus. En revanche, j'ai moins d'engouement pour les cours de couture. Je vais devoir créer une ligne de vêtements qui sera montrée lors du défilé de fin de semestre. La plupart des matières mettent en exergue la pratique. À Brown, j'ai validé la plupart des matières obligatoires aux deux premières années de licence, dont les examens les plus difficiles, en littérature, sociologie et études de genre, réussis de justesse.

– Comme je l'ai déjà dit, ici, pas de seconde chance. Au moindre problème, si vous n'arrivez pas à valider vos matières et à garder la moyenne, vous serez expulsée. C'est entendu ?

– Oui, je murmure.

– Très bien.

Cet accent est vraiment fabriqué de toutes pièces. J'en suis sûre et certaine !

– Monsieur Richmond, pardonnez ma curiosité, mais je me demandais de quelle partie du Royaume-Uni vous êtes originaire. Vous avez presque le même accent que mon ami Marcus, qui vient de…

Il m'interrompt.

– Votre trouble de l'attention est inquiétant, Summer. D'ailleurs, vous ne m'avez toujours pas dit si vous suivez un traitement.

Va te faire voir.

Nous nous toisons encore pendant quelques secondes, puis, les dents serrées, je lui demande si je peux partir.

– Une toute dernière chose, ajoute-t-il d'un ton narquois.

Je me force alors à rester assise.

– Vous aurez remarqué que le nom de votre conseiller ne figure pas sur votre emploi du temps.

Je n'avais pas encore remarqué, mais, effectivement, cette information n'apparaît pas.

– J'ai l'intention de m'occuper personnellement de vous.

L'anxiété m'envahit. Quoi ? Est-ce bien légal ?

Évidemment, ça doit être légal… Mais pourquoi l'assistant du doyen voudrait-il devenir le conseiller d'une étudiante en stylisme ?

– Cette fonction ne m'incombe pas spécialement, mais vu les circonstances de votre admission dans notre université…

– Quelles circonstances ? je le coupe, interloquée.

Ses yeux noirs brillent de… méchanceté, peut-être ?

– Je sais que votre père et le doyen sont liés d'une amitié ancienne et qu'ils font du golf ensemble…

Je confirme, c'est bien de la méchanceté.

– … et j'ai bien conscience des généreuses donations de votre famille à l'université. Cela dit, je ne raffole pas de cet élan excessif de camaraderie. Je considère que l'admission à une université, quelle qu'elle soit, devrait uniquement se fonder sur le mérite. Alors… (il hausse les épaules) j'ai le sentiment qu'il convient de vous avoir à l'œil. Je voudrais m'assurer que vous respectez bien les règles que je viens d'énoncer.

Je suis à peu près sûre que mes joues sont encore plus rouges que des tomates. J'espère que mon fond de teint à deux cents dollars fait son boulot. C'est terriblement gênant d'apprendre que mon père a dû demander un service au doyen Prescott pour qu'on m'accepte à Briar après le désastre de Brown. Si ça ne tenait qu'à moi, j'aurais tiré un trait sur l'université pour de bon. Mais j'ai promis à mes parents d'aller jusqu'au bout de mon diplôme. Et je ne supporte pas de les décevoir.

– On se réunira une fois par semaine pour évaluer vos progrès et vous orienter sur le plan scolaire.

– Très bonne idée, je mens.

Cette fois, je me lève sans avoir demandé la permission.

– Je dois vous quitter, Monsieur Richmond. Pourriez-vous m'envoyer par mail l'heure de nos prochains rendez-vous ? Comme ça, je les noterai sur mon calendrier. Merci infiniment pour vos conseils.

Je suis sûre qu'il a saisi le sarcasme avec lequel j'ai prononcé le mot « conseils », mais je ne lui laisse pas le temps de répondre. Sans plus tarder, je sors de son bureau et secoue la main vers la secrétaire en guise d'au revoir.

Une fois dehors, je respire l'air frais à pleins poumons. J'adore l'hiver et, depuis qu'il est recouvert d'une couche de givre, mon nouveau campus est absolument magnifique. Seulement, je suis trop stressée pour en profiter. Je n'arrive pas à croire que je serai forcée de voir régulièrement Richmond. Quel abruti !

J'inspire profondément, passe mon sac Chanel à l'épaule et me dirige vers le parking situé à l'arrière du bâtiment administratif.

Très ancien, comme presque tous les édifices du campus, il est constitué de belles briques rouges et recouvert de lierre. Briar est l'une des plus vieilles et plus prestigieuses universités américaines. Parmi ses anciens élèves figurent quelques présidents et beaucoup de politiques, un palmarès impressionnant. Cela ne fait qu'une dizaine d'années que l'établissement propose aussi des formations moins conventionnelles et vraiment intéressantes. Comme ce programme de stylisme qui me permettra de valider une licence artistique.

En dépit de ce que pensent certaines personnes, la mode n'est pas une affaire de superficialité.

Je ne suis pas superficielle.

Tu peux aller te faire voir, Colin Fitzgerald !

J'ai encore un arrière-goût amer dans la gorge, mais je ravale tout, car je ne suis pas quelqu'un de particulièrement rancunier. J'ai du caractère, oui, mais en général j'exprime ma colère de façon tempétueuse avant de me calmer illico. À quoi bon dépenser des énergies négatives ?

Pourtant, deux semaines se sont écoulées depuis le nouvel an, et je n'ai toujours pas l'esprit tranquille. Je n'arrive pas à oublier la conversation entendue par hasard ce soir-là, faite de commentaires stupides, inconsidérés et méchants à mon égard.

Il m'a traitée de fille superficielle.

Il pense que je n'approfondis rien.

Oublie-le. Il ne mérite même pas que tu t'en fasses.

C'est sûr. Qu'importe que Fitz me trouve superficielle. Ce n'est ni le premier ni le dernier à le penser. Quand on est une fille riche du Connecticut, les gens ont tendance à vous mettre dans la case pétasse matérialiste.

Et c'est bel et bien une pétasse matérialiste conduisant une Audi métallisée qui le dit, me nargue une petite voix intérieure alors que j'arrive à hauteur de ma voiture de luxe.

Pfff... Même mon esprit se ligue contre moi pour me culpabiliser.

C'était un cadeau, je rappelle à mon traître de cerveau. De la part de mes parents, pour mon bac. Cette voiture a déjà trois ans, ce qui, en années voitures, correspond presque à l'âge de la retraite. Qu'est-ce que j'aurais bien pu faire ? Refuser le cadeau ? Je suis encore la petite fille adorée de mon père, sa princesse. Il me gâtera toujours, que je le veuille ou non.

En tout cas, le fait que je m'intéresse à la mode et que je fasse partie d'une sororité, ça me rend superficielle.

Oublie-le.

Je presse la clé pour déverrouiller la voiture, mais je ne m'installe pas au volant. Quelque chose me retient.

Je suppose que ce quelque chose a peut-être un lien avec une pensée qui me hante : *Je n'ai pas du tout envie de rentrer à la maison et de croiser le mec qui me trouve superficielle.*

Difficile d'imaginer qu'il y a encore deux semaines, j'étais contente de voir Fitzy.

Maintenant, c'est ce que je redoute. Mon Graal n'est plus vraiment un Graal, juste un âne prompt à critiquer les autres.

Je rappuie sur le bouton « verrouiller ». Tant pis. Je préfère aller boire un café. Je ne me sens pas encore prête à le voir.

T'es lâche.

Je déverrouille à nouveau la voiture. Je ne suis pas lâche. Moi, Summer Heyward-Di Laurentis, je me fiche totalement de ce que Colin Fitzgerald pense de moi.

Je verrouille la voiture.

En réalité, ce qu'il pense de moi m'importe.

Je déverrouille la voiture.

Ça ne devrait avoir aucune importance.

Verrouillée.

Déverrouillée.

Verrouillée.

Déverrouillée.

– T'as l'air de bien t'amuser ! lance une voix enjouée. Laisse-moi deviner, c'est la voiture de ton ex ?

Surprise, je fais un bond. J'étais tellement concentrée sur la clé que je n'ai même pas remarqué que cette fille s'approchait de moi.

– Quoi ? Non, c'est la mienne.

Elle fronce les sourcils.

– Ah bon ? Alors, pourquoi tu t'amuses à déclencher la clé sans arrêt ?

Je me retrouve tout aussi perplexe qu'elle.

– En quoi ça en ferait la voiture de mon ex ?

– Je pensais que tu étais en train d'user les piles de sa clé pour qu'il ne puisse plus la déverrouiller. En gros, que tu aurais volé ses clés pour te venger.

– T'es sérieuse ? Ce serait une vengeance beaucoup trop contraignante. Au lieu de passer des heures à vider les piles de ce truc, si j'avais vraiment voulu me venger, je lui aurais crevé les pneus. Beaucoup plus rapide et efficace.

– Pas bête. Je suis fan ! acquiesce-t-elle en remuant la tête, ce qui fait retomber une mèche brune sur son épaule. Bon, je te laisse t'amuser. À plus.

Elle commence à s'éloigner, mais je l'interpelle.

– Tu veux que je te dépose quelque part ?

Ça y est, maintenant, je propose carrément à de parfaits inconnus de les prendre en voiture. De mieux en mieux. Fitzy m'a vraiment retourné le cerveau.

Elle se retourne en riant.

– Je te remercie, mais je me rends à Hastings, explique-t-elle.

Hastings est la ville la plus proche du campus, pas trop loin en voiture. Il se trouve que c'est aussi ma destination.

– C'est justement à Hastings que je vais.

C'est un signe. Je ne suis pas censée rentrer tout de suite à la maison. Les cieux m'invitent d'abord à partager le trajet avec cette fille.

Elle revient lentement vers moi et m'observe de la tête aux pieds, d'un air suspicieux. Je suis sûre que je n'ai pas l'air particulièrement dangereuse. J'ai coiffé mes cheveux en chignon flou et je porte un caban couleur crème, un jean slim bleu foncé et des bottes en cuir. On dirait que je sors d'un catalogue Gap.

– Je n'ai pas l'intention de t'assassiner. C'est moi qui devrais me méfier. Tu pourrais tuer quelqu'un avec tes talons.

Cette fille a un look d'enfer : legging noir, manteau noir et bottines noires à talons de dix centimètres ainsi qu'un bonnet rouge en laine qui recouvre ses cheveux bruns et des lèvres rouge vif, même s'il n'est que midi.

Elle déchire. Je crois que je l'adore déjà.

– Je m'appelle Summer. Je viens d'être transférée de l'université de Brown et j'habite dans une maison de Hastings.

Elle se pince les lèvres avant de répondre.

– Moi, c'est Brenna. J'habite aussi à Hastings. (Elle hausse les épaules en s'approchant de la portière du côté passager.) Tu peux la déverrouiller maintenant, je veux bien que tu me déposes.

6

Summer

– Ça t'arrive souvent de ramasser des filles sur des parkings ? Remarque, je ne me plains pas. Au contraire, je suis bien contente de ne pas avoir à prendre un Uber ou un taxi du campus, dit Brenna d'un ton jovial.

J'éclate de rire.

– Non. Tu es très jolie, mais si tu veux tout savoir, ce sont les hommes qui m'intéressent.

– Ah ah ! Moi aussi. Et puis, si j'aimais les filles, tu ne serais pas mon genre, toi, la Barbie californienne.

– Tu te trompes de côte. Je suis originaire de Greenwich, dans le Connecticut, je réponds en souriant parce que je sais qu'elle plaisante. Sinon, pour répondre à ta question, non, ce n'est pas dans mes habitudes de ramasser des gens potentiellement dangereux au bord des routes. (Je décide d'être honnête.) En fait, je n'ai pas du tout envie de rentrer chez moi.

– C'est intrigant. Pourquoi donc ? demande Brenna en se tournant vers moi pour mieux m'observer.

Je sens son regard qui me scrute, mais je me concentre sur la route. Les rues sont étroites et recouvertes de neige, alors je roule lentement. J'ai déjà deux accrochages hivernaux à mon actif.

– Ça fait seulement quelques jours que j'ai emménagé, j'explique. Mes colocataires n'étaient pas là, ils étaient au ski, dans le Vermont. J'avais l'appartement pour moi toute seule. Mais ils m'ont écrit ce matin pour m'annoncer leur retour. Ils sont peut-être déjà arrivés.

– Et alors ? Qu'est-ce que tu as contre tes colocataires ? Ils ne sont pas gentils ?

L'un d'eux, non.

– C'est une longue histoire.

Brenna éclate de rire.

– On ne se connaît pas, mais vu qu'on partage le trajet, il faut bien qu'on parle de quelque chose. Épargne-moi les banalités habituelles sur la météo et raconte-moi pourquoi tu n'aimes pas ces filles.

– Ces mecs, je corrige.

– Ah !

– Mes colocs sont des mecs. Trois mecs.

– Alléchant ! Dis-moi tout. Ils sont sexy ?

– Très. Mais la situation est compliquée. J'en ai embrassé un le soir du nouvel an.

– Et alors ? Je ne vois pas où est le problème.

– C'était une erreur, dis-je et je me mordille les lèvres. J'avais un faible pour un des deux autres, mais je l'ai entendu dire de vilaines choses sur moi. J'étais en colère, alors…

– J'ai compris. Pour te venger, tu as embrassé son coloc.

Elle ne paraît pas me juger, mais je reste quand même sur mes gardes.

– Ce n'était pas pour me venger, c'était… (Je pousse un grognement.) C'était un baiser très agréable.

– Mais tu ne l'aurais pas fait si tu n'avais pas été en colère contre l'autre.

– Sans doute, je reconnais en ralentissant à hauteur d'un feu rouge.

– Qu'est-ce qu'il a dit sur toi ? demande-t-elle, soudain très intéressée.

Mon pied tremble sur la pédale au moment de révéler l'embarrassant et blessant moment où, revenant des toilettes, j'ai entendu Fitz parler avec Garrett. Ce n'est pas tant d'être traitée de fille « superficielle » qui m'a fait le plus de mal, mais plutôt la liste de ses raisons pour ne jamais sortir avec moi.

– Il a dit à son pote que j'étais superficielle. Il pense que je n'ai pas de neurones, que je ne suis qu'une fêtarde. Il a dit qu'il ne sortirait jamais avec moi.

– Tu te fous de moi ? s'écrie Brenna en faisant claquer la paume de sa main sur sa cuisse. Qu'il aille se faire voir !

– Pas vrai ?

– Bon sang. Dire que tu dois vivre avec cet enfoiré maintenant, dit-elle avec compassion. Il n'y a rien de pire. Je suis désolée.

– Oui, ça craint. Je suis… (Je m'interromps car la frustration est trop grande.) Je suis en colère, évidemment, mais aussi très déçue par lui.

– Merde, on dirait mon père, dit-elle avant de prendre une voix grave pour l'imiter : *Je ne suis pas en colère contre toi, Brenna. Je suis juste… très déçu.* Je déteste ça.

– Désolée, je réplique en riant, mais c'est vrai. Je suis vraiment déçue. Je pensais que c'était un mec sympa et je l'aimais bien. J'étais sûre qu'il tenterait un truc avec moi, tu sais, je sentais qu'il m'envoyait des signaux. Et je me sentais prête à lui faire bien plus que des bisous. (Je la regarde d'un air penaud.) C'est pas rien pour moi. Je ne couche jamais avec un mec avant d'avoir eu plusieurs rencards.

– T'es coincée, quoi ! lance-t-elle.

– Je suis plutôt du genre à mettre le feu à la maison de ma sororité mais, au fond, je reste très fleur bleue.

Brenna semble conquise.

– On reviendra plus tard sur cette histoire de sororité, tu peux me croire. Mais achevons d'abord cette conversation. Donc, en règle générale, tu ne t'offres pas à un mec tant qu'il ne t'a pas prouvé son potentiel de prince charmant, mais tu aurais bien volontiers laissé cet abruti te passer dessus.

Sauf qu'il t'a montré son vrai visage. Alors, tu as préféré bécoter son ami.

– Tu vises plutôt juste.

Je me remémore le moment où, décidée à quitter le bar, Hunter Davenport m'a retenue alors que je me dirigeais vers la sortie. Les remarques de Fitzy à mon égard m'avaient tellement blessée que j'étais prête à faire une croix sur la soirée. C'est là que Hunter m'a fait rire. Je ne me souviens même plus pourquoi. Et puis, sans crier gare, le compte à rebours a touché à sa fin, Hunter m'a pris dans ses bras et m'a embrassée.

C'était torride. Il embrasse exceptionnellement bien. En plus, il était tout dur contre moi. Je ne regrette rien, parce que, sur le moment, c'était vraiment bon.

Seulement, je n'avais pas anticipé que j'allais vivre avec lui.

Dean a tout organisé sans me consulter, mais je n'avais pas le choix. Emménager dans l'ancienne maison de Dean était beaucoup plus avantageux que les dortoirs de l'internat. Je n'aurais jamais trouvé aussi bien à Hastings. Peut-être un petit studio dans une cave. Or, même ce type de logement ne reste pas longtemps sur le marché. Les locations sont rares dans une ville aussi petite.

Le seul problème, c'est que je vais devoir vivre avec le mec que j'ai embrassé.

Et le mec que j'ai eu terriblement envie d'embrasser.

Et Hollis, mais ça ne compte pas, je ne l'ai jamais embrassé et je n'en ai jamais eu envie.

Brenna pose son regard sur moi.

– Du coup, vous autres…

– Vous autres ? je répète pour la taquiner.

– Ma mère était québécoise. Parfois, des expressions me reviennent.

– Elle était ?

Son humeur s'assombrit légèrement.

– Elle est morte quand j'avais sept ans.

– Je suis désolée. Ça a dû être vraiment dur.

Ma vie s'effondrerait si je n'avais plus ma mère. C'est mon roc.

– Oui, c'était dur, dit-elle avant de changer de sujet. Bref, est-ce que vous saviez avant le nouvel an que vous alliez tous vivre ensemble ?

– Pas du tout. Si j'avais su, je n'aurais rien fait, avec aucun des deux. Quelle idée ! C'est déjà assez compliqué comme ça de se réhabituer à vivre avec des garçons après avoir passé deux ans dans une maison remplie de filles.

– En tout cas, ça veut dire que les mecs ne sont pas gênés par la situation. Autrement, ils ne t'auraient pas acceptée dans la coloc, non ?

– Effectivement.

Je n'ai vraiment parlé qu'à Mike Hollis, en plus d'avoir échangé quelques messages avec Hunter qui, par chance, n'a pas reparlé de notre session bécot.

– J'ai été en contact avec deux d'entre eux, mais pas avec Fitz.

Du coin de l'œil, je remarque que Brenna tourne brusquement la tête vers moi.

– Tu as bien dit Fitz ?

Oh oh…

La panique ma gagne. Peut-être qu'elle le connaît ? Ce ne serait pas impossible. Fitz n'est pas un surnom très commun.

Heureusement, nous atteignons le centre de Hastings, ce qui me permet de changer de sujet.

– Comme cette ville est jolie, dis-je gaiement ! (J'évite le regard de Brenna en me concentrant sur les devantures des magasins et des restaurants qui bordent les rues.) Ah ! Je ne savais pas qu'il y avait un cinéma. (Ce qui est un mensonge. Bien sûr que je le savais. Il m'a fallu cinq minutes pour faire le tour de Hastings et découvrir ses « attractions ».)

– Comme le cinéma ne compte que trois salles, il y a peu de films à l'affiche, dit-elle avant de désigner une vitrine sur la place principale. J'ai rendez-vous avec des amis au *Della's Diner*. Juste là.

Je n'ai pas encore mis les pieds dans ce restaurant, mais j'en ai l'intention. J'ai entendu dire qu'on y sert toutes sortes de tartes, dans un décor des années 50. Même les serveuses portent une tenue vintage.

– Le mec qui t'a critiqué, il s'appelle Fitz ?

Punaise. Je pensais avoir réussi à le lui faire oublier. Elle a du flair.

– Oui, je confesse. Mais c'est son surnom.

– Le diminutif de Fitzgerald ? Colin Fitzgerald ?

Merde !

Je plisse les yeux.

– Tu n'es pas son ex, par hasard ?

– Non, on est amis. Enfin, on se connaît. Ce n'est pas facile de se lier d'amitié avec lui.

– Pourquoi ?

– C'est l'archétype du grand mec mystérieux, dit-elle avant de marquer une pause. Jamais je ne l'aurais imaginé dire du mal d'une fille. Ni de qui que ce soit.

Ma mâchoire se contracte.

– Je n'ai pas inventé cette histoire, si c'est ce que tu sous-entends.

– Ce n'est pas ce que je pense, ajoute-t-elle d'un ton léger. Je repère les menteurs à des kilomètres à la ronde. Tu as l'air vraiment affectée par cette histoire. Je ne pense pas que tu aurais embrassé l'autre si tu… Oh, mais c'était Davenport ? Hunter Davenport, hein ? Celui que tu as embrassé ?

Je ne me suis jamais sentie aussi mal de ma vie. Le visage livide, je me gare devant le *diner*, sans éteindre le moteur.

– On est arrivées.

Brenna s'en fiche totalement. On dirait plutôt qu'elle entretient une discussion avec elle-même.

– Oui, bien sûr. C'était Hunter. Je ne t'imagine pas du tout avec Hollis, il est chiant. Il t'aurait sans doute murmuré des obscénités.

– Donc tu connais aussi Hunter et Hollis ? je demande en poussant un soupir.

Elle lève les yeux au ciel.

– Je les connais tous. Je suis la fille de Chad Jensen.

Connais pas.

– De qui ?

– L'entraîneur de l'équipe de hockey. Je suis Brenna Jensen.

– Monsieur Jensen est ton père ?

– Oui, c'est… (Soudain, elle ouvre grand la bouche.) Attends une seconde… Tu as dit qu'ils étaient au ski ce week-end ? Quelle bande d'enfoirés ! Ils n'ont pas le droit de faire ça en plein milieu de saison. Mon père va les tuer s'il l'apprend.

Mince, c'est de ma faute. Je ne pouvais pas deviner que Brenna les connaissait.

– Il ne le saura pas, je rétorque sèchement, parce que tu ne diras rien.

– C'est promis, dit-elle d'un ton absent, car elle est trop occupée à me dévisager, ostensiblement perplexe.

– Je ne comprends pas comment une fille de la sororité de Brown se retrouve à vivre dans la maison de trois joueurs de hockey qui, soit dit en passant, représentent des conquêtes particulièrement convoitées. Toute groupie des patinoires qui se respecte est à l'affût des hockeyeurs de Briar, parce qu'ils sont nombreux à rejoindre la Ligue nationale de hockey.

– Ce sont des amis de mon grand frère. Il jouait dans l'équipe l'année dernière.

– Qui est ton frère ? interroge-t-elle.

– Dean Heyward-Di Lau…

– Laurentis. (Elle termine ma phrase en poussant un cri de surprise.) Ça alors ! Maintenant, je vois la ressemblance. Tu es donc la sœur de Dean.

Toute gênée, je hoche la tête. J'espère qu'elle n'a pas eu d'aventure avec mon frère. Avant de rencontrer Allie, il avait déjà beaucoup de succès comme hockeyeur. Je ne veux pas savoir combien de cœurs il a brisés pendant ses années de débauche.

Comme si elle avait lu dans mes pensées, Brenna pâlit.

– Oh ! Non, t'en fais pas, je ne suis pas sortie avec lui. C'est la première année que je suis à Briar.

– Ah bon ?

– J'ai fait mes deux premières années d'études dans un *community college* du New Hampshire, explique-t-elle. Je suis arrivée en septembre dernier, en troisième année, mais j'appartiens au groupe des nouveaux arrivants. (Soudain, elle s'agite). Excuse-moi, mon téléphone vibre.

Je patiente pendant qu'elle consulte l'écran de son portable, mais j'ai besoin de plus de détails de sa part. C'est pas croyable ! Parmi tous les inconnus de cette université, il a fallu que tombe sur la fille de l'entraîneur de Fitz. Ce n'est que sa première année à Briar, mais elle semble détenir beaucoup d'informations sur les joueurs de son père, dont mon frère, qu'elle n'a même pas rencontré.

Brenna tape rapidement un message.

– Désolée, mes amis se demandent où je suis passée. Faut que je file.

Je lui lance un regard noir.

– T'es sérieuse ? Tu ne peux pas me balancer cette bombe et disparaître comme ça. Je veux tout savoir sur ces types.

Elle esquisse un grand sourire.

– Évidemment. On se reverra. Je ne peux pas t'inviter à déjeuner avec nous car je ne veux pas me rendre complice de ta lâcheté.

– De quoi tu parles ?

– Du fait que tu dois rentrer chez toi et affronter tes colocataires pour faire table rase de cette situation gênante. (Elle arrache mon portable de son socle sur le tableau de bord.) Je m'envoie un message depuis ton téléphone, comme ça, tu auras mon numéro. Tu m'accompagnes au match demain soir ?

– Quel match ?

– Briar affronte Harvard. Mon père m'oblige à assister à tous les matchs qui ont lieu à la fac et en extérieur, quand c'est à moins d'une heure du campus.

–Vraiment ? Et si jamais tu as d'autres projets ?

– Il me coupe les vivres.

– Tu te…

– Fiche de toi ? Oui ! fait-elle en haussant les épaules. En gros, quand je suis libre, j'y vais, quand je ne suis pas libre, je n'y vais pas. Mon père n'exige pas grand-chose de moi. J'adore le hockey et les beaux garçons, ce n'est donc pas un grand sacrifice de ma part.

– Bien vu.

Son téléphone vibre à nouveau, cette fois, c'est le message qu'elle s'est envoyé depuis le mien.

– Voilà, j'ai ton numéro. On peut commencer à organiser le mariage la semaine prochaine.

Ça me fait rire.

– Merci de m'avoir déposée, dit-elle, puis elle descend de la voiture et, au moment de refermer la portière, glisse à nouveau sa tête à l'intérieur : Au fait, tu voudras que je porte quel maillot demain soir ? Celui de Fitzy ou de Davenport ? ajoute-t-elle en battant innocemment les paupières.

Je lui fais les gros yeux et lui tends mon majeur.

– C'est pas marrant.

– Si, c'était très drôle. À demain, folasse.

Je l'observe avec envie entrer dans le restaurant. J'aurais vraiment aimé manger une part de tarte. Mais Brenna a raison. Je ne peux pas continuer à repousser l'instant fatidique.

Il est temps de rentrer à la maison.

7

Fitz

Quand nous arrivons devant la maison, une Audi est déjà là. Mes épaules se contractent. J'espère que Hunter ne s'en rend pas compte. En tout cas, je ne regarde pas dans sa direction pour analyser sa réaction. Je suis sûr qu'il est ravi de voir la voiture de Summer, je suppose que c'est la sienne, vu que notre garage une-place est déjà occupé, j'y ai garé ma Honda toute défoncée avant que nous ne partions pour le Vermont.

Et puis, ça ne fait pas de doute, puisque c'est une Audi.

Hunter gare sa Land Rover derrière, puis il s'adresse à nous d'un ton grave.

– Tout ça reste entre nous.

– Évidemment, dit Hollis en bâillant bruyamment.

Il a dormi comme une pierre à l'arrière pendant tout le trajet.

– Je ne plaisante pas. Si ça revient aux oreilles du coach…

– Ça n'arrivera pas, ajoute Hollis pour le rassurer. Ce week-end n'a pas existé, pas vrai, Fitz ?

J'acquiesce d'un air solennel.

– Ni vu ni connu.

– Bien. J'aimerais quand même qu'on revoie ensemble la version sur laquelle on s'est mis d'accord, au cas où il nous poserait des questions à l'entraînement, dit Hunter en éteignant le moteur. On a donc passé le week-end dans le New Hampshire, chez les parents de Mike. On est restés au coin du feu, on a profité du jacuzzi et joué au Monopoly.

– C'est moi qui ai gagné, lance Hollis.

Je lève les yeux au ciel. Évidemment, il faut qu'il remporte cette partie de Monopoly qui n'a même pas eu lieu.

– Non, c'est moi ! je rétorque avec suffisance. J'ai acheté les Champs-Élysées et j'y ai construit huit hôtels.

– N'importe quoi. C'est moi qui possède les Champs-Élysées.

– Personne n'a les Champs-Élysées, intervient Hunter, puisqu'on n'a pas vraiment joué au Monopoly.

En effet. On a surtout fait du ski, ce qui est une chose absolument stupide à faire au beau milieu de la saison. Mais on ne peut pas dire que Hollis, Hunter et moi ayons la meilleure des influences les uns sur les autres. Nous avons tous les trois grandi sur la côte Est et adorons les sports d'hiver. Quand Hollis nous a proposé une expédition secrète pour faire du ski, c'était trop tentant pour refuser.

Notre entraîneur serait fou s'il le savait. En tant que joueurs de l'équipe de hockey, nous n'avons pas le droit de compromettre la saison en prenant le risque d'une quelconque fracture. Un week-end de ski et de beuverie dans le Vermont est un véritable péché capital.

Seulement, parfois c'est l'amusement qui prime, n'est-ce pas ?

Je jure que je n'ai pas accepté de partir avec eux juste pour retarder le moment de voir Summer, auquel cas je serais passé pour un minable, ce que je ne suis pas.

Et puis, qu'importe si elle a embrassé Hunter. Summer n'est pas mon genre. Mais grâce à elle, mon loyer a baissé. Tout le monde y gagne.

– Bon, vous avez pigé ? Il y a cinq mots à retenir : New Hampshire, cheminée, jacuzzi, Monopoly et chocolat chaud.

– Chocolat chaud ? hurle Hollis. Comment ça ? Tu changes toute l'histoire. Je ne sais pas si je vais réussir à m'en souvenir.

J'éclate de rire ; Hunter secoue la tête.

– Vous avez joué pour Jensen un an de plus que moi. Vous devriez savoir ce qui pourrait se passer s'il découvrait ce que nous avons fait, non seulement le ski, mais aussi la consommation d'alcool et d'herbe, ce qui est sans doute encore pire à ses yeux.

Hollis et moi revenons sur terre. Il a raison. La dernière fois qu'un joueur a été surpris en train de faire la fête, il s'est fait expulser de l'équipe. Ce joueur, c'était Dean. Il avait pris des cachetons à une fête et avait échoué à son test d'urine le lendemain.

Au cours du week-end, nous n'avons rien consommé qui s'assimile à de la MDMA, juste quelques bières, un pétard, le tout après quelques figures sur les pistes que nous aurions pu, non, dû absolument éviter.

– Rentrons. Notre nouvelle coloc nous attend, dit joyeusement Hollis avec un sourire jusqu'aux oreilles.

Hunter lui lance un regard noir, puis il sort de la Land Rover.

– Bas les pattes !

– Pas question, chacun sa part.

– D'abord, c'est pas un gâteau. C'est notre colocataire, rétorque Hunter en haussant les sourcils. Mais puisque tu insistes, rappelle-toi que je suis le premier à avoir mis ma langue dans sa bouche.

À les entendre, je serre les dents.

– T'as raison, concède Hollis en soupirant, je te la laisse.

Je me mets à rire, relâchant ainsi les tensions dans ma mâchoire. Comme si Hollis avait ses chances avec Summer ! Il est pas mal, mais il est lourd. Une fille comme elle ne s'intéresserait jamais à lui.

– Merci, c'est très généreux de ta part, Mike. Ça me touche, vraiment, dit Hunter d'un ton moqueur.

– Je suis un bon ami, reconnaît Hollis.

Tandis que nous avançons jusqu'au perron, l'excitation est manifeste chez Hunter. Ce n'est pas une surprise. J'ai vu son regard quand Dean l'a appelé pour lui annoncer que Summer cherchait une chambre. Évidemment, il rêve de reproduire leur petit numéro du réveillon.

Comme j'ai la tête sur les épaules, j'ai su ravaler mon ressentiment et fais remarquer à Hunter que s'il se passait quelque chose entre eux, il faudrait veiller à ce que ça n'affecte pas la colocation, vu que son nom figure désormais sur le bail. Il m'a assuré qu'il n'y aurait aucun problème.

Comme s'il avait la certitude que quelque chose se passerait entre eux.

Peu importe. Je me fiche de ce qu'il pense. Qu'ils se bécotent ! J'ai bien mieux à faire.

Mon duffel-coat sur l'épaule, j'attends que Hollis ouvre la porte d'entrée. Une fois à l'intérieur, je dépose brusquement mon sac par terre et retire mes chaussures. Les autres m'imitent.

– Chérie, on est là ! s'écrie Hollis.

On entend un rire à l'étage.

Mon cœur accélère à mesure que ses pas se rapprochent du palier. Elle arrive en haut de la rampe, en pantalon de sport et sweat à capuche de l'université Briar, les cheveux relevés dans un chignon négligé.

Hollis la dévisage. Il n'y a absolument rien de particulièrement sensuel dans sa tenue mais, quoi qu'elle porte, cette fille est toujours sexy.

– Salut. Bienvenue chez vous ! dit-elle jovialement.

– Salut, dis-je, d'une voix éreintée.

Hunter retire son manteau et l'accroche dans la penderie.

– Blondie, fredonne-t-il, ravi que tu sois là.

Hollis acquiesce.

– C'est vrai.

– Merci. Je suis contente d'être là.

– Attends, laisse-moi venir te dire bonjour.

Un grand sourire aux lèvres, Hunter se précipite en haut de l'escalier.

Elle rougit quand il la prend dans ses bras pour lui faire la bise.

J'en profite pour détourner le regard, prétendant être absorbé par la tâche qui consiste à accrocher ma veste. Je ne sais pas s'il l'a embrassée. Quoi qu'il en soit, Summer a encore les joues rouges quand je me force à me tourner de nouveau vers eux.

– Je vais me changer, dit Hunter avant de disparaître dans sa chambre.

Hollis, lui, se dirige vers la cuisine tandis que je monte à l'étage. Je me retrouve donc seul avec Summer.

Elle m'observe avec circonspection.

– Vous avez passé un bon week-end ? demande-t-elle.

J'acquiesce d'un mouvement de tête.

– Super, ajoute-t-elle en reculant vers le seuil de sa chambre.

Je jette un coup d'œil à travers la porte et repère un lit parfaitement fait, avec une couette blanche et plein de coussins. J'aperçois aussi un pouf poire rose et un tapis blanc à longs poils. Un ordinateur est posé sur le bureau d'angle qui était déjà là quand Dean vivait dans cette chambre.

Elle n'a pas perdu son temps pour prendre ses marques.

Elle est chez elle, me dit une petite voix.

– Merci de m'avoir… acceptée dans votre colocation.

Je hausse les épaules.

– Pas de problème. Il nous fallait une quatrième personne.

Elle continue à reculer, comme si elle ne voulait pas rester près de moi. Je me demande si elle se rappelle m'avoir dragué le soir du réveillon, avant de jouer au hockey sur langue avec mon coéquipier.

Comme si j'en avais quelque chose à faire.

– Bon… hésite-t-elle.

– Euh… Je… je bafouille en reculant aussi. Je vais aller prendre une douche. On a fait une dernière pist… euh… une dernière partie de Monopoly avant de partir et je suis couvert de sueur.

Summer fronce les sourcils.

– Je ne savais pas que le Monopoly pouvait faire transpirer.

Hunter passe la tête hors de sa chambre.

Je me tourne pour lui lancer un regard noir, parce que c'est lui qui a eu l'idée du Monopoly, mais voilà qu'il sort carrément de sa chambre en enfilant sa chemise.

– Les jeux de société sont parfois très intenses, je réponds sans grande conviction. En tout cas, pour nous.

– Intéressant. J'ai hâte qu'on se fasse une soirée jeux. (Elle termine son déplacement à reculons, ayant atteint sa porte.) Bonne douche, Fitz.

Elle disparaît ensuite dans sa chambre tandis que je marche d'un pas lourd jusqu'à la mienne. Mon téléphone sonne, véritable soulagement. J'ai besoin d'une distraction avant de prendre conscience de l'ampleur de la maladresse de ce face-à-face.

Le message reçu me fait sourire.

Toujours bloqué à la troisième porte. Je te déteste.

Plutôt que de répondre par texto, j'appelle mon pote Morris, grand amateur de jeux vidéo. Pour moi, il teste le tout dernier jeu de rôle que j'ai passé les deux dernières années de ma vie à modéliser.

– Salut ! dit-il. Comment je fais pour rentrer dans la Cité de l'acier, bon sang ?

– Tu peux toujours courir pour que je te le dise, je réponds en riant.

– Je suis bloqué depuis hier soir.

– Je t'ai envoyé le jeu hier soir. C'est déjà épatant que tu aies atteint la cité. Je n'ai pas encore regardé les messages du forum, mais aucun autre testeur n'avait dépassé le village.

– Parce que je suis bien meilleur qu'eux. Et puis, c'est mon avis qui compte le plus.

– Alors, qu'est-ce que tu en penses ?

– C'est de la balle.

Je suis ravi d'entendre ça, surtout de la part d'un joueur de la trempe de Morris. Il gagne déjà beaucoup d'argent grâce à sa chaîne sur Twitch. Eh oui, des gens sont prêts à payer pour le regarder jouer à des jeux vidéo en ligne. C'est dire s'il est bon. En plus, les vidéos en direct de ses aventures virtuelles sont vraiment divertissantes.

Sans vouloir me vanter, je jouis aussi d'une certaine notoriété. Pas pour des vidéos en direct, mais pour des critiques de jeux. Jusqu'à cette année, je rédigeais des avis, notamment pour le blog de la fac, mais aussi pour de célèbres sites internet spécialisés. Mais j'ai dû arrêter, faute de temps. J'avais besoin de me concentrer sur mon propre jeu vidéo.

Legion 48 n'est pas un jeu de rôle très complexe. Il permet de jouer en solo, en suivant une intrigue toute prête, contrairement aux jeux en « monde ouvert ». À cause de mon emploi du temps très chargé, je n'ai pas beaucoup de temps pour jouer à des jeux vidéo ni pour en inventer. J'ai cependant l'intention de postuler dans de grandes entreprises qui en développent. Pour ce faire, je dois être en mesure de leur montrer de quoi je suis capable sur le plan technique. *Legion 48* n'a pas du tout le niveau de *Skyrim* ou *GTA*, mais il s'agit simplement de prouver aux studios que je ne suis pas un amateur.

Ma plus grande force, c'est d'avoir créé tout seul les illustrations et le codage nécessaire pour rendre le jeu fonctionnel. Tout a commencé par de simples croquis que j'ai reproduits numériquement, puis en 3D. Je ne saurais dire combien a duré cette étape préliminaire. En tout cas, ce n'était rien comparé au temps que m'a demandé le codage de l'ensemble du jeu.

– T'es tombé sur des bugs ? je demande à Morris.

– Rien de bien grave. Quand on parle au dragon dans la cave, le dialogue plante et saute sur le chapitre suivant.

Ça va, cela reste facile à régler. Un vrai soulagement ! J'ai mis des heures et des heures à peaufiner la version alpha. Pendant presque un an, le jeu était inutilisable. Les premières phases de test m'ont fait prendre conscience des bugs que j'avais omis. Malgré mes horaires de dingue pour la fac, j'ai réussi à neutraliser la plupart des problèmes, rendant le jeu fonctionnel, prêt pour une deuxième et dernière phase de tests. Cette fois, des dizaines de joueurs se prêtent au jeu, dont plusieurs amis de l'université.

– Pour l'instant, pas de crash, ajoute-t-il.

– Pour l'instant ? Ne me porte pas la poisse, mec. J'ai envoyé le jeu à plein de studios. S'il y a la moindre possibilité d'un crash…

– Pas de crash possible, rectifie Morris. Il n'y a aucun problème avec ton jeu. Maintenant dis-moi comment ouvrir la troisième porte.

– Non.

– J'ai tellement envie de voir la Cité de l'acier. C'est là que se trouve l'oracle à qui je dois m'adresser, non ? Pourquoi je n'arrive pas à trouver la clé ?

– Tu n'es sans doute pas aussi fort que ce que tu crois.

– Va te faire voir ! Pas grave, je trouverai tout seul. Dès que c'est le cas, je t'appelle pour que tu sautes de joie.

– C'est ça, dis-je en souriant. À plus, sur le chat. Je vais me doucher. Ciao.

– Super. Ciao.

Je me déshabille avant de me diriger vers la salle de bains d'un pas léger. L'engouement de Morris pour *Legion 48* m'a permis de me détendre, effaçant toute tension de mon corps.

Mais dès que j'entends le rire de Summer dans le couloir, mes muscles se raidissent à nouveau.

Je regarde mon reflet dans le miroir, remarque la frustration qui transparaît dans mes yeux, le port rigide de mon cou et de ma mâchoire. Entre mon visage dur, fermé, et mes tatouages, j'ai l'air bourru. Encore plus que d'habitude. J'ai les bras entièrement tatoués en couleur et le torse uniquement recouvert d'encre noire. Le trait est un peu délavé désormais, mais c'est encore mieux. Je ne suis pas tatoué parce que c'est « cool ». Je suis un artiste. C'est moi qui ai conçu tous mes tatouages. Je dessine sur tout ce qui me passe sous la main. Même sur ma propre peau.

Quand je suis de mauvaise humeur et que je porte une barbe fournie, ces tatouages me donnent l'apparence d'une brute.

Pour être honnête, c'est bien à une « brute » que j'avais envie de ressembler lors de ma courte période de rébellion au lycée. C'est à cette époque que j'ai fait mon premier tatouage, un dragon sur le bras gauche. Je traînais avec des types qui considéraient la violence comme la solution à tous leurs problèmes. Je précise qu'ils ne m'ont pas forcé à me tatouer. Ils connaissaient simplement un salon de tatouage qui acceptait les mineurs sans l'autorisation des parents. En réalité, ce premier tatouage était surtout un gros « merde » adressé à mes parents. À la fin de mon année de seconde, les travaux du cours d'art plastique avaient fait l'objet d'une exposition. Mes parents avaient encore une fois passé leur temps à se disputer au lieu de me soutenir, passant devant mes tableaux sans même les remarquer.

Du haut de mes quinze ans, moi, Colin le dur à cuire, j'avais décidé de frapper fort. *Puisque vous êtes trop occupés à vous engueuler pour apprécier mes dessins, je vais les afficher là où vous ne pourrez pas les louper.*

Désormais, mes tatouages constituent une extension de mon art, mais ça n'a pas toujours été le cas.

J'entends Hunter murmurer quelque chose. Puis le rire de Summer. Mes épaules se contractent.

Je suppose qu'il entend poursuivre ce qu'il n'a pas terminé.

8

Summer

Je ne m'en suis pas si mal sortie. J'ai réussi à rester cordiale avec Fitz, à ne pas le gifler. Bravo Summer ! Sauf que je ne peux pas en dire autant de mes parties intimes qui ont tout de suite réagi favorablement à sa présence.

Je ne supporte pas d'être encore attirée par lui, après toutes les choses blessantes qu'il a prononcées à mon sujet.

Quelqu'un frappe à ma porte, ce qui m'épargne une bonne heure d'épanchement. Hunter pénètre nonchalamment dans ma chambre et dépose son beau corps musclé sur mon lit.

– J'ai besoin de faire une sieste.

Je lui souris avec ironie.

– Je t'en prie, fais comme chez toi !

– Merci Blondie, dit-il en m'adressant un clin d'œil.

Il fait mine de se mettre encore plus à l'aise en s'allongeant sur le dos, les mains derrière la tête.

Et vas-y, que je roule des mécaniques !

Il a mis un marcel pour montrer ses biceps bien définis et ses larges épaules ; son pantalon de sport a glissé au niveau des hanches, si bien que j'aperçois le V que forment les muscles hâlés de son ventre. Ça me met l'eau à la bouche.

Hunter est sexy et il le sait. Ses lèvres esquissent un sourire quand il remarque que je le reluque.

Et quelles lèvres ! Je me souviens encore de son baiser. Il embrasse bien. Ni de façon agressive ni trop pressée, avec juste ce qu'il faut de langue.

Je me demande si Fitz embrasse bien.

Summer, Fitz embrasse comme un abruti, dit sèchement Selena Gomez, ma petite voix intérieure.

C'est vrai que c'est un abruti.

– Qu'est-ce que tu fiches dans ma chambre, Hunter ? je demande en m'appuyant contre mon bureau.

– On a des choses à se dire. Autant s'en débarrasser tout de suite.

Je pousse un soupir.

– Bonne idée.

– Allons-y.

Je le désigne gracieusement du doigt.

– Honneur aux hommes.

Il se met à rire.

– Espèce de lâche !

Je ris aussi et m'assieds sur le bureau.

– Je ne sais pas vraiment quoi te dire, à part qu'on s'est embrassés et qu'il n'y a rien de grave à ça.

Il parcourt du regard mes jambes qui pendent au bord du bureau. C'est sûr que je lui plais, tant ses yeux semblent fondre sur moi. Il me fait penser à Logan, un ami de Dean. Déjà, ils se ressemblent, les mêmes cheveux bruns et deux grands corps similaires. Mais c'est aussi parce que Logan irradie le sexe. Je ne sais pas comment le décrire, mais il dégage quelque chose d'obscène et de sale. Hunter me donne aussi cette impression. Je ne nie pas que ça me séduit.

En revanche, ce n'est pas parce qu'il y a de l'attirance qu'on doit forcément faire quelque chose.

– Je sais qu'on s'est envoyé quelques messages après cette soirée, mais tu ne m'as jamais expliqué pourquoi…

Soudain, il s'interrompt.

– Qu'est-ce que je ne t'ai pas expliqué ? je demande en fronçant les sourcils.

Il se redresse et passe une main dans ses cheveux, plus courts que la dernière fois, mais assez longs pour y enfouir ses doigts.

– Je voulais te demander ce que ça voulait dire, dit-il. (Puis, horrifié, il me dévisage, les yeux écarquillés.) Nom d'un chien, je me transforme en mon pire cauchemar.

J'éclate de rire.

– T'en fais pas, tu n'es pas le seul à vouloir comprendre la signification d'un baiser de la nouvelle année, dis-je en le regardant avec insistance.

En retour, j'obtiens un grognement.

– N'exagère pas, Blondie !

– Désolée, je n'ai pas le choix. Tu t'es montré tellement présomptueux le soir du réveillon. À redouter que chaque fille que tu embrassais veuille faire des enfants avec toi… j'ajoute, puis je lui tire la langue : Devine qui veut avoir des enfants avec moi, maintenant ? C'est toi !

Il se met à rire.

Je me mets debout.

– Les rôles s'inversent, dis-je d'une voix chantante.

Hunter se lève. Il est plus grand que dans mon souvenir, plus d'un mètre quatre-vingts. Comme Fitz. Et comme la plupart des hockeyeurs. Je crois qu'un seul joueur de l'équipe de Briar se situe en dessous du mètre quatre-vingts, il me semble qu'il s'agit de Wilkins. Une fois, j'ai entendu Dean s'extasier de ses performances.

– Ne t'inquiète pas, rétorque Hunter. Je n'en suis pas encore aux enfants.

– Ah bon ? Tu penses à quoi ?

Il ne répond pas, baisse le regard sur ma poitrine avant de scruter mon visage. Je ne porte pas de soutien-gorge et il l'a remarqué.

Moi aussi, j'ai remarqué la bosse de son pantalon, plus grosse que quelques minutes plus tôt.

Dès qu'il s'en rend compte, il tousse et pivote légèrement.

Je pousse un soupir.

– Dis, tu ne vas pas rendre tout ça bizarre ?

Deux fossettes adorables apparaissent sur ses joues.

– Qu'est-ce que tu entends par bizarre ?

– Je ne sais pas. Que tu sois mal à l'aise ? Que tu m'évites ?

Il fait un pas vers moi.

– On ne dirait pas que je t'évite, dit-il langoureusement.

Mon cœur se met à battre plus vite. Bon sang, il gère.

– Alors, peut-être que tu vas devenir pot de colle ? M'écrire des poèmes, préparer mon petit déjeuner tous les matins…

– La poésie, c'est pas mon genre. Et je ne sais pas cuisiner, dit-il en se rapprochant encore, nos visages ne se trouvant plus qu'à quelques centimètres. Mais je veux bien préparer le café le matin.

– Je ne bois pas de café, je réponds d'un air suffisant.

Son sourire fait à nouveau apparaître ses fossettes.

– Je vois que tu n'as pas l'intention de me faciliter les choses.

– Quelles choses ? je demande avec méfiance.

Il penche la tête et me contemple un instant.

– Je ne sais pas encore, reconnaît-il, son souffle caressant mes oreilles, puis il se penche et déclare : Mais je suis tout excité à l'idée de le découvrir.

Hunter me caresse le bras du bout des doigts, puis, avant même que je m'en sois rendu compte, disparaît par la porte.

★ ★ ★

Mon nouveau quartier n'a rien à voir avec la maison Kappa de Brown. Le silence y règne. À une heure du matin, je n'entends pas un bruit. Pas de voitures, pas de musique, pas de filles saoules poussant des cris perçants ou de mecs bourrés qui se lancent des œufs pendant une partie de beer pong.

Je reconnais que ça me perturbe. Je n'ai pas l'habitude du silence, qui force à sonder les profondeurs de son esprit.

À affronter les pensées mises de côté durant la journée, ou bien les inquiétudes qu'on pensait disparues, ou encore les secrets qu'on tente de garder.

Je n'aime pas mes pensées. Elles sont généralement synonymes d'insécurité, de manque de confiance, d'autocritique, voire aussi d'assurance mal placée.

Je roule sur mon matelas et grogne dans mon oreiller, ce qui provoque un bruit sourd à la manière d'un coup de revolver, dans cette pièce sinistrement calme. Je n'arrive pas à dormir. Je ne cesse de me retourner dans mon lit depuis vingt-trois heures trente et ça commence à me taper sur les nerfs. Je dormais très bien quand les garçons étaient encore dans le Vermont. Je ne vois pas en quoi leur présence m'empêcherait de m'endormir.

Comme forcer le sommeil ne sert absolument à rien, je me lève en repoussant ma couette. Tant pis. Je vais aller manger un bout. Peut-être que ça me fera dormir.

Je ne dors qu'en petite culotte, alors j'enfile le premier vêtement qui me tombe sous la main, un tee-shirt blanc qui laisse entrevoir mes tétons et recouvre à moitié mes cuisses. Je sors quand même de ma chambre, car je doute que mes colocataires soient encore debout. Hunter a dit qu'ils avaient un entraînement à six heures du matin.

Mais je me trompe. L'un d'eux veille encore.

Comme moi, Fitzy sursaute dès que nos regards se croisent dans la cuisine.

– Merde, tu m'as fait peur, dis-je.

– Désolé, toi aussi.

Il est assis à la table, les jambes allongées sur une chaise et un carnet à dessin sur les cuisses.

Et puis il est torse nu.

Vraiment torse nu.

J'en reviens pas.

Je lève les yeux de son torse, mais c'est trop tard. Tous les détails sont imprimés dans mon cerveau. Les tatouages qui recouvrent ses bras, le tourbillon à l'encre noire qui s'étend le long de sa clavicule et s'arrête juste au-dessus de ses pectoraux, ses abdominaux si bien définis qu'on les dirait dessinés au contouring. Comme Hunter, son corps n'est que du muscle, sans aucune trace de graisse. Si le torse de Hunter a déjà provoqué pas mal d'émoi chez moi, celui de Fitz déclenche carrément des frissons de désir.

J'ai envie de le couvrir de baisers, de remonter la trace de ses tatouages avec ma langue. De lui retirer son carnet pour pouvoir m'asseoir sur ses cuisses, de préférence avec ma bouche collée contre la sienne et ma main dans son caleçon.

Au secours !

Je ne comprends pas. Ce mec n'est pas du tout mon genre. Au lycée, j'étais entourée de garçons de bonne famille. D'habitude, ce sont les polos, les visages bien rasés et les sourires à un million de dollars qui m'attirent. Pas les barbes et les tatouages.

– Tu n'arrives pas à dormir ? demande-t-il doucement.

– Non, je confesse en ouvrant le frigo. Et toi ?

– Je devrais être au lit depuis une heure, mais je voulais terminer ce croquis avant de me coucher. Demain, je n'aurai pas le temps de le faire.

J'opte pour un yaourt au granola. Tout en préparant mon bol, je jette un coup d'œil à Fitz.

– Qu'est-ce que tu dessines ?

– Rien, juste un truc pour mon jeu vidéo.

Il referme le carnet alors que j'essayais de regarder ce qu'il faisait.

– Dean m'a dit que tu es passionné de jeux vidéo, mais je pensais que tu n'étais qu'un simple critique. Tu en conçois aussi ?

– Un seul pour l'instant. Je suis en train de développer le deuxième, répond-il d'un ton vague.

Comme il ne semble pas vouloir en parler, je hausse les épaules :

– Chouette, ça a l'air intéressant.

Je me penche au-dessus du comptoir et avale une cuillerée de yaourt.

Un silence s'installe dans la cuisine. Je le regarde en mangeant et il me regarde manger. C'est à la fois un peu gênant et étrangement agréable. Si seulement je pouvais y comprendre quelque chose…

J'ai tellement de questions sur le bout de la langue, toutes en lien avec la soirée du nouvel an.

Est-ce que je te plaisais vraiment, ce soir-là ? Ai-je inventé de toutes pièces ton intérêt pour moi ? Tu penses vraiment toutes ses choses affreuses sur moi ?

Je ne dis rien, refusant de révéler ne serait-ce qu'une once de vulnérabilité à ce mec. Il n'a pas le droit de savoir combien ses préjugés m'ont blessée.

Au lieu de ça, je décide de le mettre sur la sellette à propos d'un autre sujet.

– Vous n'étiez pas censés faire du ski.

Il retient son souffle.

– Non, c'est vrai.

– Alors, pourquoi vous l'avez fait ?

– Parce qu'on est stupides.

Je souris, mais je m'en veux immédiatement de sourire à ce qu'il dit.

– Notre entraîneur deviendrait fou s'il l'apprenait. Les autres joueurs aussi, d'ailleurs. C'était vraiment idiot de notre part, dit-il brusquement. Ça reste entre nous, d'accord ?

Euh…

Je le regarde d'un air penaud.

– Trop tard.

– Qu'est-ce que tu veux dire par là ? lance-t-il d'un ton sec.

– Par le plus grand des hasards, j'ai sympathisé avec la fille de votre entraîneur aujourd'hui. Sans le faire exprès, je lui ai dit que vous étiez au ski.

Il me regarde bouche bée.

– Putain, Summer !

Je suis prompte à me défendre.

– Au téléphone, Hollis ne m'a pas dit que c'était un secret.

Fitz secoue la tête plusieurs fois.

– Comment se fait-il que tu aies sympathisé avec elle par hasard ? bafouille-t-il. Et pourquoi vous avez parlé de notre week-end au ski ? Brenna t'a dit qu'elle allait le répéter au coach ?

– Elle a promis de ne rien dire.

Il pousse un juron dans sa barbe.

– Sa parole ne vaut rien. Brenna est dangereuse quand elle perd son sang-froid. On ne peut jamais savoir ce qui va sortir de sa bouche.

– Elle ne dira rien, dis-je pour le rassurer. On est très copines maintenant.

Il a l'air de se retenir de rire.

– Demain, je vais à ton match contre Harvard avec elle, j'ajoute.

– Ah bon ?

– Oui. Elle est cool. On s'entend vraiment bien.

Je termine mon yaourt et me dirige vers l'évier pour laver le bol. Pendant ce temps, je l'entends soupirer. Bruyamment.

– Qu'y a-t-il ? je demande en regardant par-dessus mon épaule.

– J'imagine déjà tous les ennuis que vous allez vous attirer, Brenna et toi. Je parie que vous aurez une très mauvaise influence l'une sur l'autre.

Ça me fait rire.

– C'est possible.

– C'est une évidence, déclare-t-il en soupirant à nouveau.

Un grand sourire aux lèvres, je ferme le robinet et dépose le bol sur l'égouttoir. Mon cœur fait un bond quand j'entends Fitz se lever et se rapprocher de moi.

– Excuse-moi, j'ai besoin d'un verre, murmure-t-il en étendant le bras vers le placard, à quelques centimètres de ma joue.

Son odeur chatouille mes narines, des notes boisées et citronnées. Il sent vraiment bon.

Je m'essuie les mains et me tourne vers lui. Le souffle coupé, son regard sombre se promène sur ma poitrine, puis sur le verre dans sa main.

J'avais oublié que mon tee-shirt est transparent. Et que l'eau froide dans laquelle je viens de plonger mes mains a durci mes tétons. Maintenant, ils se dressent pour une autre raison.

Qui n'est autre que Colin Fitzgerald en personne. Son torse est si proche que je pourrais le toucher. Ou le lécher.

Ça ne va pas du tout. Je suis encore attirée par lui. Beaucoup trop attirée par lui. Je n'ai pas le droit de baver sur un mec qui a une si pauvre estime de moi.

Je respire par la bouche pour éviter de sentir son odeur virile et m'écarte brusquement du comptoir, cherchant du regard une potentielle distraction. De quoi oublier le torse immense, musclé, tout simplement magnifique de Fitz. Je remarque alors un livre posé sur la table, à côté de ses crayons.

– Oh ! je m'exclame beaucoup trop fort, je baisse le ton pour ne pas réveiller Hunter et Hollis. J'adore ces romans. (Je saisis le livre et parcours rapidement la quatrième de couverture.) Tu viens de commencer ce tome ou tu le relis ?

Comme Fitz ne répond pas, je lève les yeux sur lui et le découvre dubitatif. Quand il prononce enfin quelque chose, sa voix traduit son incrédulité.

– Tu as lu les livres de la série *Shifting Wings* ?

– Les trois premiers. Je n'ai pas encore lu le quatrième tome, dis-je en agitant le livre qui fait bien plus de mille pages. J'ai entendu dire qu'il est encore plus long que ceux-là.

– *Blood of the Dragon ?* Je confirme, il est deux fois plus long, répond-il d'un air absent, en continuant à me regarder avec perplexité. Je n'arrive pas à croire que tu aies lu ces romans.

Je fais la moue.

– Pourquoi donc ?

– Ce sont des pavés…

Maladroitement, sa voix s'éteint.

Je saisis alors le sens implicite de ses paroles.

Non seulement il a du mal à y croire.

Mais, en réalité, il n'y croit pas du tout.

L'indignation monte en moi et vient se bloquer dans ma gorge, formant une grosse boule de colère. Comment pourrait-il me croire ? À ses yeux, je ne suis qu'une fille superficielle. Une étudiante débile appartenant à une sororité, incapable de se mesurer à de tels pavés. Il s'imagine sans doute que je suis à moitié analphabète.

– Je te signale que je sais lire, crétin, je gronde.

Il tressaille.

– Quoi ? Je n'ai pas dit que…

– Ce n'est pas parce que je n'ai pas de dragons, de fées ou d'elfes tatoués sur le corps que je n'ai pas le droit de lire de la fantasy…

– Pas le droit ? Je n'ai jamais dit…

– … même si ce sont des pavés, j'ajoute en lui lançant un regard noir. En tout cas, c'est bien d'avoir ton avis sur la question. (Je repose le livre sur la table.) Bonne nuit, Fitz. Essaie de ne pas te coucher trop tard.

– Summer…

Je disparais sans lui laisser le temps de prononcer un autre mot.

9

Fitz

D'habitude, les entraînements qui précèdent un match ne sont pas trop épuisants, mais ce matin, le coach a voulu revoir quelques exercices de tirs qui pourraient se révéler utiles pour le match de ce soir. Cette année, l'équipe d'Harvard est imbattable et cumule les victoires depuis le début de la saison. Je ne me permettrais pas de le dire tout haut, mais je pense que leur équipe est meilleure que la nôtre.

Il y a des chances pour que notre coach pense secrètement la même chose. Depuis le début de l'entraînement, il nous pousse à nous dépasser, bien plus que d'habitude. Au moment de quitter la patinoire, je suis couvert de sueur, les cheveux plaqués sur le front. De la vapeur fume même de mon casque.

J'ai droit à une tape sur l'épaule de la part de Jensen.

– Bien joué, Colin.

– Merci, Coach.

– Daveport, il faudra faire preuve de la même ténacité ce soir. Tire à travers Johansson, ne le contourne pas. Compris ?

– Compris, Coach, répond Hunter.

Nous avons trente minutes pour nous doucher et nous changer avant la réunion obligatoire dans la salle de projection qui consiste à analyser l'enregistrement vidéo du dernier match de Harvard. Ce soir, ce sera le premier des deux matchs de la saison qui nous opposent à Harvard. Nous devrons leur montrer de quoi nous sommes capables, d'autant que le match se joue à l'extérieur. Si nous remportons la victoire, ce sera encore plus jouissif.

Une fois dans les vestiaires, je retire mon équipement et me dirige vers les douches, séparées par des cloisons et protégées par des portes battantes. Seuls nos torses sont visibles. Je me glisse dans la cabine jouxtant celle de Hollis, allume l'eau froide et plonge ma tête sous le jet. Malgré le ruissellement glacé, je continue à transpirer.

– C'est moi, ou Mike s'est rasé le torse ? demande Dave Kelvin, défenseur en première année.

Un tonnerre de rires déferle dans les douches. Je jette un coup d'œil à Hollis d'un air interrogateur. Je me suis douché suffisamment de fois avec lui, sans parler de nos séances de musculation et de natation, pour savoir qu'il possède des poils sur le torse. Désormais, il affiche une peau imberbe, douce comme des fesses de bébé.

– Tu l'as fait toi-même ou chez l'esthéticienne ? demande Nate Rhodes, notre capitaine, un grand sourire aux lèvres.

Hollis lève les yeux au ciel.

– Je m'en suis occupé. Pourquoi payer quand on peut le faire soi-même ? C'est stupide, rétorque-t-il avant de se tourner vers Kelvin. Et toi ? C'est l'hôpital qui se fout de la générosité…

– De la charité, je corrige gentiment.

– Ouais, peu importe. On sait tous que tu t'épiles le torse et le dos, Kelvin. Alors, arrête ton char.

Tout en ricanant, je me savonne le torse. La température de mon corps a enfin chuté.

– Je ne m'épile pas le dos ! proteste Kelvin.

– Bien sûr que si. C'est Nikki Orsen qui l'a raconté, espèce d'enfoiré.

Nikki occupe le poste d'ailière gauche dans l'équipe féminine de Briar. Une athlète exceptionnelle, en plus d'être une chouette fille, mais elle ne sait pas tenir sa langue. Ne jamais lui confier un secret.

Nate et d'autres, en troisième année, se mettent à huer Kelvin qui devient tout rouge.

– Je vais la tuer.

– Du calme, princesse. Maintenant, sur Instagram, tous les mecs s'épilent, lance Hunter.

– Oui. D'ailleurs, où est le problème ? demande Hollis. Il n'y a pas de honte à pratiquer l'épilation masculine.

– Tu peux en parler. Ici, personne ne se juge, ajoute Nate d'un air solennel.

– C'est vrai. On s'épile tous. En tout cas, ceux d'entre nous qui sont de vrais gentlemen, ajoute Hollis.

J'arrête de rire, repose le savon et entreprends de me rincer.

– Tu ne nous as toujours pas dit pourquoi tu t'es épilé ? lance Matt Anderson.

Comme Kelvin, il est défenseur et en première année. L'année dernière, tous les deux avaient un niveau déplorable. Mais depuis que le nouvel entraîneur des défenseurs, Frank O'Shea, les fait travailler dur, ils sont enfin à la hauteur pour la saison.

– J'ai un rencard après le match, ce soir, révèle Hollis.

– Elle n'aime pas les poils ?

– Elle déteste ça. Un jour, elle a avalé un poil pubien et ça l'a fait vomir sur son mec de l'époque, qui a vomi à son tour en voyant ça. Ensuite, ils se sont séparés.

Pendant un long moment, on n'entend plus que le bruit de l'eau qui coule dans la grande pièce. Et puis soudain, des éclats de rire retentissent.

– Bon sang, je n'ai jamais entendu une histoire aussi drôle, s'exclame Hunter.

– C'est elle qui t'a dit ça ?

Notre capitaine est plié en deux. Je n'arrive pas à voir si ce sont des larmes ou des gouttes d'eau qui coulent sur son visage.

– Elle a dit qu'elle ne coucherait plus jamais avec un mec qui a des poils. Sur le torse, les bras, les jambes…

– Tu as fait tes jambes et tes bras ? s'exclame Nate.

Le rire de Hunter redouble d'intensité.

– Les femmes sont complètement givrées, grommelle Kelvin.

Il n'a pas tort. Les femmes sont bizarres parfois. Comme Summer, qui m'a envoyé promener la nuit dernière sans raison apparente, juste parce que j'étais surpris qu'elle lise *Shifting Wings.*

Apparemment, elle l'a vraiment mal pris. Jusqu'à m'accuser de penser qu'elle ne savait pas lire.

N'importe quoi.

Enfin… c'est vrai qu'en me mettant à sa place, je comprends sa réaction. En effet, il y avait peut-être un léger sous-entendu, comme quoi elle ne serait pas assez intelligente pour lire ce type de roman.

Mais ce n'est absolument pas ce que je voulais dire. Ces romans ne se lisent pas facilement. Même moi, j'ai du mal, pourtant je lis de la fantasy depuis des années.

Si seulement elle m'avait donné la possibilité de m'expliquer, je me serais excusé d'avoir insinué que je ne la croyais pas.

Cela ne fait que confirmer ce que je craignais : Summer est la spécialiste du drame. Il aurait suffi de quelques paroles pour calmer le jeu – *je suis désolé, je ne pensais pas ce que j'ai dit, pardonne-moi* – à condition qu'elle m'ait laissé parler. Au lieu de ça, elle a préféré déguerpir comme une enfant de cinq ans.

J'attrape ma serviette et l'enroule autour de ma taille. *Elle en a fait tout un drame*, je me répète. Les drames ne m'ont jamais intéressé, et ça ne risque pas de changer.

Dans ce cas, pourquoi je n'arrive pas à effacer son visage meurtri de mes pensées ?

★ ★ ★

Les locaux de Briar dédiés au hockey sont particulièrement fastueux. Nous disposons d'équipements de pointe, de vestiaires bien ventilés, de douches exceptionnelles, d'un lounge, d'une cuisine, de salles pour la kinésithérapie, de jacuzzis. La salle de projection est vraiment géniale. On dirait un petit cinéma, pourvu de trois rangées de sièges et de tables en demi-cercle. Au fond de la salle, les coachs peuvent utiliser le dispositif audio-vidéo, le même que celui des commentateurs sportifs, avec une prise pour ordinateur portable et un écran vidéo sur lequel ils peuvent annoter des choses. Lorsqu'ils veulent mettre en évidence une action ou isoler un joueur, leurs notes apparaissent à l'écran.

Je m'assieds à côté de Patrick Corsen, notre gardien de but.

Il me salue sans quitter l'écran des yeux. Une image de la patinoire de Harvard du match de la semaine dernière (Harvard contre Boston College) y est projetée. Il va sans dire que Harvard leur a mis la pâtée.

Harvard est sans conteste l'équipe que nous devons battre cette année. Dans le passé, c'était un adversaire plus facile pour nous, Briar ayant toujours bénéficié d'une formation plus exigeante. Or, cette saison, ils sont vraiment forts. Ils ont recruté davantage de talents. Maintenant, une fois que les joueurs de troisième année obtiennent leur diplôme et quittent l'université, ceux des années inférieures qui n'avaient pas eu autant d'occasions de briller pendant les matchs suivent des entraînements plus poussés sur la glace. C'est ainsi qu'ils nous ont tous devancés. Par ailleurs, l'équipe a cessé de se reposer uniquement sur les qualités de son capitaine, Jake Connelly. Ce dernier est particulièrement doué, mais il ne peut porter l'équipe à lui seul.

– La ligne de Connelly fait des progressions très rapides, remarque Corsen d'un air abattu.

– Notre ligne est encore plus rapide, je rétorque en faisant référence à Hunter, Nate et moi.

– Certes, mais leurs deuxième et troisième lignes sont tout aussi rapides. Peut-on dire la même chose des nôtres ? (Il baisse la voix.) En plus, ils ont une meilleure défense avec ces deux gars de deuxième année. Je ne me souviens plus de leurs noms, mais ils excellent à protéger leur zone. Du coup, Johansson a moins de pression.

Johansson, c'est le gardien de but de Harvard. Il est exceptionnel. Corsen a raison de s'inquiéter.

– Kelvin et Brodowski ne sont pas aussi puissants, murmure-t-il.

– Non, c'est vrai. Mais on a Matty, dis-je en désignant Anderson qui pianote sur son téléphone.

Comme à Harvard, Matt a progressé quand Dean et Logan ont quitté l'université. À présent, c'est le meilleur buteur de la ligne de défense et le meilleur défenseur. Il est aussi le seul joueur noir de l'équipe, sa grande fierté. Cette année, il va devenir pro ; il est impatient de faire son entrée dans la Ligue professionnelle composée essentiellement de Blancs.

– C'est sûr, Matty est notre atout, concède Corsen, mais Matt a l'air toujours aussi dépité.

Je comprends son inquiétude. Il a signé un contrat avec Los Angeles et jouera pour cette équipe à la saison prochaine. C'est toujours préoccupant de décevoir l'équipe pro qui vous a sélectionné. On sait qu'elle voit votre équipe actuelle ne pas être à la hauteur. Souvent, ça veut dire qu'elle se contentera de vous garder une place dans l'équipe de réserve, ce qui n'est pas si mal, pour être honnête. C'est ce que fait Logan en ce moment, chez les Providence Bruins. Il en profite pour améliorer son jeu. Tout le monde n'est pas une étoile montante du hockey comme Garrett Graham. Et tous les joueurs d'équipes universitaires ne se destinent pas à devenir pros.

Le coach fait son entrée dans la salle en claquant des mains.

– Allez, on commence tout de suite, dit-il d'une voix normale.

Pourtant, comme si c'était un sergent-chef rugissant des ordres, tout le monde lui accorde son attention. Jensen est le genre d'homme qui inspire le respect. Il ne parle pas beaucoup, mais les quelques mots qu'il prononce ont beaucoup d'influence.

– Regardez bien ce gars, ordonne-t-il.

Il appuie sur «*play*», une image apparaît à l'écran.

Un hockeyeur au dossard numéro 33 fonce à travers la ligne bleue. Le coach met la vidéo sur pause, pianote sur sa tablette, et un grand cercle rouge apparaît sur le joueur, comme une sorte de cible.

– Voici un ailier gauche en première année, dit-il sèchement. Brooks Weston.

– C'est un crétin, lance un de nos joueurs en deuxième année.

– Et alors ? s'exclame Hollis. Nous aussi, on possède des crétins. On pourra s'occuper de lui.

– Ne vous méprenez pas, ce joueur est un fauteur de troubles, un véritable fléau pour l'humanité, ajoute Jensen.

Tout le monde ricane.

– Ce petit merdeux a la fâcheuse manie de commettre des infractions sans être sanctionné. Il est très, très futé, si bien que la faute retombe généralement sur l'adversaire. Sa spécialité : provoquer des bagarres. La plupart du temps, il s'en sort indemne, tandis que son opposant récolte une pénalité, voire, dans le pire des cas, une exclusion.

Un murmure désapprobateur s'élève dans la salle. Pourtant, je suis sûr que nous avons tous tenté d'inciter nos adversaires à commettre des fautes. Cependant, certains joueurs en font leur stratégie. Jensen ne croit pas en cette façon de faire. Selon lui, la NCAA, qui organise le championnat, devrait se montrer plus sévère envers ces mécaniques de jeu.

– Ne vous faites pas avoir par ce petit merdeux ni par les saletés qu'il prononcera, compris ? déclare le coach en nous dévisageant d'un air menaçant.

– Ce ne sont pas les grossièretés d'un gosse de riche qui vont me faire peur, dit Kelvin.

– Comment tu sais qu'il est riche ? demande Hunter, amusé.

– À l'origine, son prénom est un nom de famille. Ça veut dire que ses parents ont suivi la tradition et baptisé leur enfant en l'honneur de ses riches grands-parents.

– Moi aussi, mon prénom est un nom de famille, remarque Hunter.

– Et toi aussi, tu es super-riche, lâche Hollis en riant. D'ailleurs, tu connais probablement ce Wesley Brooke.

– Brooks Weston, corrige quelqu'un.

– Je le connais, confesse Hunter, ce qui fait rire Hollis de plus belle. On jouait ensemble dans l'équipe de Roselawn. Il a deux ans de plus que moi.

Le coach acquiesce.

– Ils nous cassent les bonbons, les anciens élèves de Roselawn.

– Je viens justement de dire que j'ai étudié dans ce lycée ! proteste Hunter.

– Je persiste à dire que vous êtes casse-bonbons.

Hunter pousse alors un soupir.

Au cours des quinze minutes suivantes, nous analysons la première période du match de Harvard contre Boston College. Le coach a raison. Weston Brooks est un vrai parasite. Il est agressif, garde sa crosse levée bien plus que les trois minutes réglementaires et manque déclencher une bagarre avant le coup de sifflet final. On le voit narguer un adversaire en faisant semblant de tirer et, pile au moment où le joueur de Boston se jette vers l'avant, un coéquipier tire d'un coup sec derrière lui. Weston s'éloigne alors avec un sourire narquois.

Je le déteste déjà.

Quand la deuxième période commence, Harvard mène deux à zéro.

– C'est moi, ou le lancer frappé de Connelly est beaucoup plus performant cette année ? demande Kelvin, le regard braqué sur l'écran.

– En effet, il est beaucoup plus efficace, confirme le coach, et il est encore plus rapide qu'avant. Cette saison, il marque à chaque échappée. (Il pointe son doigt vers nous.) Ne le laissez pas s'approcher du filet. Compris ?

Tous en chœur, nous répondons :

– Oui, Coach.

Encore une échappée de Connelly. Il parvient à tromper quatre adversaires, dont deux défenseurs qui semblent littéralement ne plus savoir où ils habitent. Cette situation me fait penser à cette série des années 90 que j'ai dévorée l'an dernier et dont le personnage principal se retrouve projeté, au hasard, dans le corps de gens pour changer le cours de l'histoire. À chaque début d'épisode, il lui faut toujours cinq minutes pour comprendre où il se trouve et dans quel corps il a atterri.

C'est exactement ce que Connelly inflige aux défenseurs. Ils pivotent la tête, confus, comme s'ils venaient d'être lâchés sur une patinoire, au beau milieu d'un match de hockey. Dès qu'ils reprennent leurs esprits, Connelly a déjà foncé entre eux et tire. Le palet glisse jusque dans le coin gauche du filet, avec la précision d'un laser. Le coach arrête la vidéo sur l'image du gardien de but, dépité de voir sa cage s'illuminer.

– Belle action, lance Nate à contrecœur.

– C'est vrai, reconnaît le coach. Mais pas question de voir ça ce soir, sauf si ça vient de notre camp. Pigé ?

– Pigé, nous répétons.

L'analyse du match se poursuit. Nous restons pendus aux lèvres du coach qui détaille les possibles faiblesses de l'équipe d'Harvard. Ce n'est qu'en exploitant ces failles que nous parviendrons à les battre ce soir.

10

Summer

– Tu te rends compte de ce qu'il a dit ?

Une journée est déjà passée depuis l'altercation avec Fitz dans la cuisine, mais je suis toujours aussi furieuse.

– C'est dingue, répond Brenna d'un air blasé. Je te rappelle qu'on en a parlé à la première période du match, puis à la deuxième. Maintenant, c'est la troisième. Alors, je t'en supplie, passe à autre chose !

– Jamais.

Elle semble partagée entre l'envie de soupirer et de rire.

– Qu'est-ce que tu es têtue ! Tu as toujours été comme ça ?

– Oui, je suis quelqu'un de têtu. En revanche, tu sais ce que je ne suis pas ? je m'exclame en croisant les bras. Je ne suis pas analphabète ! Je sais lire !

Brenna lève les yeux au ciel, comme pour implorer les cieux ou peut-être pour méditer, un exercice somme toute difficile dans un stade plein à craquer. D'autant plus que nous devons rester vigilantes car, étant arrivées en retard, nous avons été placées dans la tribune des supporters de Harvard. Deux gouttes en noir et argenté noyées dans un océan de rouge.

Les supporters de Briar venus en grand nombre ont été rassemblés dans les tribunes opposées. Je suis contente que nous ne portions pas le maillot de l'équipe de Briar (même si la veille, pour m'embêter, Brenna avait suggéré de le mettre). Pour preuve : on a déjà essuyé suffisamment de regards malveillants du fait de ne pas être en rouge.

– Il ne t'a pas traitée d'analphabète, ma chérie, renchérit Brenna.

À bout de patience, on dirait qu'elle s'adresse à un enfant de cinq ans.

– Il a sous-entendu que j'étais trop bête pour lire *Shifting Winds.*

– Tout le monde est trop bête pour ces romans, grommelle-t-elle. Tu penses vraiment que tous ceux qui disent adorer ces bouquins les ont vraiment lus ? Eh bien, non ! Parce qu'ils font cinq mille pages minimum ! J'ai essayé de lire le premier tome, mais cet abruti d'auteur commence par la description d'un arbre sur neuf pages. Neuf pages ! Ces livres sont nuls. Terriblement nuls.

Le souffle court, Brenna sourit quand elle me voit rire comme une baleine.

– Voilà, c'était ma conférence TED sur *Shifting Winds.* J'espère que tu as apprécié.

Mon allégresse disparaît assez vite.

– Il était tellement condescendant, Brenna.

– T'es sûre ? Ne serais-tu pas simplement devenue un peu trop sensible à tout ce qu'il dit depuis qu'il t'a traitée de fille superficielle ? demande-t-elle avec circonspection.

Je me mordille les lèvres. Elle a raison. Ces derniers jours, je suis à fleur de peau, surtout au sujet de Fitz. C'est juste que… je ne cesse d'imaginer la façon dont il me perçoit, et l'image que je me fais de moi n'est pas reluisante.

Je vois une fille blonde, un peu écervelée, qui s'est fait renvoyer de sa première sororité, puis bannir d'une seconde, devant faire ses preuves à l'université, parce que pistonnée par son père pour être admise et aidée par son frère pour obtenir un logement.

Je vois une ratée.

Le cœur gros, j'explique tout cela à Brenna. Soudain, la foule rugit, masquant sa réponse.

Depuis le début de notre conversation, elle ne quitte pas la glace des yeux. Et maintenant, elle se lève d'un bond.

– L'arbitre est aveugle, ou quoi ? s'indigne-t-elle. Il y a eu un croche-patte !

Quelques rangs derrière nous, un groupe d'hommes l'interpellent :

– Eh ! C'est pas notre faute si vos joueurs ne savent pas patiner sans trébucher, se moque l'un d'eux.

– Vous voulez vraiment jouer à ce petit jeu ? gronde-t-elle en se tournant vers eux.

Je me couvre la bouche pour rire.

Hormis une écharpe grise et des lèvres rouge vif, Brenna est encore habillée tout en noir, sa marque de fabrique. Ses cheveux lâchés et son regard de braise lui donnent l'apparence d'une vraie dure à cuire. Elle a des airs de Gal Gadot, l'actrice qui a incarné Wonder Woman. Mais à y voir de plus près, elle ressemble surtout à la Wonder Woman originale.

Pour faire court, elle est sublime. D'ailleurs, les mecs qu'elle fusille du regard ont clairement marqué un temps d'arrêt en découvrant à qui ils avaient affaire.

– Tout ce que je vois, c'est que votre gardien de but est en train de se chier dessus.

Elle me fait hurler de rire.

– Imbéciles, Regardez bien le panneau d'affichage et dites-moi ce que vous voyez, poursuit-elle en désignant l'écran au-dessus de la patinoire.

Le score indique un point pour Briar, zéro pour Harvard.

Les types se moquent de regarder le panneau.

– Surveille ton langage, lance l'un d'eux.

– Surveille le tien, rétorque-t-elle.

– Vos joueurs sont des lopettes, renchérit le type. Ils préfèrent se rouler par terre devant l'arbitre plutôt que de se comporter comme des hommes. *Oh le vilain, il m'a fait tomber!*

Ses amis trouvent ça désopilant.

– Arrête ça ou je monte, annonce Brenna, les mains plaquées sur les hanches.

– Pas de provocation. Je ne me bats pas contre les femmes, mais je veux bien faire une exception avec toi.

– Moi, je ne frappe jamais les hommes. Ça tombe bien, je n'en vois aucun par ici, dit-elle d'un ton faussement aimable.

– Connasse !

Je la tire par le bras et la force à se rasseoir.

– Du calme ! j'ordonne.

Tout autour de nous, les gens nous lancent des regards noirs.

– Quels cons ! marmonne-t-elle. L'arbitre est un bel abruti aussi. Harvard a fait un croche-patte à Anderson, ça méritait pénalité.

– Eh bien, c'est comme ça. On est à deux doigts de se faire agresser ou expulser, alors tu veux bien lâcher l'affaire ?

– Lâcher l'affaire ! Et c'est toi qui le dis ? Fais-le une bonne fois pour toutes, plutôt que de te rendre malade pour une remarque tout à fait anodine.

Je serre les dents.

– J'ai le droit de mal vivre le fait que mon colocataire me prenne pour une fille écervelée de sororité.

– Tu sais qui se faisait aussi traiter de fille écervelée de sororité ? demande-t-elle. Elle Wood ! Et que choisit-elle de faire ? Elle s'inscrit en droit, démontre qu'elle est intelligente, devient avocate, se fait adorer par tout le monde. Et quand son ex essaie de la récupérer, elle l'envoie promener.

Son résumé de *La revanche d'une blonde* me fait sourire. Mon cas témoigne toutefois de quelques différences puisque je ne fais pas de droit, même si toute ma famille a suivi cette voie-là. À part Dean, qui a laissé tomber le droit au dernier moment, réalisant qu'il préférait enseigner le hockey et travailler avec des enfants. Si mes parents avaient été de riches snobs, ils auraient évidemment été horrifiés que leur fils, Dean Heyward-Di Laurentis, se destine à être un simple prof de sport.

Heureusement, mes parents sont géniaux et nous soutiennent, quoi qu'il arrive. Dean a ouvert la voie pour que je puisse faire mes propres choix.

Encore faut-il que je trouve ce que j'aime faire. J'adore la mode, mais je ne sais pas encore si j'ai envie de créer des vêtements. La vente ne m'intéresse pas spécialement non plus. Mon objectif: voir jusqu'où me mènent mes études avant de prendre une décision. En dernière année, je devrai faire des stages. Je pourrai ainsi me faire une meilleure idée de ce que j'aime ou n'aime pas.

– La façon dont les gens te perçoivent n'a pas d'importance, conclut Brenna. Ce qui compte, c'est le regard que tu portes sur toi.

Elle s'interrompt pour hurler des invectives, car Harvard vient d'égaliser.

– Tiens, qu'est-ce que tu dis de ça ? lui lance son nouveau rival.

– Va te faire voir, rétorque-t-elle d'un ton absent.

Brenna est complètement absorbée par le match. Pendant quelques secondes, son regard se remplit d'espoir mais, la seconde d'après, elle fulmine à nouveau.

– Bon sang, pourquoi Connelly est aussi rapide sur la glace ?

– Ce n'est pas une bonne chose ?

– En général, quand c'est un joueur de l'équipe adverse, ce n'est pas une bonne chose.

– Ah, zut.

Je dois encore me familiariser avec l'équipe de Briar, ne connaissant que Fitz, Hunter, Hollis et quelques autres joueurs rencontrés à Brooklyn le soir du réveillon.

– Connelly est donc notre ennemi, j'ajoute.

– Et comment ! Il est dangereux. Dès qu'un joueur se retrouve seul face à lui, c'est la fin. Surtout en cas d'échappée, déclare-t-elle en désignant la patinoire, côté Briar. Tu vois cet abruti qui empêche Hollis d'évoluer derrière le but ? C'est Weston. Lui aussi, c'est notre ennemi.

– Je connais un gars de mon lycée qui s'appelle Weston et qui faisait du hockey.

Brenna pivote brusquement vers moi.

– Ne me dis pas que tu es une amie de Brooks Weston ou je te frappe.

Je lui tire la langue.

– Non, tu n'auras pas besoin de me frapper. Mais c'est fou que ce soit lui ! Je ne savais pas qu'il avait été pris à Harvard. Je pensais qu'il était parti sur la côte Ouest. (Brenna me fusille du regard.) Détends-toi, ce n'est pas mon meilleur ami. On a juste traîné un peu ensemble au lycée. Il est vraiment sympa.

– Cet enfoiré est notre ennemi.

– Ça ne l'empêche pas d'être sympathique.

– C'est vrai, concède-t-elle à contrecœur. Mais je n'aime pas que mes amis fraternisent avec l'ennemi. Je t'ai à l'œil, Barbie de Greenwich, ajoute-t-elle en me montrant du doigt.

J'esquisse un grand sourire avant de lui faire un bisou sur sa joue.

– Je t'adore. Tu es mon animal totem.

– N'importe quoi ! s'écrie-t-elle en levant les yeux au ciel.

Puis elle se concentre de nouveau sur la partie.

Assister à un match de hockey en direct est captivant. C'est rapide, palpitant. Il suffit parfois de quitter la patinoire des yeux, ne serait-ce qu'une seconde, pour que le match prenne une tournure totalement différente.

Plus tôt, Harvard dominait l'attaque. Désormais, c'est au tour de Briar. Nos attaquants se précipitent vers la zone adverse, mais ils sont hors jeu.

Brenna s'impatiente et pousse des jurons.

– Allez, les mecs ! hurle-t-elle. On se ressaisit !

– On ne peut pas se ressaisir quand on est NUL ! aboie le chahuteur.

Elle lui tend son majeur sans même se tourner vers lui.

C'est le moment d'une mise en jeu à gauche, du côté du filet de Briar. Les joueurs du centre se préparent à bondir dès que le palet touchera le sol.

– Nate est au centre, explique Brenna. À sa droite, c'est Fitz. À gauche, Hunter.

Sans le vouloir, je braque mon regard sur Fitz. Il porte le maillot numéro cinquante-cinq. Je ne vois pas son visage à cause de la visière de son casque, mais j'imagine sa mine concentrée, avec des lignes creusant son front.

Le palet est lancé. Nate en prend possession et le passe immédiatement à Fitz, qui le récupère avec dextérité, évitant deux adversaires. Difficile d'imaginer qu'une personne aussi imposante puisse évoluer avec une telle grâce sur la glace. Fitz fonce à travers la zone de Harvard. L'excitation des supporters en noir et argenté est à son comble.

Le palet se retrouve derrière le filet, Fitz s'engage à sa poursuite. Il percute un joueur qui se retrouve projeté contre la balustrade, puis il bloque le palet avec sa crosse avant de tirer dans le but. Le gardien arrête facilement le tir, mais, selon moi, Fitz n'essayait pas de marquer. Il espérait créer un rebond pour que Hunter puisse tirer.

Le gardien de but de Harvard bloque à nouveau le palet, de justesse cette fois.

Brenna pousse un cri.

– Mais pourquoi ?

– Parce qu'on est plus forts que vous ! hurle son nouvel ami.

Une fois n'est pas coutume, pendant que je me retourne pour fusiller le type du regard, Briar perd le palet. Un joueur de Harvard le passe à Weston qui tire sur Connelly. La mise en garde de Brenna à son propos en cas d'échappée me revient en tête.

– Attrape-le ! je hurle à l'attention du défenseur de Briar qui poursuit Connelly.

Mais rien ne semble pouvoir l'arrêter. Le capitaine de Harvard est trop rapide. Il se transforme en Keanu Reeves dans *Matrix*, se propulsant de gauche à droite, distançant ses adversaires. Si une pellicule de poussière recouvrait la glace, l'équipe de Briar aurait disparu derrière un nuage.

Brenna pousse des grognements, les mains plaquées sur sa tête. Connelly tire. Elle ne regarde pas. Moi oui. Dépitée, je vois le palet glisser sous le gant de Corsen.

– C'est le buuuuuut ! hurle une voix dans les haut-parleurs.

Quelques secondes plus tard, un grand coup de sifflet annonce la fin du match.

Les supporters de Harvard exultent.

Briar a perdu.

★ ★ ★

Nous restons à la patinoire après le match. Brenna veut saluer son père avant qu'il ne reparte à Briar avec le bus de l'équipe. Quant à moi, j'ai envie de voir Brooks Weston.

Au lycée, c'est lui qui organisait les meilleures fêtes. Mes parents sont cool, mais pas au point de nous laisser inviter plus de quelques amis chez nous. Les parents de Weston n'étant jamais à la maison, il disposait presque tous les week-ends de la grande maison familiale pour lui tout seul. Le jardin était incroyable : une reproduction à l'identique du manoir Playboy, avec la grotte. Dans mon souvenir, j'ai dû embrasser au moins un ou deux mecs derrière la cascade artificielle.

– Je te retrouve à la sortie dans dix minutes, annonce Brenna. Si tu arrives à lui parler, débrouille-toi pour obtenir au moins quelques confidences de l'ennemi.

– Je vais essayer, dis-je.

Elle disparaît dans la foule. J'en profite pour me diriger dans le grand hall jouxtant les vestiaires où s'entassent des vigiles et une flopée de filles. Brenna m'a prévenue. Des groupies s'attardent toujours près des vestiaires après les matchs pour se faire remarquer des joueurs. J'ai déjà assisté à ce phénomène pendant les matchs de mon frère.

Je reste à distance et envoie un rapide message à Weston en espérant qu'il ait gardé le même numéro qu'au lycée.

Salut ! C'est Summer H.D.L. Je suis venue voir le match avec une copine. Je t'attends devant les vestiaires. Ça me ferait plaisir de te voir.

J'ai ajouté mon nom au cas où il ait supprimé mon numéro de son répertoire. Il n'avait pas de raison de le faire, puisque je ne suis pas une ex et qu'après le bac nous sommes restés en bons termes.

Je lui laisse quelques minutes. S'il ne vient pas, j'irai retrouver Brenna. Mais Weston ne me déçoit pas. En moins de deux minutes, il est là.

– Summer !

Il me soulève avant de me faire tournoyer dans les airs. Je suis sûre que les groupies qui l'attendaient veulent désormais ma mort.

– Qu'est-ce que tu fais là ?

Il semble ravi de me voir. Je dois reconnaître que c'est tout aussi agréable de me retrouver face à lui.

Ses cheveux blonds sont plus longs qu'au lycée, ils lui arrivent au niveau du menton, mais ses yeux bleus présentent encore l'étincelle de malice des mecs toujours enclins à faire des conneries. C'est une des raisons pour lesquelles je ne suis jamais sortie avec lui. Il était (et il est semble-t-il encore) particulièrement immature. Sans oublier qu'il sortait avec une de mes copines, donc en zone interdite.

– J'étudie à Briar, j'explique après qu'il m'a relâchée.

– T'es sérieuse ? s'exclame-t-il, bouche bée.

– Oui, depuis ce semestre.

– Tu n'étais pas censée aller à Brown ?

– Si.

– Qu'est-ce qui s'est passé ?

– C'est une longue histoire.

Weston passe son bras autour de mes épaules et baisse la voix, comme s'il s'agissait d'un secret.

– Laisse-moi deviner : excès de fêtes, trop de frasques, alors on t'a gentiment demandé de partir ?

Je le regarde d'un air faussement outré.

– C'est vraiment nul qu'on ait fréquenté le même lycée, je marmonne.

– Pourquoi ? Parce que je te connais par cœur ? rétorque-t-il avec un sourire narquois.

– Oui, je réponds à contrecœur. Pour ta gouverne, je ne faisais même pas la fête quand les problèmes sont arrivés.

Je n'en dis pas plus, car j'ai encore terriblement honte de cet incident.

Seuls mes parents sont au courant de toute l'histoire. Je n'ai jamais pu leur cacher quoi que ce soit. D'abord parce qu'ils sont avocats et qu'ils soutirent des informations aussi facilement qu'un espion russe. Et puis, parce que je les adore et que je n'aime pas leur mentir. Évidemment, je ne leur raconte pas tout, mais je n'aurais jamais pu leur cacher l'incendie de la maison de la sororité.

– Je suis vraiment content de te voir, s'exclame Weston en me prenant à nouveau dans ses bras.

Soudain, le silence se fait. Un autre joueur s'approche de nous. Vu l'avidité des regards et l'ampleur des messes basses, j'en déduis que c'est le plus convoité des filles.

– Connelly, je te présente Summer, déclare Weston. On était au lycée ensemble. Summer, voici Jake Connelly.

La star de Harvard. Bon sang, me voilà vraiment en train de pactiser avec l'ennemi. Brenna déteste ce mec.

Pourtant, il est très séduisant.

Je reste sans voix, le regard perdu dans ses yeux. Je n'ai jamais vu un vert aussi foncé de ma vie. Ses pommettes sont encore plus belles que les miennes, sans toutefois le féminiser. Il a des traits saillants, comme Clint Eastwood jeune. D'ailleurs, il ressemble peut-être davantage à son fils, Scott Eastwood ? Bref, on s'en fiche. Tout ce que je peux dire c'est : miam miam.

Reprenant mes esprits, je lui tends ma main.

– Comment veux-tu que je t'appelle, Jake ou Connelly ?

Il me jette un rapide coup d'œil et ne semble pas déçu par ce qu'il voit.

– Jake, répond-il en serrant ma main de ses longs doigts. Alors, comme ça, tu étais avec Brooks au lycée ?

Je pense n'avoir encore jamais entendu quelqu'un appeler Weston par son prénom. Pas même ses parents.

– Oui, on se connaît depuis longtemps, je confirme.

– On faisait beaucoup la fête, ajoute Weston en passant à nouveau son bras autour de moi. Ça tombe bien, c'est ce qu'on a prévu pour ce soir. Et tu viens avec nous.

– Euh… Je…

– Tu n'as pas le choix, répète-t-il. Je ne t'ai pas vue depuis trois ans. On a plein de choses à se raconter. (Il marque une pause.) Mais, si tu veux un conseil, évite de dire que tu étudies à Briar.

Ce qui éveille la curiosité de Jake.

– Tu es à Briar ?

– Oui, je sais, je suis l'ennemi, dis-je avant de me tourner vers Weston. Où allez-vous faire la fête ?

– Chez un ami, à l'ouest de Cambridge. Rien de trop turbulent. Les gens sont plutôt tranquilles.

Je ne suis pas sortie depuis le nouvel an. L'idée de sociabiliser et de boire quelques coups me semble plutôt alléchante.

– Je suis venue avec une copine, dis-je, en pensant soudain à Brenna.

Weston hausse les épaules.

– Alors, viens avec elle.

– Je ne sais pas si elle voudra venir. Elle est fan de hockey, soutient Briar et, pour faire court, vous déteste.

Il éclate de rire.

– Je m'en fiche. On ne vit plus à l'époque de *Gangs of New York*, ma grande. On peut se parler. Je t'envoie l'adresse par message.

Je remarque que Jake ne m'a pas quittée des yeux.

– Tu es sûr que ça ne te dérange pas qu'on vienne ?

– Ce n'est pas chez moi, rétorque-t-il en haussant les épaules.

– Bon, d'accord. Je vais chercher ma copine, on vous retrouve là-bas.

11

Summer

– C’est un blasphème ! siffle Brenna alors que nous approchons de la porte d’entrée d’une maison au bardage blanc.

Elle se retourne et observe avec regret notre Uber qui s’éloigne.

Je lève les yeux au ciel.

– Allez, on y va.

Elle reste scotchée sur le porche.

– Tu ne peux pas me faire ça, Summer.

– Te faire quoi ?

– Me forcer à pénétrer dans l’antre de Satan.

– Mon Dieu. Et les gens disent que je suis chiante, je me lamente en l’entraînant vers la porte. On y va, un point c’est tout.

Contrairement à ce qu’a dit Weston, il y a énormément de monde à l’intérieur. Nous entrons dans la maison sans sonner, de toute façon, vu le niveau sonore, personne ne nous aurait entendues.

Brenna affiche un air consterné, presque cocasse. Quant à moi, je souris de toutes mes dents en découvrant la fête. La musique, l’allégresse et la foule me remontent toujours le moral. À une époque, je me voyais bien devenir organisatrice d’événements, mais j'ai vite compris que ce n'est pas l'organisation de soirées qui me plaît, c'est d'y participer. J'adore m'habiller, me maquiller, choisir des accessoires, puis faire une entrée spectaculaire et observer ce que portent les gens autour de moi.

Je pourrais peut-être devenir journaliste sur tapis rouges. Ça me permettrait d'admirer des tenues, n'ayant qu'à tendre le micro à des gens et leur demander ce qu'ils portent. Ce serait le pied. Seulement, il est trop tard pour faire une licence de journalisme. Et puis, passer à la télé n'a jamais été mon truc.

– Je n'aime pas ça. Regarde-moi tous ces débiles, avec leur air arrogant, grogne Brenna en montrant les gens du doigt.

Pile à ce moment-là, un grand type maigre vêtu d'un maillot des Celtics recule et heurte son doigt tendu.

– Hé ! Ça va pas…

Mais dès qu'il aperçoit Brenna, il cesse de protester.

– Laisse tomber. Tu peux continuer à me toucher ! Toute la nuit s'il le faut…

– Fiche-moi la paix, ordonne-t-elle.

Il lui fait un clin d'œil.

– Reviens me voir quand tu auras bu.

Je n'en crois pas mes yeux.

– Dégage de là ! je m'exclame.

Nous l'esquivons. Je parcours ensuite la foule des yeux en quête de Weston ou Jake Connelly. Sans succès. Je sais pourtant que Weston est déjà arrivé, il m'a envoyé un message dix minutes plus tôt.

Saisissant Brenna par le bras, je l'entraîne vers ce que j'espère être la cuisine.

– J'ai besoin de boire un coup.

– Moi, j'ai besoin d'en boire au moins dix.

Je lui pince le bras.

– Arrête ton cinéma. C'est juste une fête.

– C'est la fête de la victoire de Harvard, dit-elle en secouant la tête. Je te trouve finalement assez décevante comme meilleure amie.

– Je sais très bien que tu mens. Je suis une amie géniale.

Dans la cuisine, nous sommes accueillies par de gros rires rauques. Le bar est recouvert de bouteilles et de verres en plastique rouge et beaucoup de monde s'agglutine tout autour, surtout des mecs. Pas de Weston ou de Jake en vue, mais des types à la carrure suffisamment imposante pour être des hockeyeurs.

Ils nous lancent tous des regards intéressés, hormis les seules filles du groupe, deux jolies blondes, qui nous observent d'un sale œil. Au bout de quelques secondes, elles entraînent leurs copains respectifs à l'écart, sous prétexte de vouloir danser. J'en déduis qu'elles nous ont perçues comme des menaces.

J'ai une mauvaise nouvelle pour elles. À force de craindre que leurs mecs les trompent, elles vont justement les pousser à le faire. Dans une relation, l'absence de confiance ne présage rien de bon.

Un grand brun vêtu d'un sweat Harvard gris nous reluque en souriant.

– Les filles ! Venez trinquer avec nous ! dit-il en brandissant une bouteille de champagne.

– Du champagne ? Ça ne rigole pas à Harvard, lance Brenna sans que personne ne relève son sarcasme.

Le type au sweat gris attrape deux flûtes dans un placard et nous les tend.

À contrecœur, Brenna l'accepte. Et pour se justifier de son geste, elle susurre à mon oreille :

– J'ai toujours eu un faible pour le champagne.

Je me retiens de rire. À mon avis, elle a aussi un faible pour lui. Il est plutôt mignon avec sa tignasse brune, son sourire charmeur et son corps puissant et bien fait sous son sweat et son pantalon cargo.

Dieu, ce que j'aime les sportifs !

– T'es lequel ? demande Brenna.

– Comment ça ?

– Quel nom sur ton maillot?

Il sourit.

– Numéro soixante et un. McCarthy.

Elle plisse les yeux.

– C'est toi qui as marqué le but de la troisième période.

McCarthy sourit de plus belle.

– Tout à fait.

– Beau tir du poignet.

Je n'en crois pas mes oreilles. Elle le complimente? Je ne dois pas être la seule à aimer son sourire.

– En revanche, ton tir frappé laisse à désirer. Tu manques clairement de puissance.

J'ai parlé trop vite.

– Aïe! s'exclame-t-il en faisant la moue.

J'aurais dû me douter que Brenna n'adresserait pas de véritables compliments à un joueur de Harvard. Mais je sens qu'elle apprécie de plus en plus d'être venue. Elle commence à remuer, aussi légèrement soit-il, ses hanches en rythme avec la musique et semble se détendre en sirotant son champagne.

Alors que je m'apprête à prendre le verre que me tend McCarthy, mon téléphone vibre dans mon sac. Quelqu'un m'appelle. Je regarde l'écran. C'est Hunter.

– Garde mon verre au frais, je dois répondre, dis-je, puis je regarde chaque mec dans les yeux d'un air sévère avant d'ajouter: Pas de bêtises avec elle.

– Elle est entre de bonnes mains, promet McCarthy. Je suis un vrai gentleman.

– Il est vierge, lance un de ses coéquipiers.

McCarthy hoche la tête.

– C'est vrai.

Brenna fronce les sourcils.

– T'es sérieux?

– Bien sûr que non!

Il sourit à nouveau et de délicieuses fossettes apparaissent sur son visage. Ce mec est craquant.

Je traverse la cuisine à la recherche d'un endroit plus calme et décroche.

– Coucou. Ça va ?

– T'es où, Blondie ? demande Hunter. Je pensais que tu serais rentrée à la maison.

– J'ai croisé un copain du lycée après le match et il nous a invitées à une fête.

Dans le salon, quelqu'un monte le son, les murs se mettent à trembler en rythme. La musique couvre la réponse de Hunter.

– T'as dit quoi ? Je ne t'entends pas !

Je sens qu'il est méfiant.

– T'es où ?

– À Cambridge. Je te l'ai dit, j'ai retrouvé un copain du lycée. D'ailleurs, tu dois certainement le connaître. C'est Brooks Weston.

Au bout de la ligne, son silence est accusateur.

– Hunter ?

– Tu fous de ma gueule ? T'es à la fête de Harvard ?

– Oui. Pas la peine de me faire la leçon sur le fait de pactiser avec l'ennemi. Brenna m'a déjà rebattu les oreilles avec ça.

– Bon sang, tu peux pas faire ça ! me houspille-t-il. Tu ne peux pas faire la fête avec ces enfoirés.

– Pourquoi ?

– Parce que !

J'étouffe un rire.

– Mon chéri, la dure réalité du sport, c'est que parfois on gagne, parfois on perd. Ce serait vraiment mesquin, pour ne pas dire stupide, d'en vouloir personnellement aux joueurs de toutes les équipes qui gagnent, tu ne crois pas ?

– On déteste Harvard, rétorque-t-il obstinément.

– Ce ne sont même pas vos rivaux officiels. C'est l'Eastwood College.

– On est en Amérique, Summer. Les équipes de hockey peuvent avoir plus d'un rival.

Cette fois, j'éclate de rire.

– Je peux raccrocher ? À cause de toi, j'ai laissé Brenna toute seule.

Un rapide coup d'œil révèle que je ne lui manque absolument pas. McCarthy la fait rire. L'antre de Satan a bon dos, elle s'amuse comme une folle.

– Bon, je te laisse, dit-il d'un ton adorablement ronchon. Sache que j'aurais aimé que tu sois là.

Une drôle de sensation me réchauffe le ventre. Je ne suis pas insensible au flirt de Hunter. J'ai bien aimé l'embrasser. Seulement, maintenant je vis avec lui. Je vis également avec Fitz, qui m'attire toujours autant, même si j'ai aussi envie de lui donner des coups de pied dans les couilles.

C'est très confus.

– Tu peux toujours me rejoindre, si ça te dit.

Il se met à ricaner.

– Hors de question que je te rejoigne en enfer.

C'est moi, ou tous les gens de Briar pensent que Harvard se trouve sur les rives du Styx ? Cette lubie ne concerne peut-être que les gens bizarres de mon entourage. Harvard est une université parfaitement respectable, son équipe de hockey est tout aussi digne de respect. Elle a juste battu Briar. Il va falloir s'en remettre, les gars !

– Quelques copains sont venus à la maison, ajoute Hunter. Je t'appelais pour t'avertir.

– D'accord. Je…

– Te voilà enfin ! s'exclame une voix familière derrière moi. T'étais passée où ?

J'esquisse un grand sourire au moment où Weston fait irruption dans la cuisine. Je lui fais signe que je suis au téléphone, mais que je vais bientôt raccrocher. Il hausse les épaules et se tourne vers les autres.

– À boire ! gronde-t-il.

– Je dois y aller, dis-je à Hunter. On se voit plus tard.

★ ★ ★

Weston et moi échangeons des nouvelles. On se marre bien, planqués dans une pièce jouxtant la salle de séjour, sans doute une ancienne salle à manger convertie en salon secondaire, avec deux gros canapés, quelques fauteuils et une immense table basse en verre. Weston s'est installé d'un côté du canapé, je me suis assise sur l'accoudoir. La musique n'étant pas aussi forte à cet endroit, nous n'avons pas besoin de hurler pour nous raconter les derniers potins sur nos anciens camarades de classe.

À l'autre extrémité de la pièce, Brenna semble tout à fait à l'aise sur les cuisses de McCarthy. Craquant visiblement pour elle, il l'entoure de ses bras, une main posée nonchalamment sur sa cuisse, pendant qu'ils regardent quelque chose sur le téléphone de Brenna. Je les ai déjà vus s'embrasser à plusieurs reprises. Chaque fois, j'ai dû lutter pour ne pas sourire.

Je ne me gênerai pas pour me moquer d'elle plus tard.

– Ta copine est canon.

– T'as vu ? En plus, elle est vraiment cool.

J'ai du mal à croire que je ne la connais que depuis hier. On dirait que ça fait une éternité.

– En parlant de truc cool…

Il m'adresse un clin d'œil et trace une ligne avec la poudre blanche que je faisais semblant de ne pas avoir remarquée.

La cocaïne, j'y suis souvent confrontée. Trop souvent même. C'est la drogue qui circule le plus dans les lycées privés, les riches lycéens disposant du temps et surtout de l'argent pour en acheter. Il m'est arrivé une fois d'en prendre, à une fête de première, mais je n'ai pas aimé ça. Je préfère largement la douce effervescence de l'alcool à la frénésie de la coke.

Ça ne me surprend pas que Weston en prenne, il a toujours eu un faible pour les rails. Comme tous les hockeyeurs de Roselawn, d'ailleurs. Un jour, Dean m'a expliqué que la coke et le hockey ne faisaient qu'un. Je me demande si ceux de Briar en prennent aussi. J'espère que non.

Weston sniffe sa ligne, puis il se frotte le nez et secoue la tête plusieurs fois, comme pour y voir plus clair.

– T'es sûre que tu n'en veux pas ?

– Ça n'a jamais été mon truc, je lui rappelle en prenant une gorgée de ma bière. Tu n'as pas peur des contrôles ?

Mon frère s'est fait avoir la saison dernière à cause d'un contrôle aléatoire.

– Au bout de quarante-huit heures, tu n'as plus rien dans le corps avec la coke. Faudrait vraiment être bête pour se faire prendre, dit-il, puis il pose sa main sur mon genou, un geste qui n'a rien de sexuel. Alors, tu te plais à Briar ? Plus qu'à Brown ?

– Je ne peux pas te dire, les cours n'ont toujours pas commencé, mais le campus est drôlement joli.

– Tu vis à l'internat ?

– Non, avec des amis de Dean. D'ailleurs, Hunter Davenport, ton ancien coéquipier de Roselawn, est mon colocataire.

– Sans blague ? Tu te tapes Davenport ?

– De façon platonique.

– J'y crois pas une seule seconde.

Je m'apprête à le contredire quand l'ambiance de la pièce change radicalement. Jake Connelly vient d'entrer. Ce mec a une prestance incroyable. Il avance, une bouteille de bière à la main, puis s'arrête devant l'autre accoudoir. Un type assis à cet endroit se lève sur-le-champ et Connelly prend tranquillement sa place.

Il sirote sa bière en jetant un coup d'œil à Brenna qui détourne alors son attention de McCarthy. Elle observe Jake, remarque son jean foncé, son tee-shirt Under Armour noir et sa casquette des Red Sox.

– Bravo Connelly, dit-elle poliment.

Il la dévisage d'un air pensif. Malgré l'absence de sarcasme dans la voix de Brenna, je suis sûre qu'il a décelé sa réticence à prononcer un compliment.

– Merci, répond-il en prenant une autre gorgée de bière.

McCarthy tente d'attirer de nouveau l'attention de Brenna en murmurant quelque chose dans son cou. Mais Jake et elle ne se quittent plus des yeux.

– On se connaît ? demande-t-il pensivement.

– Euh… Tu m'as peut-être entendue crier depuis la glace ? Je fais partie de ceux qui vous insultent.

Il semble trouver ça drôle.

– Tu es donc une groupie de Briar.

– Ils aimeraient bien, mais non.

– En tout cas, tu gravites autour de l'équipe. Je t'ai déjà vue.

– Je n'ai pas le choix, réplique-t-elle, le menton levé avec défiance. Mon père est l'entraîneur de l'équipe.

Jake reste indifférent.

En revanche, McCarthy se lève d'un bond, l'air consterné, et Brenna manque alors s'écrouler tête la première sur la moquette. Pour prouver qu'il est un gentleman, il la rattrape et la replace sur l'accoudoir.

– Pourquoi tu ne m'as rien dit ? demande McCarthy à Weston, fâché d'avoir été trahi.

– C'est quoi le problème ? Elle est sympa.

– Je lui ai parlé de ma fracture au genou ! Le coach ne fera un rapport sur ma blessure qu'à partir de la semaine prochaine. Et si elle le balançait à son père ?

– Et alors ?

Weston n'en a pas grand-chose à faire.

– Un de ces crétins de Briar pourrait venir me cogner le genou pour que je ne termine pas la saison.

– Mon père est réglo, rétorque Brenna en levant les yeux au ciel. À ma connaissance, Tonya Hardings ne fait pas partie de l'équipe.

Weston se met à rire et Connelly sourit, ce qui le rend d'autant plus séduisant.

– On n'est pas à la CIA, poursuit-elle, j'ai autre chose à faire que d'espionner des petits joueurs de hockey pour mon père.

McCarthy se calme.

– T'es sûre ?

– Oui, dit-elle en se levant. Je suis venue pour passer du bon temps avec ma copine, boire des coups et peut-être flirter avec un mec mignon.

Il reprend espoir.

– On peut continuer à flirter.

Brenna renverse la tête vers l'arrière et éclate de rire.

– Désolée, mon grand. T'as grillé toutes tes chances en m'envoyant valser de peur que je sois une taupe.

Ses amis s'esclaffent. Pauvre McCarthy, il n'a pas l'air de trouver ça drôle.

À ma grande surprise, Connelly intervient :

– Ne l'écoute pas, mec. Elle n'aurait jamais couché avec toi.

Interloquée, Brenna lui répond :

– Ah bon ? Tu ne me connais si bien que ça ?

Jake la dévisage en passant sa langue sur ses lèvres. C'est terriblement sexy.

– Tu ne coucherais jamais avec un joueur de Harvard.

Elle soutient son regard pendant plusieurs secondes avant de céder.

– Tu as raison. Plutôt crever, aboie-t-elle avant de se tourner vers moi. On ferait mieux d'y aller, Summer. Je commande un Uber.

C'est sans doute une bonne idée. Je me penche pour embrasser Weston sur la joue.

– Contente de t'avoir vu, dis-je. Merci de nous avoir invitées.

– Quand tu veux. J'espère qu'on se reverra bientôt, maintenant que tu habites pas loin de Boston.

– Bien sûr, je réponds, puis je me tourne vers Jake : Bonne soirée.

Il se contente de hocher la tête.

– Notre chauffeur est là dans quatre minutes, dit Brenna en regardant son portable.

McCarthy, qui se tient toujours près d'elle, ne cache pas sa déception.

– Tu pourrais rester…

Sa phrase reste en suspens. Il attend qu'elle réponde.

Au fond, je pense qu'elle aurait bien aimé s'amuser avec lui, même s'il joue pour Harvard. Sa réaction a tout gâché.

Brenna finit par avoir pitié de lui. Elle passe ses bras autour de son cou et pose ses lèvres sur sa joue poilue.

– Qui sait, on se retrouvera peut-être dans une autre vie, McCarthy.

Esquissant un sourire plein de regrets, il lui donne une claque sur les fesses avant qu'elle s'éloigne.

– J'y compte bien.

Tout en avançant vers la porte, Brenna lance un regard noir à Jake Connelly qui semble s'en amuser.

Trois minutes plus tard, nous nous installons à l'arrière du taxi. Brenna m'en veut.

– C'était atroce.

– Tu vois, je t'avais dit qu'on rigolerait bien, je la taquine.

Agacée, elle agite sa main entre nous.

– Bien entendu, je vais tout répéter à mon père sur la fracture de McCarthy.

J'esquisse alors un grand sourire.

– C'est bien ce que je pensais.

★ ★ ★

Brenna décide de dormir chez moi quand elle apprend que mes colocataires ont eux aussi organisé une petite soirée à la maison. Elle m'explique qu'elle est un oiseau de nuit, ne parvenant jamais à s'endormir avant trois ou quatre heures du matin. Comme j'aime autant les afters que les chaussures Prada, je suis contente de la ramener à la maison

À notre grand désarroi, la soirée est terminée. Mes colocs sont cependant encore debout. Installés sur le canapé, Hollis et Fitz s'affrontent à un jeu vidéo. Hunter somnole sur un fauteuil, vêtu d'un pantalon de sport et d'un tee-shirt usé.

Des dizaines de bouteilles de bières vides attestent qu'une fête a bien eu lieu, ainsi que l'odeur de joint qui s'élève du côté de Mike.

– Dégage de là, aboie Hollis à Fitzy. Arrête de m'encercler.

– Si tu ne veux pas que je te trouve, arrête de te cacher tout le temps dans le même hangar.

Sur l'écran de Mike, un soldat fait face à un gros fusil à pompe. Vu du côté de l'écran de Fitzy, Mike semble cerné.

– Un dernier mot avant de mourir ? demande ce dernier.

– Je regrette de ne jamais avoir appris à faire du vélo.

Fitz éclate de rire. Sa voix, grave et sexy, fait vibrer les muscles de son torse. Il s'arrête net dès qu'il m'aperçoit.

– Tu m'as bien fait rire, dit Brenna à Hollis.

Pour toute réponse, il lui jette un regard noir.

– Salut, Judas !

– Quoi ?

– Davenport nous a dit où vous étiez. Pas la peine de le nier, ajoute Hollis d'un ton accusateur.

– Ce n'est pas ce que j'avais l'intention de faire, je rétorque joyeusement. Bee, tu veux boire quelque chose ?

– Avec plaisir.

Depuis son fauteuil, Hunter ouvre un œil.

– Il ne reste plus qu'une bouteille de whisky à la cannelle, marmonne-t-il en désignant mollement la table basse.

Je regarde la bouteille avec appréhension.

– Envie d'épices ?

– Toujours partante pour du whisky.

Un sourire aux lèvres, je pars chercher des verres à la cuisine. À mon retour, Brenna est assise à côté de Fitzy. Elle s'évertue à leur faire croire que je l'ai forcée à se rendre à la fameuse fête de Cambridge.

– C'était horrible, se lamente-t-elle.

– Ne l'écoutez pas ! Elle s'est amusée comme une folle, dis-je en déposant les verres sur la table, puis je me tourne vers mes colocataires : Brenna peut rester dormir ici ?

Je me demande si c'était vraiment nécessaire de poser la question.

– Bien sûr que tu peux rester. Mon lit est le tien.

Fitz pouffe de rire.

– Jamais je ne toucherais ton lit, même avec des pincettes.

– Dommage… J'avais bien envie de me faire pincer.

– Même pas en rêve, Michael.

– Sois gentille avec lui, il en a bien besoin ce soir, dit Fitz en passant son bras tatoué autour d'elle.

Non, je ne suis pas jalouse.

Pourquoi le serais-je ?

Je détourne le regard et verse du whisky dans les verres.

– Pourquoi faut-il que je sois gentille avec lui ?

– Parce qu'il s'est épilé tout le corps pour une fille qui lui a posé un lapin.

Fitz se retient de rire.

Depuis son fauteuil, Hunter n'est pas aussi bienveillant. Il explose de rire, à moitié endormi. Hollis n'est sans doute pas le seul à avoir fumé de l'herbe. Hunter n'a pas bougé d'un centimètre depuis que nous sommes arrivées.

– Mon pauvre, je suis désolée.

Brenna se penche par-dessus le grand corps de Fitz pour caresser Hollis sur le bras. Ce dernier porte un jean et un tee-shirt à manches longues. Impossible de voir sa peau.

– Tu n'as vraiment plus aucun poil ? je demande.

– T'as qu'à venir vérifier.

Cette fois, Fitz frappe Hollis sur la nuque.

– Arrête un peu ! Même moi, tu finis par me dégoûter.

Je trinque avec Brenna et nous avalons nos verres d'un coup sec. La liqueur me brûle l'œsophage.

– Putain ! je grogne, la gorge et la bouche en feu. J'avais oublié combien c'était fort.

– Un autre ! ordonne Brenna. Je n'ai presque rien senti.

Tout en riant à gorge déployée, je nous sers deux autres verres.

Pendant que nous buvons notre deuxième tournée, je sens le regard de Fitz sur moi. Je parie qu'il aimerait me faire une petite leçon sur l'alcool. M'inciter à me calmer. Mais il reste silencieux.

– Wouah ! Celui-ci, je l'ai senti passer.

Brenna a les joues en feu. En un rien de temps, elle retire son pull et se retrouve en jean slim noir et caraco en dentelle qui la couvre à peine.

Hollis ne la quitte plus des yeux.

– Tu veux monter dans ma chambre ? Pour répondre à la question de Summer, je suis complètement imberbe…

Un gloussement m'échappe. Comme si ça pouvait séduire Brenna.

– Plutôt crever, rétorque-t-elle avant de prendre la manette Xbox de Fitz. À quoi on joue ?

– À *Killer Instinct.*

– Cool. Je connais. J'aimerais bien exploser la cervelle de Hollis.

Il est aux anges.

– Avec un peu de chance, je monterai au septième ciel.

Brenna se met aussitôt à lui tirer sur la tête. N'aimant pas particulièrement regarder des gens jouer aux jeux vidéo, je prépare une playlist Spotify sur l'ordinateur de Hollis, puis je passe une heure à danser seule pendant que Brenna affronte Hollis et Fitz.

Nous continuons à boire. Deux verres de plus, puis encore deux, sur l'insistance de Hollis qui trouve absurde de laisser une si petite quantité dans la bouteille.

– À Briar, on termine ce qu'on a commencé ! hurle-t-il, comme s'il jouait dans une scène de *Gladiator.*

Je suis déjà saoule et adhère à son idée. Brenna, Hollis et moi terminons donc la bouteille de Fireball pendant que Hunter ronfle et que Fitz m'observe avec ce que je suppose être un regard désapprobateur. Je n'en suis pas sûre, car ma vision est un peu floue.

D'ailleurs, c'est moi, ou la pièce commence à tourner ?

– Je pense qu'il est temps d'aller se coucher.

La voix grave de Fitz résonne dans mon oreille. Il s'est approché de moi alors que je danse sur une chanson de la playlist « metal » de Hollis.

Je sautille dans tous les sens, ma queue-de-cheval lui fouette le visage quand je pivote vers lui. Il ne sourcille pas et se contente de poser sa main sur mon bras pour me calmer avant que je ne tombe par terre.

– Je ne suis pas fatiguée, dis-je en repoussant sa main.

Je me remets à tituber. Fitz m'empoigne à nouveau.

Cette fois, j'ai décollé du sol sans même m'en apercevoir. Il m'a hissée sur son épaule, si bien que je vois l'arrière de son tee-shirt noir et que mes jambes pendent sur son large torse.

Je me débats.

– Lâche-moi ! Bon sang, Fitz !

– Non.

Je le frappe plus fort. Encore plus fort.

– Repose-moi par terre ! Brenna, au secours !

– Ma chérie, ça fait une heure que tu pogotes toute seule sur du métal. Il a raison de te coucher. Je te rejoins après cette partie.

Fitz avance en direction des escaliers en me portant comme un gros sac sur son épaule.

– Je ne plaisante pas, pose-moi.

– Non.

Son bras me serre fort derrière les cuisses.

– Je ne suis pas un jouet ! Je suis un être humain, j'ai des droits !

Je n'obtiens qu'un petit ricanement de sa part.

Je n'arrive pas à croire qu'il me porte jusqu'en haut. Comme si j'avais six ans et qu'il fallait me ramener dans mon lit superposé Hello Kitty. Les dents serrées, je lui donne un coup de poing sur l'épaule. Il ne sursaute même pas. Nous voici au milieu de l'escalier. Je me mets à le pincer, mais ça ne marche toujours pas. Je m'en prends alors à son dos.

Il recule, comme si on venait de lui tirer dessus, puis il pousse un juron.

– Arrête ça.

– J'arrêterai quand tu m'auras posée par terre, dis-je en le pinçant sans plus m'arrêter.

Il se secoue pour me déstabiliser.

– Summer, arrête de me pincer, bordel !

– T'as pas le droit de me porter contre mon gré, je hurle.

Nous sommes à bout de souffle, je commence à transpirer de la nuque et entre les seins, lutter contre lui me demande beaucoup d'énergie. Passé la dernière marche, il se dirige vers ma chambre en m'insultant, car je ne cesse de pincer les muscles de son dos.

– Depuis quand tu empêches les gens de s'amuser ? je demande quand il me dépose brusquement par terre, mes pieds émettent un bruit sourd au contact du sol. Qu'est-ce qui te donne le droit de m'amener de force dans ma chambre ?

Il me lance un regard noir.

– Tu allais tomber, te cogner la tête contre un meuble et tomber dans les pommes.

– Pourquoi en faire tout un plat ? Je ne faisais que danser.

– C'est moi qui en fais tout un plat maintenant ? crie-t-il en me laissant bouche bée. (Je n'avais encore jamais entendu Fitz lever la voix.) Hier, tu as pété les plombs contre moi, sans aucune raison apparente. Tu m'accuses de penser que tu ne sais pas lire.

– Parce que tu t'es comporté comme un gros con, condescendant qui plus est !

– Et toi, comme une gamine !

– Maintenant, on dirait mon père !

– Et toi, on dirait toujours une gamine !

Nous nous taisons en nous fixant d'un sale œil. La mâchoire crispée et le cou tendu, il semble prêt à exploser. Pourtant, au bout de quelques secondes, il se contente de pousser un soupir et passe la main sur sa barbe.

– Je suis désolé pour hier, murmure-t-il. Je n'ai pas voulu sous-entendre que…

– C'est bon, je l'interromps d'un ton sec.

– Summer.

– Quoi ?

– Je suis sérieux, là. Je ne te trouve pas stupide.

Alors, il n'y en a plus qu'une qui le pense.

Je bannis immédiatement cette pensée de mon esprit dérangé. Même complètement bourrée, je parviens à ne pas céder à mes insécurités devant lui.

Les poings serrés le long de mon corps, je sens son regard sur moi. Il n'est plus en colère, il se contente de m'observer. Même si je suis furieuse contre lui, sa présence a encore un drôle d'effet sur moi. Mon cœur bat très vite, mes genoux chancellent, je sens des picotements le long de mon dos et entre mes cuisses. Au moment où Fitz passe sa main dans ses cheveux en pagaille, ce picotement se transforme en désir ardent.

Il m'excite. J'ai envie que ses mains se promènent partout sur mon corps.

– J'avais un faible pour toi, je lâche d'un coup.

Sa main se fige dans ses cheveux.

– Quoi ?

– Rien. Oublie. Je suis saoule.

Je fais machine arrière, comme si ma vie en dépendait. Fitz n'est pas censé savoir qu'il m'intéresse ou qu'il m'a fait du mal. Sinon, il faudrait admettre que j'ai entendu tout ce qu'il a dit sur moi.

– Summer… dit-il, les sourcils froncés.

– J'ai dit, oublie ! Tu as raison, c'est l'heure d'aller au lit. Je te remercie de m'avoir ramenée dans ma chambre, j'ajoute avec une pointe de sarcasme. Tu veux bien sortir, maintenant ?

Il hésite une seconde. Puis il se redresse, en acquiesçant.

– Bonne nuit.

Dès qu'il disparaît, je pousse un grognement.

Merde. Je suis vraiment incapable de fermer ma bouche. J'aimerais cesser de dire tout haut ce que je pense tout bas.

★ ★ ★

Un grand fracas suivi d'un juron me réveille en sursaut le lendemain matin.

J'ai le sommeil vraiment léger. Le moindre bruit peut me faire passer d'un assoupissement profond à un état de panique pleinement conscient. Les yeux écarquillés, je me redresse et vérifie l'heure sur mon téléphone. Nous sommes dimanche et il est sept heures trente du matin.

Qui peut bien faire autant de boucan ? J'aimerais connaître le coupable pour l'assassiner.

Ils ont intérêt à ne pas réveiller Brenna qui dort à côté de moi.

Soudain, je me rends compte que je suis seule. Elle avait pourtant dit qu'elle monterait se coucher avec moi…

– Merde ! murmure quelqu'un dans le couloir.

C'est Brenna.

Je repousse ma couette et sors du lit. J'ouvre la porte en même temps que Fitz et Hunter. La tête dans le cul, ils apparaissent en boxer sur le seuil de leur porte.

Nous écarquillons les yeux en découvrant de quelle chambre vient de sortir Brenna.

Elle se fige sur placc, commc un animal de la forêt venant d'entendre un bruit de feuilles. Elle ne porte que son débardeur et sa culotte, son jean passé sur le bras, et ses cheveux ressemblent à une perruque des années quatre-vingt.

Elle croise mon regard et secoue la tête.

– Pas un mot !

De toute façon, je reste sans voix, la bouche grande ouverte.

Comment se fait-il que Brenna sorte de la chambre de Mike Hollis ?

Le mystère est total.

Hunter ouvre la bouche, mais elle lui intime de se taire.

– Pas un mot !

Fitzy se contente de secouer la tête avant de claquer la porte de sa chambre.

– Je t'appelle plus tard, marmonne-t-elle en passant devant moi pour rejoindre l'escalier.

J'acquiesce sans rien dire.

Au bout de quelques minutes, on entend une voiture qui démarre. Sans doute un taxi qui la ramène chez elle.

– Ça alors, dis-je.

À ma grande surprise, Hunter en profite pour me suivre dans ma chambre. Il se jette sur mon lit et gigote pour trouver une position confortable, faisant onduler ses abdos.

– C'est dingue, murmure-t-il, à moitié endormi.

Je ne le quitte pas des yeux.

– Tu peux m'expliquer ce que tu fabriques dans mon lit ?

– J'en sais rien.

Il s'allonge sur le côté en poussant sa jambe musclée vers l'avant, puis il se love contre mon oreiller et pousse un long soupir.

– Bonne nuit.

J'y crois pas ! Au bout de quelques secondes, il s'endort. Cependant, je n'ai pas l'énergie de le mettre dehors. Il est bien trop tôt et je n'ai dormi que quatre heures.

Je me glisse alors dans mon lit avec le mec à moitié nu qui l'occupe déjà.

Hunter grommelle quelque chose, puis il tend son bras pour m'attirer contre lui. Au départ, je résiste. Puis je finis par m'abandonner dans ses bras. Ça fait tellement longtemps que je n'ai pas dormi emboîtée contre quelqu'un, et c'est…

Vraiment agréable.

12

Fitz

C'est le premier jour du semestre et je me suis levé aux aurores. Le ciel noir est traversé de nuées bleu marine et le jour commence à percer l'obscurité quand je regarde à travers la fenêtre de la cuisine, attendant que mon café soit prêt. J'ai hâte que les cours commencent. Je n'ai entendu que du bien du cours sur les techniques cinématographiques pour jeux vidéo. Le programme du cours d'animation en 2D a l'air particulièrement intéressant.

J'ai intégré une licence avec un double parcours en arts plastiques et en informatique, au grand dam de mon père qui aurait préféré que je me concentre uniquement sur l'informatique.

– Les ordinateurs sont l'avenir de l'art, Colin.

Voilà son argument infaillible.

Il a raison. Désormais, le graphisme se pratique essentiellement sur ordinateur. Beaucoup d'artistes dessinent directement sur leur ordinateur ou leur tablette. J'en fais d'ailleurs partie.

Mais je ne trouve rien de plus agréable que la sensation d'un carnet sous ma main, ou encore le crissement d'un crayon ou d'un fusain sur une page. Le besoin de dessiner sur papier ou de peindre sur une toile est si profondément ancré en moi que je ne peux concevoir de compter uniquement sur l'informatique.

Je suis sûr que les musées finiront par ne diffuser que des œuvres sur écran. Peut-être que je suis un dinosaure, mais je trouve ça vraiment dommage.

Puisque les cours ne commencent qu'à dix heures et que l'entraînement du matin n'est qu'à huit heures, j'ai le temps de vérifier comment progressent les tests de mon jeu vidéo. Je monte dans ma chambre avec mon café et m'installe au bureau, la tour de contrôle, comme dirait Hollis.

Mon équipement de jeu peut paraître extravagant pour un simple étudiant : je dispose de trois écrans haute définition, d'un clavier programmable, d'une souris spéciale jeux vidéo et d'une carte graphique dont je préfère taire le prix, mais qui vaut largement la peine.

J'attrape le casque audio noir et vert accroché sur les enceintes et le pose sur mes oreilles. Je regarde quelques vidéos, puis j'affiche la page du forum de mon groupe de testeurs. J'ai soigneusement choisi les personnes qui peuvent jouer à *Legion 48,* l'accès au jeu ne se fait que sur invitation. Je lève les yeux au ciel quand je découvre, parmi les messages, quelques demandes de codes de triche. Je parcours rapidement le forum, en quête de données exploitables. La version bêta me permet de réparer les bugs pour que la version finale soit complètement opérationnelle.

Rien ne me saute aux yeux. Je sirote mon café en voyant défiler les messages et les questions des joueurs connectés sur le chat. Je ne suis pas surpris de voir autant de joueurs en ligne de si bon matin. Ils ont probablement passé toute la nuit à jouer.

Soudain, j'entends des bruits de pas dans le couloir. Je jette un œil inquiet vers la porte. Quelqu'un entre dans la salle de bains et referme la porte. Quelques minutes plus tard, la douche se met en marche.

Je me demande si c'est Summer. Je préférais que ce ne soit pas elle pour pouvoir quitter la maison sans la voir. Hier, toutes nos interactions ont été placées sous le signe de la gêne. Sans parler de la nuit précédente, où j'ai dû la porter dans sa chambre parce qu'elle était saoule.

J'ai porté ses jolies fesses. Des fesses incroyablement fermes et rebondies, pour lesquelles je donnerais tout.

J'avais un faible pour toi.

J'ai essayé de ne pas m'attarder sur cette phrase. Elle avait bu quand elle a crié ça et je n'accorde jamais trop de crédit aux déclarations proférées sous l'influence de l'alcool.

Encore des pas derrière la porte. Cette fois, c'est Hollis qui marmonne dans sa barbe combien il a envie de pisser.

Je me remémore le moment où Brenna est sortie de sa chambre. Hollis n'a pas arrêté de se vanter de leur aventure, comme s'il avait gagné au Loto. C'est tout de même une petite victoire. À ma connaissance, Brenna n'avait encore jamais couché avec un joueur de l'équipe. D'habitude, elle nous évite, mais je ne saurais dire si c'est parce qu'elle n'aime pas les joueurs de hockey ou parce qu'elle sait très bien ce que son père infligera au premier qui touchera à sa précieuse fille.

Hollis n'est vraiment pas malin. Si le coach découvrait ce qu'il a fait, il le ligoterait tout nu dans la cage de but, les membres écartelés, et pratiquerait son lancer frappé.

« Aaaaaah ! » Un cri strident résonne dans la maison et manque me faire tomber de ma chaise. Mon sang se glace, je me lève d'un bond et me précipite vers la porte.

Mon cerveau est passé en mode « homme des cavernes ».

Summer crie.

Summer danger.

Summer sauver.

Les poings serrés, je fonce dans le couloir et m'arrête net devant la porte de la salle de bains qui s'ouvre brusquement. Hollis, vêtu d'un simple boxer, atterrit sans ménagement à mes pieds.

– Ça va pas la tête ? hurle Summer. Je t'interdis d'entrer quand je suis sous la douche.

Mon Dieu !

Elle sort de la salle de bains, dégoulinante d'eau, les cheveux trempés et du savon sur sa peau dorée. Elle a sans nul doute saisi la mauvaise serviette parce qu'elle trop petite, elle recouvre à peine ses seins et ses cuisses. Il suffirait qu'elle bouge d'un seul centimètre pour que ce soit la catastrophe.

J'ai la bouche toute sèche. Elle a des jambes interminables, terriblement sexy. Je ne peux m'empêcher de les imaginer autour de mon corps.

Je déglutis. Péniblement.

Quant à Hollis, il a l'air sonné.

– Je voulais juste pisser, proteste-t-il.

– J'étais sous la douche ! crie-t-elle. Et j'avais fermé la porte.

– Le verrou est cassé.

– Et c'est maintenant que vous me le dites ?

Il se frotte les yeux.

– Je ne vois pas vraiment où est le problème, ma puce.

– Ne m'appelle comme ça !

Hunter ouvre sa porte.

– Qu'est-ce que c'est que ce bordel ? (Il écarquille les yeux en découvrant la scène.) Qu'est-ce que tu as fait ? grogne-t-il en se tournant vers Hollis.

– Je n'ai rien fait, marmonne Hollis.

– Il est entré dans la salle de bains alors que j'étais sous la douche !

– Je voulais juste pisser ! C'est pas comme si j'étais venu sous la douche avec toi.

– Encore heureux ! hurle-t-elle en désignant la porte de la salle de bains. Tu vois cette pièce ? Elle est sacrée. C'est un temple, Mike ! Pour une personne à la fois. Une seule ! C'est comme une cellule d'isolement.

– Faut savoir, c'est une prison ou un temple ? rétorque cet idiot.

– La ferme, s'exclame-t-elle avant de poursuivre : Écoute-moi bien, Hollis. Contrairement à toi, je n'ai pas de pénis.

– Dieu soit loué !

– Hollis ! je l'avertis d'une voix grave.

Il se tait.

– Je te rappelle que je suis une fille, ajoute Summer en serrant la serviette pour qu'elle reste en place. Et je vis avec trois mecs. J'ai le droit d'avoir mon intimité. J'ai le droit de prendre une putain de douche sans que tu débarques dans la salle de bains en sortant ta bite.

– Tu n'as rien vu ! rétorque-t-il.

– C'est pas le sujet ! s'exclame-t-elle, levant les mains en l'air pour protester.

Sa serviette glisse.

Doux Jésus.

J'entrevois ses beaux seins crémeux et ses tétons rose pâle. Un aperçu bref, des plus alléchants, avant qu'elle protège sa poitrine de son bras et qu'elle attrape la serviette de l'autre main pour couvrir le bas de son corps.

Hollis reste stupéfait.

Hunter a les yeux qui sortent des orbites.

Moi, je fais tout ce qui est en mon pouvoir pour ne pas la regarder. Je concentre mon attention sur un point au-dessus de sa tête et déclare, d'une voix étonnamment calme :

– Ça ne se reproduira plus, Summer. C'est compris, Hollis ?

– Oui, assure-t-il.

– Avant toute chose, on va réparer le verrou… je poursuis en hochant la tête.

– Pourquoi tu parles au plafond ? demande-t-elle.

Je me retiens de pousser un grognement et la regarde dans les yeux. Ses pupilles vertes reflètent sa peine et sa gêne. Même si Summer a la fâcheuse tendance de se prendre pour une princesse, elle a raison. Vivant avec trois mecs, elle a entièrement droit à son intimité.

– C'est la pire salle de bains de tous les temps, gémit-elle. Je n'ai pas de place pour poser mes affaires, l'éclairage est tellement mauvais que je ne peux pas me maquiller et, en plus, je ne peux pas prendre une douche tranquille !

– Summer, dis-je d'une voix douce.

Comme elle semble au bord des larmes, je me dirige vers elle.

Ne la touche pas. Ne la touche pas.

Je la touche.

Du bout des doigts, je me contente d'effleurer son épaule et frissonne aussitôt.

– Je te promets que je vais réparer le verrou.

Elle semble se détendre.

– Merci, souffle-t-elle.

Puis elle retourne dans la salle de bains en claquant la porte sur nous. Une seconde plus tard, la douche se remet en marche.

Hunter et moi échangeons un regard avant de nous tourner vers Hollis. Nous l'observons d'un air désapprobateur.

– Quoi ? se défend-il.

– Mec, tu as deux sœurs, lance Hunter d'un ton accusateur. Comment est-ce possible que tu ne respectes pas encore les règles d'une salle de bains ? Fitz et moi, on est fils unique, mais on sait comment ça marche.

– Je n'ai jamais partagé de salle de bains avec mes sœurs.

Agacé, il s'éloigne vers ma chambre.

– Où vas-tu comme ça ? je lui demande.

– Je vais utiliser les toilettes du roi Colin, rétorque-t-il en me fusillant du regard. Tu préfères peut-être que je pisse dans l'évier ?

– Fais comme chez toi, mec !

* * *

Le cours d'animation en 2D est aussi intéressant que ce que j'imaginais. Une fois terminé, je quitte la salle d'informatique en compagnie de Kenji et Ray, deux amis amateurs de jeux vidéo. Bien entendu, ils figurent en haut de la liste des testeurs de la version bêta de mon jeu. Depuis, un seul mot leur brûle les lèvres : *Legion 48*.

– Ton jeu est génial, Fitz, m'annonce Kenji en zippant son manteau.

J'enfile mon bonnet en laine noire et mes gants. Le mois de janvier semble durer une éternité. Chaque année, on dirait que la terre ralentit sa rotation en janvier, contrairement au reste de l'année qui paraît défiler en quelques minutes seulement.

– C'est remarquable, ajoute Ray.

Nous enfonçons les grandes portes du bâtiment et un vent glacial s'abat sur nous. Saleté de mois de janvier.

Malgré le froid, je me sens tout excité.

–Vous êtes sûrs que vous n'avez pas rencontré de problèmes pour l'instant ?

– Rien à déclarer.

– Arrêtez, il doit bien y avoir quelque chose.

Nous descendons un escalier qui nous mène à un trottoir verglacé. Les bâtiments des beaux-arts se trouvent sur la partie ouest du campus. C'est là qu'ont lieu mes cours magistraux et mes différents ateliers.

– Je confirme qu'il n'y a rien, dit Ray.

– *Nothing*, confirme Kenji.

Mon portable vibre dans ma poche. Bizarre, c'est un numéro privé.

Kenji et Ray se lancent dans un débat animé à propos de mon jeu. Je leur fais signe que je dois répondre, ils poursuivent alors leur chemin.

« Vous allez être mis en communication avec Kamal Jain » annonce une voix féminine.

Je me fige, puis laisse échapper un petit rire.

– Euh... Bien essayé, mais...

Trop tard, elle a déjà transféré la ligne.

Ça doit être une mauvaise blague. J'ai bel et bien postulé auprès de *Orcus Games*, le studio à un milliard de dollars de Kamal Jain, le dieu des geeks. J'ai du mal à croire que cette personne soit en mesure de me mettre en relation avec le fondateur et président du groupe. C'est comme si Mark Zuckerberg répondait en personne à des appels d'utilisateurs de Facebook.

Je suis sur le point de raccrocher quand une autre voix se fait entendre à l'autre bout du fil.

– Bonjour Colin ! Ici, Kamal. Je t'appelle parce que j'ai ton CV sous les yeux. Bon, si ça ne tenait qu'à moi, je n'aurais pas donné de suite favorable à ta candidature.

Mon pouls s'accélère. Soit j'hallucine, soit c'est vraiment Kamal Jain au bout du fil. J'ai vu des centaines d'interviews de ce type, je sais qu'il parle vite et je pourrais reconnaître sa voix nasillarde les yeux fermés.

– Tu fais du hockey pour la NCAA ? Je ne vais pas te mentir, mec. Je ne suis pas fan des sportifs de haut niveau. Pour tout te dire, la plupart des athlètes que j'ai connus ne savent pas faire la différence entre Java et C#.

Je suis content qu'il ne soit pas en mesure de voir ma grimace. J'en ai assez de ces clichés selon lesquels les sportifs sont débiles. C'est tellement loin de la réalité. Parmi les gens très intelligents de mon entourage, il y a beaucoup d'athlètes.

Mais je me tais. Car c'est Kamal Jain qui me parle, nom d'un chien. À quinze ans, il avait déjà créé et autopublié un premier jeu de rôle multijoueur qui a eu énormément de succès. Il l'a vendu pour des centaines de millions de dollars et a utilisé cet argent pour lancer son propre studio qui marche du feu de Dieu.

Un destin sans précédent dans le monde des jeux vidéo. Même le créateur de *Minecraft* n'a rien à lui envier.

– Ce matin, un de mes stagiaires est venu me dire que je devais absolument tester ton jeu. Je vais être franc avec toi, Colin. Le codage est beaucoup trop simpliste à mon goût, mais bon, soyons honnêtes, j'ai toujours cette impression face à un jeu que je n'ai pas codé moi-même. Alors, qu'est-ce qui m'a plu ? Le graphisme, parbleu ! C'est toi qui as tout dessiné ?

J'ai du mal à le suivre, car sa parole part dans tous les sens, mais j'arrive tout de même à glisser un « oui, c'est moi ».

– Tu es donc en licence d'arts plastiques à Briar ?

– Je poursuis également une spécialisation en informatique.

– C'est ambitieux. J'aime ça. Je ne suis pas vraiment séduit par ton attrait pour le hockey, mais je suppose que tu ne comptes pas sur une carrière professionnelle dans ce domaine, puisque tu as postulé pour mon studio. Je me trompe ?

– Non, Monsieur.

Un rire aigu me perce l'oreille.

– Monsieur ? Il faut que tu perdes cette fâcheuse habitude, Colin. Tu peux m'appeler Kamal, ou KJ. Je préfère KJ, mais c'est comme tu veux. Bon, laisse-moi jeter un œil à mon calendrier. (J'entends un bruit de papiers qu'on agite.) Je me rends à Manhattan vendredi. Je dirai au pilote de faire halte à Boston. On peut se rencontrer au *Ritz*.

– On va se rencontrer ? je répète, interloqué.

– C'est toujours moi qui m'occupe des entretiens avec les futurs concepteurs. Tu es sur ma liste, avec six autres candidats. La concurrence est rude, prévient-il d'un ton enjoué. (Je parie qu'il aime générer une émulation entre les candidats.) On se voit vendredi prochain, d'accord ?

– C'est noté, je réponds du tac au tac.

Travailler pour *Orcus Games* serait un rêve devenu réalité, mon premier choix parmi toutes les entreprises contactées. Je ne pensais vraiment pas obtenir un entretien. Comme il l'a dit, la concurrence est rude. Tout le monde veut travailler pour Kamal Jain, self-made-man devenu milliardaire.

– Très bien, je vais demander à mon assistante de t'envoyer un mail avec les détails de notre rendez-vous. Hâte de faire ta connaissance.

– Moi aussi, j'ai hâte.

Stupéfait, je secoue la tête en raccrochant. Je rêve ou j'ai vraiment obtenu un entretien d'embauche avec Kamal Jain ?

Ça alors !

J'ouvre l'application des messages pour écrire à Morris, mais mon téléphone sonne à nouveau. Cette fois, le numéro s'affiche. C'est mon père. Comme toujours, je redoute de décrocher. Je ne sais jamais à quoi m'attendre avec mes parents.

– Colin ! aboie mon père dès que je réponds.

Mon père s'exprime toujours de façon bizarre et brusque, ce qui peut paraître impoli quand on ne le connaît pas. Une fois qu'on a l'habitude, c'est juste très désagréable.

– Salut, qu'est-ce qui se passe ? Je dois aller en cours dans une minute, je mens.

– Ça va être bref. Je voulais simplement te dire que je viendrai à ton match avec Lucille, ce week-end. Elle est impatiente de te rencontrer.

Lucille est la nouvelle compagne de mon père, depuis seulement quelques mois. Mon père enchaîne les relations à une vitesse impressionnante, mais tout aussi écœurante.

En revanche, ma mère prétend ne pas avoir eu de relation depuis leur divorce, voici douze ans. Tandis que mon père se vante de ses conquêtes en ma présence, ma mère ne se gêne pas non plus pour se plaindre de sa vie de célibataire. Évidemment, c'est la faute de mon père. Il a détruit toute sa confiance envers les hommes. Quant à lui, c'est la faute de ma mère s'il est devenu volage, prétextant lui aussi qu'il ne pourra plus jamais faire confiance à personne.

Mes parents m'épuisent.

– Super. J'ai hâte de la rencontrer.

Encore un mensonge.

Je suis tenté de lui annoncer mon entretien avec Kamal Jain, mais je me dis qu'un mail à mon père et à ma mère serait préférable pour leur annoncer la nouvelle en même temps. Si jamais je le dis avant à mon père, ce sera le drame.

– Ta mère vient au match ? (Il prononce le mot « mère » avec dégoût.) Si oui, tu ferais mieux de l'avertir que je viens avec Lucille.

Ce qui signifie : *Insiste bien sur ce point pour remuer le couteau dans la plaie.*

– Elle ne vient pas, je rétorque, soulagé de ne pas avoir à transmettre la nouvelle.

– Je vois. Tu dois être déçu.

En d'autres termes : *Elle ne tient pas autant à toi que moi puisqu'elle ne vient même pas te voir jouer.*

Je me retiens de pousser un long soupir.

– Ce n'est pas grave. Vous n'êtes pas obligés d'assister à mes matchs. De toute façon, je dois y aller. On se voit ce week-end.

Dès que je raccroche, je sens mes épaules s'alléger d'un poids. Affronter mes parents me demande un réel effort physique.

★ ★ ★

– Salut, Colin !

Nora Ridgeway avance dans ma direction. L'année dernière, nous avions certains cours d'art plastique en commun. Cette année, nous nous retrouvons dans un seul cours, en dessin. C'est une fille très sympa. Comme moi, en plus de la licence d'art, elle se spécialise en stylisme.

– Salut ! dis-je, ravi de la distraction. (Il me faut toujours quelques minutes pour me défaire des tensions emmagasinées dans mon corps après un échange avec mes parents.) Le cours ne commence qu'à quatorze heures. Tu le sais, j'espère.

Elle sourit.

– T'en fais pas, je suis au courant, répond-elle en désignant le bâtiment face à nous. J'ai un cours d'histoire de la mode dans dix minutes. Comme je t'ai vu passer, j'ai eu envie de te dire bonjour.

Pendant qu'elle parle, un nuage blanc se forme autour de sa bouche.

– Tu devrais mettre un bonnet.

J'ai remarqué que les pointes de ses oreilles sont rouges.

– Je vais survivre.

Elle n'a sans doute pas envie de couvrir sa jolie coupe courte aux pointes roses. Nora a toujours eu un style bien à elle, avec un côté un peu alternatif que j'aime bien. En plus, elle a des tatouages, ce qui est un grand atout à mes yeux.

– Comment as-tu trouvé le cours d'animation ? Lara, une amie qui suit aussi ce cours, m'a semblé ravie.

– C'était génial. Sans doute beaucoup plus intéressant que l'histoire de la mode, dis-je en souriant.

Nora me frappe le bras.

– Impossible. Les vêtements sont beaucoup plus intéressants que les ordinateurs.

– On ne sera jamais d'accord sur ce point.

– En plus, le prof est une véritable *légende*, ajoute-t-elle, des étincelles dans ses yeux verts. C'est Erik Laurie.

Mon absence de réaction la fait rire.

– Laurie est l'ancien rédacteur en chef de *Vogue*, *GQ* et *Harper's*. Il a aussi fondé *Italia*, un magazine très novateur sur la mode masculine. En gros, c'est l'alter ego masculin d'Anna Wintour.

Toujours rien dans mes yeux.

– La rédactrice en chef de *Vogue*, véritable papesse de la mode. Mon idole. Avec Erik Laurie qui, depuis cette année, dirige deux cours à Briar. C'est aussi lui qui parrainera le défilé de fin d'année. Je suis tellement contente ! On va apprendre énormément de choses avec lui.

Je me demande si Summer sera dans la même classe que Laurie aujourd'hui. Je ne me rappelle pas si elle se spécialise en stylisme ou en commerce de la mode. Le cours sur l'histoire de la mode doit être commun aux deux parcours.

Quand on parle du loup…

Summer apparaît sur le chemin pavé, emmitouflée dans un manteau qui lui arrive aux genoux, une écharpe rouge autour de son cou et de ses cheveux. Dès qu'elle m'aperçoit, elle fait un pas de côté.

Quand nos regards se croisent, je me remémore le moment où sa serviette a glissé délicieusement le long de son corps. Le souvenir de ses tétons mouillés, entrevus une seconde à peine, me rend dur.

Je ne lui dis pas bonjour, ne lève pas non plus la main pour la saluer. J'attends qu'elle fasse le premier pas. Mais elle ne fait rien. Quelques secondes s'écoulent. Elle me dévisage, les sourcils froncés, puis poursuit son chemin. Je ne saurais dire si je suis vexé ou si j'ai honte. Peut-être aurais-je dû la saluer en premier.

– Tu la connais ?

Nora a remarqué que j'ai été distrait. Elle regarde Summer d'un air méfiant en attendant ma réponse.

– Oui, c'est la sœur d'un ami, dis-je d'un ton vague, sans préciser que nous vivons ensemble.

La conversation tournerait alors autour de ça. Or, je n'ai pas envie d'en parler.

Nora se détend.

– Ah, cool. Bon, je dois filer. Peut-être qu'on pourrait enfin aller boire un verre ensemble un de ces quatre ? Ça fait des lustres qu'on en parle…

– Oui, c'est vrai.

L'an dernier, on avait effleuré l'idée pendant un cours sur les couleurs. Seulement, à cause de mon emploi du temps, je n'ai pas le temps de sortir avec des filles. Le soir où j'ai enfin pu me libérer, Nora avait déjà un rendez-vous.

Apparemment, elle est à nouveau célibataire.

– Tu as toujours mon numéro ? demande-t-elle.

– Oui.

Cela semble la réjouir.

– Que dis-tu d'un rendez-vous au *Malone's*, demain soir ? Tu m'envoies un message dans la journée pour confirmer ?

– Bonne idée.

– Super, à demain !

Elle pose brièvement sa main sur mon bras, puis elle s'éloigne d'un pas décidé vers le bâtiment dans lequel Summer a disparu.

Contre toute attente, j'ai un rencard demain soir.

13

Summer

Perdue dans mes pensées, je m'installe dans l'amphithéâtre du cours d'histoire de la mode. Je songe au fait que je suis une adepte du girl power. Malheureusement, nous vivons dans une société où l'on apprend davantage aux femmes à se crêper le chignon qu'à s'entraider. C'est totalement absurde. Nous devons nous aider les unes les autres en vue de notre émancipation, et pour apprendre aux générations futures combien il est important de rester soudées. Il fut un temps où nous avions des objectifs et un ennemi communs. Nous luttions pour le droit de vote et faisions brûler nos soutiens-gorge.

De nos jours, nous passons trop de temps à nous moquer du corps des autres sur les réseaux sociaux ou encore à n'accuser que la maîtresse d'un homme qui nous trompe.

Je ne suis pas une féministe radicale. Je ne considère pas les hommes comme des démons qu'il faudrait éliminer de notre société. Je pense que les hommes sont indispensables à notre monde. Leurs bites sont fantastiques, reconnaissons-le.

Ce serait simplement plus agréable si les femmes redevenaient un peu plus solidaires entre elles, comme au bon vieux temps.

Cependant, je sais très bien ce qui nous retient : la jalousie. Nous sommes beaucoup trop envieuses. L'envie nous paralyse, elle nous pousse à parler ou à agir d'une façon qui nous fait honte. En tout cas, c'est mon ressenti. Je regrette presque toutes les choses que j'ai pu dire ou faire par jalousie. J'ai aussi été l'objet de la jalousie de certaines filles. Parfois, elles me détestent à cause de mon look, d'autres fois, c'est parce qu'elles pensent que je suis une pétasse, toujours à cause de mon look, et en profitent pour m'attaquer.

Quoi qu'il en soit, j'essaie toujours de garder le sourire et d'être gentille avec tout le monde. Même avec ceux qui ne savent que déverser de la haine. Paradoxalement, nombreux sont les *haters* du lycée avec qui j'ai fini par sympathiser, à partir du moment où ils ont cessé de me tenir pour responsable de leur insécurité.

Donc, oui, je suis absolument favorable au girl power. À l'idée que les femmes s'entraident. À l'idée qu'on se fasse entendre une bonne fois pour toutes.

Pourtant, quand je vois Nora, je sais que je la déteste du fond du cœur.

Elle parlait avec Fitz juste avant notre cours. Maintenant, elle est assise avec deux autres filles et elles parlent de lui ! Je sais qu'elle s'appelle Nora parce que ses amies l'appellent ainsi. Comme je me trouve deux rangs derrière elles, j'entends tout.

– … il est trop cool. En plus d'être hyper-intelligent. Et trop talentueux. Vous verriez ses tableaux…

– Tu oublies de dire qu'il est ultra-sexy, ajoute son amie pour la taquiner.

– Vous avez vu ses tatouages ? demande l'autre fille.

Elles ont toutes déjà vu ses tatouages ? Ça y est, je déteste aussi ses amies.

– Il est trop canon, dit Nora en faisant semblant de s'éventer avec la main.

Et moi, j'ai trop envie de lui jeter quelque chose à la figure, parce qu'elle est vraiment trop énervante avec son usage excessif du mot « trop ».

– On va boire un verre ensemble demain soir.

C'est la douche froide.

Il lui a proposé un rendez-vous ?

– Wouah ! Vous avez enfin un rencard ? s'exclame une des amies en frappant dans ses mains.

– Oui ! Je suis trop contente !

Bon. Fitz l'a invitée à boire un verre. Elle est jolie, elle s'habille bien. Pourquoi ne le ferait-il pas ?

Et pourquoi ça m'agace qu'il le fasse ?

Parce que…

Parce que c'est une garce. Je ne veux pas que Fitz sorte avec une garce.

Ce n'est pas une garce. Tu dis ça parce que tu es jalouse.

Non, je rétorque pour me contredire. J'ai bien vu qu'elle me regardait de travers avant de rejoindre ses amies. Je ne l'ai pas inventé. Elle a donc une attitude de garce.

Toi aussi, apparemment.

– Ta gueule ! j'ordonne à mes pensées.

Quelques sièges plus loin sur ma rangée, un mec aux longs cheveux bruns tourne la tête vers moi, les yeux écarquillés.

Je lève la main et lui adresse un geste amical.

– Ne prête pas attention à moi. Je suis juste la folle de la classe qui se parle toute seule.

Il se met à rire.

– Ah, d'accord.

Dès qu'elle entend ma voix, Nora tourne la tête dans ma direction, plisse les yeux et se retourne aussitôt.

Je la déteste.

Tu es folle.

– N'a-t-on pas déjà établi que je suis folle ? dis-je à voix haute, même si c'est surtout pour amuser mon nouveau camarade de rangée qui me regarde encore de travers.

– Ah, effectivement, c'est grave.

J'esquisse un grand sourire.

– Maintenant j'arrête, promis.

Devant moi, les amies de Nora insistent pour qu'elle leur donne plus de détails sur son prochain rendez-vous.

– Vous allez juste prendre un verre ?

– Oui. Tu crois vraiment que j'aurais accepté un dîner après ce qui s'est passé avec Ethan ?

Les filles éclatent de rire.

– Oh ! J'avais oublié cette histoire.

J'arrête de les écouter pendant qu'elles se remémorent le fiasco vécu par Nora (qui aurait préféré s'échapper de ce dîner interminable dès l'apéro). L'anecdote est drôle, mais je suis trop occupée à lutter contre ma jalousie.

Fitz peut bien sortir avec qui il veut. D'ailleurs, je n'ai pas le droit d'être jalouse puisque j'ai dormi dans les bras de Hunter, le week-end dernier. Nous n'avons rien fait de plus que nous enlacer, mais c'était agréable de dormir contre le corps d'un homme. Si Hunter avait tenté quelque chose, je ne sais pas ce qui aurait pu se passer.

La porte située en bas de l'amphithéâtre s'ouvre brusquement, brisant le flot de mes pensées. L'homme qui vient de faire irruption n'a pas besoin d'être présenté. Pourtant, il monte sur l'estrade et se présente, comme si nous n'avions jamais acheté un magazine de mode de notre vie.

– Bonjour ! Je suis Erik Laurie. J'ai une mauvaise nouvelle : vous allez devoir me supporter pendant quatre mois. Toutes mes excuses.

Les étudiants se mettent à rire.

– Je plaisante ! Je suis très sympa, dit-il en riant aussi.

Je souris, comme tout le monde autour de moi. Il veut paraître cool et sympa. Ça me plaît. D'ailleurs, il fait plus jeune que sur les photos. Sans doute parce qu'il ne porte plus sa barbe blonde habituelle. Il s'est rasé, dégageant ainsi son visage poupon.

Laurie a environ trente-cinq ans, il dispose d'un sens incroyable du style. Il porte du Marc Jacobs, je reconnais le blazer de la collection automne/hiver. Quant aux chaussures…

je pense qu'elles sont signées Tom Ford. Il faudrait que je regarde de plus près pour être sûre.

– Bienvenue dans mon cours sur l'histoire de la mode.

Il parle d'une voix douce et veloutée. Toutes les filles deviennent l'émoji avec des cœurs à la place des yeux. Bizarrement, il n'a pas le même effet sur moi. Objectivement, je le trouve séduisant. Mais je n'aime pas vraiment son visage, trop symétrique et anguleux.

Laurie est très conscient de l'attention que lui porte la gent féminine. Il adresse un clin d'œil à deux étudiantes au premier rang tout en posant ses coudes sur le perchoir. Puis, pendant une dizaine de minutes, il résume son impressionnante carrière, sans rien révéler que je ne sache déjà.

Pour son jeune âge, cet homme a un parcours extrêmement prolifique. De toute évidence, ce qu'il fait le passionne. Après avoir détaillé son CV, il nous explique ce que nous aborderons dans son cours. Nous étudierons les différentes influences de la mode, son évolution au fil des siècles mais aussi les régions du monde et les événements historiques qui ont façonné son histoire.

Cet homme sait vraiment captiver son auditoire. Il annonce que le cours d'aujourd'hui ne sera pas conventionnel, qu'il souhaite engager un dialogue sur notre vision de la mode et nos inspirations. Il se confie en premier, déclarant que Ralph Lauren est son idole depuis toujours, puis il passe cinq minutes à faire l'éloge du styliste.

Ensuite, la parole est à nous. Mon camarade de rang lève la main. Il s'appelle Ben et, à la surprise générale, nous révèle sa passion pour Versace. D'après les touches bohème chic de son accoutrement, j'aurais juré qu'il penchait plutôt pour Alexander McQueen. Ostensiblement bavard, Ben énumère tout ce qu'il aime chez Versace, jusqu'à ce que le prof lui adresse un sourire et demande à quelqu'un d'autre d'intervenir.

M'exprimer en classe ne m'a jamais posé de problème, alors je lève la main.

Laurie m'observe depuis l'estrade.

– Votre prénom, s'il vous plaît ?

– Summer.

– Non, darling, c'est encore l'hiver. Il suffit de regarder par la fenêtre.

Nora, ses amies et d'autres se mettent à glousser, tandis que je lève les yeux au ciel, ce qui fait sourire Laurie.

– J'imagine qu'on vous fait souvent cette blague, déclare-t-il avant de secouer la main. Bon, dites-nous qui vous inspire.

– Chanel, je réponds sans aucune hésitation.

– Ah oui. (Il hoche la tête, semblant approuver ma réponse.) Gabrielle Bonheur Chanel. Également connue sous le nom de Coco. Vous savez d'où elle tient ce surnom, Winter ?

Sa boutade fait encore rire l'assemblée.

Je ne sais pas trop quoi penser de ce professeur et de son double comique. D'un côté, il paraît charmant et convaincant mais, dès qu'une occasion se présente, il se transforme en *Monsieur Blagues* pour se mettre à notre niveau.

C'est perturbant.

– Elle a commencé à se faire appeler Coco à l'époque où elle chantait dans un cabaret. Avant de se lancer dans la mode, elle a essayé de devenir actrice, sans succès.

– Mais ça a remarquablement bien marché dans la mode, conclut-il.

– C'est une des raisons pour lesquelles je l'admire : alors que son projet initial échoue, elle ne baisse pas les bras et choisit de suivre une autre voie qui lui assure la consécration et l'érige au rang d'icône. Sa marque existe depuis un siècle. Elle a survécu pendant la Seconde Guerre mondiale…

– Parce qu'elle a collaboré avec les nazis, lance Nora d'un ton narquois.

Je serre les poings en les pressant contre mes cuisses. Pour qui elle se prend ? Elle se permet de m'interrompre pour insulter une légende de la mode ?

– Et vous êtes ? demande Laurie du tac au tac.

– Nora Ridgeway, dit-elle, puis elle hausse les épaules. Tout le monde sait que Chanel a un passé louche. Des documents récemment rendus publics prouvent qu'elle a eu une attitude véritablement abjecte pendant la guerre.

Laurie ne la contredit pas.

– Oui, c'est ce qu'on prétend. Lorsqu'elle a réintégré le monde de la mode après la guerre, la colère était vive. Mais ça n'a pas empêché la marque de prospérer, ajoute-t-il avant de se tourner vers moi. À votre avis, Summer, pourquoi ?

– Parce qu'elle… (Je me mordille les lèvres en réfléchissant.) Parce que Coco Chanel *incarnait* la mode. C'est elle qui a inventé le concept de la petite robe noire. Les gens l'accusent d'être trop conservatrice. Au contraire, cette femme a révolutionné l'industrie. Elle a montré au monde entier que « la mode » n'est pas simplement une belle robe ou un beau costume que l'on porte à un dîner, c'est un art de vivre. (Je marque une pause, pour fouiller ma mémoire.) Une de ses célèbres citations rappelle d'ailleurs que celle-ci est partout : « La mode est dans l'air du temps, dans la rue. Elle concerne la façon dont nous vivons, et ce qui se passe autour de nous. » C'est une philosophie à laquelle j'adhère totalement.

Laurie acquiesce, comme la plupart de mes camarades. Seule Nora me lance un regard noir par-dessus son épaule, avant de tourner brusquement la tête dans l'autre sens.

Peu importe. Je me fiche de savoir qu'elle ne m'aime pas. Elle a essayé de me ridiculiser parce que je respecte Chanel, mais ça s'est retourné contre elle. Tant pis pour elle.

– Magnifiquement dit, déclare Laurie avant de parcourir l'amphithéâtre du regard. À qui le tour ? Je suis curieux de savoir quels couturiers vous inspirent.

L'heure passe rapidement. Je suis ravie que ce soit la fin du cours, même si je redoute ce moment, surtout depuis que j'ai réussi à impressionner Erik Laurie. En effet, je n'ai pas envie qu'il change de regard sur moi quand je lui annoncerai mes difficultés d'apprentissage.

En me dirigeant vers l'estrade, j'entends Nora dire à ses amies :

– Je vous rejoins à l'extérieur, j'aimerais rapidement lui dire combien je l'admire.

Super. Si je parle à Laurie maintenant, Nora pensera que j'essaie d'avoir le dessus sur elle.

– Summer ? m'appelle Laurie depuis l'estrade. Je peux vous parler une seconde ?

Au moins, c'est réglé.

Non… En fait, c'est encore pire, car Nora s'arrête net. Elle me fusille du regard au moment où je descends les marches.

– Ravi de faire vraiment votre connaissance, dit-il en me tendant la main.

– Tout le plaisir est pour moi, Professeur Laurie.

– Appelez-moi Erik.

– Je vais avoir du mal. Ça me fait tout drôle d'appeler quelqu'un de célèbre par son prénom.

Cela le fait rire.

– Pourquoi pas Monsieur L pour commencer ? dit-il, presque sur le ton du flirt, en m'adressant un clin d'œil.

Je pense qu'il essaie simplement d'être gentil. Je l'ai vu faire des clins d'œil à d'autres filles pendant le cours.

– Monsieur L, je reprends d'une voix hésitante car je me prépare à affronter un moment gênant. Je ne sais pas si vous avez parlé avec Monsieur Richmond, qui est aussi mon conseiller…

– C'est fait. Ne vous inquiétez pas, il m'a informé de vos difficultés. Ce serait bien que nous nous rencontrions pour en parler. Convenons d'un rendez-vous pendant mes heures de permanence. (Il m'observe pendant quelques secondes.) Vous m'avez impressionné ce matin. Vous avez des qualités d'oratrice indéniables.

– Sauf qu'à l'écrit, je suis exécrable.

– Vous savez, beaucoup de gens sont dans votre cas. On peut s'en sortir. Je trouverai une alternative pour votre examen. Peut-être une dissertation plus courte complétée par un oral ?

Il esquisse un petit sourire en prononçant le mot « oral ». Je sais bien qu'il se réfère à une interrogation orale, mais son sourire me rend méfiante. Soit il s'amuse à profiter de son autorité face à une étudiante, soit il est juste très gentil. J'espère vraiment que c'est la deuxième hypothèse.

– Vous trouverez mes horaires de permanence sur le site de la fac. Venez me voir bientôt pour qu'on puisse régler ça au plus vite.

– C'est noté.

Il prend ma main et la serre dans la sienne.

– Et puis, continuez à participer pendant mon cours. J'aime les étudiants qui font preuve de la même passion que moi.

Encore un clin d'œil.

Peut-être que je me trompe et qu'il a simplement la faculté de fermer une seule paupière à la fois ? De toute façon, je m'en fiche. Nora me fixe d'un sale œil. Et Laurie me tient encore la main.

Je retire maladroitement ma main.

– Je vais faire de mon mieux. Je prendrai connaissance de vos horaires ce soir, quand je serai à la maison. Merci, Profes… Euh… Monsieur L.

– C'est mieux.

Il me fait un clin d'œil. Ou un battement de paupières. Qui sait ?

Je me précipite vers la sortie, sans faire cas de Nora, visiblement agacée.

Une fois à l'extérieur, je grelotte de froid en enfilant mon manteau. Je ne voulais pas le faire à l'intérieur, sous le regard de Laurie.

Certes, cet homme est une légende de la mode et il a l'air gentil, mais je ne le sens pas du tout.

Enfin, je ne sais pas. Peut-être que j'en fais trop.

C'était mon dernier cours de la journée. J'en profite pour demander à Brenna si elle se trouve sur le campus. Elle me répond instantanément.

BRENNA : Suis à la bibli.

MOI : Je viens de finir les cours. On dîne ensemble ?

BRENNA : Ouiiii. Viens me chercher.

MOI : J'arrive dans 10 min.

MOI : Prépare-toi à parler de MH, sinon tu n'as pas le droit de monter dans ma voiture.

Cette fois, elle tarde à répondre. C'est consternant. Je lui ai déjà envoyé des messages la veille en la suppliant de me dire ce qui s'est passé entre elle et Hollis, mais elle refuse de m'en parler.

BRENNA : MH ?

Sérieux ? Elle veut vraiment jouer à celle qui ne comprend pas ?

MOI : Mike Hollis, alias le roi des gros lourds. Je veux tout savoir aujourd'hui ou je tire un trait sur notre amitié.

BRENNA : Tu vas me manquer.

MOI : Tu penses que c'est du bluff ? J'ai tourné le dos à des amies pour moins que ça (pour ne pas m'avoir taguée sur Insta, par exemple). Je suis impitoyable, Bee.

BRENNA : Je ne te crois pas.

MOI : Aaahh !! Allez, dis-moi tout ! Je n'en peux plus d'attendre. Je veux connaître 1) la taille de son pénis et 2) QU'EST-CE QUI T'EST PASSÉ PAR LA TÊTE ?

Au bout d'un long moment, elle finit par répondre :

D'accord, t'as gagné.

★ ★ ★

Malgré mes menaces, je ne pousse pas Brenna à me parler de Hollis tout de suite. Pendant le trajet jusqu'à Hastings, nous discutons plutôt de nos cours de la journée. Je lui confie que j'ai eu une drôle d'impression de mon professeur d'histoire de la mode.

– Il y a un truc qui cloche chez lui, presque de l'ordre du mec vicieux, dis-je en cherchant une place pour me garer.

– Comment s'appelle-t-il ?

– Erik Laurie.

– Jamais entendu parler.

À moins de suivre le monde de la mode de près, elle n'a pas de raison de le connaître. Je lui résume sa carrière, puis décris ses incessants clins d'œil.

– Peut-être qu'il ne comprend pas le concept ? suggère-t-elle. Il croit sans doute que le fait de cligner des yeux revient à adresser un sourire. Si tu lui fais un compliment, il répond « *Merci !* » suivi d'un clin d'œil. Quand il rencontre quelqu'un, il dit « *Ravi de vous rencontrer !* » suivi d'un clin d'œil.

Je me mords les lèvres pour arrêter de rire.

– Tu te fiches de moi ?

– Bien sûr. Personne n'est bête à ce point. Les clins d'œil, c'est la base du flirt. Tout le monde le sait.

– Tu crois que ça veut dire qu'il flirte avec moi ?

– Peut-être. (Elle lève les yeux au ciel.) Si tu veux me faire avaler que c'est la première fois qu'un prof flirte avec toi, sache que je ne te crois pas une seconde.

– Ce n'est pas la première fois, mais je ne m'attendais pas à ce qu'il soit comme ça. Il est tellement respecté dans le monde de la mode.

Elle pousse un soupir.

– Comme si un homme éminemment respecté ne pouvait pas être un enfoiré ! Faut-il vraiment te rappeler tout ce qui se passe à Hollywood en ce moment ?

– Non, ça ira.

Je trouve une place et gare mon Audi. Cinq minutes plus tard, nous nous installons l'une en face de l'autre dans l'une des cabines rétro et recouverte de vinyle rouge du *diner*. Brenna commande un café noir, je choisis plutôt un thé menthe-citron. Ce qui reflète parfaitement nos personnalités opposées. Pour ce qui est de l'apparence, je mets surtout l'accent sur les couleurs claires et le maquillage *nude* tandis que Brenna préfère les *smokey eyes* et les tenues de total look noir. En termes de caractère, je suis plutôt insouciante alors qu'elle est très anxieuse, mais on est toutes les deux un peu folles. C'est le début d'une grande amitié.

– Bon, ça fait un moment que je te laisse tourner autour du pot, j'annonce après que la serveuse a pris notre commande. Tu es prête ?

Elle prend sa tasse de café entre ses mains.

– Vas-y, frappe.

Cela fait plus d'un jour que Brenna fait barrage et m'empêche d'assouvir ma curiosité. Maintenant qu'elle a craqué, je ne vais plus pouvoir m'arrêter.

– Il embrasse bien ? Il a une grosse quéquette ? Il t'a fait un cunni ? Vous avez couché ensemble ? Pourquoi t'as fait ça ? Il est chiant au lit ? Tu regrettes ? Il est…

– Oh, putain ! s'exclame Brenna. Je ne répondrai à rien.

J'arrive à placer une dernière question avant le coup de sifflet final :

– Tu es maquée maintenant ?

– Non, mais j'ai une ex-meilleure amie, rétorque-t-elle.

Je ne relève pas ce qu'elle vient de dire.

– Puisqu'on parle de ton mec, sache que ce matin il est rentré dans la salle de bains alors que je me douchais.

J'arrive ainsi à la distraire momentanément de son envie de meurtre.

– Quoi ?

– Hollis a fait irruption alors que j'étais sous la douche.

Elle reprend du poil de la bête.

– Tant mieux. Plus besoin de te punir d'avoir insinué que Hollis est mon mec, les astres l'ont fait pour moi.

– C'était tellement gênant.

Je lui raconte toute la scène du matin, sans faire l'impasse sur le clou du spectacle : le tomber de serviette devant trois mecs en caleçon.

– Tu viens de me décrire le début d'un film porno, je présume que tu finis par tous les branler ?

– Non, idiote. Ça s'est terminé quand Fitz m'a promis de réparer le verrou. Ce qui est sympa de sa part, je me force à ajouter.

– Tu vois ? Je t'avais dit que c'était un mec bien.

– Tu es sûre de ça ? Je l'ai croisé avant d'aller en cours et il ne m'a même pas dit bonjour. Il a préféré me regarder droit dans les yeux avant de m'ignorer.

– Peut-être qu'il ne t'a pas vue ?

– T'as pas entendu ce que je viens de dire ou quoi ?

Elle pousse un soupir.

– Il n'est pas aussi méchant que ce que tu penses, Summer, dit-elle, puis elle marmonne : En revanche, Hollis…

Je bondis sur ma chaise.

– Si Hollis est méchant, pourquoi as-tu couché avec lui ?

– Parce que j'étais bourrée. Mais on n'a pas couché ensemble.

– D'après mes souvenirs, tu ne portais plus ton pantalon le lendemain matin…

– Je ne sais pas si tu es au courant, mais on peut encore se mettre à poil devant quelqu'un sans avoir de relation sexuelle, dit-elle avant de lâcher une nouvelle information : En tout cas, il embrasse plutôt bien.

– Tu vas le revoir ?

– Hors de question !

Nos plats arrivent. Brenna s'empresse de prendre une bouchée de son sandwich. Je la soupçonne de ne plus vouloir parler.

Au moment de planter ma fourchette dans ma salade César, je me remémore ce qui s'est passé dans la matinée.

– Une des filles de mon cours d'histoire de la mode a un rencard avec Fitz.

Brenna répond en mastiquant.

– Ah bon ? C'est qui ?

– Une certaine Nora, petite aux cheveux roses, dis-je en prenant une bouchée de salade. Elle lui a proposé d'aller boire un verre et il a accepté.

– Comment tu le sais ?

– Je l'ai entendue le raconter à ses copines.

– D'accord.

Elle avale ce qu'elle mastiquait et repose le sandwich dans l'assiette, avant de me lancer :

– J'ai du mal à savoir ce que tu attends de moi : tu veux que je sois contente pour Fitzy de pouvoir enfin coucher avec une fille ou tu veux que je m'indigne par solidarité à ton égard, sous prétexte que tu as encore un faible pour lui ?

– Je n'ai pas un faible pour lui, j'objecte immédiatement.

– Tu protestes beaucoup trop pour être sincère.

Je lui lance un regard noir.

– Évidemment que je proteste. Les mecs qui me trouvent superficielle ne m'intéressent pas.

– Hum hum. Donc s'il t'appelait, là, tout de suite, et qu'il te disait : « *Salut Summer, j'aimerais bien sortir avec toi et te montrer mon pénis à la fin de la soirée ?* », tu dirais non ?

– Bien sûr.

– Foutaises.

– Fitz peut sortir avec toutes les filles de la fac. Je m'en fous. Il a grillé sa chance avec moi.

– Je ne te crois pas une seconde.

– Pourtant, c'est vrai.

– Je ne te crois toujours pas.

Agacée, je pousse un grognement.

– T'es vraiment puérile.

– Oui, c'est ça… C'est moi qui suis puérile. Reconnais que tu as encore le béguin pour lui !

– D'accord, à condition que tu reconnaisses aussi aimer fricoter avec Hollis, je réponds pour la défier.

Nous voilà au bout d'une impasse.

Brenna hausse les épaules et croque dans son sandwich. Je picore ma salade, mais je n'ai plus faim. Savoir que Fitz va sortir avec une autre me contrarie bien plus que ce que j'imaginais.

★ ★ ★

Au lycée, j'étais pom-pom girl, mais aussi capitaine de l'équipe de danse et co-capitaine de l'équipe de natation féminine, toujours entourée de beaux footballeurs et de nageurs aux corps de rêve. Je ne suis donc pas particulièrement émoustillée lorsque je m'allonge à côté de Mike Hollis, totalement glabre.

Il a posé ses bras imberbes sur les coussins entre nous et ses jambes, épilées elles aussi, sur la table basse. Même sans poils, il parvient à rester viril. Hollis peut être lourd, mais il a du sex-appeal.

En plus, et c'est ce que je trouve légèrement inquiétant quant à ce que ça dit de moi, nous avons beaucoup plus de points communs que ce que je pensais : j'ai découvert qu'il préfère le thé au café, qu'il n'a pas honte d'aimer le dernier album solo de Harry Styles et qu'il adore *Titanic*, film que nous prenons en cours de route, juste avant le désastre, sur une des chaînes auxquelles les garçons sont abonnés.

– On changera de chaîne quand le bateau coule, si tu veux bien, déclare Hollis.

– Les dernières scènes sont les meilleures, dis-je en lui donnant un petit coup de pied.

– J'ai pas envie de pleurer ce soir, ma puce.

Je me mets à rire, mais il n'a pas l'air de plaisanter.

– Quelle est la scène la plus difficile à voir pour toi ? La mère qui lit une histoire à ses enfants ? Le vieux couple sur le lit ?

– Tout. Sans parler de la mort totalement absurde de Jack.

J'acquiesce, abondant dans son sens.

– Il y avait largement de la place pour deux sur cette porte, pas vrai ?

– Évidemment. Il n'aurait pas dû mourir.

Mon téléphone sonne, je quitte des yeux le beau visage de Leonardo DiCaprio jeune. Il est encore très beau, Leo est une merveille intemporelle.

J'ai reçu un message de Hunter qui est sorti avec quelques gars de l'équipe. En ce qui me concerne, je suis restée à la maison parce que Brenna devait venir passer la soirée avec moi. J'ai l'impression que c'est aussi la raison pour laquelle Hollis a décidé de rester. Finalement, elle a annulé à la dernière minute, c'est pourquoi je me retrouve seule avec Hollis.

Fitz n'est pas là non plus, mais j'essaie de ne pas m'épancher sur la raison de son absence.

– Hunter souhaite savoir si tu veux des ailes de poulet, dis-je à Hollis.

– Pourquoi poser la question ?

– C'est oui ou c'est non ?

– À ton avis ?

– J'imagine que oui, mais je préfère être sûre, je rétorque de mauvaise humeur.

– À ta place, je ne répondrais même pas.

Bon sang, je crois que je vais le tuer un jour. J'envoie un « oui » à Hunter pour les ailes de poulet, puis j'envoie un message à Brenna.

MOI : Comme tu m'as posé un lapin, je passe la soirée avec ton mec et il me saoule déjà.

BRENNA : C'est pas un lapin, Barbie de Greenwich. J'avais oublié mon rdv avec le groupe d'étude.

MOI : Pas grave. Je rigole. Sauf qu'il est vraiment chiant.

BRENNA : À qui le dis-tu ! Je te signale que ce n'est pas mon mec.

Elle m'envoie en suivant un émoji *doigt d'honneur*. Pour me venger, je me tourne vers Hollis et lui lance :

– Brenna te passe le bonjour.

Il écarquille les yeux.

–Vraiment? Dis-lui de me donner son numéro. J'en ai marre de la supplier. (Il marque une pause, scrutant mon téléphone.) J'ai une meilleure idée: tu pourrais me le filer, comme ça, je lui dis tout ça en direct?

Mon Dieu! Elle ne lui a même pas donné son numéro de téléphone? Pauvre de lui! J'ai envie d'éclater de rire, mais ça pourrait lui faire du mal.

– Désolée, mon chou, dis-je d'un ton léger. Je ne peux pas. C'est contraire au règlement.

Malgré sa déception, il se penche vers moi et pose une main sur mon épaule.

– Je comprends. Foutu règlement. (Il se concentre à nouveau sur le film.) Putain, Kate Winslet est trop sexy quand elle brandit sa hache.

Ça me fait rire. Nous observons Kate qui patauge, avec de l'eau jusqu'aux genoux, pour sauver Leo menotté à un tuyau.

– Tu vois, les filles riches sont parfois de vraies guerrières, dis-je.

– Je ne te ferais jamais confiance pour briser mes menottes avec une hache. Je suis sûr que tu ne sais pas viser.

– T'es sûr? Regarde! Je vise pas bien, là?

J'attrape une cacahuète dans le bol qu'on se passe depuis qu'on regarde le film et la lance sur lui. Le projectile l'atteint en plein milieu du front en émettant un petit «*ping!*».

Me voilà pliée en deux.

– C'est quoi… ce bruit? je m'écrie, en essayant de reprendre mon souffle, le ventre noué par le fou rire. T'as une plaque de métal à la place du front ou quoi?

Hollis est tout aussi stupéfait que moi.

– Ça alors. Aucune idée. Ça me donne envie d'appeler ma mère pour lui demander.

J'ai encore un fou rire quand quelqu'un ouvre la porte d'entrée. Je m'attends à voir Hunter revenir avec un plateau d'ailes de poulet, mais c'est l'imposante silhouette de Fitz qui apparaît dans l'embrasure de la porte. J'arrête aussitôt de rire.

Il revient de son rendez-vous avec Nora Ridgeway. Tout à l'heure, Hollis s'est moqué de lui quand il est descendu, vêtu d'un jean élégant et d'une chemise bleu clair.

Ah, et sans sa barbe.

J'avais oublié qu'il s'était rasé pour elle. Contrairement au professeur Laurie qui, sans barbe, ressemble à un adolescent prépubère, Fitz reste très viril avec ou sans poils au menton. Le rasage fait ressortir ses traits masculins, sa mâchoire carrée, sa bouche sexy et la fossette de son menton. J'ai failli tomber dans les pommes quand j'ai découvert cette fossette tout à l'heure.

– Salut. Qu'est-ce qui vous fait rire ? demande-t-il d'une voix grave.

– J'ai un crâne en acier, répond Hollis. Alors, ce rendez-vous ?

Il n'est que vingt-deux heures trente. Je me demande si le fait qu'il rentre aussi tôt est bon signe, mais Fitz anéantit tout espoir quand il répond :

– C'était super.

Je me suis promis de ne pas lui poser une seule question sur son rendez-vous.

Ma bouche ne semble pas vouloir m'obéir.

– Je ne m'attendais pas à ce que tu sortes avec une étudiante en stylisme, dis-je à brûle-pourpoint.

Il hausse les épaules avant de s'appuyer contre l'encadrement de la porte.

– Elle étudie aussi l'art plastique. Elle fait de la peinture abstraite.

Suis-je bête ! Nora est bien du genre à projeter des gouttes de peinture noire et rose sur une toile avant de faire de grands discours sur la signification de son œuvre, probablement une représentation de l'anarchie et de l'inégalité entre les femmes et les hommes.

– Je vois. Je parie que vous avez passé la soirée à parler de Monet et de Dali ?

Je voulais juste le taquiner, mais c'est sorti de ma bouche comme une attaque.

Fitz le ressent, il plisse les yeux.

– On a effectivement parlé d'art. Ça te pose un problème ?

– Bien sûr que non. En quoi ça me poserait problème ?

– Je ne sais pas.

– Je viens de dire que ça ne m'en posait pas.

Les dents serrées, j'attrape ma bouteille d'eau. J'ai du mal à avaler le liquide tant ma mâchoire est tendue, mais je finis par y arriver.

– Je suis ravie que vous partagiez les mêmes centres d'intérêt. Imagine un peu si elle avait passé la soirée à te parler des Kardashian. Ça aurait pu être horrible, dis-je en refermant le bouchon de ma bouteille. Enfin, je n'ai rien contre les Kardashian, j'ajoute.

Je suis fan de Kim et de toute la clique, des businesswomen extrêmement futées selon moi.

– J'adore les Kardashian, s'exclame Hollis.

– Si c'est pour parler de leurs fesses, tu peux te taire, dis-je.

– Non, mais j'aime bien leur émission. Je trouve ça drôle.

– Menteur. J'y crois pas une seconde.

– Pourtant, c'est ma bible.

Je retiens mon souffle.

– T'es sérieux ? Bon, on terminera cette discussion plus tard. (Je me tourne vers Fitz.) C'est super pour ton rendez-vous. Tous ces échanges sur l'art. Toutes ces discussions profondes.

Il pose sa main sur le montant de la porte.

– Tu peux m'expliquer pourquoi tu fais ta chieuse ?

Quoi ? Non mais, pour qui il se prend ?

– Wouah… murmure Hollis.

Je reste bouche bée face à Fitz. Ma main tremble autour de ma bouteille d'eau. Il vient de me traiter de chieuse ? Je n'ai encore jamais entendu ce mot sortir de sa bouche. Et c'est à moi qu'il dit ça ? Colère et douleur déferlent sur moi, jusqu'à me tordre le ventre.

Finalement, c'est la colère qui gagne.

Je pose brusquement ma bouteille sur la table, puis je me lève et fonce droit sur lui.

– Je n'arrive pas à croire que tu aies dit ça.

– Ah bon ? Toi, tu as le droit de me faire des remarques mesquines, mais moi je n'ai pas le droit de riposter ?

– Du calme, les enfants, lance Hollis.

– Je ne suis pas mesquine, je m'exclame.

– Tu te moques de Nora, rétorque-t-il. Pour moi, c'est de la mesquinerie. Ce n'est pas la première fois que tu joues à faire ta chieuse avec moi, Summer. Tu crois que je ne l'ai pas remarqué ?

– Remarqué quoi ? Que je t'évite ? (Je plaque mes mains sur mes hanches.) Je ne m'en suis jamais cachée.

– Voilà, c'est ça. Tu te permets ouvertement de me faire chier.

– Arrête de me traiter de chieuse !

– Alors, arrête de ton attitude de chieuse.

– Les enfants… gronde Hollis.

– Pourquoi tu passes ton temps à me hurler dessus ? je crie à Fitz. Je ne t'ai jamais entendu hausser le ton sur personne d'autre.

– Parce que personne ne me rend fou comme ça. (D'un air furibond, il glisse ses deux mains dans ses cheveux.) Le soir du nouvel an, tu étais toute souriante, tu m'as même pris dans tes bras, et maintenant tu…

– Je t'interdis de parler du nouvel an, je l'interromps. Puisque c'est là que tu…

Aussitôt, je me tais.

Il fronce les sourcils.

– C'est là que quoi ?

– Quoi ? répète Hollis, piqué de curiosité.

– Je te l'ai déjà dit, je ne veux pas en parler.

– Parler de quoi ? demande Fitz. Je ne comprends pas. Qu'est-ce que j'ai fait ?

Je garde la bouche fermée tandis qu'il sonde mon visage, le regard déterminé. Oh non ! Je reconnais cette expression.

– Tu sais quoi, on va crever l'abcès. Tout de suite. (Il fait un pas vers l'avant d'un air menaçant.) Mike, tu veux bien nous excuser ?

– Pfff. Pile quand ça devenait intéressant…

Je lève les bras pour me défendre, mais Fitz plonge sur moi.

– Ne t'avise pas de recommencer. N'y pense même…

Je n'ai pas le temps de finir ma phrase que je suis projetée sur son épaule.

C'est pas croyable !

– Tu te fous de moi ! je hurle.

J'ai beau protester, Fitz n'écoute rien et m'entraîne à l'étage.

14

Fitz

Ce serait mentir que de ne pas reconnaître l'excitation qui monte en moi à mesure que Summer se débat dans mes bras.

Je suis déjà tout dur.

À ma décharge, je n'avais pas la trique quand on a commencé à s'engueuler. J'étais vraiment en colère contre elle. Je le suis toujours, d'ailleurs. Simplement, je suis aussi un peu émoustillé.

Et alors ?

– Lâche-moi ! grogne Summer, ce qui ne fait qu'attiser mon érection.

Ça ne va pas dans ma tête. Je viens de passer trois heures avec une fille qui s'était faite toute belle pour moi, qui battait des cils en me caressant la main. Il ne lui manquait plus qu'un panneau disant COLIN, BAISE-MOI !

Et pourtant, aucune agitation dans l'entrejambe.

Alors qu'avec Summer, qui porte son pantalon d'intérieur en polaire, un tee-shirt à manches longues et qui n'arrête pas de m'insulter, ma queue s'impatiente.

– Tu trouves que je suis une chieuse ? Eh bien, prends ça !

Elle s'en remet au seul geste à sa portée : me pincer les fesses.

Au lieu de me faire mal, ça m'excite encore davantage.

J'ouvre brusquement la porte de sa chambre.

– On t'a déjà dit que tu es une emmerdeuse ?

Dès que je la pose par terre, elle se prépare à me donner un coup de poing.

Je ne m'attendais pas à ce geste ; ça me fait rire. Je parviens néanmoins à bloquer sa main avant qu'elle ne s'écrase sur mon plexus.

– Arrête ça tout de suite ! je lui ordonne.

– Pourquoi ? Parce que je suis une emmerdeuse ? Et une chieuse aussi, pendant que tu y es ? Et puis, je suis la spécialiste des drames… une fille de sororité… et puis quoi d'autre ? (Elle semble rougir de honte.) Ah oui ! Je suis superficielle ! C'est bien ce que tu penses, hein ?

Mon ventre se noue.

Côté parties intimes, ça ne va pas fort non plus. Il me suffit de voir son visage dévasté pour perdre toute excitation.

Elle relâche ses poings. Ses doigts devenus flasques s'ouvrent lentement. Quand elle voit mon étonnement, elle se met à rire jaune.

– Je t'ai entendu dire tout ça à Garrett quand vous étiez au bar.

Oh ! Merde ! La culpabilité me tombe dessus. La honte s'enracine au plus profond de moi.

– Summer…

Je ne sais pas quoi dire.

– J'ai tout entendu, dit-elle lentement. Tu n'as pas eu une seule parole bienveillante à mon égard, Colin.

Je me sens tellement con.

Dans ma vie, j'ai toujours mis un point d'honneur à ne jamais faire preuve de cruauté envers les autres. À ne pas dire de méchancetés sur qui que ce soit, que ce soit en face ou dans le dos de quelqu'un. En grandissant, tout ce que j'ai perçu de mes parents baignait dans la négativité. Ils ne cessaient de s'adresser des méchancetés. *Colin, ton père est un connard. Ta mère est une salope, mon fils, elle ment.* Au bout de quelques années, ils se sont calmés, mais c'était trop tard. Leur environnement toxique m'a très vite inculqué à quel point les mots peuvent blesser. Le poison qu'on a versé ne s'évapore jamais.

– Summer…

J'essaie à nouveau. Sans succès.

Je ne sais pas comment lui expliquer les choses sans révéler combien j'avais envie d'elle ce soir-là. Je me suis conduit de la pire des façons, parce que je passais un bon moment avec elle. Elle me faisait rire. Elle m'attirait. J'avais envie d'elle. Et ça me perturbait. Alors, j'ai préféré la critiquer en évoquant ses imperfections.

Je parviens enfin à m'exprimer.

– Je suis désolé que tu aies entendu tout ça.

Immédiatement, je me rends compte que ce n'est pas ce que j'aurais dû dire. Assise au bord de son lit, elle me regarde avec de grands yeux tristes.

Seigneur ! Son visage me fend le cœur.

– Je ne suis pas superficielle, susurre-t-elle avant de s'éclaircir la voix.

Elle parle ensuite d'une voix plus décidée :

– C'est vrai que je déborde d'énergie, que j'aime le shopping et que j'adore les vêtements. C'est vrai que je faisais partie d'une sororité, que j'aime danser et m'amuser avec mes amis. (Elle reprend son souffle.) Ça ne me rend pas pour autant superficielle, Fitz. Je ne suis pas vide à l'intérieur. Au contraire.

– Bien sûr que tu n'es pas vide. (Peinant à respirer, je m'accroupis face à elle.) Je suis vraiment désolé, Summer. Je ne voulais pas te faire de mal.

– Tu sais ce qui me fait vraiment mal ? C'est que tu t'imagines que je ne m'intéresse qu'aux fêtes et au shopping. Alors que je suis surtout une amie loyale, une fille aimante et une sœur protectrice. Tu avais passé combien… neuf minutes en ma compagnie ? Et tu savais déjà tout de moi ?

Submergé par la culpabilité, j'essaie d'être fort alors que mes torts m'accablent. Elle a raison. Même si je me suis servi de ses pseudo-défauts pour freiner mon désir pour elle, cela ne change rien.

C'est moi qui ai présumé qu'elle n'était qu'une fêtarde, qu'une coquille vide. J'en ai honte maintenant.

– Je suis désolé, dis-je brusquement. Ce que j'ai dit n'était pas bien. Tu ne méritais pas ça. Et je suis désolé de t'avoir traitée de chieuse tout à l'heure. Tu m'emmerdais, mais je comprends pourquoi maintenant. Je suis vraiment désolé.

Summer reste silencieuse pendant un long moment. Quelques centimètres nous séparent, mais je suis tellement concentré sur elle que j'ai l'impression de la tenir dans mes bras. La chaleur de son corps, le mouvement de sa poitrine sous son tee-shirt, son odeur si unique et entêtante… Je brûle de caresser les mèches dorées qui tombent sur son épaule.

– J'ai passé un bon moment avec toi ce soir-là, dit-elle d'un ton las, pétri de déception. On s'amusait bien, je te traitais de grincheux pour te taquiner. (Elle marque une pause.) Maintenant, je trouve que l'attribut « connard » te va beaucoup mieux.

Elle a raison.

– Je suis désolé, dis-je, le cœur serré.

Apparemment, c'est tout ce que je suis capable de dire.

– Bref, dit-elle en secouant la main avec dédain, voilà ce qui arrive quand je m'entiche d'un mec qui n'est pas mon genre habituel. J'imagine que… si on se tourne toujours vers un certain type de personnes, c'est pour une raison. Au moins, l'attirance est partagée. Mais tu n'avais pas besoin d'être méchant, Fitz. Tu aurais pu te contenter de me dire que je ne t'intéressais pas au lieu de me pourrir devant Garrett.

Elle serre à nouveau les poings sur ses cuisses.

– Je ne fais jamais ça, d'habitude. (Le tourment est palpable dans ma voix, je suis sûr qu'elle s'en rend compte.) Mais ce soir-là…

– J'ai pigé, m'interrompt-elle. Tu n'avais pas envie d'être avec moi.

Terrassé par la honte, je n'arrive presque plus à respirer.

– Je te signale quand même que je suis plus intéressante que ce que tu penses, dit-elle d'une voix éraillée. Je suis quelqu'un de profond.

Mon Dieu, cette fille me brise le cœur. Je ne me suis jamais senti aussi mal de ma vie.

– Je sais que certaines personnes aiment se poser mille questions sur le sens de la vie, sur le but de leur existence, sur l'univers, sur le ciel bleu… Sur tout un tas de choses. Moi, je ne suis pas comme ça. Mais je sais faire beaucoup de choses. Je sais écouter quelqu'un qui a besoin d'aide. Je suis…

Un soleil, dis-je dans ma tête.

Comme son prénom l'indique, Summer est un soleil.

– Contrairement à ce que tu penses, je peux parler d'autre chose que de chaussures ou de couturiers. Je ne suis évidemment pas capable de rédiger une dissertation de quatre pages sur Van Gogh et ses coups de pinceau, mais je sais expliquer la joie que l'art apporte dans le monde. (Elle se lève, le corps rigide.) Quoi qu'il en soit, je suis désolé d'avoir été désagréable vis-à-vis de ta nouvelle copine.

– Ce n'est pas ma copine, je murmure. On a juste pris un verre ensemble.

– Peu importe. Je suis désolée de m'être moquée d'elle. Je l'ai croisée dans mon cours d'histoire de la mode et on ne peut pas dire qu'elle m'ait fait bonne impression.

Je me mords l'intérieur de la joue.

– Je suis désolé pour le nouvel an. Vraiment. Je ne pensais absolument pas ce que j'ai dit.

Souriant avec résignation, elle hausse les épaules et ajoute :

– Bien sûr que si.

★ ★ ★

En général, un bon règlement de comptes apaise une relation. Seulement, entre Summer et moi, c'est l'inverse qui s'est produit.

Les jours qui ont suivi notre confrontation, nous avons gardé nos distances, marchant sur des œufs chaque fois que nous nous retrouvions dans la même pièce et ne communiquant que par nécessité. Pas par méchanceté, plutôt par maladresse. Je la soupçonne de penser encore que je suis un connard et c'est aussi ce que je pense de moi.

Pour ne pas arranger les choses, Hunter et elle n'arrêtent pas de traîner ensemble. Plusieurs fois, je les ai surpris collés l'un à l'autre sur le canapé. Dans ces moments-là, ils n'échangent rien d'affectueux et il n'y a pas de sous-entendu sexuel, mais ils apprécient manifestement de passer du temps ensemble. Évidemment, Hunter flirte avec elle dès qu'il en a l'occasion, ce qui ne semble pas la déranger.

En revanche, moi ça me dérange.

Ça me dérange d'ailleurs un peu trop et c'est pour ça que je me suis enfermé dans ma chambre après notre victoire contre Dartmouth, au lieu de faire la fête au salon avec mes coéquipiers. Nous avions aussi vaincu Suffolk la veille, ce qui fait deux victoires à célébrer.

Seulement, je ne suis pas d'humeur à voir Hunter draguer Summer. Et puis, j'ai mal partout.

Le match contre Dartmouth était éprouvant. Trop de coups (pas justifiés), trop de fautes (pas toutes sifflées par l'arbitre) et une blessure grave au bas-ventre pour un défenseur de Dartmouth, dont j'ai partagé la douleur. Inutile de dire que je suis fatigué, courbaturé et de mauvaise humeur.

En bas, la musique est à fond et couvre la playlist que j'écoute dans ma chambre, un mélange de bluegrass et de rock indé qui se prête parfaitement à ce que j'essaie de dessiner. Parfois, quand l'inspiration me quitte, je m'allonge sur le dos, un carnet de dessin sur mes jambes et un crayon à la main. Je ferme les yeux, respire profondément et laisse ma main dessiner ce qu'elle veut.

Au lycée, ma prof d'art plastique m'avait suggéré d'essayer cette technique, prônant qu'elle est aussi efficace que la méditation pour vider son esprit et ouvrir les vannes de la créativité.

Elle avait raison. Quand je n'arrive plus à réfléchir, cet exercice m'aide énormément.

Je ne saurais dire combien de temps je reste allongé à dessiner les yeux fermés, mais au bout d'un moment, je remarque que mon crayon n'a plus de mine et que j'ai une crampe au poignet. La musique s'est éteinte dans le salon et ma playlist est repartie du début.

Je secoue mon poignet et me redresse. Je regarde mon dessin et, avec stupéfaction, découvre que j'ai représenté Summer.

Pas la Summer qui sourit ni celle qui rit ou qui a les joues rouges quand elle est en colère contre moi.

J'ai dessiné une Summer aux yeux remplis de tristesse. Celle qui a susurré «Je suis quelqu'un de profond».

Sur la page, ses lèvres charnues sont figées dans le temps. Mais dans mon souvenir, elles tremblent, peinant à respirer. Le dessin suggère des larmes prêtes à se former entre ses cils. Sa vulnérabilité me fend le cœur. Mais le port altier de son menton semble indiquer qu'elle ne se résignera pas.

Bouche bée, je me rends compte qu'elle correspond totalement au personnage féminin que je suis en train de développer pour mon nouveau jeu. Ça fait quelques mois déjà que je travaille sur les composantes du jeu sans avoir encore trouvé d'inspiration pour ce personnage, ce qui ralentit l'avancée du projet.

Je scrute le dessin pendant plusieurs minutes avant de me forcer à refermer le carnet et à le ranger. Revenant enfin sur terre, je réalise que j'ai une terrible envie de pisser et une faim de loup. Mon ventre gargouille fort, je suis surpris de n'avoir encore rien entendu.

D'abord, je vais vider ma vessie, puis je me dirige vers le rez-de-chaussée pour grignoter quelque chose. Depuis l'escalier, j'entends des rires qui proviennent du salon. Hollis s'exclame : «Voilà, c'est ça qu'il faut faire !» Hollis ne s'enthousiasme que pour ce qui est horrible ou pour ce qui est génial. Pas de demi-mesure avec lui.

Curieux de savoir ce qui se passe, je me dirige vers les voix du salon au lieu de me rendre dans la cuisine. Une fois devant la porte, j'ai l'impression d'être retourné au collège. Quelques personnes sont encore là, dont Nate, notre capitaine, qui se frotte joyeusement les mains en encourageant la bouteille qui tourne en face de lui.

Oui, j'ai bien dit la bouteille.

Soit j'ai une hallucination, soit ils sont bel et bien en train de jouer à la bouteille. C'est Summer qui vient de la faire tourner ; elle est penchée en avant et observe attentivement son mouvement. Pendant ce temps, tous les mecs célibataires de la pièce la regardent avidement.

La bouteille de Heineken ralentit, dépassant Nate et Hollis. Elle manque s'arrêter devant Katie, la copine de Jesse Wilkes. Elle continue encore son orbite sur quelques centimètres puis s'arrête net, sur la porte du salon.

Dans ma direction.

15

Summer

Après le collège, jouer à la bouteille n'a plus du tout d'intérêt. Ce n'est qu'à douze ans qu'on peut embrasser des mecs par hasard, sans se soucier des conséquences.

Une fois arrivés à l'âge adulte, il y a toujours des conséquences.

Que se passera-t-il si j'embrasse Colin Fitzgerald, là, tout de suite ? Tout le monde verra que j'en pince pour lui.

– Je recommence mon tour. Fitz ne joue pas !

Katie, jolie rousse au large sourire, me pointe du doigt.

– Pas question ! J'ai dû embrasser Hollis devant mon copain !

– Je ne me suis absolument pas senti menacé, dit Jesse. Ce n'est que Hollis...

– Eh ! proteste ce dernier.

– La règle, c'est d'embrasser la personne vers laquelle est dirigée la bouteille, renchérit Katie. Personne n'y déroge.

Je regarde Fitz.

Il porte une tenue qui me met déjà dans tous mes états : un pantalon de sport gris porté bas, au niveau de ses puissantes hanches, et un tee-shirt blanc moulant, exhibant ses bras tatoués. Ce mec est à tomber. Il obtient haut la main la note de dix sur dix.

Plutôt neuf sur dix. Je lui retire un point pour son visage exprimant le besoin irrépressible de prendre ses jambes à son cou pour partir loin, très loin d'ici. Peut-être jusqu'en Sibérie ?

Son manque d'enthousiasme me hérisse les poils. M'embrasser le répugne tant que ça ? Après ce qui s'est passé en début de semaine, notre règlement de comptes qui lui a fait prendre conscience de sa méchanceté, il devrait plutôt chercher à attirer ma sympathie.

Cet enfoiré devrait se mettre à genoux et m'implorer de l'embrasser.

Mais Fitz fait un pas en arrière.

– Je vais… euh… chercher de quoi manger.

Assis à l'autre bout du canapé, Hunter s'écrie « Bonne idée ! » d'un ton léger, toutefois empreint de méfiance.

Comme moi, Hunter n'était pas particulièrement enthousiaste à l'idée de jouer à ce jeu. Mais il n'a pas vraiment rechigné quand il a dû embrasser la torride Arielle, l'autre célibataire de la soirée. Katie et Shayla sont déjà prises, mais Jesse et Pierre, leurs copains respectifs, n'ont apparemment pas de mal à partager leurs conquêtes, le temps du jeu.

– Pas un geste ! ordonne Katie dès que Fitz se met reculer.

Il s'arrête net.

– Désolée d'insister, mais Summer doit t'embrasser, l'informe-t-elle.

Bon sang ! Mais où est Brenna quand on a besoin d'elle ? En sa présence, Katie et Arielle n'auraient jamais pu nous obliger à jouer à ce jeu débile. Brenna leur aurait ri au nez, proposant plutôt un jeu d'alcool, ce qui aurait entraîné de toute façon des dérapages et des bisous. Mais on n'aurait pas été obligés de le faire sur-le-champ, devant tout le monde.

Seulement, Brenna avait un autre plan. La garce.

– Je recommence, dis-je en insistant.

Je préfère largement embrasser quelqu'un d'autre. Que ce soit Hollis, ou même une fille.

À ma grande surprise, ce dernier se range du côté de Katie.

– C'est la règle, ma poule.

La réticence que j'affiche ne fait que renforcer sa détermination.

– Ça vous fera du bien, ajoute-t-il. (Il se tourne vers Fitz qui le fusille du regard.) Vous ne faites que vous disputer. Le temps est venu de vous rabibocher.

– Hollis ! je m'écrie, ne parvenant plus à contenir ma colère.

– Vous voyez ! dit joyeusement Katie. Vous devez tirer les choses au clair.

– Avec vos langues, renchérit Arielle d'un air solennel.

Nate, le capitaine de l'équipe de hockey, explose de rire. Punaise, pourquoi ce n'est pas lui que je dois embrasser ? Il est grand, bien foutu, et il a de superbes yeux bleus.

Je n'ai pas même le temps de cligner des yeux que Katie me tire déjà par la main. Ça me laisse bouche bée. Cette petite rousse, qui ne mesure pas plus d'un mètre cinquante, parvient à me hisser debout avant de me pousser vers Fitz.

– Tu as beaucoup de force, dis-je en grognant au-dessus d'elle, vu que je fais au moins une tête de plus.

Elle sourit.

– Je sais.

Fitz parcourt la pièce des yeux avec méfiance.

– Quel est votre état d'ébriété ? (Il regarde son capitaine d'équipe en lui faisant les gros yeux.) Depuis quand on joue à des jeux de collégiens à la fac ?

Nate hausse les épaules et lève sa bouteille de bière.

– On n'a qu'une vie, rétorque-t-il.

– Allez, les chéris, dit Katie en claquant des mains, un bisou pour faire la paix.

Je pousse un cri d'indignation quand elle recommence à me pousser. Je trébuche vers l'avant, manquant de justesse me casser le nez contre l'encadrement de la porte, mais Fitz me rattrape avec ses puissantes mains.

À son contact, je sens une vague de chaleur se propager dans mon corps. Le souffle coupé, je remarque que son expression s'est adoucie. En fait, non. Pour être plus exacte, je ne lis plus de froideur dans ses yeux, pas plus que de la douceur. À ma grande stupeur, c'est désormais un regard ardent qu'il affiche, les paupières lourdes.

Puis il cligne des yeux et les flammes sont remplacées par de l'agacement.

– Faisons-le rapidement pour qu'ils nous laissent tranquilles, chuchote-t-il. Elle ne lâchera pas l'affaire.

Il fait référence à Katie. Je pense qu'il a raison. C'est la première fois que je la croise mais, dès les premières minutes en sa compagnie, j'ai compris qu'elle aimait faire son petit chef. Elle est quand même sympa, même si je parie qu'en amitié, elle veut toujours avoir le dernier mot.

– D'accord, je murmure. Mais pas de langue.

J'aperçois un début de sourire.

– Et pas d'engagement, dit-il pour me taquiner.

Je n'ai pas le temps d'intégrer sa remarque. Fitz saisit mon menton. J'entends vaguement quelqu'un siffler, sans doute Hollis. Ensuite, je n'entends plus rien. Quand Fitz pose tendrement ses lèvres sur les miennes, seuls les battements saccadés de mon cœur résonnent dans ma tête.

Oh…

Je ne m'attendais pas à ce qu'il soit aussi tendre. Devant tout le monde. Pourtant, son pouce caresse ma joue. Il a des lèvres douces, qu'il utilise avec une grande assurance. Je frissonne dès qu'il augmente la pression contre ma bouche. Puis je sens le bout de sa langue caresser ma lèvre inférieure et je sursaute, comme si j'avais mis mes doigts dans une prise.

Le contact de nos deux langues signe ma perte. Entre mes jambes, le désir augmente, se propageant jusqu'à mes tétons qui durcissent. Je m'abandonne complètement. Je laisse Fitz enfoncer sa langue dans ma bouche, me serrer par la taille avec possessivité. Je sens son souffle chaud contre ma bouche, et son odeur torride m'enivre.

Plus rien ne m'arrête. Je pose une main sur son torse dur comme la pierre et l'autre sur sa nuque. Son duvet me chatouille la main, je sens aussi ses pectoraux qui se contractent sous ma paume. Et son cœur battant la chamade, comme le mien.

Dès que qu'il commence à éloigner son visage, je perds pied. Je resserre mon étreinte et l'embrasse avec encore plus de fougue. Avec ma bouche, je fais taire le gémissement qui lui échappe. J'espère que personne d'autre que moi ne l'a entendu.

Parce que cette plainte n'appartient qu'à moi. Je veux m'en souvenir pour toujours, l'écouter en boucle dans ma tête, plus tard, quand je serai seule sur mon lit et que je ferai glisser ma main entre mes cuisses pour me toucher en repensant à ce baiser.

Bon sang. Je suis tellement excitée. Mes jambes tremblent. Ma culotte est toute mouillée.

Je me force à rompre le charme. Le plus dur, c'est de ne pas le regarder. J'ai terriblement peur de ce que son regard me dira, alors j'évite de poser mes yeux sur lui et me contente de regarder notre public par-dessus mon épaule.

Cela ne m'empêche pas de sentir ses yeux qui transpercent ma peau.

Je prie pour que personne ne remarque que l'air insouciant sur ma figure est totalement factice.

– Et voilà ! je m'exclame d'une voix beaucoup trop enjouée avec, aux lèvres, un sourire forcé. On est réconciliés. À qui le tour, maintenant ?

★ ★ ★

La particularité d'un baiser, c'est qu'il constitue un prélude au sexe. Parfois, on embrasse par ennui. Parfois, un baiser nous fait chavirer, parfois, on ne sent rien du tout. Qu'est-ce que tous ces baisers ont en commun ? Leur banalité.

J'aimerais plutôt vous parler de ces baisers qui sont uniques en leur genre.

Ces baisers qui restent dans votre tête pendant des heures, des jours. Qui font que vous vous touchiez les lèvres sans même vous en rendre compte et que vous frissonniez en vous souvenant de cette bouche contre la vôtre.

Ce n'est pas forcément un baiser spectaculaire. Pas la peine de se trouver devant la tour Eiffel pendant un coucher de soleil, puis une aurore boréale au-dessus de vos têtes (qui apparaîtrait miraculeusement à Paris).

La dernière fois que j'ai vécu un baiser inoubliable, je me trouvais dans le Kentucky, cachée derrière une botte de foin, au ranch de mon amie Élira. J'avais seize ans et j'étais amoureuse de Glenn, son grand frère. Pendant longtemps, il avait été en couple avec une autre. Cet été-là, quand je suis partie avec Élira et son frère rendre visite à leur grand-mère dans ce fameux ranch, il venait (enfin !) de se séparer. Et Glenn m'a (enfin !) remarquée.

Il m'a embrassée au son des chevaux qui s'ébrouent et dans l'odeur des écuries. C'était un baiser furtif et maladroit, mais que je n'oublierai jamais. De retour dans le Connecticut, nous nous sommes fréquentés pendant sept mois. J'ai perdu ma virginité avec lui ; je pensais qu'on se marierait et qu'on aurait des enfants. Jusqu'au jour où son ex a voulu le récupérer. Depuis, ils se sont mariés et ont eu des enfants.

Tant mieux pour Glenn. Je ne pense pas que j'aurais été heureuse avec lui. L'idée de vivre dans un ranch au milieu de nulle part ne me fait pas spécialement rêver.

Depuis Glenn, je n'ai jamais fait l'expérience d'un baiser aussi intense. Jusqu'à hier.

Avec Fitz. Notre baiser a duré moins d'une minute, devant une dizaine de personnes qui jouaient à la bouteille. Pourtant… il m'a fait chavirer. Je n'ai pas cessé d'y penser, je suis sûre que j'en ai même rêvé (mais je ne m'en souviens pas).

Pourtant, je ferais mieux de ne plus y penser. Fitz a joué le jeu pour faire taire Katie, disparaissant immédiatement après. Si, pour moi, ce fut un baiser inoubliable, pour lui… c'était juste un simple baiser.

Cette pensée me donne le cafard.

Heureusement, ma journée s'annonce pleine de distractions, même si elles ne sont pas très réjouissantes. D'abord, j'ai eu un deuxième rendez-vous avec Monsieur Richmond qui s'est montré aussi sec et condescendant que la première fois. Grenouille a fait une grimace quand je lui ai annoncé mon intention de créer une ligne de maillots de bain pour le défilé de mode.

Sans doute parce que les faux Britanniques n'aiment pas nager.

Une fois de plus, au moment de quitter son bureau, je suis partagée entre l'envie de ne plus jamais le revoir et celle de découvrir la vérité sur son accent.

En quittant le bâtiment administratif, j'envoie un message à Brenna pour lui faire part de mes soupçons.

MOI : Sûre à 100% qu'il n'est pas anglais.

BRENNA : Qui ?

MOI : L'assistant du doyen, alias mon conseiller. Je t'en ai parlé la semaine dernière.

BRENNA : Ah oui. Ok. Il faut ABSOLUMENT enquêter.

MOI : Mais oui ! Par quoi on commence ?

BRENNA : Je plaisante. Je pensais que les majuscules suffiraient à appuyer mon sarcasme.

MOI : Moi je ne plaisante pas, Bee.

BRENNA : C'est bien ça le problème.

MOI : Comment trouver où il est né ? Son profil LinkedIn indique qu'il a fait ses études à l'université de Columbia, à New York. Il n'a même pas étudié en Angleterre !

BRENNA : 1) Beaucoup d'étrangers viennent étudier aux États-Unis. 2) Tu es folle. 3) On se voit toujours pour le match de samedi ?

MOI : Oui. Et MERCI pour ton aide.

MOI : (J'espère que tu as saisi mon sarcasme.)

BRENNA : Je t'emmerde !

Après avoir traversé le campus au pas de course dans le froid, je frappe à la porte du bureau d'Erik Laurie, mon deuxième rendez-vous de la journée. Malgré ma tenue hivernale, je suis glacée, j'ai les dents qui claquent et le bout du nez gelé.

– Vous nous apportez le froid, Summer !

Laurie mime un frisson pendant que je m'installe. Je ne m'attendais pas à ce que son bureau soit si spacieux, avec un grand canapé en cuir contre le mur du fond, une immense table de bureau au centre et une belle vue sur la cour recouverte de neige.

– Je garde mon manteau, si cela ne vous dérange pas, dis-je. Je suis glacée jusqu'aux os.

– D'accord, même si j'adorerais découvrir l'éblouissante tenue que vous devez porter sous toutes ces couches, dit-il en ponctuant sa phrase d'un clin d'œil.

Une familière sensation de malaise me gagne. Nous avons entamé la deuxième semaine de cours du semestre et Laurie s'est montré particulièrement gentil avec moi. Mais chaque fois que je suis en sa compagnie, mon radar à pervers s'active. Côté clins d'œil, c'est toujours aussi excessif, avec pas moins de dix clignements de paupières à des étudiantes pendant le cours d'hier.

– Asseyez-vous, dit-il en désignant une des chaises face à son bureau tandis qu'il prend place sur son fauteuil. Je vous propose d'abord de parler des partiels.

Je hoche la tête et m'assieds sur la chaise. Nous avons déjà échangé quelques mails sur le dispositif à mettre en place pour tenir compte de mes difficultés. Alors que deux dissertations sont obligatoires pour son cours, je ne serai tenue d'en rendre qu'une, à la moitié du semestre. Pour l'examen final, j'aurai la possibilité de faire un exposé devant la classe sur un thème que Laurie m'imposera.

Lundi, il m'a déjà soumis une liste de thèmes pour la dissertation et j'ai choisi celui qui me semble le plus facile pour rédiger un texte. Aujourd'hui, il faut simplement qu'il me donne son approbation.

– Avez-vous choisi un thème ? J'aimerais m'assurer que vous êtes complètement à l'aise avec votre choix avant de commencer la rédaction.

Il a l'air de vraiment se préoccuper de mon cas, ce qui me rend légèrement moins méfiante à son égard. En dépit de son excès de clins d'œil et de ses travers un peu glauques, il semble disposer des qualités d'un bon professeur tenant à ses élèves.

– J'aimerais écrire sur la mode de New York. Je pense avoir beaucoup de choses à dire. Je prévois d'ailleurs de commencer à rédiger une ébauche de plan et de problématique dès ce soir.

– Très bien, c'est parfait. Vous avez mon adresse mail, n'hésitez pas à m'écrire si vous rencontrez des difficultés ou si vous souhaitez que je jette un coup d'œil à ce que vous faites.

– Je vous remercie. Je risque d'avoir besoin de vous.

Laurie esquisse un grand sourire.

– Bon, passons au défilé de fin d'année. J'aimerais voir votre proposition.

– La voici.

Je sors de ma besace un porte-documents en cuir comprenant mes croquis, une note descriptive de ma collection de maillots de bain ainsi que des photos de mes sources d'inspiration demandées par Laurie.

– J'ai joint des images de couturiers peu connus qui m'ont beaucoup influencé pour le projet, j'ajoute en faisant glisser le porte-documents sur le bureau.

D'après l'expression qu'il affiche en tournant les pages, Laurie approuve ma démarche.

– Kari Crane, déclare-t-il en hochant la tête. J'étais sur le front row de son premier défilé à Milan.

– Ah bon ?

– Évidemment, je ne rate jamais la Fashion Week.

– Je me rends tous les ans à la Fashion Week de Paris et de New York, dis-je, mais pas à celle de Milan.

Laurie passe au styliste suivant.

– Oh ! Ça m'intrigue… J'adore l'utilisation de la broderie perlée sur ces dos nu de Sherashi.

Il a l'air de connaître tous les stylistes de la planète. Je suis impressionnée.

– Moi aussi, j'adore la façon dont elle incorpore des influences de sa culture à sa collection.

– C'est Bollywood à la rencontre de la Côte d'Azur. Absolument prodigieux.

– Exactement.

Je ne peux m'empêcher d'afficher un glorieux sourire en le regardant. Cela fait cinq minutes qu'il n'a pas flirté avec moi ni même fait de clins d'œil, un vrai soulagement.

– Pour ma ligne de maillots, j'aimerais développer un style à la fois classique et moderne avec quelques notes bohème chic.

– Intéressant. Laissez-moi découvrir vos croquis.

Concentré, les sourcils froncés, il étudie les dessins que j'ai ajoutés dans mon dossier.

– Pas mal du tout, Summer.

Ça me fait rougir. Je ne suis pas très douée pour dessiner des visages ou des paysages, mais j'ai toujours eu un truc pour les croquis de vêtements. Quand j'étais plus jeune, je remplissais des pages et des pages de tenues et de styles incarnant la perfection à mes yeux.

– Merci, j'hésite tandis qu'il observe une série de croquis de shorts de bain pour homme. Je sais que les maillots de bain sont des articles plus difficiles à concevoir que les vêtements standard, mais c'est une véritable passion. Bien sûr, je suis prête à ajouter davantage de pièces à ma collection pour le défilé, afin que ma charge de travail soit la même que celle des autres.

– Je ne m'inquiète pas pour ça, dit-il d'un air absent, avant de passer à un autre croquis et, une fois l'examen terminé, il lève les yeux sur moi avec un grand sourire aux lèvres. Je vous donne le feu vert.

Je jubile.

– Vraiment ?

– Oui ! J'ai hâte de voir le résultat. (Et, alors que je le pensais guéri, il m'adresse un clin d'œil.) Je suis curieux de savoir qui vous allez choisir pour défiler.

Et voilà qu'il gâche tout.

– Vous êtes grande, ajoute-t-il. Vous pourriez les présenter vous-même. Je suis sûre que vous êtes splendide en bikini. Pensez-y.

Euh… Comment dire ?

– Oui… mais… je n'ai jamais voulu être mannequin, dis-je en me levant, un doigt pointé sur mon dossier. J'ai donc votre accord pour commencer ?

– Absolument, réplique-t-il en me rendant le porte-documents.

– Super. Merci. On se revoit à votre prochain cours.

Je suis soulagée de quitter son bureau, même si je dois encore affronter le froid. C'est quand même dingue ! Dès que je me remets à le penser innocent, Laurie réactive mon radar à pervers.

Dehors, une bourrasque glaciale s'abat sur moi. *Je te déteste, janvier. Tu peux crever.* Je me mets en route pour traverser le campus jusqu'à ma voiture, puis j'attrape mon téléphone. J'ai un appel manqué de ma mère et un message qui me redonne le sourire.

Appelle-moi, Summer. Tu manques à ta mère.

Je sens mon cœur qui gonfle. Mes parents me manquent tellement. Je ne leur ai presque pas parlé depuis que le semestre a commencé. Nous avons tous été très occupés. Mon père vient de démarrer la sélection du jury d'un procès très médiatique pour une affaire de meurtre et ma mère est partie rendre visite à Mamie Céleste en Floride.

Je rappelle ma mère, mais tombe sur son répondeur. J'essaie alors d'appeler mon père.

Il décroche aussitôt.

– Ma chérie, ça faisait longtemps !

– Je sais, je suis désolée. J'étais débordée. Je ne m'attendais pas à ce que tu répondes, tu es au tribunal ?

– Oui. L'avocat général a demandé une pause de cinq minutes. Son prochain témoin est en retard.

– C'est tout à fait inacceptable ! je m'exclame en riant à moitié. Ne les laisse pas s'en tirer comme ça, papa. Tu peux les faire arrêter pour entrave à la justice.

Il se met à rire.

– Ce n'est pas comme ça que ça marche, ma puce, mais merci de t'en inquiéter. Et toi ? Comment ça se passe à la fac ?

– Tout va bien. Je viens de sortir d'un rendez-vous avec mon professeur référent. Je vais devoir créer une ligne de maillots de bain pour le défilé de fin d'année.

– Et tes autres cours ? Tu arrives à gérer la charge de travail ?

Je lui fais un compte-rendu des différentes matières que j'étudie ce semestre. Je lui confesse aussi que, pour l'instant, le travail n'est pas trop harassant.

– Ce soir je dois commencer à rédiger une dissertation. Souhaite-moi bonne chance !

– Tu n'as pas besoin de chance, ma princesse. Tu vas tout déchirer.

Mon père croit tellement fort en moi que ça me donne presque envie de pleurer. Pas une seule fois mes parents ne m'ont traitée de stupide. Mais je sais qu'ils ont dû le penser, parfois. Comment faire autrement alors que je revenais toujours avec des notes exécrables à la maison ? Alors que mes rédactions étaient toujours recouvertes de corrections en rouge et de commentaires dans les marges ?

– Si jamais tu éprouves des difficultés, tu me le dis. Je peux peut-être en parler à David…

– Non, je le coupe d'un ton sec.

Il pense à David Prescott, le doyen de l'université.

C'est hors de question.

– Papa, je te prie d'arrêter de parler de moi avec Prescott. Arrête de lui demander des services. Son assistant me déteste déjà parce qu'il pense que j'ai été pistonnée… mais… attends une seconde. (Je marque une pause.) Puisque tu veux m'aider, j'ai un service à te demander.

– Allons bon ! dit-il en riant.

– Tu veux bien demander pour moi où est né Hal Richmond ?

– Qui ?

– L'assistant du doyen de Briar. Il a un accent britannique et je suis persuadée qu'il est factice.

Il y a un court silence.

– Princesse, soupire mon père, serais-tu en train de torturer ce pauvre homme ?

– Je ne torture personne, je proteste. J'ai simplement des soupçons et ce serait tellement gentil de ta part si tu pouvais vérifier son lieu de naissance. Je suis sûre que ça ne te prendra que quelques secondes.

Son rire arrive jusqu'à mon oreille.

– Je vais voir ce que je peux faire.

★ ★ ★

J'ai l'esprit complètement ailleurs quand je m'installe à mon bureau pour préparer l'ébauche de ma dissertation. Ma mère m'a appelée avant le dîner et nous avons passé une heure au téléphone. Mes trois colocataires sont sortis, je peux donc travailler en silence. La difficulté avec mon trouble du déficit de l'attention, c'est que la moindre distraction peut me retarder. Je me disperse très facilement.

Ma dissertation porte sur l'évolution de la mode à New York pendant la première moitié du XXe siècle, ainsi que sur les facteurs ayant conduit à chaque changement. La tâche est ardue : je dois m'intéresser à cinquante ans de mode, marqués par de grands événements, tels que la Grande Dépression et la Seconde Guerre mondiale.

Au lycée, mon éducateur spécialisé – ce mot me fait rougir… *Éducateur spécialisé*. C'est terriblement gênant ! – Bref, l'éducateur qui s'occupait de moi m'a donné des tas de conseils sur la façon d'organiser mes pensées. Il m'incitait à constituer des fiches ou à utiliser des Post-it pour noter toutes mes idées. Avec le temps, j'ai compris que ce qui marchait bien, c'était de noter une idée par bout de papier, puis de les organiser jusqu'à former un raisonnement cohérent.

Pour préparer ma dissertation, je m'assieds par terre dans ma chambre avec tout mon matériel étalé devant moi : surligneurs, Post-it, feutres effaçables. Pour couronner le tout, je porte des chaussettes en laine et sirote une tisane. Je vais y arriver. Je suis trop forte !

Je commence par préparer un Post-it par décennie : années 10, années 20, années 30, années 40. Ce sera sans doute plus facile d'organiser chronologiquement mon travail. Je sais que je devrai faire beaucoup de recherches, mais pour l'instant, je me contente de ce que je sais de ces différentes périodes. Jusqu'à la Grande Dépression, je sais que les couleurs faisaient fureur. Je l'écris sur un Post-it.

Les années 20 m'évoquent les looks à la garçonne. Encore un Post-it.

La mode féminine a privilégié les silhouettes masculines pendant longtemps, jusqu'aux années 30, je crois ? Je l'écris aussi sur un bout de papier que je colle au sol. Les années 30 ne seraient-elles pas aussi l'époque des chemisiers à froufrous ? J'en ai vu plusieurs de ce style dans le grand magasin *Barney*, sur Madison Avenue. Seraient-ils en passe de revenir à la mode ? Oh ! J'ai complètement oublié de dire à une copine de Brown que Barney proposera des soldes VIP pendant le week-end de la Saint-Valentin. Elle va en être folle. Je prends mon téléphone et envoie un rapide message à Courtney qui me répond dans la seconde qui suit.

COURT : T'es sérieuse ?!

MOI : Mais oui !

COURT : On y va ensemble ?

MOI : Évidemment !

Au bout de quelques messages, je me rends compte que j'ai passé dix minutes à parler de soldes au lieu de travailler.

Arrrgh.

Je prends une profonde inspiration et me force à me concentrer. Je commence à faire la liste de toutes les tendances qui me viennent en tête. Voilà. Maintenant, je n'ai plus qu'à noter plus de détails sur chacune de ces tendances, en expliquant aussi les différents facteurs sociaux et les événements qui font évoluer la mode à l'époque.

Euh… Ça pourrait être ça, ma problématique ?

Non, idiote. Ça, c'est le sujet. Tu dois dégager une problématique à partir du sujet.

Je me mordille violemment les lèvres. Ma petite voix intérieure est une garce. Mon ancien psychologue passait son temps à prêcher l'amour de soi, m'invitant à me traiter avec plus de compassion. C'est plus facile à dire qu'à faire. Quand le manque de confiance dicte votre vie, votre inconscient n'a pas tendance à l'oublier.

M'aimer telle que je suis, c'est vraiment difficile. Faire taire les critiques incessantes que m'adresse ma petite voix intérieure, c'est de l'ordre de l'impossible.

Je respire lentement. Ça va aller. Je n'ai pas besoin de penser tout de suite à la problématique. Je peux d'abord continuer à rassembler des idées et quand j'aurai commencé à les organiser, une hypothèse se formera.

Seulement, mon esprit est saturé. Rien qu'en faisant cinq minutes de recherches sur Google, je me retrouve submergée par de nouvelles idées. Et plus je lis des choses, plus le sujet devient vaste. Je n'arrive pas à limiter le champ d'étude et commence à paniquer.

Je respire à nouveau à fond, mais mon souffle se fait court, saccadé. Je n'arrive pas à aspirer suffisamment d'oxygène pour mes poumons.

Je déteste cette sensation. Je déteste cette dissertation. Je me déteste.

Mes yeux me piquent. Je les frotte et libère aussitôt les larmes que je retenais.

Arrête de pleurer, m'intime ma voix intérieure. *Tu es ridicule. Ce n'est qu'un simple devoir.*

J'essaie d'absorber davantage d'air dans mes poumons. Mon cerveau déclenche automatiquement les exercices que mes psychologues et mes parents m'ont toujours encouragée à faire pendant une crise d'angoisse : je me répète que tout ira bien. Je m'imagine en train de me faire un câlin. Je pense à Mamie Céleste (qui sait toujours me calmer).

Or, je perds à nouveau mes moyens en regardant tous les papiers jaunes étalés par terre, de nouveau assaillie par un magma de pensées.

Un sanglot m'échappe.

– Summer ?

Je me fige en entendant la voix de Fitz, puis un petit coup contre ma porte.

– Tout va bien ?

Le souffle court, je lui réponds d'une voix tremblante :

– Ç… ça va.

J'esquisse aussitôt une grimace en entendant ma voix éraillée. Ça ne lui a pas échappé non plus.

– Je vais ouvrir la porte, d'accord ?

– Non ! je m'écrie. Ça va, Fitz, je te le promets.

– Je ne te crois pas.

La porte s'entrouvre et son beau visage inquiet apparaît.

Il m'observe et pousse un grognement. Avant même que je puisse protester, il s'agenouille à mes côtés. Sa main soulève mon menton pour me forcer à le regarder dans les yeux.

– Qu'est-ce qui ne va pas ? demande-t-il.

– Rien.

Ma voix tremble encore.

– Tu pleures. Ce n'est pas rien, dit-il avant de jeter un œil à tous les Post-it étalés sur le sol. C'est quoi tout ça ?

– La preuve de ma stupidité, je marmonne.

– Quoi ?

– Rien.

– Arrête de dire ça. Parle-moi. (Il caresse ma joue mouillée avec son pouce.) Je te promets que je peux être à l'écoute. Dis-moi ce qui ne va pas.

Mes lèvres se mettent à trembler. Bon sang ! De nouvelles larmes coulent sur mes joues. Ça m'agace encore plus.

– Je n'arrive pas à faire ce putain de travail. Voilà ce qui ne va pas.

Je balaie tous les Post-it de la main. Certains restent collés au parquet tandis que d'autres volent à travers la chambre, jusque sous le lit.

Fitz ramasse un papier et le lit.

– C'est pour une dissertation ?

– Oui, pour le milieu du semestre. Je vais échouer.

Il pousse un soupir avant de s'asseoir par terre. Il hésite un instant, puis il me prend dans ses bras.

Peut-être que si je ne me sentais pas aussi vulnérable, j'aurais été assez forte pour le repousser. Mais je me sens faible, abattue, et le laisse me réconforter, installée sur ses cuisses, le visage blotti contre son torse.

– C'est normal de se sentir accablé par le travail. À la fac, on est tous stressés.

– Toi aussi, t'es stressé ? je lui demande d'une petite voix.

– Tout le temps.

Il passe ses doigts dans mes cheveux. J'ai l'impression d'être à nouveau une petite fille. Ma mère me caressait toujours les cheveux quand je n'allais pas bien. Mon frère Nick aussi, quand je m'éraflais les genoux ou que je me cognais la tête en faisant des cabrioles audacieuses. Enfant, j'étais plutôt turbulente. D'ailleurs, ça n'a pas vraiment changé.

La chaleur du corps de Fitz s'infiltre en moi. Je presse ma joue contre sa clavicule et, toute gênée, je lui fais un aveu :

– J'ai des difficultés d'apprentissage.

– Tu es dyslexique ? demande-t-il, visiblement compréhensif.

– Non. Je souffre d'un ensemble de symptômes liés au trouble du déficit de l'attention. La concentration et l'organisation de mes pensées par écrit me demandent énormément d'efforts. Quand j'étais petite, je prenais un traitement qui me donnait de terribles maux de tête, des nausées, et qui me rendait vaseuse. J'ai donc arrêté. À l'adolescence, j'ai tenté de le reprendre, mais j'avais toujours les mêmes effets secondaires. Mon cerveau n'aime pas les médicaments. Malheureusement, ça veut dire que je dois me forcer à dompter mes pensées, et parfois c'est vraiment dur.

– Qu'est-ce que je peux faire pour t'aider ?

– Quoi ?

Je ne m'y attendais pas.

Il me regarde avec grande sincérité. Sans une once de pitié.

– Comment puis-je t'aider avec ta dissertation ?

Je suis un peu abasourdie. Je descends maladroitement de ses cuisses et m'assieds en tailleur à côté de lui. Dès que nous ne sommes plus en contact, la chaleur de son corps me manque. Pendant un bref instant, notre baiser me revient en tête, mais je m'empresse de réprimer ce souvenir. Fitz n'en a pas parlé et, là, il n'a pas l'air de vouloir enfoncer sa langue dans ma bouche.

En revanche, il semble vraiment disposé à m'aider.

– Je ne sais pas, je réponds. C'est juste que… il y a beaucoup trop d'informations. (L'angoisse me gagne à nouveau.) Je dois balayer cinquante années de mode. Je ne sais pas sur quoi me concentrer. Si je ne condense pas mes idées, la dissertation va faire cinquante pages alors que je suis censée ne produire que six pages. Je n'arrive pas à organiser mon raisonnement et…

– Respire, ordonne-t-il.

Je me tais et lui obéis. L'oxygène me vide un peu la tête.

– Tu te laisses emporter. Il faut que tu progresses par étapes.

– C'est ce que j'essaie de faire, avec mes Post-it.

– Et en parler ? Ça pourrait t'aider ?

J'acquiesce en hochant lentement la tête.

– Parfois, j'enregistre mes idées pour les rédiger ensuite, mais je n'en suis pas encore à ce stade. Pour l'instant, j'essayais d'élaborer un plan. Mais j'ai paniqué.

– D'accord, dit-il en étendant ses jambes. Et si on revoyait quelques règles de base ?

Je me mords l'intérieur de la joue.

– J'apprécie que tu proposes de m'aider, mais je suis sûre que tu as plein de choses à faire, comme dessiner ou travailler sur ton jeu vidéo. Tu n'es pas obligé de m'aider avec ma dissertation, dis-je en haussant les épaules.

– Je n'ai pas l'intention de le faire gratuitement.

J'écarquille les yeux.

– Tu veux que je te paie ?

Il fronce les sourcils.

– Non ! Je voulais juste dire que… (Il prend une rapide inspiration en détournant le regard.) J'ai aussi besoin de ton aide.

– Ah bon ?

Il me regarde à nouveau, peu sûr de lui.

– Que dis-tu d'un échange de services ? Je t'aide à préparer ta dissertation, à rédiger le plan et à trouver une problématique. Je pourrai aussi te relire et t'aider à organiser ton raisonnement. Et toi, tu m'aideras en… (il marmonne le reste de la phrase)… en acceptant que je te dessine.

Je n'en reviens pas.

– Tu veux me dessiner ?

Il hoche la tête.

– Comme une de tes Françaises ?

– Quoi ? il demande, dubitatif.

– Tu ne te souviens pas de la scène de *Titanic* que nous avons regardée l'autre soir avec Hollis ?

Il éclate de rire.

– Ah oui ! Quand Rose demande à Jack de la dessiner nue. J'avais oublié cette scène. En tout cas, je n'ai pas prévu de te dessiner nue, dit-il d'une voix un peu éraillée.

Je me demande s'il imagine la même chose que moi.

Que je sois allongée nue devant lui. Mon corps à son entière disposition.

Je retiens mon souffle quand cette vision prend une tournure coquine. Soudain, j'imagine Fitz nu aussi. Tout nu et tout dur. Ses gros muscles tatoués se contractent au moment où il se baisse sur moi et…

Il se met à tousser.

Son regard fougueux ne m'échappe pas.

– Tu seras entièrement habillée, explique-t-il. J'ai envie de m'inspirer de toi pour l'apparence d'un personnage de mon jeu. Ça fait longtemps que je cherche à qui pourrait ressembler cette fille et… (Il hausse maladroitement les épaules et je trouve ça adorable.) Je pense qu'elle te ressemble.

Je n'en crois pas mes oreilles.

– Tu veux t'inspirer de moi pour un personnage de jeu vidéo ? Trop cool ! Quel est son nom ?

– Anya.

– Ah, j'adore. Ça fait très princesse elfique.

– Elle est humaine.

J'esquisse un grand sourire et il me sourit en retour en désignant les Post-it qui gisent sur le sol.

– Je t'aide avec ta dissertation et tu me laisses te dessiner. Marché conclu ?

– Oui, je réponds du tac au tac.

Je réalise que mon désespoir m'a quittée. Je me sens beaucoup mieux, éprouvant aussi de la gratitude envers lui.

– Merci, Fitz.

– Je t'en prie.

Nous nous regardons dans les yeux plusieurs secondes. Si seulement je savais ce qu'il pense. J'aimerais qu'il me parle de notre baiser, qu'il me confie ses pensées à ce sujet.

J'aimerais qu'il m'embrasse à nouveau.

Il déglutit péniblement, puis passe sa langue sur ses lèvres.

Le désir monte en moi. Mon Dieu. Il va vraiment le faire ?

Je t'en supplie. Avec un autre, j'aurais déjà pris le taureau par les cornes. En d'autres termes, j'aurais déjà glissé ma main dans son slip.

Pas avec Fitz. J'ai trop peur d'essuyer à nouveau un rejet. Pourtant, j'ai encore envie de lui. Mais je ne l'admettrai pas tant qu'il n'aura pas fait le premier pas.

Il ne fait rien.

C'est la douche froide. Nous détournons le regard et il s'éclaircit la voix.

– Je vais chercher mon carnet.

16

Fitz

– Déshabille-toi.

Passer du temps avec Summer est un vrai… challenge. Pourtant, je joue au hockey dans une équipe universitaire en première division. Honnêtement, mon parcours d'athlète, c'est de la bagatelle par rapport au courage qu'il faut pour être l'ami de Summer Di Laurentis.

Premièrement, je n'arrive absolument pas à oublier notre baiser. Peut-être qu'elle a réussi à l'oublier. Pas moi. C'est impossible. Chaque fois que je regarde sa bouche, je me remémore la sensation exquise de ses lèvres contre les miennes.

Deuxièmement, je suis encore attiré par elle. Donc chaque fois que j'admire sa bouche, mon imagination ne s'en tient pas à un simple baiser. Ses lèvres et sa langue font l'objet de nombreux scénarios quand je pense à elle sous la douche en me masturbant.

Troisièmement, à force de me toucher tous les matins en pensant à elle, j'ai du mal à la regarder dans les yeux quand nous passons du temps ensemble.

Pour finir, quand on se lance dans une amitié avec Summer, il faut s'attendre à ce qu'elle fasse des trucs complètement dingues, comme se mettre à danser la valse dans ma chambre ou m'ordonner de me déshabiller.

– Non! je réponds.

– Allez! Déshabille-toi, Fitzy.

Je fronce les sourcils.

– Non.

– Oh! Mais pourquoi tu refuses d'enlever tes vêtements?

– Pourquoi me demander ça? Je ne suis pas une de tes Françaises, dis-je en grognant.

Elle rit tellement fort qu'elle en titube. Summer a la faculté de s'abandonner totalement dans des fous rires. En général, elle pleure, se plie en deux, avec un point de côté parfois. Elle rit toujours à gorge déployée, avec son corps et son âme.

Bien sûr, j'adore provoquer son rire.

– Je ne veux pas te dessiner, dit-elle entre deux gloussements, puis elle se redresse et pose ses mains sur ses hanches. J'essaie de te venir en aide, espèce de crétin.

Un soupir me démange. Je regrette de lui avoir parlé de mon entretien avec Kamal Jain qui aura lieu demain matin. Je lui en ai parlé hier, pendant notre session d'étude et de dessin. Cela fait déjà quatre jours que nous nous retrouvons quotidiennement le soir. Et quand elle a demandé ce que je comptais porter, je me suis contenté de hausser les épaules.

– Peut-être un jean et une veste de costume?

Elle m'a alors regardé d'un air horrifié.

– Désolée, mon chou, ça ne va pas le faire. Justin Timberlake peut se permettre ce genre de look. Mais toi… pas question.

Puis elle a ajouté d'un air dédaigneux:

– T'en fais pas, je m'en occupe.

À ce moment-là, je ne m'inquiétais pas. Et je ne lui ai pas demandé d'expliquer ce qu'elle entendait par «je m'en occupe».

Maintenant je le regrette, parce qu'il est vingt heures et que Summer vient de déposer une dizaine de sacs sur mon lit en m'intimant de me déshabiller.

– Je ne vais pas essayer tous ces vêtements pour ton bon plaisir.

– Je t'ai déjà dit que ce n'était pas pour me faire plaisir ! grommelle-t-elle. C'est pour *toi*. C'est un vrai service que je te rends, Fitz. Tu veux savoir combien de milliers de dollars contiennent ces sacs ?

– Je m'en fiche, je veux porter mes propres vêtements, dis-je en lui faisant les gros yeux.

– Quels vêtements ? (Elle se dirige vers mon placard et l'ouvre.) C'est de ça dont tu parles ? Des tee-shirts, des jeans, des pantalons cargo, quelques sweats, quelques chemises, des tas de vêtements de sport et beaucoup trop de marcels pour un seul homme.

– Sans oublier le costume que j'ai porté à l'enterrement de mon oncle Ned, j'ajoute. Je pourrais porter ça, si tu veux.

– Ça ira, merci, rétorque-t-elle. Tu ne portes que du noir ou du gris. Qu'est-ce que tu as contre les couleurs, Colin ? Tu t'es fait tyranniser par du rouge quand tu étais petit ? Ton ex t'a trompé avec du vert ? Noir, gris, gris, noir, noir. Oh ! Encore du noir. Ça ne va pas du tout. Ta penderie me rend folle. (Elle se tourne vers moi, le regard furieux.) Laisse-moi t'habiller pour ton entretien, d'accord ? C'est mon devoir, maintenant que nous sommes meilleurs amis.

– Meilleurs amis ? je m'exclame en riant. Je n'ai jamais donné mon accord pour ça.

– Quand je décide quelque chose, ça devient une règle, dit-elle en me tirant la langue. Tu n'as pas ton mot à dire.

La fille qui versait des larmes il y a quelques jours et que j'ai dû réconforter a disparu. C'est agréable de la voir sourire, le visage radieux. Elle partage son énergie positive avec moi, au lieu de m'observer avec méfiance, comme avant.

– Allez, Fitz ! Je t'en supplie. Essaie juste quelques tenues, tu n'es pas obligé de tout mettre. Je les rapporterai.

– Tu les rapporteras où ? je demande, le ventre noué. Ne me dis pas que tu as tout acheté ?

Je ne sais pas accepter des cadeaux, surtout quand ils coûtent cher.

– Non. Ça ferait un gros trou dans mon compte en banque. Mes parents me tueraient, dit-elle, puis elle hausse les épaules. Une amie m'a fait la gentillesse de me les envoyer. Elle est styliste pour un acteur.

– Qui ? je demande en lorgnant les sacs.

– Noah Billings.

– Jamais entendu parler de lui.

– Il joue dans une série de super-héros sur la chaîne CW. Il fait à peu près ta taille, peut-être légèrement plus petit. Ses costumes sont faits sur-mesure ; je suis sûre que ça ira. Mariah m'a dit que tu pouvais emprunter ce que tu veux, tant que tu apportes la tenue au pressing avant de la rendre. Alors, tais-toi et déshabille-toi, chéri. Je veux que tu sois le plus beau demain. Je ne plaisante pas, c'est très important.

Elle a raison, c'est important. Si j'obtiens un poste chez *Orcus Games*, c'est un rêve qui se réalise.

– Tu as raison, je concède. Je ne peux pas avoir l'air d'un plouc.

– Excuse-moi ? Je ne suis pas sûre d'avoir bien entendu. Tu as dit que j'avais raison ? Donc, que tu as tort ?

– Oui, Summer, tu as raison. Je dois faire bonne impression, je soupire, vaincu. Qu'y a-t-il dans ces sacs ?

Elle pousse un petit cri qui me fait tressaillir. Bon sang, elle aime monter dans les aigus.

– Tu ne vas pas le regretter. On va bien s'amuser.

Claquant les mains, elle fait quelques pirouettes en faisant tourner sa belle chevelure autour de son corps élancé. Elle ponctue sa danse d'un saut de chat.

– Joli ! je m'exclame, vraiment impressionné. Où as-tu appris à faire ça ?

– J'ai fait six ans de danse classique.

Elle avance vers le lit et saisit le premier sac de vêtements.

Effectivement, je me souviens l'avoir entendue dire que la danse avait été sa passion.

– Tu n'as pas continué ?

– Je t'ai déjà dit que je m'ennuie vite.

Elle défait le sac et sort un… pull gris.

– Tu te fous de moi, j'ai le même dans ma penderie. Celui que tu viens de critiquer.

– Bon, pour commencer, ce n'est pas un simple gris. C'est du gris ardoise…

– Non, je confirme que c'est du gris.

– Ensuite, sache que c'est un pull Tom Ford. Est-ce que celui de ta penderie est signé Tom Ford ? Je ne crois pas. Pour finir, ferme-la et viens toucher ça.

J'ai peur qu'elle me frappe si je n'obtempère pas. Je pousse un sifflement en touchant la laine toute douce.

– C'est agréable.

– Bonne réponse. Tu n'as qu'à essayer ça… (elle regarde ce qu'il y a d'autre dans le sac) par-dessus cette chemise Saint Laurent. Euh… non. Tu sais quoi ? Je pense que tu n'as pas besoin de mettre une chemise. Le pull est suffisamment épais pour cacher tes tétons. Tu peux enfiler ce pantalon. Tourne-toi.

– Pourquoi ?

– Je veux voir tes fesses.

– Non ! je m'indigne.

– Tourne-toi !

Je finis par me tourner, parce que je n'ai pas envie de me battre. Mais, pour l'agacer, je lui demande d'un ton mielleux :

– Ça te plaît ? Tu peux toucher si tu veux.

Elle pousse un cri.

– Tu me dragues ? C'est tout à fait inacceptable.

– Tu dis ça alors que tu es en train de me mater les fesses.

– Si ça peut te faire plaisir, répond-elle, visiblement troublée. Bon, je te propose ce pantalon, mais Noah Billings a des fesses moins musclées que les tiennes. Peut-être que ce sera trop moulant. On va voir ce que ça donne.

Je commence à retirer mon tee-shirt et elle reste plantée devant moi.

– Je n'ai pas le droit à un peu d'intimité ?

– Tu ne fais qu'enlever ton tee-shirt. Ce n'est pas comme si tu te mettais à poil.

Certes, mais j'ai quand même l'impression de me… dénuder. Or, si nous étions à la plage, je n'aurais aucun mal à me mettre torse nu. Pas la peine d'en faire tout un plat.

Je retire mon tee-shirt.

Summer écarquille les yeux, le regard incandescent, ce qui flatte mon ego. Son soupir guttural réveille immédiatement mon entrejambe.

– J'adore tes tatouages, dit-elle.

– Ah bon ?

– Oui.

Elle scrute mon torse. Bon sang, si elle continue à me regarder de cette façon, je ne vais pas pouvoir me retenir de la toucher. C'est déjà assez dur comme ça de la dessiner tous les soirs sans assouvir mes pulsions.

Sauf que je ne peux rien faire. Pas tant qu'elle n'aura pas fait le premier pas. J'ai déjà grillé toutes mes chances le soir du nouvel an. Mon dénigrement l'a blessée. Ce n'est pas parce qu'elle a accepté mes excuses que je lui plais à nouveau. Elle parle de nous comme « meilleurs amis », je sais donc à quoi m'en tenir.

Me voici désormais relégué au rang d'ami.

– Puis-je m'approcher de ton torse ?

Autorisation accordée, je réponds en éclatant de rire.

Elle fait un pas en avant pour regarder de plus près les tatouages sur mes bras et mon torse.

– Ce sont tes dessins ?

– Oui.

– Tu es tellement doué, Fitz.

Je me sens gêné. Je ne sais pas recevoir des compliments. Depuis toujours. Je me contente d'acquiescer et d'émettre un chuintement évasif qui, j'espère, sera interprété comme un merci.

– Tu aimes vraiment la fantasy, n'est-ce pas ? (Elle se concentre sur mon biceps gauche.) Cette épée est vraiment réussie. Tu t'es inspiré de l'arme en verre de Sir Nornan dans

The Glass Forest ? Non, attends, ce n'est qu'à partir du troisième tome que ce personnage apparaît.

– Dans *Weeping Devils*, je confirme, en citant le troisième roman de la série *Shifting Winds*.

Pris de nervosité, je marque une pause car je redoute un nouveau faux pas.

– Quel est ton roman préféré ? j'ajoute rapidement. Promis, ce n'est pas une question piège. Je sais que tu les as lus.

– Si tu veux tout savoir, je ne les ai pas lus, je les ai écoutés en livre audio, révèle-t-elle. Et pour répondre à ta question, je préfère le premier tome. Le premier roman d'une série est toujours le meilleur.

– Je suis d'accord.

Elle touche mon épaule.

– Ces roses sont vraiment jolies, dit-elle en me dévisageant. Mais ce n'est pas très viril, ajoute-t-elle pour me taquiner.

Je suis trop distrait pour lui répondre ou pour me vexer car, du bout des doigts, elle caresse encore ma peau. J'ai du mal à respirer. La douce odeur de ses cheveux me chatouille les oreilles, avec son parfum habituel.

Sans le faire exprès, je lui demande :

– C'est quoi ce parfum ?

– Chanel N° 5, rétorque-t-elle en souriant. Le meilleur parfum du monde.

– Je te crois sur parole.

Elle retire sa main et, déjà, ses caresses me manquent.

– Assez papoté. Enfile ça.

La voilà qui passe le pull par-dessus ma tête. J'ai l'impression d'être un enfant qu'on habille. Je glisse mes bras dans les manches et sors la tête par le trou. Je sens les ongles de Summer m'effleurer le ventre au moment de tirer le pull vers le bas.

Un frisson me traverse. L'excitation monte.

Elle me durcit…

Merde. Je dois retirer mon pantalon. Sauf que je porte un boxer très moulant. Elle va tout remarquer.

Ding !

Son téléphone sonne, elle vient de recevoir un message. Dieu soit loué. Pendant qu'elle se retourne pour regarder son portable, je me dépêche de troquer mon pantalon de survêtement pour le pantalon noir. Après m'être assuré qu'elle ne me regarde pas, je dissimule discrètement mon érection. Summer revient vers moi. J'espère qu'elle ne verra pas que je lui cache quelque chose.

Elle émet un sifflement.

– Pas mal, Fitz. C'est vraiment bien coupé. Regarde-toi.

Elle incline le miroir de la porte de ma penderie pour que je puisse m'observer.

Je suis agréablement surpris. Ce look me va bien.

– Sympa, dis-je. C'est fait, on a trouvé la tenue qu'il me fallait.

Je ne manque pas de remarquer son scepticisme dans le miroir. Elle éclate de rire.

– Colin… Tu es toujours aussi naïf?

Je fronce les sourcils.

– Qu'est-ce que tu veux dire par là ?

– Ce n'est qu'un premier essayage, réplique-t-elle en pouffant de rire, la main posée sur mon bras. Ça ne fait que commencer.

– Qu'est-ce que vous fabriquez ? demande quelqu'un avec méfiance.

Hunter se tient sur le seuil de la porte.

Je me sens mal à l'aise. Ce dernier a pris ses distances avec moi depuis dimanche soir. Il n'a rien dit sur l'épisode de la bouteille, mais j'ai le sentiment que ça ne lui a pas plu.

À ma décharge, je ne participais même pas et je n'aurais pas embrassé Summer si la copine autoritaire de Jesse n'avait pas insisté. Je savais pertinemment que ce n'était pas la peine de discuter avec elle.

Par ailleurs, si Hunter n'est pas content que Summer m'ait embrassé, il n'a qu'à m'en parler.

– Écoute ça, lui répond Summer d'une voix amusée, j'ai rapporté six sacs remplis de vêtements afin que Fitz fasse des essayages pour son entretien de demain. Il n'a essayé qu'une seule tenue. (Elle désigne l'ensemble Tom Ford et Saint Laurent.) Et il pense que… (elle s'interrompt, comme si elle allait exploser de rire) il pense que c'est terminé.

Je m'attends à ce que Hunter lève les yeux au ciel. À ma grande surprise, il se met à ricaner, apparemment au courant de ces choses-là.

– Quel naïf! (Il entre dans ma chambre et s'étale sur le lit.) On va bien rigoler, dit-il en faisant un clin d'œil à Summer. Va chercher Hollis et dis-lui de ramener du pop-corn.

– Bonne idée.

Elle sort en courant de la chambre et hurle « Mike ! ».

– Traître, je marmonne en direction de Hunter.

Il sourit à peine.

– Tu as accepté qu'une héritière du Connecticut t'habille pour un entretien. Tu pensais vraiment que j'allais rater ce spectacle ?

Je pousse un soupir. Je pourrais décider de mettre fin à ce carnaval, mais Summer semble s'amuser et c'est la première fois depuis quelques jours que Hunter paraît se détendre en ma présence. Peut-être que j'ai imaginé sa distance envers moi. Peut-être qu'il se fiche pas mal de notre baiser.

– D'ailleurs, entre Summer et toi… lance-t-il d'un ton hésitant.

J'ai parlé trop vite.

– Elle m'a dit que tu l'aides pour une dissertation.

– C'est vrai.

Je fais semblant d'être fasciné par la manche gauche de mon pull, comme si elle contenait tous les secrets de l'univers.

– Et puis vous vous êtes… euh… embrassés, dimanche.

Du coin de l'œil, je vois qu'il passe sa main dans ses cheveux.

– Bon, je vais aller droit au but : est-ce qu'il y a quelque chose entre vous ? Est-ce que vous couchez ensemble ?

– Non, pas du tout. Ce n'est qu'une amitié.

La manche de mon pull est absolument fascinante.

– Tu es sûr ?

Je me force à le regarder droit dans les yeux.

– Au cas où tu ne t'en sois pas rendu compte, je ne faisais que passer quand la bouteille a pointé dans ma direction. On n'avait absolument pas envie de s'embrasser, tu te souviens ?

– C'est vrai, dit-il en hochant la tête. Vous n'aviez pas l'air à l'aise du tout.

Ah bon ?

Je m'efforce de ne pas froncer les sourcils. Parce que tout ce dont je me souviens, c'est que les lèvres de Summer ont mis le feu à mon corps. Je me souviens de sa langue contre la mienne, du choc ressenti jusque dans mon caleçon. Je me souviens d'avoir respiré son parfum entêtant et d'en être presque tombé dans les pommes, tant le désir était fort.

Mais Hunter a vu du malaise. Intéressant…

Je me demande si c'est pour cette raison que Summer ne m'a pas parlé une seule fois de ce baiser. Merde. Et si je n'étais vraiment qu'un ami à ses yeux ?

– Je la trouve vraiment géniale, Fitz, poursuit-il. Je ne plaisantais pas quand j'ai dit, au retour du Vermont, avoir été le premier à l'accoster. Elle me plaît vraiment.

Il jette un coup d'œil en direction de la porte, comme s'il redoutait qu'elle ne soit là. Il semble se détendre en entendant l'écho des rires de Mike et de Summer provenant du bas.

– Et je pense que je lui plais aussi, ajoute-t-il. On s'est embrassés au nouvel an et on s'est fait des câlins dans son lit.

Des câlins dans son lit ? La poussée de jalousie est beaucoup plus douloureuse que ce que je pensais.

– J'ai prévu de lui demander de sortir avec moi, dit-il en m'observant, la tête penchée sur le côté. Ça ne te pose pas de problème ?

Qu'est-ce que je suis censé dire ? Oui, ça me pose un problème. Et si je disais ça ? Que se passerait-il ? Faudrait-il qu'on s'affronte autour d'un duel pour obtenir Summer ?

– Comme je te l'ai déjà dit quand elle s'est installée avec nous, tant que ça n'a pas d'influence sur la colocation, je m'en fiche.

J'ai beaucoup, beaucoup de mal à prononcer ces paroles, mais l'inverse n'aurait fait qu'envenimer la situation.

J'aurais sans doute répondu différemment si Summer me suppliait de coucher avec elle.

Mais ce n'est pas le cas.

17

Fitz

J'ai grandi dans la banlieue de Boston, où la probabilité d'assister à une tornade est aussi infime que celle de voir mes parents se remettre ensemble.

Ce matin, j'ai enfin la chance d'en voir une.

La tornade s'appelle Kamal Jain. Il a fait une entrée fracassante dans le bar de l'hôtel. Un éclair de gris et de noir à la peau foncée qui montre ses dents blanches par des sourires furtifs et agite ses petits doigts ronds en direction de la serveuse.

Le tourbillon finit par s'arrêter, révélant le corps trapu de Kamal Jain. Je n'en crois pas mes yeux ! Il n'est pas habillé en gris et noir.

Plutôt en gris ardoise et anthracite, comme dirait Summer.

Et c'est exactement la même tenue que j'ai essayée la veille. La première, celle que Summer m'a conseillé de laisser de côté au profit de ce que je porte actuellement : un jean Ralph Lauren bleu foncé, une chemise Marc Jacobs sans cravate et des mocassins marron Gucci. Summer serait fière de moi, car je me souviens du styliste de chaque article.

Heureusement, je n'ai pas gardé la première tenue. L'entretien aurait commencé sur une note embarrassante.

– Colin !

Kamal me salue avec entrain, secouant ma main en me parlant à toute vitesse.

– Ravi de te rencontrer. Wouah ! Tu es immense. Sur la photo que j'ai de toi, tu faisais plus petit.

– Quelle photo ? je demande d'un air ahuri.

– Mon assistante a trouvé la photo officielle de ton équipe de hockey. Combien tu mesures ? Au moins un mètre quatre-vingt-cinq, non ?

– Un mètre quatre-vingt-huit.

– C'est ça. Un mètre quatre-vingt-huit. Moi, je mesure un mètre soixante-quinze. Je ne suis qu'un petit gars avec un gros compte en banque. (Il rit bruyamment à sa propre blague.) Allons nous asseoir.

– D'accord, dis-je, mais je doute qu'il m'ait entendu.

Kamal Jain semble surtout se parler à lui-même. Comme si les gens à qui il s'adresse ne faisaient que l'accompagner.

Le bar du Ritz ressemble à ces clubs de cigares pour gentlemen que l'on voit dans les films. La pièce est composée de grands canapés en demi-lune agencés le long d'un mur et, un peu partout, d'îlots de fauteuils garantissant l'intimité des clients. Nous suivons la serveuse, passant devant une cheminée où crépite un feu. Nous nous installons sur des fauteuils, à un angle de la pièce. Kamal commande une vodka tonic. Il est dix heures trente, mais je ne fais aucun commentaire. Pas question de critiquer mon potentiel employeur sur son choix de boisson le matin. Étant plutôt intimidé, j'aurais du mal à bien m'exprimer. J'ai vu son visage à la une de magazines et ça fait des années que je suis sa carrière. C'est complètement surréaliste de se retrouver assis devant quelqu'un qu'on admire de loin depuis si longtemps.

– Merci d'avoir fait tout ce chemin pour venir me rencontrer, Monsieur Jain.

– Monsieur Jain ? On en a déjà parlé, mon vieux. Appelle-moi Kamal ou KJ. « Monsieur » me donne la chair de poule. Trop formel à mon goût.

– Pardon ! Kamal, je reprends, voulant faire preuve de sincérité, ce qu'il devrait apprécier. Je suis désolé, j'ai presque honte d'être aussi intimidé par vous.

Il éclate de rire.

– Ne t'en fais pas, je comprends. Un jour, j'ai rencontré Stan Lee à un salon de la bande dessinée et j'ai failli me faire dessus. Je te jure !

Je me retiens de rire.

–Vous avez réussi à vous contrôler, tant mieux.

– C'était moins une ! Ce mec est une légende. Je serais allé jusqu'à renier mes propres parents pour qu'il m'adopte.

Cette fois, mon rire m'échappe. J'avais déjà remarqué, dans ses interviews, que Kamal n'a pas de filtre, il dit tout ce qui lui passe par la tête. Mais le voir en personne, c'est un tout autre spectacle.

– C'est du Marc Jacobs ? demande-t-il en désignant ma chemise. Jolie coupe, beaux boutons de manchette, ça doit coûter une fortune. J'espère que tu n'as pas vidé ton compte pour me rencontrer. Tu es à la fac, tu ne peux pas encore te permettre d'acheter de fringues aussi chères, Colin. Je demanderai à mon assistante de te rembourser.

– Ce n'est pas la peine…

Mais il m'interrompt.

– Bon, je n'ai plus que quatre minutes. Faisons vite.

Quatre minutes ? Il vient pourtant de s'asseoir !

Je me demande à quoi ressemble la vie de quelqu'un d'aussi important qu'il peut prendre l'avion jusqu'à Boston pour un simple rendez-vous de cinq minutes.

Pendant les trois minutes qui suivent, Kamal enchaîne les questions comme une mitraillette. Des questions sans queue ni tête, puisqu'il passe d'un sujet à l'autre sans me laisser le temps de cligner des yeux. Je n'ai que dix secondes pour répondre avant qu'il ne déclenche la question suivante.

Quelles sont tes influences artistiques ?

Ton film préféré ?

Tu manges de la viande ?

Acceptes-tu de travailler le week-end si besoin ?

Que penses-tu du jeu No Man's Sky *?*

Tu te considères comme un athlète ?

La question du sport revient au moins trois fois sur la table. Je sens bien que Kamal n'aime pas les sportifs. Il a dû se faire tyranniser par ce genre de mecs au lycée.

Je ne sais pas si j'ai bien répondu à une seule de ses questions ou si j'ai réussi à faire bonne impression. Exactement comme lui, qui bouge et parle comme une tornade, l'entretien a l'effet d'un tsunami qui a déferlé sur moi sans prévenir et qui s'est arrêté avec la même rapidité.

Le voilà qui se lève déjà et me serre à nouveau la main.

– Tu peux venir à Manhattan dans quelques semaines ?

– Euh… Je ne sais pas, il faut que je vérifie le calendrier des matchs…

– Ce sera un jeudi soir. Tu joues le jeudi ? interroge-t-il, les sourcils froncés.

De toute évidence, le hockey est mon plus grand désavantage à ses yeux.

– Non, mais… C'est pour quoi ?

Est-ce que je suis embauché ? Je vais commencer à travailler ce jour-là ? J'ai bien dit dans ma lettre de motivation que je ne pourrai pas être embauché avant l'obtention de mon diplôme.

– J'organise une soirée caritative à l'hôtel *Heyward Plaza* de New York pour sensibiliser les gens à l'autisme. Non ! Attends. Ce sera la soirée pour les enfants atteints de leucémie. Pour l'autisme, c'est en avril, babille-t-il. J'ai aussi invité les trois autres candidats que j'ai à l'œil. Deux d'entre eux ne m'ont pas particulièrement impressionné pendant les entretiens.

Et moi ? Je suis totalement déconcerté. Je ne vois pas comment il peut se faire une opinion de moi vu la rapidité de notre entretien et ses questions absurdes.

– Tout se joue entre vous quatre. Cette soirée me permettra de juger votre aptitude à vous faire des contacts.

Merde. Je suis vraiment nul dans ce domaine.

– En plus, on va bien s'amuser, ce sera open bar, il y aura plein de jolies filles. Tu peux venir accompagné si tu as une copine à la maison, mais je te conseille justement de la laisser à la maison, dit-il en faisant un clin d'œil.

Je dissimule mon écœurement.

Il est de notoriété publique que Kamal aime les femmes. D'après un article que j'ai lu, il y a dix ans, il a failli se marier avec sa petite amie de l'université, mais elle a refusé de signer un contrat prénuptial. Il a donc annulé le mariage. Depuis, dans la lignée de Leonardo DiCaprio, il a été photographié au bras d'une longue liste de mannequins, d'actrices et d'héritières.

– Mon assistante t'enverra l'invitation. Si tu ne viens pas, tu seras écarté de la compétition, dit-il en me tapant sur l'épaule. Il faudrait être bête pour faire une telle erreur, n'est-ce pas ? (Il esquisse un grand sourire.) À bientôt !

Voilà qu'il s'éloigne à la hâte, me laissant seul. Deux secondes plus tard, la serveuse arrive avec mon café et la vodka de Kamal.

Elle me regarde d'un air interloqué.

– Votre ami est parti ? Vous voulez quand même... ? (Elle soulève le plateau.) L'addition a déjà été payée.

Mon regard alterne entre la tasse de café et le verre à cocktail. Et puis merde ! Peu importe qu'il soit trop tôt.

Je descends le verre de vodka tonic cul sec.

★ ★ ★

– Ça a duré cinq minutes ! je répète à mes amis.

Nous sommes attablés au *Malone's*, sous une enceinte qui diffuse à fond une chanson de Drake. Je dois élever la voix pour qu'ils m'entendent.

– J'ai regardé ma montre !

– Le temps, c'est de l'argent, dit Hollis.

– Je ne sais même pas si ça s'est bien passé, je grogne. Impossible de savoir s'il m'aime bien.

– C'est évident, lance Summer, coincée entre Hunter et Matt Anderson. Sinon, il ne t'aurait pas invité à la soirée caritative.

– Le temps, c'est de l'argent, insiste Hollis.

Nate lui assène un coup derrière la tête.

– Arrête de dire n'importe quoi.! Ce n'est pas parce que Fitzy a rencontré un milliardaire que tu dois te faire passer pour un milliardaire.

– S'il ne voulait pas t'embaucher, il n'aurait pas fait le déplacement pour te rencontrer en personne, remarque Matt. Il aurait envoyé un subalterne.

– Pas forcément, je rétorque. Il vient de Detroit, d'un milieu pauvre. C'est là qu'il a créé son premier jeu, sur un ordinateur construit à partir de pièces volées. Sa société est son bébé. Je pense qu'il essaie de contrôler un maximum de choses.

– Dans tous les cas, c'est génial, tu as tapé dans l'œil d'un illustre concepteur de jeux vidéo. Et c'est ce qu'on est venus fêter ce soir ! déclare Summer. Même si tu n'obtiens pas ce job, c'est déjà énorme d'avoir été repéré.

– Allez, on trinque ! s'exclame Hollis en levant sa pinte. Le temps, c'est de l'argent !

Personne n'est d'accord avec lui sur ce point, mais je me résigne à faire tinter ma bouteille de bière contre son verre. C'est Hollis qui a lancé l'idée de sortir fêter mon entretien. Même si je n'aime pas être au centre de l'attention, je suis touché par son soutien. J'ai l'impression qu'il est encore plus content que moi que je sois à deux doigts de décrocher un travail chez *Orcus Games*.

Heureusement, le bar n'est pas trop rempli, sans doute parce qu'il n'y a pas de match ce soir. *Malone's* est le QG de l'équipe de hockey de Briar. Quelques joueurs de football le fréquentent aussi, mais ces derniers préfèrent généralement rester dans les immenses maisons qu'ils occupent à l'extérieur du campus, où ils organisent de grandes fêtes. À Hastings, la vie nocturne manque terriblement d'animation. Moi, je préfère aller au bar.

Ça fait moins de choses à nettoyer à la maison. Et puis, la bière n'est pas chère et, le vendredi soir, les ailes de poulet sont à moitié prix.

– Bon, d'accord, concède Summer en trinquant avec Mike. Je te suis. Le temps, c'est de l'argent !

Un sourire aux lèvres, elle me fait un clin d'œil, ce qui me fait fondre sur place. Elle possède ce genre de sourire qui inciterait n'importe quel homme à écrire de très mauvais poèmes pour elle : éblouissant, franc, splendide, comme tout le reste chez elle.

J'ai presque la trique depuis que nous sommes arrivés. Quand nous avons quitté la maison, Summer ressemblait davantage à un bonhomme de neige, emmitouflée dans son manteau, portant sa capuche à fourrure, ses gants et son écharpe. Mais, une fois au *Malone's*, j'ai vu que, sous son accoutrement d'hiver, elle porte un jean slim et un petit dos-nu renversant, découvrant son ventre. Elle est sublime.

– Brenna m'a envoyé un message pour dire qu'elle était au bar, dit Summer en regardant son téléphone. Vous la voyez ?

– Ma dulcinée est arrivée ! s'exclame Hollis.

Hunter se met à rire.

– Mec, elle n'est pas intéressée, dit-il.

– Ah bon ? Elle avait pourtant l'air très intéressée quand elle est entrée dans ma chambre la semaine dernière… et satisfaite quand elle en est sortie… dit Mike en remuant les sourcils.

Summer jette une des frites de Matt sur lui.

– Je vous avertis, je vous interdis de parler de ma mésaventure avec le verrou de la salle de bains, lance Summer. Et puis je confirme que Hunter a raison.

– J'ai toujours raison, ajoute ce dernier.

– Où est-elle passée ?

Summer se lève pour balayer le bar du regard, offrant un aperçu de son dos.

Il est aussi beau que le reste, avec de délicates omoplates, une peau douce et bronzée.

Ça y est, je bande, en imaginant que je l'embrasse le long des petites bosses de sa colonne, jusqu'à ses belles fesses. J'y poserais mes mains pour les pincer. Hmmm. Qu'est-ce que je pourrais bien faire avec ma bouche ? Je pourrais mordiller la chair ferme de ses fesses rondes.

Bordel de merde ! Heureusement que la table cache mon bas-ventre. Parce que je suis dur comme la pierre.

– Pourquoi vous êtes cachés dans un coin ? demande Brenna en faisant enfin son apparition. Comment je vais pouvoir reluquer des beaux mecs depuis cette table ?

– Je suis là pour ça, rétorque Hollis.

Elle l'ignore en cherchant où s'asseoir. Comme il n'y a plus de place sur les banquettes, elle hausse les épaules et me regarde en souriant :

– Je vais devoir m'asseoir sur toi, Fitz.

J'ouvre la bouche pour protester. Trop tard. Elle s'est déjà installée sur mes genoux.

Elle écarquille les yeux et pousse un petit cri. Je la saisis par les hanches et lui jette un regard en guise d'avertissement. Si elle trahit mon érection, je me ferai harceler par mes coéquipiers jusqu'à la fin des temps.

– Qu'est-ce qui se passe ? demande Summer.

Brenna reprend rapidement ses esprits.

– Excuse-moi, je crois que je me suis assise sur ton portable, Fitz.

Elle se décale un peu, glisse la main dans ma poche et sort mon téléphone.

– Ça me rentrait dans les fesses.

– Sexy, dit Hollis.

Elle l'ignore à nouveau. Probablement parce qu'elle s'est mise à chercher son téléphone dans la poche de sa veste à capuche noire, ouverte à moitié, révélant le début d'un soutien-gorge à dentelle noire. Il n'y a qu'elle pour porter une veste à fermeture Éclair sur un sous-vêtement.

Elle rédige rapidement un message. Mon téléphone sonne. Avec nonchalance, je lis le message.

BRENNA : Dis-moi que ce n'est pas à cause de moi que tu bandes !

Un soupir m'échappe.

Elle hausse les sourcils et je me contente de répondre rapidement *Non*.

BRENNA : Tant mieux. Je m'en doutais, comme tu étais déjà dans cet état quand je me suis assise. Je voulais juste en être sûre. Toi et moi, on n'est pas faits pour être ensemble, mon petit chou. Je te dévorerais tout cru.

Ah ! Brenna dévore tous les hommes sur son chemin. Malgré moi, je ressens le besoin stupide de me justifier d'être en érection. Ou plutôt, d'*avoir été* dans cet état, parce que depuis l'incident, ce n'est plus du tout le cas.

MOI : Une fille m'a envoyé des photos d'elle à poil avant que tu arrives. Je suis un mec comme les autres.

BRENNA : Pense à Hollis. Pour moi, ça marche à tous les coups.

Je me mets à rire bruyamment. Et tout le monde se tourne vers moi.

– Qu'est ce qui est si drôle ? demande Summer d'un ton guilleret.

Je pose le téléphone sur la table et attrape ma bouteille de bière.

– Rien. Une copine m'a envoyé un mms rigolo.

– Tu veux dire ta copine ?

Sa voix n'est plus aussi joyeuse, mais d'une tonalité plus sombre que je n'arrive pas à déchiffrer.

Nate semble surpris.

– Depuis quand tu as une copine ?

– Elle est sexy ? demande Hollis.

Brenna lui lance une serviette à la figure.

– Eh ! C'est une question valide.

Elle pousse un soupir.

– Ce n'est jamais une question valide quand elle vient de toi.

– Elle est jolie, dit Summer à contrecœur.

Je suis un peu perdu. Je pensais que c'était une blague, mais Summer semble vraiment faire allusion à quelqu'un de précis. Soudain, je fais le lien.

– Quoi ? Tu parles de Nora ?

– Ouais.

– Ça n'a pas l'air de te faire plaisir, Summer, dit Nate, en tordant la bouche pour rire.

Elle hausse les épaules et prend une gorgée de sa vodka à la canneberge. Tous les mecs de la table scrutent ses lèvres.

– Je la trouve condescendante. Elle a été désagréable avec moi au prétexte que j'admire quelqu'un qui a sympathisé avec les nazis.

Hunter manque s'étouffer.

– Quoi ?

– Chanel est mon idole, explique Summer. Et la copine de Fitz…

– Ce n'est pas ma copine.

– … a raconté à toute la classe qu'elle aurait collaboré avec les Allemands pendant la guerre. (Elle hausse le menton avec obstination.) Enfin, c'est ce qu'on dit.

Cela fait rire Nate.

– Pour qui elle se prend ? s'exclame Brenna d'un ton moqueur.

– Alors, c'est ta copine ? demande Matt.

– Non, j'ai eu un premier rendez-vous avec elle, dis-je, agacé, et je ne pense pas qu'il y en aura un autre.

Summer me fixe du regard.

– Ah bon ?

Je hausse les épaules.

– Probablement pas.

J'ai échangé quelques messages avec Nora depuis que nous avons pris un verre ensemble. En toute franchise, je ne ressens rien. Elle est très sympa, mais il n'y a pas d'alchimie entre nous. Je suis de ceux qui croient qu'un deuxième rendez-vous est préférable avant de faire définitivement une croix sur quelqu'un. Les gens sont toujours un peu nerveux la première fois. C'est peut-être à cause de ça que la conversation manquait de naturel.

Quand elle a suggéré qu'on se revoie, j'ai dit oui, mais je n'y ai pas donné suite. Je doute que je le ferai. Tous les matins, je me masturbe en pensant à une autre. Ainsi, j'ai ma réponse quant à mes sentiments pour Nora.

– Le serveur n'a pas l'air de venir jusqu'ici, déclare Brenna en se levant. Je vais aller commander au bar.

– Je viens avec toi, propose Summer.

Matt se lève pour la laisser sortir.

Nous les regardons s'éloigner et louchons sur leurs fesses, dans des jeans slim bien moulants. Le dos nu de Summer est un sacré bonus. Ça veut d'ailleurs dire qu'elle ne porte pas de soutien-gorge. Je salive en imaginant ses seins rebondir à chacun de ses pas.

Nate émet un sifflement.

– Ce sont les filles les plus sexy du bar.

– Tous les gars veulent notre peau, confirme Matt en souriant.

– Qu'ils essaient ! renchérit Hunter. On aura vite fait de les maîtriser.

Brenna et Summer sont probablement les plus jolies filles de la soirée, mais nous sommes aussi les mecs les plus balèzes du bar.

Du coin de l'œil, je regarde les filles arriver au comptoir. Quelqu'un s'approche d'elles. Je fronce les sourcils. Un mec en polo noir s'est mis à parler à Brenna. Elle pose sa main sur son bras en lui disant quelque chose qui le fait rire bruyamment.

– Elle est canon, dit Hollis en soupirant d'un air las, le regard braqué sur Brenna.

– Pourquoi tant de mélancolie, mon pote ? s'enquiert Nate d'un ton moqueur.

– Tu devrais juste être content qu'elle ait fricoté avec toi, lance Hunter. C'était un miracle !

Matt et Nate se mettent à rire.

Hollis lui présente son majeur, mais, à la stupeur générale, ne dit rien, se contentant de porter son verre à sa bouche.

Je hausse les sourcils.

– Quoi ? Tu ne contredis pas Hunter, prétextant qu'elle est tombée dans tes bras parce que tu es un étalon ?

Au lieu de répondre, il descend sa bière. Comme s'il avait besoin de courage pour parler.

– En fait, je crois qu'elle a passé la nuit avec moi parce qu'elle s'ennuyait.

Tout le monde se tait.

Hunter est le premier à éclater de rire. Je le suis, n'arrivant plus à me retenir et, enfin, Nate et Matt qui rient aussi à gorge déployée.

Hollis enfouit sa tête dans ses mains. Puis il se redresse et nous fusille du regard.

– Vous n'êtes vraiment pas sympas.

– Mec, elle t'envoie balader chaque fois qu'elle te voit, finit par dire Hunter, d'un ton plus compatissant.

Il tente de lui exposer la vérité délicatement.

Je m'en veux de ne pas aider Hunter dans cette tâche, alors j'ajoute :

– C'est mort, mec.

– Peut-être pas, proteste-t-il.

Nous tournons la tête vers le comptoir.

Brenna repousse ses longs cheveux noirs par-dessus son épaule. Elle est encore avec le type au polo. Je suis sûr qu'il fait partie d'une fraternité, pas seulement à cause de sa tenue mais parce que, parmi les deux amis qui l'ont rejoint, l'un porte un sweat avec le logo de *Sigma Chi*. Quant à l'autre, il discute avec Summer.

Je remarque que les épaules de Hunter se raidissent quand il aperçoit Summer avec ce type.

Heureusement, le barman apporte les verres des filles. Je ne les vois pas échanger d'argent. J'en déduis que même le barman est sous leur charme.

Elles reviennent avec une autre vodka à la canneberge pour Summer et une bouteille de bière pour Brenna. Cette fois, Brenna s'installe à côté de moi, et pas sur mes genoux, tandis que Summer s'assied à côté de Matt, en bout de banquette. Hunter lui jette un regard.

– Je déteste les mecs de fraternité, dit Brenna en portant son verre à ses lèvres rouges. Ils ont le sentiment que tout leur est dû, même les plus pauvres d'entre eux. C'est agaçant.

– Il y en a qui sont pauvres ? demande Nate.

– Bien sûr. Tout le monde peut y entrer, dit-elle en levant les yeux au ciel. Quand on est riche, on a juste plus de chances d'être pris.

Summer hausse les épaules.

– Ces mecs étaient plutôt sympas.

Je sens aussitôt une piqûre de jalousie. Mais la réponse de Brenna me rassure, Summer ne devrait pas finir la soirée avec un de ces types.

– Summer, je te signale que le mec avec qui je parlais a essayé de glisser sa main sous mon sweat pour me toucher les seins.

Elle semble ahurie.

– Vraiment ? C'est dégueulasse, dit-elle en secouant la tête. Celui à la chemise saumon était gentil.

– Tu peux te contenter de dire rose, Summer, grommelle Hollis.

– Il y a beaucoup de nuances de rose, Mike.

– Ah ouais ? Je t'écoute ! Cites-en dix.

– Pas de problème. (Comme une pro, elle récite les différentes nuances.) Saumon, rose, rosé, fuchsia, framboise, rose dragée, cerise, chamallow, magenta…

Elle en est à la neuvième quand une silhouette rouge et jaune se jette sur notre table.

Je n'ai le temps de rien voir, juste quelqu'un qui tend un bras pâle, puis une cascade d'eau qui déferle sur nous. Brenna, la cible de cette attaque, en reçoit l'essentiel, Nate, Hollis et moi ne sommes atteints que par des éclaboussures.

Brenna ouvre grand la bouche. Derrière elle, une blonde la fixe d'un air furibond.

– Bordel, qu'est-ce que…

– Touche pas à mon mec !

18

Summer

Brenna est trempée. Sous le choc. Mais elle retrouve assez vite ses esprits, s'essuyant le visage avec une serviette.

– C'est qui, ton mec ? demande-t-elle calmement.

La blonde désigne de son ongle fuchsia (ou rose, comme dirait Hollis) le mec au polo qui draguait Brenna. Celui qui a essayé de lui toucher les seins.

– Lui ? demande Brenna avec dédain.

– Oui.

– C'est drôle, il ne m'a pas dit qu'il avait une copine quand il m'a proposé d'aller faire un tour dans sa Lamborghini.

Hollis pouffe de rire.

– Tu mens. Davey ne ferait jamais ça.

La fille est toujours aussi furieuse. Elle a les joues encore plus rouges que son débardeur pourpre, pas du tout assorti à ses ongles, d'ailleurs. Je déteste ça.

– Il a dit que tu t'étais jetée sur lui.

Brenna esquisse un sourire moqueur.

– Évidemment qu'il a dit ça. Son ego en a pris un coup. Mais si j'avais accepté de lui tailler une pipe dans sa voiture de sport pendant que tu étais au lit, tu n'en aurais jamais entendu parler.

– C'est vrai, ajoute Hunter.

J'esquisse un sourire en cachette. Elle a totalement raison. Si ce loser a eu besoin de raconter à sa copine son flirt avec une autre fille, c'était pour flatter son ego. Il savait qu'elle s'en prendrait à Brenna pour marquer son territoire, ce qui lui remonterait le moral, suite aux moqueries de cette dernière qui a lui refusé une gâterie dans sa grosse voiture.

Brenna se lève. Son visage est sec, mais le devant de son sweat est tout trempé. Le liquide ne sent pas l'alcool, j'en déduis que c'était de l'eau. Elle pousse un soupir et retire son sweat.

– Mon Dieu ! s'exclame Hollis, subjugué.

Elle ne porte plus que son jean et une brassière noire en dentelle qui ressemble davantage à un petit haut qu'à un soutien-gorge, pas plus osé que ce que porte la blonde. Cela ne lui causera pas une expulsion du bar pour outrage à la pudeur, mais provoquera forcément l'excitation de tous les mecs alentour.

Même Fitzy ? nargue ma petite voix.

J'essaie de ravaler ma jalousie. Je n'aime pas du tout l'idée que Fitz soit excité par Brenna, aussi sexy soit-elle dans cette brassière.

Je jette un œil à Fitz. Il affiche du dégoût, les yeux braqués sur le mec au polo qui avance vers sa copine. Fitz n'a pas tout à fait formé les poings, mais il semble sur ses gardes, les mains fermement recroquevillées sur la table. Cette situation à deux doigts de dégénérer ne lui plaît pas.

– Écoute, ma jolie. Ton mec est un gros connard. Je te conseille de le larguer avant qu'il ne te fasse beaucoup plus de mal.

– Tu viens de traiter Davey de connard ? C'est une chance d'être avec un mec comme lui. S'il a essayé de te séduire et que tu as dit non, c'est que tu es vraiment une pauvre conne.

Une étincelle scintille dans le regard de Brenna.

– D'abord, tu es en colère contre moi parce que tu penses que j'ai essayé de te le piquer. Et maintenant, tu m'en veux parce que je l'ai envoyé chier. Faudrait savoir, ma chérie !

J'éclate de rire, ce qui m'attire les foudres de la blonde.

– Si ça peut te faire plaisir, je veux bien me le taper, poursuit Brenna. Quand il a essayé de me tripoter les seins, j'ai bien vu qu'il ne savait pas toucher une femme. J'aurais sans doute deux ou trois trucs à lui apprendre.

– Salope ! crache la blonde.

– Suis-je bête, c'est moi la salope ! Pas lui.

– Tu ne sais même pas reconnaître un mec bien.

– Apparemment, toi non plus.

Ça fait rire Hunter.

Elle a le visage tellement rouge que je ressens presque de la pitié pour elle. J'ai bien dit presque.

– Espèce de salope !

Je crois que j'ai atteint mon quota maximum de « salope » pour la soirée.

Je me lève d'un bond.

– Ça suffit ! je hurle. Tu te rends compte combien tu fais régresser la cause des femmes chaque fois que tu traites une fille de salope ? On a passé des années à lutter pour ne pas rester de simples objets sexuels et pour ne pas être jugées dès lors qu'on aime le sexe. C'est déjà assez dur comme ça avec les hommes. Si toi aussi tu t'y mets, ça légitime le manque de respect envers les femmes.

– Ta gueule ! répond-elle. Toi aussi, t'es une salope.

Je croise les bras.

– Répète un peu pour voir ?

Elle esquisse un sourire narquois.

– Tu es une… salope.

Je n'aurais pas dû réagir. J'aurais pu ne rien faire, si elle n'avait pas fait un pas en avant et effleuré ma joue avec son ongle pointu, un geste tellement méprisant que j'ai aussitôt vu rouge.

Je me jette sur elle.

– Crêpage de chignons ! crie Hollis en se levant d'un bond.

Je suis trop occupée à plaquer la blonde par terre pour reprocher à Hollis de se délecter du spectacle. À califourchon sur elle, je lui assène en premier un coup de poing, avant que le sien ne m'atteigne au coin de la bouche. Un goût de cuivre imprègne l'intérieur de mes lèvres, je passe ma langue par-dessus puis je l'empoigne par les cheveux. Elle pousse des gémissements quand je me mets à les tirer fermement.

– Que reste-t-il du girl power ? Tu n'as jamais écouté les Spice Girls, ou quoi ? je grogne sous son nez. Qu'est-ce qui cloche chez toi ?

Elle me donne une claque et je sens ses griffes.

– Lâche-moi !

Son vœu est exaucé. Je me retrouve soudain soulevée par de gros bras qui m'entourent. Elle en profite pour se lever d'un coup et bondit à nouveau sur moi.

– Tu m'as cassé un ongle ! crie-t-elle.

Finalement, Davey s'empare d'elle et l'entraîne plus loin. Elle s'accroche à son bras, comme à la dernière bouée du Titanic.

Je fronce les sourcils en voyant ça.

– Ton crétin de mec a essayé de toucher les seins d'une fille ! Comment se fait-il que tu ne sois pas en colère pour ça ?

Tenant sa copine d'un geste protecteur, Davey décide de se joindre à la conversation et de nous faire part de sa stupidité. Seul un abruti de la plus pure espèce peut désigner Brenna en disant :

– Regardez ce qu'elle porte ! Elle l'a bien cherché.

Quoi ? Il n'a pas osé ?

Je me jette à nouveau en avant, mais les gros bras me retiennent. Je me rends compte que ce sont les bras de Hunter. Seulement, même si j'avais pu lui sauter dessus, je n'aurais pas été aussi rapide que Fitz. En moins d'une seconde, ce dernier se lève et attrape Davey par le col.

– Elle l'a cherché ? siffle-t-il. C'est vraiment ce que tu as dit, gros dégueulasse ?

Fitz cogne le mec contre le mur à côté de notre table, faisant trembler la pièce. Les murs du *Malone's* sont recouverts de trophées de matchs et de portraits de joueurs de hockey que je ne connais pas. Quelques cadres s'écrasent sur le sol taché de bière. Puis j'entends le crissement de bris de verre sous les Timberland de Fitz.

Une serveuse se précipite vers nous, mais elle est trop petite pour s'en prendre à un Colin Fitzgerald enragé d'un mètre quatre-vingt-huit. Ses yeux crachent du feu tandis qu'il soulève Davey à quelques centimètres du sol, une main serrée autour de son cou.

Je suis inquiète. Ce n'est pas bon signe. Fitz est en train de l'étrangler…

Pire encore, de sa main libre, il lui donne un coup de poing en pleine figure. On entend craquer le nez de Davey. Fitz finit par le relâcher, Davey s'accroupit par terre. Du sang coule de ses narines.

– Je vais te faire arrêter pour agression !

– Pas de problème, rétorque Fitz, presque amusé par la menace, et je trouve ça incroyablement sexy. Au moins, ça dispensera Brenna d'appeler les flics, elle pourra porter plainte contre toi en même temps.

Je ne peux plus quitter son visage des yeux. Sa mâchoire saillante, sa dangereuse bouche et ses bras… Seigneur, il a les muscles tendus par la rage, ses tatouages paraissent s'animer quand il presse ses bras sculptés sur les côtés. Le dragon de son bras gauche semble prêt à s'envoler et à déverser du feu sur le monde entier. Fitz est aussi sauvage que la créature sur son bras. Il se dresse au-dessus de Davey, exposant l'étendue de sa force brute et virile.

Je n'ai jamais éprouvé autant de désir pour un homme.

– Bonne idée, ajoute Brenna en souriant à Davey. Je ne sais pas si tu es au courant, mais peloter une fille dans un bar est considéré comme une agression sexuelle dans notre État.

Il devient blême. Entre son nez ensanglanté et son visage blafard, il a l'air macabre. Il se lève en titubant et tente de contourner Fitz.

Celui-ci lui obstrue le passage en déployant ses muscles.

– Colin, murmure Hollis.

Au bout de quelques secondes, Fitz s'écarte pour le laisser passer.

– Allez viens, Kerry, marmonne-t-il à sa copine. Ces enfoirés n'en valent pas la peine.

Comme si c'était lui qui avait eu le dernier mot.

– Salope ! m'insulte à nouveau la blonde.

Je ne prends même pas la peine de soupirer. Certaines personnes ne comprendront jamais rien.

– Je suis désolé, grommelle Fitz en s'adressant à la serveuse. Je vais payer les dégâts.

– Non ! je m'exclame en faisant un pas en avant. Je m'en occupe. C'est de ma faute, c'est moi qui ai provoqué la bagarre.

Fitz n'insiste pas pour payer. Il semble être d'accord, la responsabilité m'incombe. Il me suffit de lui jeter un coup d'œil pour découvrir son regard ostensiblement accusateur.

Tout est de ma faute.

Je m'attends à ce qu'il me fasse la leçon, ou encore qu'il me soulève sur son épaule, comme il en a l'habitude. Au lieu de ça, il pousse des jurons dans sa barbe, attrape sa veste puis il marmonne :

– Je sors.

Incrédule, je le regarde s'éloigner. Je reste figée quelques secondes puis je le quitte des yeux et attrape mon sac Chanel sur la banquette de notre table.

Nate et Matt aident la serveuse à ramasser le verre des cadres cassés, tandis que Hollis murmure quelque chose à l'oreille de Brenna.

Il ne reste plus que Hunter, à qui je tends mon sac Chanel en lui disant :

– J'ai du liquide, tu veux bien payer ce qu'on a cassé ? Je vais aller voir comment va Fitz.

Sans lui laisser le temps de répondre, je me précipite vers la sortie.

Dehors, je réalise que j'ai commis une erreur en oubliant mon manteau à l'intérieur. Alors que l'hiver bat son plein, je suis en dos nu. L'air glacial me donne la chair de poule. Je cours le plus vite possible avec mes bottes Prada. Les talons ne sont pas très hauts, mais une couche de glace recouvre le sol.

Je rattrape Fitz sur le parking, à l'arrière du bar. Il est en train d'ouvrir la portière de sa voiture.

– Attends ! je m'écrie.

Dès qu'il entend ma voix, sa silhouette se raidit.

– Retourne à l'intérieur, Summer. Tu vas mourir de froid.

Je me précipite vers lui.

– Je veux d'abord m'assurer que tu vas bien.

– Ça va, dit-il sèchement.

– Tu as les mains en sang.

Inquiète, je saisis ses mains et caresse ses articulations. Une tache de sang apparaît sur mon pouce.

– Je m'en fiche. Toi, tu as la lèvre en sang.

Je m'essuie la bouche du revers de la main.

– C'est juste une égratignure à cause des ongles de cette sorcière.

Ça ne le fait même pas sourire.

– Retourne à l'intérieur, répète-t-il. Je m'en vais.

Quelque chose dans son regard me hérisse les poils.

Je sais très bien ce qui me dérange : son air désapprobateur.

– Tu es en colère parce que je me suis attaquée à cette fille ? je demande.

– Bien sûr que je suis en colère, rétorque-t-il en claquant la portière avant d'avancer vers moi. Tu t'attendais à quoi ?

– J'ai fait ça pour me défendre. Et défendre ma copine, je m'exclame. Je n'aime pas qu'on me traite de salope.

– Moi, je n'aime pas les bagarres dans les bars, renchérit-il.

Son souffle se matérialise dans l'air avant de se dissiper.

– Comme si les bagarres étaient ma spécialité, je siffle entre mes dents.

J'ai froid et je n'arrête pas de grelotter. J'ai aussi envie de le mordre. En fin de compte, peut-être que j'aime la bagarre.

– Peu importe, ajoute-t-il d'un ton monocorde. Je ne veux pas que cette situation se reproduise, d'accord ?

– De quoi tu parles ?

– D'être obligé d'intervenir pour défendre ton honneur.

Je suis sidérée.

– Je ne t'ai pas demandé de le faire, c'est toi qui as voulu l'étrangler. C'est sûr, ça lui pendait au nez…

– Il ne serait pas intervenu si tu n'avais pas attaqué sa copine, m'interrompt Fitz, avant de secouer la tête en me fusillant du regard. Je n'aime pas me battre, Summer. Je sais depuis longtemps que les problèmes ne se règlent pas avec les poings.

– Il a peloté Brenna, je lui rappelle. Il méritait d'être cogné.

Je vois bien, à la rigidité de son expression, qu'il n'est pas d'accord. D'après lui, je l'ai forcé à se battre. Point à la ligne.

Je tourne les talons.

– Je retourne à l'intérieur.

– Non.

Mon étonnement est tel que je me tourne brusquement vers lui.

– Tu te fous de moi ? Je fais ce que tu m'as dit. Tu m'as demandé de rentrer.

– J'ai changé d'avis, aboie-t-il, je te ramène à la maison. Tu as déjà causé assez d'ennuis comme ça.

– C'est moi qui ai causé des ennuis ? Et la folle qui a jeté de l'eau à la figure de Brenna ? Et son pervers de mec ? Je n'arrive pas à croire que tu me tiennes pour responsable de ce qui s'est passé ce soir.

Il fait un pas en avant et je lève les bras en l'air, comme pour prendre une pose d'art martial.

J'ai fait trois mois de karaté quand j'avais douze ans. Je peux largement lui tenir tête.

– Je te préviens, si tu me jettes sur ton épaule, je me mets à hurler. Ce n'est pas de ma faute si tu as décidé de frapper quelqu'un ce soir. Assume tes responsabilités.

Il lance un regard noir.

– Je n'aurais rien à assumer si tu ne t'étais pas excitée de cette façon contre une fille qui ne le méritait pas.

Mon corps réagit aussitôt, comme si mon excitation atteignait justement le stade *danger, orgasme imminent.* Un mec aussi sexy que lui ne peut pas prononcer ce mot. Parce que maintenant, j'imagine des variations de sa phrase. Sa voix grave résonne dans ma tête : « *Tu m'excites, Summer.* »

– Arrête de me regarder comme ça.

Je lève brusquement les yeux sur son visage. Bon, ce n'est pas tout à fait les mêmes mots, mais sa voix est identique à celle que j'entendais dans ma tête.

– Comme quoi ? je demande faiblement.

J'ai le cœur qui bat très vite et les genoux qui chancellent.

– Tu sais de quoi je parle, siffle-t-il. Il faut que ça cesse.

– Quoi ?

Il pousse un grognement, un son frustré, presque animal, qui me chatouille d'abord l'intérieur des cuisses avant de mettre le feu à ma peau. Je ne sens plus le froid. Je pourrais être complètement nue, dans la toundra sibérienne, que j'aurais la sensation d'être en flammes. Je pensais avoir fait le tour de mon désir, mais je me trompais.

– Arrête de me torturer, dit-il d'une voix tremblante. Un jour, tu flirtes avec moi, le lendemain, tu dors avec Hunter.

Me voilà transpercée par la culpabilité. Merde. J'avais complètement oublié cette nuit avec Hunter. Fitz est au courant ?

– Un jour je suis ton meilleur ami. Le lendemain, tu as l'air de vouloir prendre ma queue dans ta bouche.

Je sursaute, le ventre secoué de spasmes, tant la sensation entre mes cuisses devient lancinante. Bon sang. Cette image ne m'aide pas du tout.

Il secoue la tête avant de baisser les yeux sur ses bottes sales.

– Je n'aime pas les prises de tête et surtout pas les histoires, marmonne-t-il.

– Fitz, dis-je avec précaution, qu'est-ce qui t'énerve le plus ?

Il contracte la mâchoire. Je m'attends à ce qu'il évite ma question, mais il finit par murmurer :

– Tu aurais pu te blesser tout à l'heure.

Ma stupeur est grande. C'est donc ce qui le met dans cet état ? Il était inquiet pour moi ?

– Mais tout va bien, je le rassure. Je sais me débrouiller, tu sais. Au fond, je suis une teigne.

– J'avais remarqué.

Je secoue la tête, déconcertée.

– Pourquoi tu n'as pas dit ça dès le début ? *Summer, je n'aime pas que tu te mettes en danger.* Voilà. C'est pas compliqué. Mais tu préfères me hurler dessus, puis trouver que je te regarde bizarrement. Tout ça parce que je te trouve terriblement sexy quand tu es en colère.

Il penche lentement la tête.

Je retiens mon souffle tandis qu'il me dévore du regard, ce qui m'excite encore davantage. La pulsion dans mon bas-ventre a redoublé d'intensité. Personne ne m'a encore regardée comme ça.

– Tu me trouves sexy quand je suis en colère ?

– Oui. Tu me fais perdre la tête quand tu cries. Tu n'as qu'à porter plainte, dis-je en le toisant. Ce n'est pas parce que je ne te plais pas que je…

– Tu crois que tu ne me plais pas ? m'interrompt-il, interloqué.

Aussitôt, il saisit ma main et la place sur son entrejambe.

– Tu sens ça ? Regarde ce que tu me fais. Tu me rends dur. Tout le temps.

Il presse ma main contre lui. Subjuguée par la bosse sous ma paume, l'envie de gémir me démange. Elle est énorme. Je m'y attendais. Il est grand, musclé, avec de larges épaules, des mains épaisses… Même si ça ne garantit rien. Un jour, je suis sortie avec un joueur de football qui avait de grosses paluches et chaussait du quarante-neuf, mais qui était pourvu d'un zizi riquiqui, du genre à vous faire pleurer de déception.

Fitz ne me déçoit pas. J'aimerais pouvoir l'entourer avec ma main, le prendre dans ma bouche. Mais son pantalon fait obstacle. Je m'en tiens à le caresser par-dessus le tissu, sur toute sa longueur, d'un geste succinct qui lui arrache quand même un grognement.

– Tu imagines que c'est agréable de se balader toute la journée avec ça ? Il suffit que tu respires dans ma direction et voilà ce qui m'arrive. Tu occupes toutes mes pensées, vingt-quatre heures sur vingt-quatre.

– Mais… (Je peine à déglutir.) Tu me trouves superficielle.

– Putain, Summer. Ça recommence ? J'ai dit ça à Garrett pour me convaincre de ne rien faire avec toi.

– Vraiment ? je bafouille.

Je sens une lueur… d'espoir. Puis je prends conscience de sa dernière phrase et lâche son entrejambe.

– Pourquoi tu ne voulais rien faire avec moi ?

– Parce que tu me rends fou, Summer. Ça m'épuise de te désirer, d'être avec toi. (Il lève les bras en l'air avant de glisser ses mains dans ses cheveux.) Je suis quelqu'un d'introverti. Alors que tu es la définition même de la mondanité. C'est épuisant.

Je fronce les sourcils.

– Je ne suis pas…

– Tout va bien ?

Nous nous tournons brusquement vers Hunter qui traverse le parking avec mon manteau dans les bras. Il me le tend et, malgré la chaleur qui circule dans mes veines, je l'enfile.

– Merci, dis-je à Hunter. Tout va bien.

Je meurs d'envie de regarder Fitz, mais je redoute ce que je vais découvrir.

Le dilemme est résolu. Il s'éloigne vers sa voiture.

– Veille sur Summer et ramène-la à la maison, se contente-t-il de dire.

Sans même me regarder.

Son grand corps disparaît à l'intérieur de sa voiture, le moteur démarre et il fonce à travers le parking sans attendre que son pare-brise se dégivre.

Des larmes montent. Je cligne plusieurs fois des yeux, mais elles parviennent quand même à couler. L'adrénaline de la bagarre s'évapore brusquement de mon corps, je suis rompue.

Hunter s'approche et passe un bras autour de mes épaules.

– Ne pleure pas, Blondie.

Je me mordille les lèvres et cligne encore plus vite des yeux pour effacer mes larmes.

– Excuse-moi. Trop d'émotions fortes ce soir.

– Je comprends, dit-il avant d'ajouter d'un ton amusé : T'as quand même réussi à botter les fesses d'une fille !

– Presque.

Il prend ma main dans la sienne et en caresse la paume avec son pouce.

– T'es une sacrée dure à cuire. Chapeau ! Tu as bien défendu Brenna.

Il y en a au moins un qui le pense.

– Merci.

Il se met à rire doucement.

– Je suis sûr que Mike a suffisamment d'images dans sa tête pour fantasmer toute l'année.

Je lui fais une grimace.

– Oh non. J'espère pas.

Hunter enlace mes doigts avec les siens. Tenir sa main est à la fois réconfortant et troublant, je n'ai pas l'énergie de refuser. Pour l'instant, j'essaie surtout de comprendre tout ce que Fitz a dit avant son brusque départ.

Je le rends fou.

Il me trouve épuisante.

Il a envie de moi, mais il ne veut pas avoir envie de moi.

– Blondie ?

– Oui…

Mon esprit continue à divaguer. Je n'arrive pas à me concentrer, à cause de mon trouble.

– Samedi prochain… commence par dire Hunter.

– Qu'est-ce qui se passe ?

– On n'a pas de match, poursuit-il d'un ton hésitant. Ça te dirait qu'on sorte ensemble ? On pourrait aller au restaurant ?

À mon tour d'hésiter. Pas de doute sur ses intentions. Il me propose un rendez-vous. S'il n'y avait pas Fitz, je…

Tu te fous de ma gueule ! hurle ma petite voix Selena Gomez.

Elle est rarement aussi crue. D'habitude, elle reste calme et correcte, ne laissant pas l'attitude exaspérante des hommes affecter l'élégance avec laquelle elle mène sa vie.

Mais elle a raison. J'ai face à moi un mec qui a envie de moi, alors que l'autre ne veut manifestement pas de moi. Et moi, je me réserve pour ce dernier ?

Pourquoi ? Mais pourquoi hésiter ? Hunter est craquant. Il embrasse bien. Il fait l'effort de rester avec moi au lieu de prendre ses jambes à son cou dès qu'il en a l'occasion.

J'aime bien Fitz, mais il est trop compliqué. Il pense vraiment que c'est moi qui lui brouille le cerveau ? Pourtant, c'est lui qui a dit à Garrett ne jamais vouloir sortir avec moi pour ensuite venir me réconforter dans ma chambre, proposer de m'aider avec ma dissertation et finalement, m'accuser d'être épuisante.

N'importe quoi !

J'ai besoin d'un mec qui soit clair dans sa tête. Qui fasse des efforts et qui apprécie de passer du temps avec moi. Qui a vraiment envie d'être avec moi.

Si, pour être avec moi, Fitz doit s'engager dans une telle lutte contre lui-même, il ne sera probablement jamais entièrement satisfait.

Pourquoi m'attacher à quelqu'un comme lui ?

Je repose ma tête sur l'épaule de Hunter, autorisant son corps à me réchauffer. Je serre sa main et réponds :

– Je serais ravie de dîner avec toi.

19

Summer

Dans le passé, j'avais l'habitude d'être jugée par mes copines. Au lycée, une véritable concurrence s'était instaurée entre les filles de mon groupe, conduisant inévitablement aux médisances, aux couteaux plantés dans le dos et à des vengeances complètement assumées. Même aux filles à qui je faisais (plus ou moins) confiance, je ne racontais pas tout ce qui se passait dans ma vie. C'est plutôt un bon principe de vie. Il faut toujours conserver un jardin secret.

Fitz excelle à ce jeu-là, mais il va trop loin. Quant à moi, je ne maîtrise pas encore tout à fait ce principe. Je partage encore trop facilement certains détails personnels, révélant par exemple l'identité de celui que j'ai embrassé, de celui qui me plaît, si j'ai apprécié ou non un rendez-vous…

En revanche, avouer que j'ai caressé le sexe d'un mec par-dessus son pantalon avant d'accepter de sortir avec un autre ? Euh… plutôt mourir. Si je racontais ça à mes amies du lycée ou celles de la sororité de Brown, des rumeurs me traitant de salope se propageraient en un rien de temps sur le campus. Sans parler des messages sur les réseaux sociaux qu'il me faudrait affronter.

D'habitude, je n'ai pas de mal à me confier à ma mère mais là, c'est beaucoup trop embarrassant pour pouvoir le lui raconter. Comment dire une telle chose ? *Salut, maman. J'ai posé la main sur la bite d'un mec hier. Sinon toi, ça va ?*

Mais pour la première fois, j'ai enfin une amie à qui je peux raconter des trucs coquins, dans les moindres détails, sans me sentir jugée. Je sais que je peux totalement faire confiance à Brenna, qu'elle n'essaiera pas de me faire culpabiliser avec malveillance.

Je ne regrette donc pas de lui avoir tout dit.

Ce que je regrette, c'est de l'avoir fait dans un lieu public.

– Tu as touché la bite de Fitzy ? hurle-t-elle.

Super. J'aurais sans doute dû l'appeler juste après. Mais j'avais besoin de réfléchir hier soir. Et ce matin aussi. Et cet après-midi. Ce n'est que depuis que nous sommes arrivées au stade de Briar que je me suis décidée à lui demander conseil. Nous ne nous posons plus la question de savoir si nous nous retrouvons pour les matchs de hockey qui ont lieu sur le campus. C'est devenu une évidence. Ce soir, je vais rencontrer quelques copines de Brenna et j'ai particulièrement hâte. Nous les retrouvons au *Malone's* après le match, elle m'a assuré que ce sont de chouettes filles.

– Tu veux bien parler moins fort ? j'ordonne en regardant autour de nous pour être sûre que personne ne nous écoute.

– Comment c'est possible ? demande-t-elle. Tu as quitté le bar pour voir comment il allait après la bagarre, pas pour lui toucher les parties. Tu as glissé ta main dans son caleçon, ou quoi ? (Elle retient son souffle.) Ne me dis pas que tu l'as sucé ?

Je manque m'étouffer en éclatant de rire.

– Je n'ai fait que le toucher à travers son pantalon. Et je l'ai un peu caressé.

Elle écarquille les yeux.

– Donc tu ne l'as pas touché directement.

– Non.

– Dommage, je parie qu'il en a une belle.

Les filles devant nous se mettent à glousser. On n'est vraiment pas très discrètes. La plus intrépide des deux regarde par-dessus son épaule, je lui adresse alors un sourire gêné.

Elle me sourit timidement en retour. Je pense qu'elles sont en première année. Elles ont encore, quoique plus pour très longtemps, un air d'innocence.

Brenna baisse la voix.

– Alors, comment est-il ?

– Très intense.

– Je parle de la taille de son sexe, Summer. Comment était-il ? Gros, petit, long, épais ? Content ? Pas content ?

Je suis pliée en deux. Une fois calmée, je lui demande :

– Comment savoir s'il n'est pas content ?

– Crois-moi, j'en ai vu des saucisses qui faisaient la gueule, dit-elle en secouant ses ongles rouges. Bon, on reparlera de la taille plus tard. Qu'est-ce qui était si intense ?

– Je ne sais pas. (La gorge nouée, je me remémore le regard ardent de Fitz.) C'était très intense et puis c'est devenu chiant.

Elle fronce les sourcils.

– Comment ça ?

– Il n'arrêtait pas de dire qu'il avait envie de moi, mais qu'il ne voulait pas avoir envie de moi. C'était… (je réfléchis)… insultant.

– J'imagine. Un mec qui résiste ne fait jamais rêver. Ce qui fait rêver, c'est un mec qui hurle sur tous les toits combien il a de la chance de t'avoir.

– Exactement.

Je suis ravie de constater qu'on est du même avis. C'est tellement regrettable que trop de filles oublient ce fait indiscutable : on mérite toutes un mec qui s'investit à cent pour cent dans une relation. Les promesses bâclées ne valent rien. Les sentiments tièdes ne valent rien. Quand un homme ne s'engage pas entièrement, mieux vaut l'oublier.

– Bref, une fois que c'est devenu bizarre, Hunter nous a interrompus et Fitz a détalé. Et, finalement, j'ai accepté un rendez-vous avec Hunter samedi prochain, je poursuis en évitant son regard.

– Pour la Saint-Valentin ?

– Ce sera la Saint-Valentin ?

Mon cri strident invite toutes les personnes qui nous entourent à nous lancer des regards. Brenna s'empresse de secouer la main dans les airs.

– Circulez, y'a rien à voir. Bon match à tous, dit-elle gaiement.

– Mon Dieu ! Tu penses qu'il savait que ce serait la Saint-Valentin quand il me l'a proposé ?

– J'en doute. La plupart des mecs ne retiennent pas ce genre de détail.

– Elle a raison, confirme une voix que nous connaissons.

Je me retourne. Brooks Weston s'installe sur un siège derrière nous, accompagné de Jake Connelly, qui assied à côté. Jake a les cheveux coiffés en arrière, ce qui met en valeur ses traits saillants. Je ne saurais dire s'il a juste été décoiffé par le vent ou s'il a mis du gel. Dans tous les cas, il est canon. Ils portent tous les deux des sweats à capuche qui, curieusement, ne présentent ni le logo ni les couleurs d'Harvard.

Brenna leur lance un regard méfiant.

–Vous venez nous espionner ?

Weston acquiesce, sans complexe.

– Oui, nous jouons contre vous dans deux semaines, dit-il en nous faisant un clin d'œil avant d'ajouter : Enfin, on va surtout vous battre dans deux semaines.

– Dans vos rêves. On aura l'avantage de jouer chez nous, lui rappelle Brenna.

Weston se contente de lui sourire.

– Et toi ? T'es pas d'humeur à nous railler ? À dire que vous allez nous botter le cul ? demande Brenna à Jake.

Il hausse les sourcils.

– On va gagner. Je ne vois pas l'intérêt de remuer le couteau dans la plaie, dit-il avant de se tourner vers moi. Pour répondre à ta question, je ne pense pas qu'il soit au courant pour la Saint-

Valentin. Ce n'est pas le genre de date qu'on marque sur nos calendriers, sauf si on a une copine.

– Apparemment, toi tu ne sais pas ce que c'est que d'avoir une copine, s'exclame sèchement Brenna.

Il lui renvoie un sourire enjôleur.

– Tu as fait une petite enquête ?

– Non, mais tes groupies sont loin d'être muettes, réplique-t-elle en haussant les épaules. Il paraît que tu ne sors jamais deux fois avec la même fille.

– Et alors ?

Il arrive à insuffler une bonne dose d'impertinence et de sexe dans la plus courte des phrases.

Je prends la parole, Brenna est restée bloquée.

– Selon vous, dois-je lui dire que ce sera la Saint-Valentin ? je demande aux mecs.

– Ça dépend, répond Connelly.

– De quoi ?

J'ai complètement perdu le fil du match qui se joue au-dessous de nous. Tournée vers Weston et Connelly, j'attends impatiemment leurs conseils.

Jake passe sa langue sur ses lèvres. Je ne sais pas si c'est intentionnel ou si ses lèvres sont sèches, mais ça le rend encore plus craquant.

Cette étrange fascination que j'éprouve à son égard m'inquiète un peu. Je n'ai pas envie de lui, mais je suis vraiment réceptive à son sex-appeal. Comme Brenna. Elle n'arrête pas de se moquer de lui, mais j'ai remarqué que son regard s'attarde toujours longtemps sur son visage.

– Tout dépend si tu veux coucher avec lui ou pas, explique Jake.

– C'est vrai, acquiesce Weston. Si tu veux coucher avec lui, ne dis rien. S'il l'apprend avant de venir au rendez-vous, il y a des chances pour qu'il te pose un lapin. As-tu envie qu'il te pose un lapin ?

– Je ne sais pas.

Hunter est très séduisant. Avec lui, les conversations sont fluides, il me fait rire, il m'attire vraiment. Mais, avec Fitz, je ressens quelque chose en plus. Une drôle de sensation dans mon ventre. Et dans mon cœur. Si seulement je pouvais comprendre pourquoi. Tout ce que je sais, c'est que ce je ressens pour lui est vraiment spécial.

Merde. Peut-être que j'ai fait une erreur en acceptant de sortir avec Hunter. Je suis la première à faire la morale, à exiger que, dans une relation, l'autre s'engage à cent pour cent. Hunter ne mérite-t-il pas la même chose ? Tant que j'aurai Fitz dans le coin de ma tête, même si c'est dans un tout petit recoin, est-ce bien raisonnable de sortir avec quelqu'un d'autre ?

Je ne le dis pas à voix haute, parce que je ne veux pas révéler à ces mecs de Harvard que mon cœur tangue entre mes deux colocataires. Au fond, il n'y a pas de réelle compétition entre eux. J'ai jeté mon dévolu sur Fitz dès notre première rencontre, l'année dernière. « Lui, je le veux. » C'est, mot pour mot, ce que j'ai dit à la copine de mon frère en le voyant.

Ce n'est pas un caprice de petite fille riche qui veut une nouvelle paire de Louboutin ou une pochette Valentino.

Et ce n'est pas parce que je cours sans cesse après Fitz que j'ai envie de lui.

Au départ, c'était juste physique, mais ça a changé.

Je pense que j'en veux plus.

Me voilà dans de beaux draps…

* * *

Curieusement, le score du match reste faible. Briar affronte Eastwood, qui parvient à garder le palet hors de sa zone. Depuis le début du match, dès que les joueurs de Briar franchissent la ligne bleue, ils ne parviennent pas à concrétiser. Et puis Eastwood compte parmi ses joueurs un crétin qui me rend dingue. Il est déjà responsable de deux bousculades, pas assez graves pour être sifflées par les arbitres.

– Enfin un joueur comme je les aime, lance Weston derrière nous à propos du crétin de Eastwood qui heurte plusieurs fois un joueur de Briar avant de prendre la fuite.

– Ça ne m'étonne pas. Les abrutis s'attirent mutuellement, dit gentiment Brenna.

Weston tend la main pour ébouriffer ses cheveux.

– Je porte mon badge d'abruti avec grande fierté, ma jolie.

Sur la glace, le crétin de Eastwood pousse Matt Anderson contre le bord et lui dérobe le palet. Il file droit vers la cage de Briar, avec ses coéquipiers dans son sillage.

– Je déteste ce type ! je tempête en me levant d'un bond. Dégage ! Personne ne veut de toi !

Jake et Brenna se mettent à rire en même temps, puis ils se dévisagent, l'air de dire que cette réaction réciproque n'est pas acceptable.

Weston me tape à l'arrière du genou.

– Tu sais pas qui c'est ?

– Non.

Je ne vois pas son numéro de maillot ni son nom. Je sais juste que je le déteste.

– C'est Casper Cassidy. Du lycée de Greenwich.

Mon frère a étudié à Greenwich. J'y ai seulement fait mon année de seconde. N'arrivant pas à suivre le rythme de travail, j'ai ensuite été envoyée à Roselawn. Greenwich met davantage l'accent sur la théorie que Roselawn. D'ailleurs, parmi les lycées privés, Roselawn a la réputation d'être une école pour faire la fête. Les élèves viennent de familles suffisamment riches pour entrer à l'université, personne ne se soucie d'avoir de bonnes notes.

Même si l'intervention de mon père a été nécessaire pour que je sois prise à Briar, je suis fière d'avoir été admise à Brown sans être pistonnée. Je n'avais pas des notes exceptionnelles, mais j'ai réussi, grâce à mes activités extrascolaires et à différentes expériences au service de la communauté.

– Tu te fous de moi ? je m'exclame en tentant de repérer à nouveau le crétin malgré l'amas de joueurs qui s'affrontent derrière le filet. C'est Casper Cassidy ? Il a fait une poussée de croissance, ou quoi ? Il paraît énorme.

– Non, il a toujours été comme ça, rétorque Weston.

Je me tourne vers lui.

– Je te signale que j'ai joué au jeu du placard avec lui pendant une fête et qu'il m'a touché le minou. Je te promets qu'il n'était pas aussi grand.

Connelly éclate de rire.

– Tu es vraiment sans filtre, Di Laurentis, dit-il en secouant la tête. Ça ne te gêne pas d'avouer ça ?

– Non.

– En quoi elle devrait être gênée ? le provoque Brenna. Tu penses que les filles n'ont pas le droit de s'amuser aussi ?

Jake esquisse un sourire malicieux.

– Quoi que je dise, tu ne seras jamais d'accord, Jensen.

– Ce n'est pas vrai.

– Pourtant, c'est ce que tu es en train de démontrer.

– Parce que tu m'emmerdes.

– Quelle coïncidence, dit-il d'un ton moqueur, tu m'emmerdes aussi.

La foule hurle, interrompant leur chamaillerie. Comme j'étais de dos, je n'ai rien vu. Mais je me lève d'un bond dès que j'aperçois du sang.

– Putain, c'est Fitz, dit Brenna. Qu'est-ce qui s'est passé ?

Elle n'a pas vu l'action non plus.

Les filles de devant nous éclairent :

– Il s'est pris un coup dans le visage, dit une des filles.

– Quoi ?

Mon cœur fait un bond.

– Il a tenté d'arrêter le tir de Cassidy, explique Weston. Le palet a ricoché.

– Mais il porte une visière ?

– C'est sans doute la visière qui l'a blessé, ajoute Jake avec sarcasme.

– Il va bien, ça n'a pas l'air si grave que ça, renchérit Weston.

Maintenant que l'arbitre a sifflé une pause et que les joueurs se sont écartés du filet, je vois nettement des gouttes de sang sur la surface blanche. Pas autant que ce que j'imaginais. Mais quand même...

Paniquée, je cherche Fitz du regard. Il est sur le banc de Briar, la tête inclinée tenue par une femme, probablement le médecin de l'équipe. Elle appuie une compresse de gaze sur son arcade sourcilière. Pas sur son œil. Je suis soulagée.

Fitz se met ensuite à lui parler avec véhémence. Je vois sa bouche qui s'agite et son corps qui semble trembler de frustration. Il veut revenir sur la glace, mais la femme fait non de la tête. Elle réajuste la compresse. Le ventre noué, je découvre une coulée de sang sur le côté droit de son visage.

– Il lui faut des points de suture, grommelle Brenna.

Fitz désigne le panneau d'affichage du score, sans doute pour montrer le temps qui reste : huit minutes avant la fin de la troisième période. Il veut continuer à jouer. Une fois de plus, le docteur secoue négativement la tête, sans céder. Puis le coach crie quelque chose et Fitz se lève.

La gorge serrée, je regarde Fitz partir. Il retire ses gants et les lance violemment contre le bord de la patinoire avant de disparaître par le tunnel des vestiaires.

Me voilà sur le point de partir aussi.

– À plus tard, les espions, dis-je à Jake et Weston, puis je me tourne vers Brenna. Suis-moi, Bee.

Je m'attends à ce qu'elle s'y oppose, qu'elle insiste pour voir la fin du match, mais elle m'emboîte le pas. Une fois dehors, je l'implore du regard.

– Tu peux me faire rentrer dans les vestiaires ? Ou à l'infirmerie ? Je veux m'assurer qu'il va bien.

Elle hoche la tête.

– Bien sûr, je m'en occupe.

Elle passe devant moi dans le couloir que nous empruntons. J'essaie d'aller aussi vite qu'elle. Nous atteignons une porte sécurisée, elle sort une carte magnétique de son sac et la tend devant le détecteur. Le bouton passe au vert et nous entrons. Être la fille du coach a des avantages.

Le docteur de Fitz sort du vestiaire quand nous approchons.

– Salut Alex, dit Brenna. Comment va Fitzy ?

– Sur le plan physique, ça va. Je viens de lui faire des points. (Elle se frotte le nez, visiblement agacée.) En revanche, son attitude laisse à désirer. Ton père l'a renvoyé pour ce soir.

Brenna hoche la tête.

– Normal. On mène de deux points, dit-elle avant de me montrer du doigt. Ça ne te dérange pas que Summer aille le voir ?

Alex m'observe un instant. C'est une petite femme trapue aux traits saillants et à la mâchoire étroite. Elle a le regard tendre. Elle finit par acquiescer.

– Dépêchez-vous, me dit-elle, puis elle ajoute pour Brenna : Si ton père me pose des questions, je n'ai rien vu.

– T'es géniale, Alex.

Une fois qu'elle est partie, Brenna m'adresse un sourire malicieux.

– Je reste là pour monter la garde. Si quelqu'un arrive, je pousserai un cri de chouette.

– Ça marche, je réponds en riant avant de me diriger vers la porte.

Quand j'arrive dans le vestiaire, il est vide. Fitz n'est pas là. Je ne vois que des bancs et des casiers baignant dans une odeur de transpiration et de vieilles chaussettes. Mais cette odeur n'est pas comparable avec la puanteur des autres vestiaires que j'ai eu l'occasion de visiter. Les salles de Briar sont sans doute mieux ventilées qu'ailleurs.

Un bruit d'eau résonne par-delà une grande porte située de l'autre côté de la pièce. De la vapeur s'en dégage aussi, mais je ne vois pas de lumière allumée. La pièce est plongée dans le noir.

– Fitz ?

Une seconde.

Deux secondes.

– Summer ? répond-il, tout aussi prudemment que moi.

– Oui, c'est moi ! Je vais entrer, d'accord ?

J'entre dans la seconde pièce, elle est envahie par un nuage de vapeur. Au bout de quelques secondes, mes yeux parviennent à s'habituer à l'obscurité et à la brume. C'est alors que j'aperçois une silhouette imposante dans la cabine la plus proche. Sans savoir pourquoi, je n'allume pas la lumière. Sans doute parce que Fitz ne l'a pas fait. S'il veut prendre une douche dans le noir, c'est son droit.

Je me dirige vers la cabine. Dans la pénombre, j'entrevois ses tatouages et les muscles de son ventre. J'ai la bouche toute sèche de voir qu'il est nu avec, pour seule séparation entre nous, une petite porte battante. Mon cœur bat la chamade. De l'eau coule le long de son torse, sur ses tatouages et entre les lignes définies de ses pectoraux. Il tend son bras et j'en oublie de respirer. Est-il…

En train d'attraper une serviette juste derrière ma tête ? Oui, je confirme.

Je déglutis péniblement, la bouche encore toute sèche. Fitz entoure sa taille de la serviette et sort de la cabine. Mais au lieu de se rendre dans l'autre pièce, il reste là. Nous nous tenons immobiles, face à face dans le noir.

Il y a une grosse tension dans l'air, toujours aussi chaud et humide.

Une grosse tension sexuelle, du genre, *ce mec me regarde comme s'il me pénétrait déjà.*

J'essaie de faire un pas en arrière, mais mes genoux ne répondent plus. J'aurais dû réfléchir avant de venir le voir : il vient de quitter la patinoire, au beau milieu d'un match au rythme effréné. Il a mal parce qu'il s'est pris le palet dans la figure. Il est sans doute encore enivré par l'adrénaline.

Il est dangereux.

Pas pour ma sécurité.

Pour ma raison.

Des ombres dansent sur ses traits virils. J'aperçois sa langue qui humecte ses lèvres. Il passe ses longs doigts dans ses cheveux. Puis il s'adresse à moi d'une voix grave qui me fait frissonner :

– Tu ferais mieux de partir.

Mon pouls accélère. C'est tout ce que j'entends dans mes oreilles, l'incessant *poum-poum-poum* de mon cœur.

– Et si je reste ? je murmure sans réfléchir.

Il s'approche. Lentement. Exprès. Jusqu'à me bloquer contre le mur.

– Si tu ne pars pas… je vais devoir t'embrasser, dit-il sans ménagement.

Ma bouche est tellement sèche que je n'arrive plus à parler. Je déglutis, une fois, deux fois. En vain. Je n'ai plus rien à avaler. Aucune salive, juste une sensation poisseuse nappant ma gorge. Mon cœur bat encore plus fort. Il pourrait lâcher à tout moment.

Fitz penche la tête en avant et glisse à mon oreille, d'une voix grave et suave :

– Qu'est-ce que tu en penses Summer ? Tu veux que je t'embrasse ?

C'est la question la plus sexy que j'aie jamais entendue. Prononcée par le mec le plus sexy que j'aie jamais rencontré. Je trouve la force de relever la tête pour croiser son regard. Il fait trop sombre pour distinguer l'expression de son visage, mais je n'en ai pas besoin. Je sais exactement ce qu'il ressent. Parce que je ressens la même chose.

Un désir incontrôlable.

– Oui ou non ? chuchote-t-il.

Je retrouve enfin la parole.

– Oui.

20

Fitz

Je suis complètement fou de cette fille.

Fou à lier.

Je devrais la pousser à quitter le vestiaire. Mes coéquipiers vont arriver en trombe d'une minute à une autre, il ne restait déjà plus beaucoup de temps quand le médecin m'a obligé à quitter la patinoire pour me recoudre.

Même si je sais que ce n'est pas une bonne idée, je ne peux pas m'en empêcher. Plus rien n'existe autour de moi. Quand je respire, je ne sens que le parfum de Summer, Chanel n°5.

Et puis merde ! J'en ai tellement besoin. Elle aussi, sinon elle n'aurait pas dit oui.

Je l'attrape par la nuque et passe l'autre main dans ses cheveux. J'ai l'impression de caresser de la soie.

– Colin, murmure-t-elle.

En entendant mon prénom dans sa bouche, je me décide à agir.

Je baisse la tête et presse mes lèvres contre les siennes. Elle émet un bruit délicieux, un gémissement faible, désespéré. Puis elle intensifie notre baiser, et c'est moi qui pousse un grognement. Quand nos langues se touchent, j'ai l'impression de recevoir une décharge électrique se propageant jusque dans mon bas-ventre, grillant ma cervelle et faisant trembler mes mains.

Elle a le goût du Coca et de la menthe. Ses lèvres sont douces. Nous sommes debout, dans le noir, nos bouches scellées, mes doigts dans ses cheveux. Elle soulève une jambe et l'enroule autour de ma taille. Je ne sais pas si elle le fait exprès, mais son pied tire sur la serviette, qui tombe par terre.

Elle interrompt notre baiser.

– Je vois tout, m'informe-t-elle.

– Je sais, je réponds, à deux doigts d'éclater de rire.

– Je voulais juste vérifier que tu es au courant, rétorque-t-elle d'un ton sarcastique.

Nos regards se croisent tandis qu'elle caresse mon torse. Mon érection est impossible à ignorer, un glaive tendu entre nous, frôlant son ventre.

Elle fait glisser ses doigts quelques centimètres plus bas, effleurant mes abdos. Malgré la chaleur qu'il fait encore, je frissonne.

Sa main s'immobilise.

– Tu as froid ?

– Non, je réponds d'une voix grave.

J'adore la façon dont elle explore mon torse, très lentement, à la limite de la torture. Ses doigts délicats caressent les muscles de mon ventre, puis ils descendent un peu plus bas.

– Tu te souviens du soir où on s'est rencontrés ? murmure-t-elle. Quand je t'ai charrié en te demandant de me montrer ta queue ?

Un rire m'échappe.

– Comment l'oublier ?

Elle incline la tête, ses cheveux retombent en cascade sur son épaule.

– Tu as dit que tu ne la montrais pas à n'importe qui.

– C'est vrai.

– Alors, je suis spéciale.

– Très spéciale.

Elle pose sa main autour de ma verge. Dès que le contact se fait, j'en tremble et sens déjà du liquide qui se forme au bout. Seigneur. C'est dire combien elle m'excite.

Elle me caresse de haut en bas plusieurs fois, puis elle m'attire vers elle pour prendre ma bouche.

Je grogne, pousse dans sa main, puis ma langue pénètre dans sa bouche et nous échangeons le baiser le plus torride de ma vie. Une fois de plus, je suis perdu dans la brume. Perdu contre elle. Je ne sens plus de douleur à mon arcade sourcilière. Je suis en train d'embrasser Summer qui me caresse le membre. Je suis aux anges.

Posant mes mains sur ses seins par-dessus son sweat, je perds la raison. Même à travers son soutien-gorge, je sens ses tétons qui ont durci. Ma bouche n'attend que ça. Ayant toujours été de ceux qui adorent les seins, l'envie insatiable de lécher et mordiller sa poitrine m'hypnotise. Rien que d'y penser, je grogne contre sa bouche. Ses frictions s'accélèrent et, alors que je nage déjà dans le plaisir, elle se met à genoux.

– Laisse-moi m'occuper de toi.

Je regarde vers le bas et j'ai du mal à voir son visage. Il fait trop sombre. Mais quand elle m'engloutit dans sa bouche, je ressens absolument tout.

– Bon sang !

Elle me suce jusqu'à la base, puis elle remonte vers mon gland en me léchant et en le titillant du bout de la langue. Elle redescend à nouveau en faisant glisser sa langue sous ma verge. Je manque perdre connaissance.

– Putain… c'est trop bon…

Le gémissement qu'elle pousse en retour me fait vibrer de partout. Jusqu'aux orteils. Sa bouche me prend encore plus profond, elle me suce avec vigueur, en s'aidant de sa main et en me torturant du bout de sa langue.

Au loin, très loin, j'entends des cloches qui sonnent. *Arrête ça*, m'avertit ma conscience. Mais c'est impossible. La tête blonde de Summer va et vient sur moi. Mes doigts s'entortillent dans sa chevelure, mais je ne reprends pas le contrôle. Au contraire, je la laisse faire, car je lui fais confiance pour m'amener exactement là où je meurs d'envie d'aller.

Et c'est ce qu'elle fait, resserrant ses lèvres autour de mon gland, accélérant le rythme du va-et-vient. Je sens mes testicules qui se contractent, ma verge qui frémit et puis…

– Je vais venir.

Elle ne me libère pas. En me mordant l'intérieur du pouce pour m'empêcher de gémir trop fort, je pousse mes hanches vers l'avant et j'éjacule dans sa bouche. Elle avale tout jusqu'à la dernière goutte tandis que je frissonne de plaisir, presque de douleur.

Dès que Summer se remet debout, je l'attire contre moi et pose mon menton sur son épaule. Je tremble encore sous l'effet de l'orgasme.

– J'en avais besoin, dis-je d'une voix rauque.

– Je sais.

Elle dépose un baiser sur mes pectoraux et caresse à nouveau ma queue avec douceur.

Je frissonne de partout.

– Regarde ce que tu m'infliges…

Elle explose de rire, ce qui me chatouille la clavicule.

– Désolée, j'adore te toucher, dit-elle avant de marquer une pause. Il faut que j'y aille.

– Oui.

– Mais je n'en ai pas envie.

– Moi non plus.

Je sens qu'elle tremble lorsqu'elle m'embrasse à nouveau, cette fois ses lèvres effleurent mon épaule.

– Qu'est-ce qui s'est passé, Fitz ?

Tu m'as sucé jusqu'à me faire perdre la raison ? je suis à deux doigts de répondre. Mais je vois très bien où elle veut en venir. À quoi ça rime tout ça ?

– Eh bien…

« *Ouh-Ouh ! Ouh-Ouh !* »

Alarmé, je lève brusquement la tête.

– C'est quoi, cette chouette ?

– Merde, s'exclame Summer. C'est le signal.

– Quel signal ?

– Brenna monte la garde dans le couloir.

Elle finit à peine sa phrase que j'entends de grosses voix. Et des bruits de pas. En nombre. Mes coéquipiers arrivent.

Summer ramasse ma serviette et l'attache rapidement autour de ma taille. Ses doigts frôlent mon sexe. Je suis encore dur.

Je prends une longue inspiration avant de désigner une porte à l'autre bout de la salle.

– C'est la salle de rééducation. De là, tu pourras rejoindre le bureau du coach qui conduit directement à la patinoire.

Des bruits de pas, des voix animées d'hommes et des rires tapageurs se rapprochent. Mes camarades ont l'air contents, ce qui veut dire que nous avons gagné.

– Summer, dis-je brusquement, car elle ne bouge toujours pas. Tu dois vraiment partir. Dépêche-toi, sinon tu vas en prendre pour ton grade.

Elle hésite.

– Cette conversation n'est pas terminée.

– Je te promets qu'on la terminera, à la maison.

Elle se mordille les lèvres.

– Je retrouve des amis avec Brenna au bar.

– On en parlera au bar. Ou après. Là, il faut vraiment que tu partes.

Summer acquiesce. Elle m'embrasse sur la joue et disparaît.

★ ★ ★

Quel trouillard ! Je ne pars pas à sa recherche après le match. Pas plus que je ne vais au *Malone's* ni ne rentre à la maison.

En véritable connard, je m'installe au volant de ma voiture et file à Boston.

Tucker, un de mes amis, a acheté un bar du centre-ville à l'automne dernier. Je l'ai aidé à faire quelques travaux de rénovation afin que tout soit prêt en novembre, pour la soirée d'inauguration. Tuck est la seule personne à qui j'ai envie de me confier. C'est quelqu'un avec qui je peux facilement parler. Comme il a la tête sur les épaules, il est généralement de bon conseil.

Au moment de m'engager sur l'autoroute, mon téléphone sonne. Le modèle de ma voiture est trop ancien pour disposer d'un système Bluetooth, je suis donc obligé d'utiliser le haut-parleur de mon portable. Si ce n'était pas le numéro de ma mère qui s'affichait sur l'écran, j'aurais probablement ignoré l'appel. Ce n'est jamais une bonne idée d'ignorer ma mère.

– Colin ! Mon chéri, ça va ?

Sa voix est pétrie d'inquiétude.

– Randy, ton oncle, a assisté à ton match ce soir. Il vient de m'envoyer une photo de son portable avec ton visage !

– Tu peux juste dire une photo tout court, maman. Pas la peine de préciser qu'elle provient d'un portable.

– Mais il l'a envoyé de son portable au mien.

– Oui, mais…

Je m'arrête. *Pas la peine d'insister, mon vieux.* Ma mère n'est pas âgée. Rien n'excuse donc le fait qu'elle ne comprenne pas grand chose à la nouvelle technologie. Seulement, je ne vais pas la changer. Ça ne sert absolument à rien d'en discuter avec elle.

Elle utilise encore un BlackBerry, c'est dire !

– Tout va bien. On m'a juste fait quelques points de suture.

– Combien ?

– Deux.

– D'accord.

Elle semble moins inquiète. Malheureusement, la colère a repris le dessus.

– Tout ça, c'est de la faute de ton père.

Et c'est reparti.

– En quoi ce serait de sa faute ?

Je ne sais pas pourquoi je rentre dans son jeu ; je connais déjà la réponse.

– Parce qu'il t'a forcé à faire du hockey.

– Il ne m'a pas forcé, j'adore ça.

C'est comme si j'étais en train de parler à mon pare-brise.

– Quel égoïste ! se plaint-elle. Enfin, Colin ! Tu ne trouves pas ça pathétique, un homme qui vit sa vie à travers son fils ?

Je serre les dents. Inutile de lui demander d'arrêter. À elle, comme à lui. Ils ne cessent jamais.

– Au fait, dis-je pour amorcer un sujet moins houleux, mon entretien s'est bien passé.

– Tu as eu un entretien ?

– Oui. (Je lui explique rapidement qui est Kamal Jain pendant que je quitte l'autoroute.) Il prendra sa décision après la soirée caritative à New York.

– La décision devrait être toute prise. Tu es sans aucun conteste le meilleur des quatre, répond-elle, avec cette certitude inébranlable que seule une mère peut ressentir à l'égard de son fils.

– Merci, maman.

Je prends la rue du bar de Tuck, puis je me gare sur le dernier emplacement libre.

– Je viens d'arriver chez mon pote et je dois faire un créneau. Je te rappelle dans la semaine.

– D'accord. Je t'aime.

M'aime-t-elle vraiment ? Parfois, je me le demande.

– Moi aussi, je t'aime.

Au moment de raccrocher, je ressens la même délivrance qu'après avoir parlé avec mon père la semaine dernière.

Une fois garé, je sors de la voiture et regarde en direction des néons qui éclairent la devanture du bar de Tucker. Il y a déjà la queue devant la porte. Son affaire a l'air de bien marcher. Tant mieux.

En me dirigeant vers l'entrée, je lui envoie un message.

MOI : Mec, je suis devant ton bar. Tu ne vas pas me laisser faire la queue, j'espère ? Il fait trop froid !

Trois petits points apparaissent sur mon écran pendant qu'il tape sa réponse.

TUCK : Je suis à l'appart. Rejoins-moi là-haut. Pour la prochaine fois, sache qu'il te suffit de dire ton nom au videur pour entrer, tu es sur la liste des VIP permanents.

Cool. Je suis un VIP.

Je contourne l'entrée principale et me dirige vers une petite porte latérale qui sonne dès que je m'approche. Je sais que Tuck me voit à travers le système de caméras que je l'ai aidé à installer et qu'il contrôle depuis son smartphone, pour faciliter les entrées et les sorties de son appartement. Il est très à cheval sur la sécurité. Il tient énormément à sa femme et à sa petite fille.

– Salut, dis-je en arrivant à l'étage du loft.

Tuck m'accueille avec Jamie, son bébé.

– Gaaaah ! crie-t-elle en me voyant.

C'est un des plus beaux bébés que j'aie jamais vus. Elle aurait toute sa place dans les publicités de couches ou de petits pots, ayant clairement hérité du meilleur de ses parents, qui sont très beaux, surtout Sabrina.

Jamie ouvre sa petite bouche rose et m'adresse un sourire sans dents en agitant les bras.

Tuck pousse un soupir.

– Elle adore être au centre de l'attention.

– Qu'est-ce qu'elle a grandi !

Je tends les mains et Jamie se jette presque dans mes bras.

– C'est vrai. Six mois, ça passe tellement vite. Il suffit que je tourne la tête pour qu'elle double de volume.

Jamie s'agite gaiement dans mes bras, elle cherche immédiatement à caresser mon visage. Elle adore découvrir des textures et semble fascinée par les couleurs. La dernière fois que je l'ai vue, elle était émerveillée par mes tatouages.

– T'es sûr que je ne dérange pas ? je demande pendant qu'il referme la porte.

– Pas du tout. Tu peux venir quand tu veux, mon vieux.

– Où est Sabrina ?

– Avec son groupe d'étude.

– Ah bon ? Il est presque vingt-deux heures.

– Elle bosse dur.

Il est manifestement très fier d'elle.

Sabrina étudie le droit et, franchement, je ne sais pas comment elle fait pour être mère en plus de mener ses études pour devenir avocate. Heureusement, ils ont de l'aide. La mère de Tuck a quitté le Texas en décembre pour venir s'installer dans un appartement près du leur.

– Ta mère s'habitue à Boston ?

– Elle déteste le froid plus que tout au monde.

Ça me fait sourire. Le mois de février au Texas doit s'apparenter à un petit paradis sous les tropiques, par rapport à l'hiver glacial que nous avons chaque année en Nouvelle-Angleterre.

– Mais son appartement a une belle vue sur la rivière Charles et elle est contente de voir sa petite-fille quand elle le souhaite. On est tous contents.

– Vous avez trouvé un bon compromis.

Tucker acquiesce. Il a l'air tellement heureux chaque fois qu'il regarde sa fille me chatouiller le menton. Elle pousse d'adorables petits cris en frottant ses petits doigts sur ma barbe.

– Tu veux une bière ?

– Avec plaisir. Juste une, parce que je reprends le volant.

– On n'a plus que des bières en cannettes. Jamie commence à vouloir tout attraper et elle fait tomber beaucoup de choses. Comme j'en ai eu marre de ramasser du verre cassé, je suis passé aux cannettes.

– Ce n'est pas un problème.

Tenant toujours le bébé dans mes bras, j'accepte la cannette d'IPA qu'il me tend, puis nous nous dirigeons vers le canapé.

L'appartement de Tuck est composé d'une grande pièce ouverte, avec le salon d'un côté, la cuisine de l'autre et une grande table à manger dans un coin. De grandes baies vitrées donnent sur une petite aire de jeu, en face de la rue. Depuis le salon, un couloir mène aux chambres. J'ai aidé Tuck à rénover la future chambre de Jamie. En m'installant sur le canapé avec elle, je me demande pourquoi elle n'est pas déjà couchée.

– C'est l'heure de dormir, non ?

– J'allais la mettre au lit. Elle n'a pas arrêté de pleurer à chaudes larmes juste avant que tu arrives. Elle vient tout juste de se calmer.

– Menteur, je suis sûr que ce petit ange ne pleurniche jamais, dis-je en chatouillant ses pieds. Regarde comme elle est calme.

Jamie se met à rire.

– Évidemment, quand on a de la visite, elle est calme. Mais le reste du temps, c'est une petite terreur. Pas vrai, ma puce ?

Jamie regarde son père avec adoration, ce qui le fait céder.

– Je retire ce que j'ai dit, mon chaton. Tu n'es pas une terreur. Fitz, tu veux bien l'occuper pendant que je prépare son biberon ?

Ce n'est pas compliqué. Je fais rebondir Jamie sur mes genoux en lui chatouillant le ventre à travers son body rose et elle continue à émettre d'adorables petits cris. Ce bébé est trognon.

– Alors, que se passe-t-il ? demande Tucker depuis la cuisine. Tu n'es pas venu pour rien. Surtout après un match. Au fait, tu t'es pris un sacré coup dans la figure.

– Tu l'as regardé ?

– J'ai zappé entre ton match et celui de Garrett. Le sien n'est pas encore terminé, ils en sont à la deuxième période.

– Garrett joue ce soir ? je demande en regardant la télé qui diffuse une publicité pour de la lessive.

– Il enchaîne les matchs en extérieur. Ce soir, son équipe joue contre Los Angeles.

– Où en est le score ?

– Deux partout. Garrett s'en sort bien.

– Il a marqué ?

– Non, mais il a fait une passe décisive.

– Super.

Je suis content pour Garrett. Il fait une excellente première saison pour l'équipe de Boston. Ce mec a tellement de talent, en plus d'être sympa et très intelligent. Certes, il est parfois un peu prétentieux. Mais il a surtout un grand cœur. C'est un bon ami.

– Putain, Fitz, s'exclame Tuck en exagérant son accent du Sud. Tu as réussi à me faire changer de sujet. Pourquoi tu ne fais pas la fête avec les autres au *Malone's* ?

Je hausse les épaules.

– Je n'étais pas d'humeur à voir des gens.

– Alors, pourquoi tu n'es pas rentré chez toi ?

Parce que ma coloc vient de me tailler une pipe et que je ne sais plus comment me comporter en sa présence.

– Euh… C'est compliqué. La sœur de Dean vit avec nous, dis-je, le regard posé sur le crâne de Jamie.

– J'en ai entendu parler. Comment ça se passe ?

Elle vient de me tailler une pipe et que je ne sais plus comment me comporter en sa présence.

– Ça va.

Je reste vague, préférant faire des papouilles à Jamie pour la faire rire. Mais Tuck me la retire des bras. Je n'ai plus d'excuse pour ne pas répondre à ses questions.

– Tu es prête, ma puce ? Maman a tiré ce délicieux élixir rien que pour toi.

Ça me fait rire.

Apercevant le biberon, le visage de Jamie s'illumine. Quelques secondes plus tard, elle suçote la tétine, calée contre un coussin dans les bras de son père. Tuck me fait un grand sourire.

– Elle est toujours à fond sur toi ?

– Jamie ? Oui, j'ai l'impression qu'elle m'adore.

Il lève les yeux au ciel.

– Mais non ! Summer Di Laurentis. L'hiver dernier, elle avait un faible pour toi. C'est toujours le cas ?

– Ouais.

– Je vois. Et c'est réciproque ?

Au bout de quelques secondes, j'acquiesce à contrecœur.

Il sourit de plus belle.

– Quel est le problème ? Tu as peur de la réaction de Dean ?

– Non, je… (J'hésite puis pousse un soupir.) Je ne sais pas si j'ai envie d'être avec elle.

Alors, tu aurais mieux fait de ne pas la laisser te faire une gâterie.

Peut-être. Mais une chose est sûre : avec elle, je perds totalement le contrôle. J'agis d'une façon qui ne me ressemble pas. Non pas qu'elle m'y oblige. Simplement, ça se produit. Bon sang, elle m'a taillé une pipe dans les vestiaires ! N'importe qui aurait pu entrer et nous surprendre. Pour quelqu'un qui déteste autant les démonstrations d'affection en public et les histoires pour rien, une gâterie dans un vestiaire n'est pas ce qui figure sur la liste des choses que je rêve de faire.

C'est drôle parce que, l'autre soir, je me demandais justement si, dans le cas où Summer se jetterait dans mes bras, je me sentirais capable de défier Hunter sur son « territoire ». Aucun doute ne subsiste désormais quant aux intentions de Summer à mon égard. Je ne suis pas un simple ami. Ses actions le prouvent.

Seulement, au lieu de revendiquer qu'elle m'appartient, je m'enfuis en courant.

Je passe mes mains dans mes cheveux. Ils sont beaucoup trop longs. Je n'aime pas les avoir dans les yeux quand je dessine.

– Elle plaît aussi à Hunter, dis-je à Tuck.

– Ah.

– Elle l'a embrassé pendant la soirée du nouvel an.

Il écarquille les yeux.

– Quoi ?

– Mais ce soir…

Je m'interromps.

– Qu'est-ce qui s'est passé ?

Elle a débarqué dans les vestiaires après l'intervention du médecin et on s'est embrassés. (Je marque une pause.) Enfin, on est allés un peu plus loin.

– Jusqu'où ?

– Elle m'a taillé une pipe dans les douches.

Stupéfait, Tucker sursaute et la tétine sort de la bouche de Jamie qui pousse alors un cri de protestation.

– Oh, excuse-moi, ma chérie, fredonne-t-il. Ne t'inquiète pas, tu peux continuer à téter. Quel fripon, ce papa !

– Quel fripon ? je m'exclame en riant.

– Oh, ça va ! Je te signale que t'es encore plus fripon que moi. T'entends ça, ma puce ? Oncle Fitzy est le roi des fripons.

Il glisse la tétine dans sa bouche et elle s'y cramponne à nouveau. Puis il fronce les sourcils.

– Ça s'est passé avant que tu viennes ?

J'acquiesce.

– Et au lieu de rester là-bas pour discuter avec la fille qui t'a suc… (il baisse les yeux vers sa fille et s'empresse de corriger) avec la fille qui t'a fait plaisir, tu es venu ici ?

Je me sens coupable. Bon sang ! Quel con ! Cette fille sublime s'est agenouillée sur le carrelage mouillé et a fait chavirer mon monde. Je devrais être en train de lui envoyer des tonnes de messages pour lui présenter mes excuses.

– Je ne te savais pas aussi lâche, renchérit Tucker.

– D'habitude, je ne le suis pas.

Tucker attrape un chiffon bleu sur la table et essuie le lait qui coule de la bouche de Jamie. Il la regarde avec tellement de tendresse que je me sens presque un peu envieux. Je me demande comment c'est d'aimer autant quelqu'un.

– Je ne sais pas quoi faire, Tuck. Summer veut parler… de « nous » je suppose, et je n'ai aucune idée de ce que j'aimerais lui dire.

– Tu ne sais pas comment lui dire que tu ne veux pas d'elle ? C'est ça ? Tu ne veux pas être avec elle ?

Je me mords l'intérieur des joues.

– J'en sais rien. Elle juste… trop intense.

– Qu'est-ce que tu veux dire par là ?

– Tout est trop intense avec elle, dis-je, la gorge nouée. Elle est trop belle, elle a beaucoup trop d'énergie. Elle est trop ouverte. (Un grognement m'échappe.) Tout gravite vers elle. Il suffit qu'elle entre dans une pièce pour que tout le monde la regarde. Pas seulement parce qu'elle est canon. Summer fait partie de ces filles en vue qui attirent l'attention. Elle ne peut pas s'en empêcher. Elle aspire tout dans son orbite.

– En quoi c'est un problème ?

Parce que je n'ai jamais été autant attiré par quelqu'un de ma vie et que ça me terrifie.

– Parce que je n'ai pas envie de devenir un mec en vue.

Tuck peut comprendre cette peur. Il n'est pas du genre à cacher ses émotions. Dès qu'il a rencontré Sabrina, il a su qu'il voulait être avec elle. Il était persuadé qu'ils étaient faits l'un pour l'autre et s'est battu pour la conquérir. Pour moi, c'était presque incompréhensible.

– Devenir son mec, c'est comme être propulsé sous le feu des projecteurs. Et puis, avec elle il y a toujours des histoires. L'autre soir, elle a lancé une bagarre au *Malone's*, je grommelle. Cette fille ne comprend pas la discrétion. Chez elle, tout est tape-à-l'œil, extravagant. Ça ne me ressemble pas.

– Non, concède-t-il avant d'afficher un sourire narquois. Et te faire tailler une pipe dans les vestiaires, ça ne te ressemble pas non plus. Elle doit vraiment beaucoup te plaire pour que tu aies pris ce genre de risque.

Il a raison. J'enfonce la tête dans mes mains pendant un long moment.

– J'ai été aspiré dans son orbite, je murmure contre la paume de mes mains.

Tucker se met à rire.

– Comment tu vas faire ?

Je lève la tête.

– Aucune idée.

21

Summer

Alors comme ça, parler d'une pipe ne se fait plus ? On se contente de se procurer mutuellement du plaisir, de distribuer des orgasmes au gré des rencontres, sans jamais en reparler ? C'est donc ça, le monde dans lequel on vit ? Si c'est le cas, je préfère vivre à l'écart de la civilisation. Je me construirai une cabane dans les bois et il n'y aura plus jamais aucun pénis en vue.

Les animaux de la forêt ont des organes génitaux, Summer.

– Oh, ta gueule Selena, je marmonne. Je t'aime bien, mais je n'ai pas besoin de ça aujourd'hui.

Ben, mon camarade de rang, me jette un regard avant de se retourner vers l'estrade de l'amphithéâtre en soupirant. Il a maintenant l'habitude de ma propension à parler à voix haute. Je ne saurais dire si c'est une bonne chose.

Ça fait deux jours que l'incident des vestiaires a eu lieu et Fitz a complètement disparu de la circulation. Il n'est jamais là l'après-midi (d'après Hollis, il s'enferme dans son atelier de peinture), il ne mange plus le soir à la maison (ni même le reste de la journée) et ça fait deux nuits qu'il rentre à minuit, prétextant qu'il est trop fatigué quand j'essaie de lui parler.

Ma réponse à tout ça ?

Tu peux aller te faire foutre, Colin Fitzgerald. C'est la dernière fois que j'approche ma bouche, bien trop sacrée, du pénis d'un connard. Une fille a le devoir de se montrer exigeante.

Brenna partage mon sentiment. Après mon cours, je lui envoie un message pour l'informer des derniers développements du Fitzgate.

MOI : Toujours pas d'allusions à la pipe. Hier soir, il a prétendu avoir une migraine et s'est enfermé dans sa chambre. Ce matin, il est parti à cinq heures pour son entraînement. Comme un voleur dans la nuit.

BRENNA : Les hommes sont de vraies pourritures.

MOI : Ils puent du cul.

BRENNA : Des pourritures qui puent du cul.

Je lui envoie un émoji crotte, parce que je ne trouve rien d'autre et que ça me semble pertinent.

BRENNA : Je suis vraiment désolée pour toi, Barbie de Greenwich. Je ne pensais pas que Fitz était une pourriture, mais les gens nous réservent toujours des surprises.

MOI : Surtout ceux qui puent du cul.

BRENNA : LOL

Un sourire aux lèvres, je range mon portable dans mon nouveau sac Prada. Comme toujours, l'odeur de cuir neuf me remonte le moral. Ce sac est apparu devant ma porte hier, grâce à Mamie Céleste. Cette femme a le don de sentir quand ses petits enfants ont un coup de blues. Elle doit être pourvue d'un détecteur qui lui fait signe (urgence Prada !), dès qu'on a le moindre coup de mou.

En tout cas, je ne vais pas me plaindre.

Je descends les marches jusqu'à l'estrade où se tient le professeur Laurie. Il a accepté de me rencontrer à la fin du cours pour que je puisse lui soumettre le plan et la problématique de ma dissertation.

L'avantage avec Erik Laurie, c'est qu'en plus d'enseigner l'histoire de la mode, il est mon tuteur, ce qui me permet de faire d'une pierre deux coups : obtenir son approbation pour ma dissertation et l'informer des toutes dernières avancées concernant ma collection de maillots de bain.

Je ne sais pas pourquoi, mais ce type continue de me mettre mal à l'aise. Tout le monde l'adore, surtout les filles. Elles rient à toutes ses blagues et tolèrent son trouble du clin d'œil.

Pas moi. J'ai envie de prendre une douche après chacune de nos rencontres. Il me rappelle ce personnage de *Harry Potter,* Gilderoy Lockahart, dans sa version filmée. Laurie n'est pas aussi extravagant mais, comme Lockhart, il a tout d'un vaniteux égocentrique désirant que tout le monde l'adore.

Ou plutôt, qui s'imagine que tout le monde l'adore déjà.

Je sais que je suis dure envers lui. J'essaie de repousser ces pensées en m'approchant.

– Winter ! s'exclame-t-il pour me taquiner. J'ai apprécié vos remarques pendant le cours.

– Merci.

Il classe quelques papiers, puis adresse un petit signe de tête à une personne derrière moi. Je me retourne et découvre Nora qui patiente un peu plus loin.

– Je dois voir une autre étudiante après vous, donc faisons vite, m'informe-t-il.

Dieu merci ! Plus vite ça ira, mieux ce sera.

Il prend connaissance de la problématique et du plan de ma dissertation, suggère deux petits ajustements et l'approuve. Ensuite, je lui annonce que j'ai passé une commande de tissu pour ma collection de maillots. Le département de mode de l'université propose gratuitement des tissus pour les étudiants, mais nous sommes aussi autorisés à en acheter. Comme mes pièces seront composées de crochet, j'ai choisi un fil léger pour qu'au contact de l'eau, le tissu ne s'agrandisse pas. Laurie acquiesce en écoutant mon raisonnement et me donne son accord. Pour finir, j'aborde la question des mannequins pour le défilé.

Il se met à rire quand j'annonce vouloir recruter des joueurs de l'équipe de football pour la collection masculine.

– Très bonne idée, Summer. Ça va forcément plaire. Et pour les maillots de femme ?

– Je ne sais pas encore.

Il me fait un clin d'œil.

– Ça ne vous tente toujours pas de le faire vous-même ?

Beurk.

Pourquoi ?

Mais pourquoi, Gilderoy ?

Je me force à rire.

– Non, toujours pas.

– Quel dommage. Bon, on en reparlera à la fin de la semaine.

Il pose une main sur mon épaule qu'il presse légèrement.

Je rêve ou il effleure ensuite ma nuque du bout des doigts ?

Totalement écœurée, je m'éloigne en redoublant d'efforts pour ne pas sortir en courant de l'amphi.

– Nora, je suis à vous dans une minute, dit Laurie, s'écartant plus loin pour répondre à un appel.

– Il est tout à toi, je murmure à Nora.

Elle affiche un petit sourire narquois.

– Ça m'étonnerait.

Je me tourne vers elle, les sourcils froncés.

–Tu veux dire quoi par là ?

Elle vérifie que Laurie est encore au téléphone avant de lancer son attaque :

– T'en as pas marre de te servir de ton physique pour réussir ?

– De quoi tu parles ? Je ne me sers de rien du tout.

– Laurie est à tes pieds. Il bave dès que tu fais ton apparition, trouve chacune de tes phrases dignes d'un prix Pulitzer. S'il n'était pas déjà debout sur l'estrade, je suis sûre que tu aurais droit à une standing-ovation chaque fois que tu ouvres la bouche.

J'ai les dents tellement serrées que ma mâchoire me fait mal.

– Je n'ai rien demandé. Je suis juste vraiment intéressée par ce que nous abordons dans ce cours.

– Mais bien sûr, dit-elle en levant les yeux au ciel avant de rabattre une mèche rose derrière son oreille. Si tu passais plus de temps à étudier qu'à flirter, tu n'aurais pas été expulsée de ton ancienne université.

– C'est ça. Bonne journée, Nora.

Mes mains tremblent quand je sors de l'amphithéâtre d'un pas raide. Cette fille est tellement méchante. Je n'arrive pas à croire que Fitz ait accepté de sortir avec elle.

Je me demande si elle lui a aussi fait une fellation avant qu'il l'ignore.

En y repensant, j'ai terriblement honte. Je ne suis pas du genre à avoir honte en matière de sexe, pas même quand j'étais encore au lycée et qu'il m'arrivait de faire des choses dont je n'étais pas fière, sous l'effet de l'alcool. Mais Fitz a réussi à m'infliger cette honte. À s'obstiner de refuser d'en parler, il transforme ce que nous avons fait en humiliation.

Je m'efforce de repousser ces pensées négatives. Dehors, il fait froid. Les températures du mois de février sont encore plus basses que celles de janvier. La bonne nouvelle, c'est que ce mois dure moins longtemps.

Je ne sais pas jusqu'à quand je vais pouvoir endurer ça. J'ai envie de disparaître pendant une semaine, m'envoler pour notre maison de Saint-Barth pour y rédiger ma dissertation, allongée sur une chaise longue au bord de la plage, à siroter des piña coladas. Hmmm. Excellente idée.

En marchant jusqu'à ma voiture, je parcours les contacts sur mon téléphone. Il faut que je trouve douze mannequins, six garçons, six filles. Brenna me rirait au nez si je lui demandais d'enfiler un bikini pour défiler sur un podium. Mais je connais quelques filles susceptibles d'accepter. Mes sœurs de la sororité Kappa. Ou plutôt, mes anciennes sœurs, si on veut jouer sur les mots.

Je n'ai pas le numéro de Bianca. J'ouvre la page de mon profil MyBri, le réseau social de l'université. Elle n'est pas sur ma liste d'amis, mais je peux quand même lui envoyer un message. Je lui transmets quelques lignes pour lui expliquer ce que je cherche, puis ferme l'application.

Pour les hommes, j'ai vraiment l'intention de m'adresser aux joueurs de football de Briar. Personne ne veut voir des slips et des shorts de bain sur des types maigrichons. Il me faut des abdos, sinon rien.

J'appelle mon frère qui décroche aussitôt alors qu'il est censé être à l'école.

– Salut, dis-je. Tu ne fais pas cours ?

– L'école est fermée à cause de la neige.

– Il neige chez vous ? Nous avons eu quelques flocons ce matin, mais ça n'a pas tenu.

Je prie pour que la tempête de neige qui a frappé New York ne remonte pas jusqu'au Massachusetts.

– Le temps est affreux ici. Qu'est-ce qui se passe, Morveuse ? De quoi as-tu besoin ?

– Tu t'entends toujours bien avec les joueurs de football de Briar ?

– Je suis encore en contact avec certains.

Arrivant à ma voiture, je fais un petit saut de joie.

– Super. Est-ce que tu peux me mettre en contact avec eux ?

– Pour quoi faire ? demande-t-il d'un ton méfiant.

– J'ai besoin de mannequins pour mon défilé. Je pensais recruter quelques mecs aux corps de rêve.

Il se met à rire.

– Si jamais ils acceptent, je veux une place au premier rang du défilé pour leur coller la honte.

– Marché conclu. Les joueurs de football vivent tous dans une rue de Hastings, si je me souviens bien ? À Elmway Avenue ? Ou Elmhurst Avenue ?

Brenna me l'a montrée un jour où nous passions dans le quartier en rentrant d'un match.

– Elmhurst Avenue, confirme-t-il. Je te conseille la maison de Rex. Il vit avec des mecs qui adorent montrer leurs muscles.

– Super. J'ai un peu de temps devant moi, je vais y passer. Tu veux bien m'envoyer un numéro ?

Dean semble horrifié.

– Hors de question que tu te rendes chez eux toute seule. Laisse-moi appeler les colocs pour voir s'ils peuvent t'accompagner. J'étais justement en train de chatter avec Hunter. Je sais qu'il est dans les parages.

Son côté exagérément protecteur m'agace. Mais c'est touchant.

– D'accord. Dis-lui que je l'attends là-bas.

⋆ ⋆ ⋆

Ce n'est pas la Range Rover de Hunter qui se gare derrière mon Audi, trente minutes plus tard, mais la vieille berline cabossée de Fitz.

Mon frère a envoyé Fitz ?

C'est une blague !

Si Dean avait la moindre idée de ce Fitz et moi avons fait dans le vestiaire ce week-end, il ne l'aurait jamais expédié pour m'escorter chez les joueurs de football.

Je ne sais pas lequel de nous deux est le plus mal à l'aise. Fitz a les mains enfoncées dans les poches de son manteau et ne me regarde même pas dans les yeux.

– Salut, Dean m'a demandé de venir, dit-il.

– Je m'en suis douté, dis-je d'un ton sans doute un peu trop sec, mais…

Absolument nécessaire, m'assure Selena.

C'est vrai. Il a joui dans ma bouche et il s'est enfui.

– Tu as eu ton cours de… euh… histoire de la mode, ce matin ? demande-t-il avec maladresse.

En plus, il veut qu'on parle de banalités.

Il se fout de ma gueule ?

– Oui, Fitz, je suis allée en cours.

Je change mon sac d'épaule et me dirige vers la porte d'entrée de la maison victorienne devant laquelle nous sommes garés. D'après Dean, au moins huit mecs habitent à l'intérieur.

– Ça avance, ta dissertation ?

Je m'arrête net au beau milieu de l'allée.

– Tu veux dire, la dissertation pour laquelle tu devais m'aider ?

Je ne peux m'empêcher d'être sèche.

Son regard semble triste.

– Je suis désolé. Je sais, j'ai lâché l'affaire. J'ai été…

– Très occupé ? je suggère.

– Oui.

– Sans oublier tes migraines, dis-je avec sarcasme. Toutes ces terribles migraines qui t'ont fait tant souffrir ces derniers temps.

Fitz pousse un soupir. Il lève une main pour la passer dans ses cheveux, mais se rappelle au dernier moment qu'il porte une casquette des Red Sox.

– Ne t'en fais pas, je murmure en avalant d'un trait toute l'amertume accumulée dans ma bouche. Je vais me débrouiller pour ma dissertation.

Nous reprenons notre marche vers la porte.

– Tu es sûre ? Ton prof a approuvé la problématique ? Il t'a fait des retours ?

J'oublie momentanément ma colère contre lui.

– Il m'a fait quelques suggestions, mais j'étais tellement pressée de partir que je n'ai pas tout écouté. Je lirai ses notes à la maison.

Fitz m'observe. Son expression est insondable.

– Pourquoi étais-tu pressée de partir ?

– Il me met mal à l'aise.

– Dans quelle mesure ? demande-t-il, les sourcils froncés.

– Je ne sais pas. Il est gentil, dis-je avant de marquer une pause. Peut-être un peu trop.

– Il t'a fait des avances ? demande Fitz.

– Non, pas du tout, je réponds. Je… je ne sais pas. Peut-être que j'exagère, mais je ressens des trucs pas nets chez lui, c'est tout.

– Il faut toujours se fier à son instinct, Summer. Quand quelque chose n'est pas net, c'est généralement le cas.

– Mon instinct n'est visiblement pas fiable, je rétorque froidement. À cause de lui, je me suis retrouvée dans les vestiaires ce week-end, et regarde le résultat…

Dès que je fais référence à cet épisode (à l'épisode de la pipe, je m'entends), Fitz semble pris de regrets.

– Je… (Il s'éclaircit la voix.) Je suis vraiment désolé.

Je ne sais pas quoi répondre, ne sachant pas de quoi il s'excuse : d'avoir disparu après que je lui ai taillé une pipe ou de la pipe tout court ?

– Tu es désolé ? je finis par répéter.

– Oui.

J'attends qu'il développe. Comme il ne dit rien, ma colère explose. J'accélère pour le doubler, puis j'avance d'un pas lourd sur le porche.

La porte s'ouvre avant même que j'aie appuyé sur la sonnette. Un grand mec noir au crâne rasé se poste devant moi. En moins d'une seconde, il passe de l'enthousiasme à la déception.

– Ce n'est pas la pizza, crie-t-il par-dessus son épaule.

– Bordel de merde ! réplique quelqu'un à l'intérieur.

– Fitzgerald ? C'est toi ? demande le mec en regardant derrière moi.

Fitz atteint le porche.

– Salut, Rex. Comment vas-tu ?

– Pas top. Je pensais que ta nana venait nous livrer notre pizza, mais elle a les mains vides

– Désolée, dis-je.

L'envie de rire me démange.

Fitz semble aussi à deux doigts de s'esclaffer.

– Tu te rends compte qu'il n'est même pas midi ?

– Et alors ? On peut manger des pizzas à toute heure. À midi, à minuit, le soir, pour le petit déj. Ce n'est qu'une pizza, bordel !

– Effectivement, ce n'est qu'une pizza, dis-je d'un air solennel avant de lui tendre la main qu'il me serre vigoureusement.

Salut, je suis Summer Di Laurentis. J'ai forcé Fitz à m'amener ici, parce que j'ai un service à vous demander.

– Ça m'intrigue. Tu es pardonnée d'arriver les mains vides, dit-il en ouvrant la porte. Entrez, il fait froid.

Une fois à l'intérieur, il désigne un portemanteau surchargé en dessous duquel s'alignent un nombre impressionnant de chaussures.

– Posez vos affaires. On était en train de jouer à *Madden*. Tu veux participer à la prochaine partie, Fitz ?

– Non, on n'a pas le temps, n'est-ce pas ? dit-il en se tournant vers moi.

Je secoue la tête.

– On va faire vite. Je dois bientôt rentrer à la maison pour travailler, dis-je.

Nous emboîtons le pas de Rex dans un immense salon. Quatre mecs sont avachis sur un grand canapé en forme de U, qui doit soutenir un poids total d'environ quatre cents kilos de muscles.

– Fitzgerald ! s'exclame l'un d'eux en secouant sa manette de jeu. Tu veux jouer ?

– Une autre fois, répond Fitz.

Rex s'installe sur un fauteuil et en désigne un autre.

– Assieds-toi, mon chou. Summer, tu peux rester debout, dit-il avant de rire bruyamment de sa propre blague. Non, je rigole ! Fitz, reste debout.

Je m'enfonce dans l'immense fauteuil en cuir marron. J'ai l'impression d'être un bébé dans un siège pour grande personne.

Rex me présente à ses camarades. J'ai du mal le suivre, il fait rapidement la liste de leurs prénoms et postes dans l'équipe. Ils sont tous attaquants, deux demi inséré, un porteur de ballon et un receveur éloigné. Rex aussi est receveur.

– Lockett, Jules, Bibby et C-Mac, je vous présente Summer. Elle a un service à nous demander.

– Je suis d'accord, lance aussitôt l'un d'eux, probablement Jules.

Ce brun aux cheveux mi-longs, avec des fossettes et un diamant à une oreille, est vraiment pas mal.

Je lui fais un grand sourire.

– Tu ne sais même pas de quoi il s'agit.

– Pas grave. Aucun d'entre nous ne dira non à une belle fille comme toi, ajoute C-Mac, à la frimousse adorable encadrée de dreadlocks.

S'il n'avait pas de gros biceps et d'imposants pectoraux, je lui aurais donné quatorze ans.

– Franchement, même si tu me demandais de m'épiler les couilles, je dirais oui, lance Lockett, le plus petit.

Par petit, j'entends environ un mètre soixante-dix au lieu d'un mètre quatre-vingt-dix, et quatre-vingts kilos au lieu de cent. Une personne normale, quoi.

– C'est une sacrée preuve d'engagement, dis-je en m'efforçant de garder mon sérieux, puis je poursuis : Si vous acceptez de m'aider, il y a quand même de fortes chances que je vous effleure les couilles.

– Quoi ? s'exclame Fitz en me lançant un regard noir. Dean m'a dit que tu avais juste besoin de mannequins ?

– Dean ? demande Lockett en me dévisageant jusqu'à ce que ça fasse tilt. Ah merde, Dean Di Laurentis ? Heyward-Di Laurentis ? Tu es sa sœur ?

– Exact. Et j'ai besoin de six mannequins pour mon défilé de mode, je leur explique.

Je n'en ai que cinq devant moi, mais si j'arrive à en recruter un ou deux, je parie que j'en trouverai facilement d'autres.

– Je vais devoir prendre vos mensurations, faire des essayages. Donc il se peut que je touche votre paquet par inadvertance. Je vous présente toutes mes excuses à l'avance.

– Pas la peine de t'excuser, dit Rex.

– Qu'est-ce qu'on portera ? demande Bibby, la barbe rousse.

– Des maillots de bain.

– Prem's pour le moule-bite, proclame aussitôt Lockett.

C-Mac lève la main.

– Prem's pour le string.

Je suis surprise de voir avec quelle facilité j'obtiens leur accord. Pour être sûre qu'ils ne me font pas marcher, je leur donne plus de détails et analyse leurs réactions.

– Le défilé aura lieu dans un mois, juste après les vacances de printemps. Je suis encore dans la phase de conception, mais si vous vous engagez, je devrai prendre vos mensurations au cours des jours qui viennent et commencer les essayages dans quelques semaines. Je vais aussi devoir vous coacher pour défiler…

– Je n'ai pas besoin d'être coaché. J'ai regardé *America's Next Top Model.*

– Moi aussi, renchérit Jules. Tyra Banks n'a plus rien à m'apprendre.

Je me mords les lèvres pour ne pas éclater de rire. Parfait. C'est exactement des mecs comme ça qu'il me fallait.

– Donc, vous acceptez tous ? je demande en les regardant un à un dans les yeux.

Tout le monde acquiesce.

– Tu peux compter sur nous, promet Rex.

– Il en manque encore un, dit Bibby avant d'ajouter : Je demanderai à Chris.

Je ne sais pas qui est Chris, mais j'acquiesce.

– Super, je vous remercie.

– On est prêts à tout pour une Di Laurentis.

Rex hoche la tête avec ferveur.

– Ton frère traînait tout le temps ici à une époque. Il s'entendait bien avec les gars de troisième année.

– Je sais, dis-je avec un nœud dans la gorge. La mort de Beau l'a beaucoup affecté.

Moi aussi, mais je ne dis rien. Beau Maxwell était un quarterback de Briar, il a joué trois saisons pour l'équipe de football avant de perdre la vie dans un accident de voiture. Dès que j'ai appris la nouvelle, je me suis enfermée dans ma chambre de la résidence Kappa et j'ai pleuré toutes les larmes de mon corps. Dean ne le sait pas, mais j'ai eu une aventure avec Beau. On avait trop bu et on s'était promis de ne jamais rien dire, ne voulant pas nous frotter à la colère de mon frère.

– Beau était vraiment quelqu'un de bien, dit Rex d'une voix grave.

L'ambiance devient lugubre.

– Bon, dit Fitz en s'éclaircissant la voix. On va y aller.

– Je vais créer un groupe de chat sur MyBri pour vous contacter, dis-je aux garçons. Encore merci d'avoir accepté.

Avant de partir, ils me serrent tour à tour dans leurs bras pour me dire au revoir, comme de gros nounours, sous le regard résigné de Fitz.

– Tous les mecs de la planète tombent amoureux de toi au premier coup d'œil ? marmonne-t-il dès que nous sommes sortis.

– Non, certains se contentent d'obtenir une fellation et de faire comme s'il ne s'était rien passé.

Il s'arrête net.

– Je ne fais pas comme s'il ne s'était rien passé.

– Ah bon ? Alors, tu m'évites sans aucune raison ? Juste pour le fun ?

Les dents serrées, je le double d'un pas décidé.

Il me rattrape à hauteur de ma voiture.

– Summer, attends.

– Attends quoi ? Que tu te décides à m'accorder du temps et de l'intérêt ?

Il écarquille les yeux.

– Qu'est-ce que…

– N'est-ce pas ça le nœud du problème ? je l'interromps en laissant éclater mon amertume. Tu n'as pas envie de passer du temps avec moi.

– Ce n'est pas vrai.

– Je rectifie : tu veux bien que je te taille une pipe, mais tu ne peux même pas me faire la faveur d'en parler après coup.

– Arrête. Il ne s'agit pas de ça, gronde-t-il.

– Alors, de quoi il s'agit ? je m'exclame, furieuse. Sérieux, Fitz. C'est quoi le problème ? Tu te frottes contre moi sur le parking du *Malone's*, puis tu te casses. Je te suce dans les vestiaires, puis tu disparais pendant deux jours. Je n'ai aucune idée de ce que tu penses de moi. Alors, pardonne-moi de croire que tu ne veux pas de moi, dis-je en esquissant un sourire narquois. Franchement, ça paraît tellement étonnant que j'en vienne à penser ça, je renchéris d'un ton sarcastique. Un mec qui déguerpit après une gâterie, ça prouve bien qu'il est à fond sur moi, non ?

Dès que je parle de la pipe, il semble se sentir coupable. Mais il demeure silencieux.

Je suis tellement en colère que j'en grince des dents.

– J'ai un rendez-vous avec Hunter ce week-end.

C'est sorti tout seul. Et je lui tire enfin une réponse. Un muscle de sa mâchoire se contracte et il murmure :

– Depuis quand ?

– Ça fait une semaine qu'il me l'a proposé, dis-je en déclenchant l'ouverture de ma voiture. Tu veux savoir pourquoi j'ai accepté ? Parce que c'était vachement agréable de sentir qu'un mec n'avait pas honte de sortir avec moi.

Fitz pousse un soupir.

– Je n'ai pas honte de toi, murmure-t-il. C'est juste que…

– Que quoi ?

– Je ne sais pas m'exprimer.

– N'importe quoi. Tu sais très bien t'exprimer.

– Pas quand il est question de sentiments.

Il a l'air aussi découragé que moi.

– Quoi ? Tu veux me faire croire que tu es capable de ressentir des choses ?

Chaque muscle de son visage se tend. C'est le seul indice prouvant que je l'ai blessé. Autrement, il ne laisse rien passer.

– Je ne sais pas faire, Summer, dit-il d'une voix éreintée.

– Faire quoi ? je m'exclame en serrant les poings. Ce n'est pas compliqué, Colin ! Soit tu veux être avec moi, soit tu ne veux pas. (Ma main tremble sur la poignée de la portière.) Alors, c'est quoi, ce que tu veux ?

Il hésite.

Il hésite trop.

Ça me fait tellement de mal.

– Mauvaise réponse, je murmure avant de monter dans ma voiture en claquant la portière.

22

Summer

Quelques jours plus tôt, seul Fitz m'évitait. Désormais, c'est réciproque.

Quand il est dans le salon avec Hollis et Hunter, je reste dans ma chambre. Dès que je suis dans la cuisine, il est ailleurs. Un petit jeu ridicule consistant à tout mettre en œuvre pour ne pas partager le même espace ou respirer le même air.

Peut-être que c'est une bonne chose. Il vaut sans doute mieux rester loin de lui. Parce que dès que je me rapproche un peu trop, soit je lui caresse l'entrejambe, soit je lui taille une pipe. Hors de question que cela se reproduise.

Comme tous les matins, Fitz et les autres ont déjà quitté la maison pour se rendre à leur entraînement au moment où je m'apprête à partir pour le campus. J'ai un nouveau rendez-vous avec Hal Richmond ce matin. Quelle joie ! J'ai drôlement hâte.

Je roule jusqu'à Briar et me gare derrière le bâtiment administratif. Étant arrivée quinze minutes en avance, je reste dans ma voiture. Plutôt crever que de passer ne serait-ce qu'une minute de plus avec Grenouille. J'allume donc le chauffage et lance une vieille playlist. Dès les premières notes de « No Control » des One Direction, je me mets à chanter à tue-tête.

Quelques minutes plus tard, je fredonne encore la chanson quand je me dirige vers les bureaux du doyen. Quel dommage que ce groupe se soit séparé, ils étaient vraiment géniaux !

– Qu'attendez-vous pour vous remettre ensemble ! je m'exclame à voix haute, pile au moment où une fille brune tourne à l'angle du bâtiment.

Elle sursaute.

– Pardon ?

J'agite une main en l'air.

– Je parlais aux One Direction. Il faut absolument qu'ils se remettent ensemble !

Elle secoue la tête, visiblement attristée.

– Je compatis, c'est une terrible nouvelle.

Je rêverais de passer le reste de la journée, voire le reste de ma vie, à discuter du vide qui s'est creusé dans mon cœur depuis la séparation de One Direction, mais je poursuis mon chemin. Je ne peux surtout pas me permettre d'arriver en retard. Chaque fois que je vois Grenouille, je le trouve encore plus condescendant qu'avant. Comme si, tous les soirs, il s'entraînait chez lui à me rabaisser.

Aujourd'hui, je ne suis pas déçue. Son arrogance frappe avant même que je ne me sois assise sur le fauteuil de la salle d'attente : il me demande comment s'est passée la partie de golf du week-end dernier entre mon père et Dean Prescott.

– Ça doit être sympa de faire l'aller-retour en un jour pour la Floride, tout ça pour taper quelques balles.

Le ton de sa voix n'est pas ouvertement sarcastique, contrairement à son regard.

Je me contente de répondre sèchement ne pas être pas au fait de l'emploi du temps de mon père ni de ses parties de golf. Puis je le mets au courant de mes progrès dans chaque matière.

Lorsque nous abordons le cours d'histoire de la mode, Grenouille s'appuie contre son dossier et me demande :

– Que pensez-vous du professeur Laurie ? Il était convoité par plusieurs universités de l'Ivy League, vous savez. Mais il a choisi d'enseigner à Briar, en partie grâce à moi.

– Grâce à vous ? je m'exclame, en priant pour ne pas avoir l'air trop incrédule.

– Ma mère a fait ses études au North London Collegiate avec Anna Wintour. Qui l'eût cru, n'est-ce pas ?

Son accent fabriqué est de plus en plus prononcé. Je suis toujours aussi persuadée qu'il se donne un genre. Pour autant, mon père ne m'a pas encore renseigné sur son lieu de naissance.

– Qui l'eût cru ? je répète en esquissant un petit sourire.

– Quoi qu'il en soit, ma mère et Anna sont restées en contact au fil des années. Pour l'anniversaire de ma mère, elle est venue à la fête accompagnée d'Erik. C'est là que je l'ai convaincu, lui faisant comprendre qu'enseigner à Briar présentait d'indéniables avantages pour quelqu'un de sa renommée.

– C'est fantastique.

Je ne sais vraiment pas quoi dire d'autre.

– Vous aimez son cours ?

– Oui, c'est pas mal.

– Juste « pas mal » ? demande-t-il en inclinant la tête. Pour l'instant, au vu des retours, c'est un franc succès.

– Le cours est intéressant.

J'hésite entre dire la vérité ou me taire.

Peut-être ferais-je mieux d'être honnête, de décrire ses clins d'œil incessants et ses mains baladeuses. Lui parler de sa main sur mon épaule, de ses caresses, de ses doigts frôlant ma nuque…

Seulement, Monsieur Richmond ne m'apprécie déjà pas beaucoup et j'ai du mal à imaginer sa réaction.

Dis-lui.

La voix de ma mère résonne dans ma tête, elle me pousse à dire ce que je pense. Je sais que c'est ce qu'elle me conseillerait de faire. Ma mère ne garde jamais rien pour elle.

– J'affectionne le sujet de son cours, je poursuis avant de marquer une pause pour prendre une profonde inspiration. Mais… si vous voulez tout savoir… (je souffle d'un coup) Monsieur Laurie me paraît un peu louche.

Richmond plisse les yeux.

– Louche ?

– Oui.

Ma bouche devient toute sèche, contrairement à mes mains qui sont moites et que j'essuie sur mon jean.

– Il me touche souvent la main, les épaules et je trouve que son regard s'attarde un peu trop sur moi…

– Vous devez faire erreur, m'interrompt Richmond. Erik est très gentil. Tout le monde l'adore.

Je me mordille les lèvres.

– C'est ce que je pensais, qu'il se montrait juste gentil à mon égard. Mais ça me semble aller plus loin que de la simple gentillesse. Je n'aime pas la façon dont il me touche. Je trouve que c'est déplacé…

– Summer, me coupe-t-il.

– Oui ?

– Vous êtes une jolie fille et je suis sûr que vous avez l'habitude d'être admirée. Peut-être un peu trop… Parfois, vous avez sans doute l'impression que lorsque quelqu'un est gentil avec vous, qu'il fait attention à vous, il y a forcément une connotation sexuelle…

Je reste sous le choc.

– En revanche, je suis certain que vous avez mal interprété l'attitude du professeur Laurie, dit-il, penché en avant, les mains posées sur son ordinateur portable. Avez-vous conscience que de telles accusations peuvent détruire la carrière de quelqu'un ?

À présent, mes mains sont toutes sèches et serrées sur mes cuisses.

– Ce n'est pas dans mon intention de détruire la carrière de qui que ce soit. Je…

– Voulez-vous porter plainte ? Si c'est vraiment ce que vous souhaitez, nous pouvons lancer la procédure tout de suite. Mais sachez que cela prend du temps et peut avoir de lourdes conséquences sur les deux parties.

Mes yeux piquent.

– Je… Euh…

Il souligne son impatience en fronçant les sourcils.

– Summer, voulez-vous porter plainte contre le professeur Laurie ?

Au bout d'un long moment d'hésitation, je réponds :

– Non.

– Je vois, rétorque-t-il en se levant. Prévenez-moi si vous changez d'avis. En attendant, je vous conseille de faire preuve de prudence avant de lancer ce genre d'accusation…

– Je n'ai accusé personne, je proteste. Vous m'avez demandé ce que je pensais de lui et je vous ai expliqué qu'il me met mal à l'aise.

Richmond contourne son bureau.

– À la semaine prochaine, Summer. Laissez-moi vous raccompagner.

★ ★ ★

Plus tard dans l'après-midi, je ressasse encore l'attitude dédaigneuse de Grenouille. Je me remets également à douter de moi. C'est vrai qu'au regard de ma description des actes de Laurie à Richmond, mes accusations peuvent paraître un peu légères.

Il me touche souvent la main, les épaules, et son regard s'attarde un peu trop sur moi.

Ce ne sont pas forcément des gestes déplacés. Plus j'y réfléchis, plus je me demande si mon opinion sur Laurie ne serait pas erronée. Ne serait-il pas simplement quelqu'un de très amical ? Richmond l'a décrit comme étant très gentil, ce qui me fait encore plus douter de moi. Si l'assistant du doyen n'est pas alarmé par son attitude, peut-être devrais-je revoir mon jugement sur la situation ?

Pfff… Je ne sais vraiment pas quoi en penser.

– Aïe !

Madison, étudiante en deuxième année dont je suis en train de prendre les mensurations, sursaute, car j'ai serré un peu trop fort mon mètre autour de sa poitrine.

– Excuse-moi, dis-je en lâchant le mètre. Je prends les dernières mesures de ta taille et ce sera terminé.

Je lance un regard à Bianca qui, étalée sur le canapé, feuillette le dernier numéro de *Vogue*.

– Merci d'avoir accepté de faire ça pour moi, les filles. Ça va être génial.

– Merci de nous l'avoir proposé. J'ai hâte de défiler ! confesse Bianca.

– Moi aussi, renchérit Madison en sautillant de joie. Je n'arrive pas à croire que tu aies persuadé l'équipe de football de défiler en slip de bain.

– Pas toute l'équipe. Juste six joueurs terriblement sexy, dis-je en leur adressant un clin d'œil.

Son visage s'illumine.

– J'ai déjà envie d'être à la fête.

Quand Bianca m'a envoyé un message pour m'annoncer qu'elle et cinq autres filles de la sororité étaient partantes pour le défilé, j'ai fait monter les enchères en promettant de les inviter à la fête qui se tiendra après le show. Non pas la fête officielle organisée par l'université, mais *l'after*, avec les joueurs de l'équipe de football. Rex est d'accord pour l'organiser dans leur maison. Il m'a suffi de glisser le mot « sororité » pour que ce soit dans la poche.

– Je suis impatiente de voir les maillots en vrai, lance Bianca. Tes croquis sont vraiment superbes.

– Ta collection est top, ajoute Madison.

– Merci, j'ai hâte de les voir sur vous, les filles, dis-je en mesurant la taille de Madison.

Une fois l'opération terminée, je rembobine le mètre et le range avec mon carnet dans mon sac Prada.

– Bon, c'est parfait. J'ai tout ce qu'il me faut. La prochaine fois, on fera les essayages et…

– Qu'est-ce que vous fabriquez ?

Kaya apparaît sur le seuil de la porte et nous regarde avec méfiance.

– Salut Kaya, dis-je d'un ton enjoué.

Bianca se relève prudemment ; Madison s'échappe de la pièce comme un animal en danger.

Kaya me lance un regard noir.

– Que fais-tu ici ?

– Je suis venue prendre les mensurations des filles, je réponds en passant mon sac sur mon épaule.

– Pour quoi faire ?

– Ça ne te regarde pas.

Mais Bianca la met immédiatement au courant.

– On est quelques-unes à participer au défilé de Summer.

– Ce n'est pas mon défilé, je précise. Le département de stylisme organise cet événement tous les ans.

Kaya fait mine de ne pas m'écouter. Elle est trop occupée à fusiller Bianca du regard.

– Pourquoi as-tu accepté de défiler pour elle ?

Bianca bafouille.

– Parce que ça m'a paru cool.

– Tellement cool que tu n'as pas pensé à me le proposer ? demande Kaya, visiblement vexée.

– Tu voudrais défiler pour ma collection, Kaya ? je demande en exagérant mon étonnement.

– Bien sûr que non !

J'ai du mal à cacher mon agacement.

– Vous auriez dû m'en parler avant d'accepter, poursuit-elle sèchement. Je suis la présidente de notre sororité, Bianca. Tout ce que vous faites peut avoir une incidence sur ma réputation.

– T'inquiète pas, Kaya. Ce n'est qu'un défilé de mode. Je t'assure que ça donnera une bonne réputation à la sororité. Nous ne faisons qu'aider une étudiante. Le siège apprécie ce genre d'initiative, répond Bianca.

– Combien de sœurs participent ?

– Six.

– Six ? Je n'arrive pas à croire que personne ne m'en ait parlé.

– Parce que ça ne te regarde pas.

Je me dirige vers la sortie.

– Bon, j'y vais…

– Après tout ce qui s'est passé avec Daphné ! Tu sais combien j'ai été affectée de découvrir qu'elle tramait des choses derrière mon dos. Et vous êtes en train de faire pareil.

– Personne ne trame quoi que ce soit derrière ton dos, s'insurge Bianca.

Elle m'adresse un signe de tête pour m'encourager à fuir avant que le ton ne monte davantage.

Je file à travers les portes de la résidence Kappa Beta Nu. Je me dis qu'une plaque à la mémoire de Daphné Kettleman ne serait pas de trop, tant cette fille semble avoir marqué l'histoire de la sororité.

Au moment où j'ouvre la portière de ma voiture, la chanson « Cheap Thrills » retentit dans mon sac. Je sors mon téléphone.

C'est Hunter.

– Salut, Blondie.

Un sentiment de culpabilité m'envahit dès que j'entends sa voix. Samedi soir approche à grands pas. Je ne lui ai toujours pas dit que ce serait la Saint-Valentin. Soit il voudra quand même dîner avec moi, soit il demandera à changer la date. Sauf que je ne sais pas si j'ai envie de maintenir notre rendez-vous.

– Je viens de me rendre compte que samedi soir, c'est la Saint-Valentin, m'annonce-t-il en riant. C'est de ma faute !

Soulagée, je ris aussi.

– Tant mieux, je voulais justement t'en parler parce que… euh… je ne sais pas si c'est une bonne idée, pour un premier rendez-vous.

– Je comprends, ne t'inquiète pas. Trop de pression d'un coup.

– On pourrait changer la date ? dis-je.

Je gagnerais ainsi du temps pour mieux cerner mes sentiments à son égard.

Seulement, Hunter décide de me compliquer la tâche :

– Et si on se voyait ce soir ?

Je retiens mon souffle.

– Ce soir ?

– Il n'y a pas de match, je n'ai rien de prévu pour la soirée. Et toi ?

– Moi non plus.

Merde, pourquoi j'ai dit ça ? Maintenant je n'ai plus d'excuse.

– Alors on dit ce soir, pour dîner ?

– D'accord.

– Super, je passe te chercher chez toi.

Et il éclate de rire.

– C'est nul !

– Je sais ! On se retrouve vers dix-neuf heures ?

– Bonne idée.

J'espère qu'il ne perçoit pas mon hésitation.

À plus tard, Blondie.

Dès que nous raccrochons, j'appelle ma mère.

– Bonjour ma chérie, dit-elle, visiblement ravie de m'entendre. Tu m'appelles pile au bon moment, je viens de terminer une réunion.

– Maman, j'ai un problème de cœur.

Au bout d'un court silence, elle s'exclame :

– Dis-moi tout !

Je l'adore.

– J'ai un rencard avec un de mes colocataires ce soir. Il s'appelle Hunter, nous avons tous les deux étudié à Roselawn, mais il était dans la promo en dessous de la mienne.

– D'accord, dit-elle. (Je parie qu'elle est en train de froncer les sourcils.) Tu appréhendes ce rendez-vous ?

– Non, pas vraiment. C'est juste que… j'ai embrassé mon autre colocataire.

Entre autres. Mais elle n'est pas obligée de tout savoir.

– Tu l'as embrassé avant le rendez-vous ?

– Non, je n'ai pas embrassé celui avec qui je sors ce soir. Enfin, si. Mais c'était il y a un moment déjà. En fait, samedi dernier, j'en ai embrassé un autre.

– Hunter.

– Non ! Fitz.

– Fizz ?

– Fitz ! je m'exclame. Colin Fitzgerald. Maman, suis un peu !

– J'aurais moins de mal à suivre si ta vie amoureuse ne ressemblait pas à un épisode des *Princes de l'amour.*

– Des *Princesses de l'amour,* plutôt. Bref. Écoute-moi bien. Hunter, c'est celui avec qui je vais dîner ce soir. Fitz, c'est celui que j'ai embrassé.

– Je vois. As-tu des sentiments pour chacun des deux ?

– Euh… oui ?

– C'est une question ?

– Non. Enfin, je ne sais pas. Je suis perdue.

– Je ne sais pas quoi te dire, ma puce. Tu lésines sur les détails et sur le contexte. Je ne peux que te conseiller de choisir celui qui te plaît le plus.

– Maman, ça ne m'aide pas du tout ! je grommelle. Autant me débrouiller toute seule, j'ajoute avant de l'imiter : *Choisis celui qui te plaît le plus.* Franchement, tu pourrais faire mieux.

Elle éclate de rire.

– Écoute, c'est tout ce que je peux te dire. Appelle-moi plus tard. Tu me raconteras comment ça s'est passé.

Super. D'habitude, ma mère sait parfaitement me conseiller. Mais pas aujourd'hui. Même une citation de papillote donne de meilleurs conseils que *Choisis celui qui te plaît le plus.*

En plus, il ne s'agit pas de celui qui me plaît le plus. Je ne suis même pas sûre d'apprécier Fitz. Il me rend folle. Mais je suis aimantée par lui et il ne quitte pas mes pensées. Contrairement à Hunter, auquel je pense rarement.

Je sais pertinemment que je n'aurais pas accepté de sortir avec Hunter si Fitz m'avait proposé d'aller de l'avant.

Or, Fitz ne propose rien de cet ordre. Il ne dit rien, excepté qu'il ne sait pas « exprimer ses sentiments ».

Que suis-je censée faire de ça ? Le supplier d'apprendre à exprimer ses sentiments ? Pas question.

Hunter est un mec bien, nous semblons nous entendre. Quel mal y aurait-il à vouloir davantage à le connaître ?

Tu vas lui donner de faux espoirs.

Pas forcément. Peut-être que je passerai un si bon moment avec lui que j'en oublierai Fitz.

Peut-être que non. Et que tu lui donneras de faux espoirs.

Faut-il que j'annule notre rendez-vous ? Je ne sais pas quoi faire.

Plus tard, sous la douche, je me pose encore la question. Heureusement, depuis que Hollis a installé un verrou, je peux me doucher en toute sérénité.

Je continue à tourner autour du pot en me séchant les cheveux. En m'habillant, tandis que j'enfile une robe gris tourterelle, des collants noirs et des bottes à lacets Jimmy Choo en daim noir.

Je n'ai toujours pas tranché lorsque Hunter m'appelle en bas des escaliers pour me dire qu'il démarre la voiture.

Quand, soudain, Fitz débarque dans ma chambre sans frapper.

– N'y va pas !

23

Summer

– Quoi ?

La question fuse, comme un cri strident, et mon cœur palpite.

Le long corps musclé de Fitz fond sur moi. Je recule, car il me fait un peu peur. D'habitude, il a les yeux marron, mais là, ils sont beaucoup plus sombres. Et ils crachent du feu. Son regard me transperce.

Je me retrouve dos au mur. Fitz continue d'avancer vers moi, jusqu'à ce que nous ne soyons plus qu'à quelques centimètres l'un de l'autre. Si seulement je parvenais à respirer, en se soulevant, ma poitrine frôlerait son torse.

– Summer, dit-il d'une voix tourmentée.

Il effleure ma joue du bout des doigts. J'ai du mal à reprendre mon souffle. Inquiète, je regarde derrière son épaule. La porte est entrouverte. Hunter et Hollis pourraient faire irruption à tout moment.

– Ne sors pas avec lui ce soir, peine-t-il à dire.

Mon pouls s'accélère. Ses lèvres sont si proches des miennes que je pourrais le goûter. Son vieux tee-shirt gris laisse entrevoir les tatouages sur son torse. Je lutte pour ne pas le caresser.

– Ne pars pas avec Hunter, répète-t-il d'une voix éraillée, en me regardant droit dans les yeux.

Je retrouve enfin la parole.

– Donne-moi une bonne raison de ne pas le faire.

Il déglutit.

Je l'implore en silence. Je ne peux pas dire les mots à sa place. S'il ne veut pas que je sorte avec Hunter, il faut qu'il m'explique pourquoi. Il n'a pas le choix.

Sauf qu'il reste muet. Seul un muscle de sa mâchoire tremble.

– C'est quoi ton problème, Fitz ? On dirait que tu voudrais le beurre et l'argent du beurre. Je te rappelle que tu m'as repoussée après la gâterie que je t'ai faite. Donc, tu n'as pas à me dicter avec qui je peux ou ne peux pas sortir. Je ne te dois rien ! Tu as grillé toutes tes chances avec moi.

– Je sais, finit-il par dire.

Il semble aussi perdu que moi.

Avant de débarquer dans ma chambre, il n'avait visiblement pas préparé d'autre discours que « ne sors pas avec Hunter ». Eh bien, ça ne me suffit pas à mes yeux.

– Je sais que j'ai merdé, dit-il, le regard pétri de remords. C'était tellement stupide de t'éviter après ce qui s'est passé dans le vestiaire. C'était égoïste aussi.

– Sans blague.

– Je suis désolé. Vraiment. Je ne cherche pas à profiter de toi. Ou en tout cas, pas de façon intentionnelle. Tout ce que je sais, c'est que savoir que tu sors avec lui ce soir me rend malade.

J'attends qu'il développe. Mais comme d'habitude, il reste coi.

– Alors dis-moi pourquoi je devrais rester, Fitz ? Et ne me dis pas que c'est parce que tu bandes toute la sainte journée en pensant à moi, d'accord ? Je n'ai plus envie de coucher avec toi. Une simple aventure ne m'intéresse pas. Et puis, ça n'a pas non plus l'air d'être ton truc.

– Non, c'est vrai, rétorque-t-il d'une voix rauque.

– Alors, c'est quoi le problème ? je demande, interloquée. Pourquoi je ne devrais pas sortir avec Hunter ?

– Je n'ai pas dit ça.

– Je te signale que tu ne dis pas grand-chose !

La porte est ouverte, alors je baisse la voix.

– Qu'est-ce que tu veux, Colin ? Dis-moi ce que tu ressens.

Nous nous dévisageons pendant ce qui me semble être une éternité. Je ne lis aucune émotion sur son visage. Il est tellement fort pour ne rien laisser filtrer. Il dissimule ses pensées et ses émotions comme un agent des services secrets, préférant probablement se prendre une balle plutôt que d'exposer ce qu'il ressent.

Qu'il le veuille ou non, il joue avec moi. Je suis joueuse, parfois. Sauf quand il est question d'amour. Jouer à deviner ce que pense l'autre ne m'intéresse pas.

– Je dois partir, je murmure.

Frustré, il pousse un grognement dans sa barbe.

– Summer…

Mais je me dirige déjà vers la porte.

Et il ne me retient pas.

* * *

Il va sans dire que je suis légèrement distraite lorsque Hunter tire ma chaise pour que je prenne place dans le meilleur restaurant de Hastings. *Ferro* nous a été recommandé par Allie et son amie Grace Ivers. Grace est la petite amie de Logan. Apparemment, ils y dînent régulièrement.

Hunter est vraiment à tomber ce soir, je ne peux pas dire le contraire. Il a choisi de porter un pantalon qui met en valeur ses belles fesses et il s'est coupé les cheveux. J'ai toujours préféré les garçons aux cheveux courts.

Je le dévisage tandis qu'il me dévore du regard.

– Ta robe est sublime, Blondie.

J'esquisse un sourire.

– Merci.

Se rend-il compte que j'ai l'esprit ailleurs ? Ou pire, perçoit-il mon tourment ? Parce que je suis complètement bouleversée par ce qui vient de se passer avec Fitz.

Pourquoi ne me confie-t-il jamais ce qu'il ressent ? Pourquoi faut-il toujours que je lui tire les vers du nez ? C'est si douloureux et frustrant de lui parler. Je ne le comprends pas.

À force d'y penser, je ne remarque même pas le serveur qui s'approche de nous pour prendre notre commande.

– Summer ? Tu veux une vodka à la canneberge ? fait Hunter.

Je secoue vivement la tête.

– Je préfère de l'eau pour l'instant, dis-je au serveur.

J'attends qu'il parte pour expliquer mon choix à Hunter.

– Ça fait des heures que je n'ai pas mangé. Je n'aime pas boire le ventre vide.

– Je comprends.

Il m'observe dérouler ma serviette. Mes doigts tremblent un peu quand je l'étale sur mes jambes.

Alors, il fronce les sourcils.

– Qu'est-ce qui ne va pas ?

J'avale ma salive.

– Rien. La journée a été longue.

– Tu as vu ton conseiller pédagogique, non ? Comment ça s'est passé ?

– Pas génial. Richmond me déteste.

Mes joues se creusent à force de serrer les dents. Je me contrains à arrêter de le faire.

– Il m'a poussée à lui confier qu'un de mes profs me met mal à l'aise avant de condamner mes accusations.

– Qu'est-ce que ce prof t'a fait ? demande Hunter, inquiet.

– Rien. Il est juste louche. Et un peu trop tactile. Après que j'ai raconté ça à Richmond, il m'a fait la morale.

Le serveur revient avec nos boissons et nous demande si nous avons fait notre choix. N'ayant pas encore ouvert la carte, Hunter réclame quelques minutes de plus.

Alors que j'essaie de me concentrer sur la liste des plats, mon cerveau est retourné auprès de Fitz, dans ma chambre.

Soudain, Hunter pousse un long soupir.

Je lève la tête.

– Ça va ?

– Moi, ça va, dit-il avec un sourire en coin. Mais toi, tu n'as pas l'air dans ton assiette.

– Pourtant, tout va bien, dis-je, sans grande assurance.

– Summer, ça fait un mois que je vis avec toi. Je sais quand tu ne vas pas bien. Tu m'as l'air complètement perdue ce soir.

– Je sais. Je suis désolée. Je…

Il hésite quelques instants.

– Qu'est-ce qui se passe entre nous ?

J'ai la gorge nouée et les yeux qui piquent. Je ne sais pas comment lui expliquer ce que je ressens parce que je n'en ai aucune idée.

Le cœur gros, je réalise que je suis exactement dans la même position que Fitz envers moi. Plus tôt, je lui ai demandé de me confier ce qu'il pensait, mais après tout, peut-être qu'il ne le sait pas, tout simplement. Et moi ? Serais-je capable d'expliquer mes sentiments pour lui ? Pourtant, je m'attends à ce qu'il… lutte pour moi ? Qu'il me déclare sa flamme ? Son amour éternel ? Et maintenant que Hunter me demande ce qui se passe entre nous, je suis incapable de répondre à sa question.

– Summer, dit-il sèchement.

Je me mordille les lèvres. Je n'aime pas décevoir les gens mais je ne vais pas avoir le choix…

– Je crois qu'il vaut mieux que je parte, je murmure.

Hunter ne répond pas.

Je lève les yeux sur lui. Il n'a pas l'air surpris.

– C'est à cause de Fitz ?

Il parle d'une voix basse et brusque.

Malgré la bonne dose de culpabilité et de honte qui m'envahit, je me force à lui répondre que oui.

Son regard me transperce. Je ne veux même pas imaginer ce qu'il pense. Je ne saurais d'ailleurs dire ce qu'il s'apprête à faire. Va-t-il jeter sa serviette sur la table et quitter calmement le restaurant ? Perdre son sang-froid et m'insulter ?

Rien de tout ça. Il se contente de se lever et vient de mon côté pour m'aider à me relever.

– Je te ramène à la maison, dit-il en déposant un billet de vingt dollars sur la table, beaucoup trop d'argent pour des verres que nous n'avons même pas bus.

Je me retiens de pleurer et lui emboîte le pas vers la sortie.

★ ★ ★

Le silence règne dans la voiture pendant le trajet du retour. Terriblement gênant. Pire encore lorsque Hunter se gare devant la maison, sans éteindre le moteur.

– Tu ne veux pas rentrer ? je demande, avant de me maudire d'avoir posé la question la plus stupide du monde.

Bien sûr qu'il ne rentre pas. Je viens de repousser ses avances. Il ne va quand même pas se poser sur le canapé avec moi pour regarder des clips de One Direction.

– Non…

Fébrile, il tapote le volant du bout des doigts, sans doute impatient de me voir sortir de sa voiture.

– Je n'ai pas envie de rentrer. Je vais trouver un endroit où faire la fête, dit-il en haussant les épaules. Ne m'attendez pas ce soir.

– Envoie-moi un message pour me dire où tu passes la soirée. Ça me rassurera.

Pour la première fois depuis que je lui ai révélé mon attirance pour Fitz, il ne cache pas sa colère.

– Je suis sûr que tu auras autre chose à faire ce soir, Summer, répond-il en me regardant d'un air cynique.

Je me sens tellement coupable.

– Hunter…

J'ai envie de lui dire de ne pas le prendre mal. Mais comment lui en vouloir ? J'ai accepté un rendez-vous avec lui et, dix minutes après avoir mis les pieds dans le restaurant, je lui apprends que j'aimerais être avec quelqu'un d'autre. C'est vraiment horrible de faire ça. Je ne sais pas comment je pourrai me racheter à ses yeux.

– Merci de m'avoir raccompagnée, je murmure.

– Pas de problème.

Je me penche et caresse tendrement son épaule. Il esquisse une grimace, comme si je lui avais fait mal. Malheureusement, c'est bien du mal que je lui ai fait. Je ne pensais pas lui plaire autant. Pour moi, c'était surtout du flirt.

J'ouvre la portière et sors de sa Land Rover. À peine ai-je fait quelques pas vers la porte qu'il entame une marche arrière pour repartir à toute vitesse. Un nuage de gaz d'échappement me brûle les narines.

Je me sens au plus mal quand je rentre dans la maison. Je suppose que Hollis est sorti, car il n'est pas dans le salon et que sa chambre est vide lorsque je passe devant sa porte. Je me dirige vers la grande chambre. Pas de lumière sous la porte, mais je sais que Fitz est à là, sa voiture est garée devant le porche. À moins qu'il soit sorti avec Hollis ? Je verrai bien, de toute façon.

Je prends une longue inspiration, saisis mon courage à deux mains et frappe légèrement à sa porte.

Pas de réponse.

Merde. Il a dû sortir.

J'hésite quelques secondes, puis je tourne la poignée et pousse la porte. La chambre est plongée dans la pénombre. J'inspecte l'intérieur et aperçois une forme sur le lit. Pas sous les draps, simplement recouverte d'une fine couverture en polaire.

– Fitz ?

La forme bouge.

– Summer ? répond-il, à moitié endormi.

– Je suis rentrée.

Il émet un bruit grave, à la croisée entre bâillement et grognement. C'est adorable.

– J'ai dormi combien de temps ?

– Pas longtemps. Il n'est que vingt heures.

– Tu es partie il y a une demi-heure.

Il semble perdu.

– Oui.

– Et tu es déjà revenue ?

– Oui.

– Pourquoi ?

Je ferme la porte et approche du lit.

– Je ne sais pas encore. Mais… j'ai quelques questions à te poser, dis-je avant de prendre une longue inspiration. Tu promets d'y répondre, cette fois ? Je n'attends pas un grand discours de ta part. Tu peux te contenter de répondre par oui ou par non. (Je cherche son regard dans l'obscurité.) Je t'en prie, Fitz…

J'entends le bruissement de la couverture au moment où il se redresse.

– Que veux-tu savoir ? demande-t-il brusquement.

Je pousse un soupir.

– Est-ce que tu me trouves superficielle ?

– Non, pas du tout.

Il est sincère.

Je hoche lentement la tête.

– Est-ce que tu avais prévu de t'enfuir après la gâterie dans les vestiaires ?

– Non.

Il semble vraiment le regretter.

Je déglutis.

– Est-ce que, comme moi, tu en as assez de lutter contre ton attirance pour moi ?

– Oui, je n'en peux plus.

Le désir est manifeste dans sa voix.

Mes mains tremblent quand je saisis ma robe par l'ourlet avant de la soulever lentement pour la faire passer par-dessus ma tête. Ce que je fais est complètement dingue. Mais j'ai l'habitude, mes accès de folie ne me font pas peur.

– Summer ? dit Fitz d'une voix étranglée.

Je ne l'écoute pas. Je garde mes collants parce que le sol est froid, mais je retire mon soutien-gorge et le laisse retomber par terre.

Il retient son souffle.

Je monte sur le lit et me glisse sous la couverture avec lui.

– Tu ne portes pas de haut.

– Non.

– Pourquoi ?

Je me rapproche davantage ; plus que quelques centimètres séparent nos lèvres.

– À ton avis ?

24

Fitz

Summer est dans mon lit. Je répète : Summer, la sublime fille qui vient tout juste de me réveiller pour m'annoncer qu'elle en a assez de lutter contre son attirance pour moi, est nue, dans mon lit.

Je sais que nous avons beaucoup de choses à aborder. Je l'ai suppliée de ne pas sortir avec Hunter, mais elle est quand même partie. Je sais qu'elle a beaucoup de questions à me poser. Des questions auxquelles j'aurai du mal à répondre. Pas par manque de volonté, mais par peur.

Summer me fait peur. Elle m'a toujours fait cet effet-là. Je ressens le besoin de me confier à elle ; c'est une pulsion dont je n'ai pas l'habitude.

En parlant de pulsion, voilà qu'elle caresse mes lèvres du bout des doigts, réveillant mon excitation.

Je me rapproche d'elle en me retenant de lorgner ses seins. J'en crève d'envie, mais je préfère y aller en douceur avant de perdre totalement le contrôle.

– Tu es sûre de toi ? je murmure.

– Sûre à cent pour cent.

Je remarque une pointe de vulnérabilité dans sa voix.

– Et toi ? demande-t-elle.

Je ne peux m'empêcher de rire.

Son corps se raidit aussitôt.

– Tu te fous de moi !

– Non ! Je ne ris pas à cause de toi. Je te jure. C'est juste que… ta question… Est-ce que je suis sûr ? Putain, Summer, je me touche tous les jours en pensant à toi. Je n'arrive pas à t'extirper de ma tête. Après la pipe, ça n'a fait qu'empirer. Maintenant, je me masturbe deux fois par jour !

En guise de réponse, elle m'embrasse fougueusement.

Une chose est sûre, ni l'un ni l'autre ne sommes prêts à mettre un frein à ce qui est en train de se passer. Ça fait longtemps que ça nous pend au nez. Trop longtemps.

Nos vêtements volent, je ne saurais dire à quel moment ni comment nous nous déshabillons, mais nous nous retrouvons complètement nus, corps contre corps, sa bouche pressée contre la mienne. Elle soulève les hanches pour se frotter contre mon érection qui ne demande qu'à être libérée.

Ses lèvres s'écartent pour moi. Dès que nos langues se rencontrent, elle pousse un gémissement désespéré qui vibre à l'intérieur de ma bouche. Je mordille ses lèvres, puis embrasse la ligne de sa mâchoire.

Une fois dans le creux de son cou, elle renverse la tête vers l'arrière pour m'offrir sa chair, et je la dévore délicatement, obtenant plus de gémissements.

Quand elle tend le bras pour saisir mon paquet, je l'en empêche.

– Non, je murmure. Cette fois, je m'occupe de toi.

Je l'allume, pour la rendre dingue. Et au passage, je perds complètement la tête. Les seins de Summer ont des effets bien plus puissants qu'une drogue, tout comme ce coin de peau particulièrement sensible au-dessous de son nombril. Il suffit de voir la façon dont elle arque le dos et contracte ses cuisses pour comprendre qu'elle meurt d'envie que je la prenne.

Ma fine barbe griffe ses seins ronds tandis que je lèche ses tétons. Je m'attarde à cet endroit, la couvrant de baisers, tandis qu'elle pose ses mains sur ma tête pour m'empêcher de bouger. Je ne risque pas de partir. Je suce son téton avec suffisamment d'ardeur pour lui arracher des geignements, puis lui caresse les seins du bout de la langue, jusqu'à ce qu'elle recommence à agiter ses hanches.

– Fitz, m'implore-t-elle. Arrête de me provoquer. Je veux…

Je glisse vers le bas et enfonce ma tête entre ses cuisses.

– C'est ça que tu veux ? je grogne contre sa chair.

Elle soulève brusquement ses fesses vers le haut.

Alors, je la saisis par les hanches et commence à la titiller en la léchant. Elle pousse des gémissements à chaque coup de langue. Puis, dès que j'enfonce un doigt en elle, je sens les muscles de son vagin qui se contractent. J'en perds la raison. Elle est toute serrée. Je caresse son clitoris avec ma bouche tout en l'emplissant avec mon doigt.

– Oh ! Ne t'arrête pas, je vais bientôt… s'exclame-t-elle d'une voix étranglée.

Je m'arrête net.

– Pourquoi tu fais ça ? crie-t-elle.

Je passe ma langue sur mes lèvres. Bon sang, sa saveur est divine.

– Un peu de patience, dis-je en me relevant.

– Qu'est-ce qui te donne le droit de décider ça ? souffle-t-elle. C'est mon corps, Colin.

– Et c'est ma langue, je rétorque avec un sourire en coin.

– J'ai envie de jouir.

– Et moi, qu'est-ce que tu crois ?

– Arrrgghh ! Je te déteste, tu sais ?

– Ce n'est pas vrai.

– Je vais mourir si je n'ai pas d'orgasme, dit-elle en mimant un air de gravité. Tu devras expliquer à mon père que tu aurais pu éviter ma mort en n'arrêtant pas ton cunni. Tu veux vraiment avoir affaire à mon père, Fitz ?

Je me pince les lèvres pour ne pas exploser de rire. J'adore cette fille !

– Bon, d'accord. Je te propose un marché, dis-je en sortant une capote du tiroir de ma table de nuit. Pour que personne ne meure, on n'a qu'à jouir tous les deux.

– Très bonne idée.

Elle me regarde me mettre à genoux pour enfiler le préservatif. Je baisse les yeux sur elle et j'ai un temps d'arrêt en la voyant rougir de plaisir, le souffle haletant. Je n'ai jamais rien vu d'aussi sexy.

– Pourquoi tu n'es toujours pas en moi ?

Bonne question.

Je fonds sur elle et glisse lentement en elle. Putain. C'est tellement bon… Je n'ai encore jamais rien ressenti de pareil. Mon pouls s'accélère dès que je regarde Summer et découvre la façon dont elle m'observe.

Je pense qu'elle ressent exactement la même chose.

Le sommier émet un grincement quand je commence à bouger. Je pousse lentement, sans aller trop en profondeur. Dès qu'elle essaie de m'attirer contre elle pour que j'aille plus loin, je me retire.

– J'en veux plus, supplie-t-elle.

– Non.

Ma capacité à me retenir m'impressionne. Pourtant, je meurs d'envie d'accélérer la cadence. D'être libéré. Mais, dans le même temps, je n'ai pas envie que ça se termine, ne souhaitant pas perdre cette sensation de pur plaisir.

Alors, je fais traîner le moment, ralentissant le mouvement de mes hanches. De la sueur perle sur mon front. Summer tente d'enrouler ses jambes autour de ma taille, mais je l'en empêche en lui mordant le cou, avant de me retirer complètement.

– Putain, Fitz… Reste, je t'en supplie…

Je l'ai réduite à m'implorer.

– J'aime bien te tourmenter, dis-je en riant.

Puis je la pénètre à nouveau en ondulant les hanches. Elle s'agrippe à mes épaules, les seins pressés contre mon torse, ses tétons durs s'enfoncent dans ma peau. Prisonnier de son antre, je commence à y voir flou.

– J'ai besoin de venir.

En entendant ce mot – *besoin* –, je craque. Je l'ai assez torturée comme ça.

Je pousse en profondeur, exhalant un grognement, et c'est parti. Nos ébats s'intensifient, tout devient rapide et torride. Cette fois, je lui permets de passer ses jambes autour de moi. Dans cette position, j'arrive à frotter son clitoris. Elle vient en premier, je ne suis pas loin derrière. Nous hurlons de plaisir en même temps, comme si nous l'avions déjà fait des centaines de fois.

Ensuite, c'est le trou noir. Quand la vague de plaisir est entièrement redescendue, je me retrouve sur le dos, Summer allongée sur moi. Je ne me souviens pas d'avoir changé de position.

Summer a posé sa joue sur ma clavicule.

– Ton cœur bat très vite.

– Le tien aussi.

Je sens ses battements contre mon torse, suivant presque exactement le même rythme que les miens.

Tandis que je caresse ses cheveux, elle pousse un soupir de félicité profonde.

– J'aime être nue contre toi.

– Moi aussi, dis-je d'une voix rauque.

– J'aime faire l'amour avec toi, renchérit-elle, le souffle haletant contre mon téton gauche, ce qui me fait frissonner. Je t'aime vraiment bien. Je t'aime même beaucoup.

– Je…

Ma bouche devient toute sèche. Je manque répondre *« idem pour moi »*, mais je réalise aussitôt que ça pourrait paraître méprisant. Alors je me contente de… ne rien dire.

C'est ainsi que je fonctionne.

Summer a senti le changement qui s'opère en moi. Je le sais parce qu'elle souffle. Mais, contre toute attente, elle ne s'énerve pas, comme toutes les autres fois où je n'ai pas su la rassurer en lui parlant gentiment.

– J'ai eu une révélation, tout à l'heure.

– Ah bon ?

– Oui… Je n'ai cessé de te réclamer de me confier tes sentiments. Et de te mettre en position de vulnérabilité. Ce n'était pas juste, dit-elle en effleurant mon ventre du bout des doigts, ce qui me donne la chair de poule. Parfois, j'oublie que tout le monde ne fonctionne pas comme moi. Moi, je dis tout ce qui me passe par la tête.

– Dire ce qui te passe par la tête, ce n'est pas la même chose que de confier ce que tu ressens.

– Ça ne m'empêche pas de le faire.

Je ris.

– C'est vrai.

Elle se tait, mais je vois qu'elle n'arrête pas de réfléchir.

– Je ne partage pas tout.

Ça éveille ma curiosité.

– Alors, comme ça, tu as des secrets ?

– Comme tout le monde.

J'en doute. Comme elle vient de le reconnaître, Summer est sans doute la personne la plus ouverte que je connaisse.

– Ah bon ? Lesquels ?

– Je ne révélerai rien, sauf si j'obtiens quelque chose en retour, dit-elle en haussant les sourcils. Je te propose le marché suivant : si tu me confies quelque chose sur toi, alors je… (elle hésite quelques secondes, les lèvres pincées) j'accepte de te révéler pourquoi j'ai mis le feu à la résidence de ma sororité de Brown.

Cette annonce retient toute mon attention. C'est la première fois qu'elle avoue être vraiment à l'origine de cet incendie.

– Marché conclu, mais c'est toi qui commences, dis-je.

– Je savais que tu dirais ça.

Elle saisit la couverture roulée en boule à nos pieds.

– Tu as froid ? je demande.

– Bien sûr que j'ai froid. Je te rappelle qu'on habite en Nouvelle-Angleterre.

Elle entoure alors ses épaules de la couverture et vient s'asseoir près de moi qui suis étendu sur le dos, complètement nu, le corps encore ardent.

– Tu dois promettre de ne jamais rien dire à personne, dit-elle, et je décèle de la gêne dans sa voix. Je n'ai raconté ça qu'à mes parents.

– Pas à Dean ? Ni à ton autre frère ?

– Nicky et Dean pensent que, ivre morte, j'ai renversé une bougie pendant une fête.

– Ce n'est pas ce qui s'est passé ?

Elle secoue négativement la tête.

Ah ! ça devient intéressant.

– Que s'est-il passé ?

– Tu dois promettre, Fitz.

Je n'ai encore jamais vu autant de sérieux dans ses yeux verts.

– Je te promets que je ne le répéterai jamais.

Elle se met à se ronger le pouce. C'est la première fois que je la vois faire et je n'aime pas ça. Gentiment, je pose ses doigts sur mon torse et les recouvre de ma main.

– Ça s'est vraiment passé pendant une fête, finit-elle par dire. J'étais saoule, mais pas autant que ce qu'imaginent mes frères. La résidence Kappa avait une immense terrasse couverte à laquelle on pouvait accéder depuis le salon ; une annexe de la maison avec d'immenses baies vitrées et de grands rideaux épais, très inflammables, dit-elle avec une pointe de sarcasme.

– Oh, non…

– Eh si…

Elle recommence à se mordiller le pouce et je l'en empêche à nouveau.

– J'étais pratiquement la seule à profiter de cette véranda. Elle n'était pas bien isolée, donc il y faisait souvent très froid. J'aimais bien y aller quand j'étais de mauvaise humeur et que j'avais envie d'être seule. Bref, ce soir-là, une fête avait été organisée avec les mecs de la fraternité Alpha Phi. Certains suivaient le même cours de sociologie que moi et le prof venait de nous rendre nos partiels. J'entendais qu'ils parlaient de leurs notes, ils avaient tous eu des bons résultats alors que je n'avais eu que cinq sur vingt, dit-elle d'un ton morne.

– Je suis désolé, ma puce.

Je ne contrôle pas ce petit mot affectueux qui m'échappe. Mais je ne suis pas certain que Summer l'ait relevé.

Le regard sombre, elle ajoute :

– J'avais fait un plagiat.

Je n'en reviens pas.

– Tu plaisantes ?

– Non, répond-elle d'une voix éraillée. Je n'avais pas conscience que ce que j'avais fait s'apparentait à du plagiat. J'avais paraphrasé des passages trouvés sur des sites en ligne et je n'avais pas correctement précisé mes sources. J'avais référencé tout ce qui était entre guillemets, mais pas le reste. Pourtant, j'avais indiqué les adresses des sites dans la bibliographie, mais ce n'était pas conforme. (Elle se frotte les yeux, puis me regarde avec détresse.) J'avais déjà eu tellement de mal à rédiger cette dissertation, Fitz. C'était une catastrophe. J'ai cherché de l'aide, mais ça n'a pas suffi. J'ai envoyé un mail au prof pour lui demander de me conseiller, mais c'était un abruti. Il considérait avoir déjà tout mis en place pour tenir compte de mes difficultés. Sauf que tu as bien vu ce qui se passe quand je perds les pédales.

J'éprouve une réelle compassion pour elle.

– Ma pauvre…

– J'ai rendu la dissertation tout en sachant qu'elle était mauvaise et que j'obtiendrais un mauvais résultat, mais je ne m'attendais pas à une note aussi basse. Quand j'ai essayé de m'entretenir avec le prof après le cours, pour lui expliquer que je n'avais pas commis ce plagiat sciemment, il m'a dit que c'était trop tard. Je pouvais simplement contester mon résultat auprès du jury de l'université. Mais le prof doutait que ça puisse marcher.

Je lâche la main de Summer et elle serre la couverture contre son corps.

– Pour revenir à la fête, les mecs de la fraternité étaient donc en train de se vanter de leurs notes, alors que je me sentais complètement débile. J'en avais tellement marre de passer pour l'idiote du village, tu comprends ? Je pensais à cette fichue dissertation posée sur mon bureau, dans ma chambre à l'étage, avec un cinq sur vingt dans la marge et « plagiat » écrit en rouge. J'étais très énervée. J'ai donc voulu… détruire les preuves de ma stupidité.

Le cœur serré, j'entends sa voix qui se brise. C'est pire encore quand je découvre son regard. Seigneur. Elle pense réellement être stupide.

– Alors, je suis montée chercher ma dissertation, puis, dans la véranda, j'ai gratté une allumette. Il y avait un grand bol en céramique posé sur une table, sous une des fenêtres. C'est là que j'ai déposé les feuilles en feu, dit-elle en soupirant. J'ai vraiment cru qu'elles ne feraient que brûler. Sauf qu'une fenêtre était ouverte et que les rideaux n'étaient pas loin… (Elle secoue la tête.) D'habitude, toutes les fenêtres étaient fermées, j'étais la seule à me rendre dans la véranda… Bref, la brise a attisé les flammes, les rideaux ont pris feu et la véranda n'était plus.

– Elle a été totalement détruite ?

– Non. Seulement le mur extérieur. Les côtés reliés à la maison étaient intacts, dit-elle, visiblement rongée par la honte. Quand les pompiers sont arrivés, j'ai menti. J'ai raconté que j'avais renversé une bougie en dansant sur une table. Ça cadrait bien avec l'image de fille de sororité qui a trop bu. L'affaire a été classée comme accident, mes parents ont fait de gros chèques à la sororité et à l'université et on m'a gentiment priée de partir.

– Ça alors, dis je en me redressant pour la serrer contre moi, tout en lui caressant la tête. Tu as préféré passer pour une fêtarde qui a trop bu plutôt que d'avouer à tout le monde ta mauvaise note ?

– Oui, mais l'accident n'en est pas moins ridicule, surtout dit comme ça.

Elle lève la tête pour me regarder dans les yeux.

Je prends sa joue dans ma main et frôle ses lèvres avec mon pouce. Elles tremblent.

– Tu es loin d'être bête, Summer. Tu as des difficultés d'apprentissage. Ça n'a rien à voir.

– Je sais, répond-elle sans grande conviction.

Pour autant, elle ne me laisse pas continuer mon interrogatoire.

– Voilà. Maintenant que tu connais mon secret, c'est ton tour !

Comme je ne réponds pas tout de suite, elle prend ma main et entrelace ses doigts avec les miens.

– Dis-moi ce que tu veux. Tu m'as promis quelque chose de vrai, Fitz.

Certes, je lui ai fait cette promesse. Mais la tâche n'en est pas moins difficile.

– Je… euh… dis-je avant de pousser un grognement de frustration. Je ne fais pas exprès. Simplement, je n'ai tellement pas l'habitude de…

– De quoi ?

– De me confier.

– Pourquoi ?

Je hausse les épaules.

– Je ne sais pas. J'imagine que… J'ai peur que cela puisse se retourner contre moi.

– Mais comment ?

Je ne me sens vraiment pas à l'aise. Ma nuque devient toute raide, mon instinct de fuite se réveille, mais Summer me serre la main. Je pousse un soupir.

– Fitz ? insiste-t-elle.

Je souffle.

– Mes parents ont divorcé quand j'avais dix ans et ça ne s'est pas bien passé. Mon père avait trompé ma mère. D'après lui, c'est ma mère qui l'avait poussé à le faire. Ce qui est sûr, c'est qu'ils ne se supportaient plus et c'est d'ailleurs encore le cas aujourd'hui.

– Je suis désolée. Ça doit être dur.

– Ça ne s'arrête pas là. Jusqu'à mes douze ans, ils avaient obtenu une garde alternée pour moi. Puis mon père a commencé à fréquenter une femme que ma mère détestait. Elle a donc décidé de l'attaquer en justice pour obtenir ma garde exclusive, ce qui a rendu mon père fou. Lui aussi a donc voulu obtenir ma garde exclusive. Et c'est là que les manipulations ont commencé.

– Les manipulations ?

– La bataille pour ma garde a été encore plus difficile à vivre que leur divorce. Ils se servaient de moi pour se faire du mal.

Elle écarquille les yeux.

– Comment ?

– Quand j'étais seul avec mon père, il me forçait à lui raconter des trucs sur ma mère. Et elle faisait pareil. Si je me plaignais de ma mère auprès de mon père, en lui disant par exemple qu'elle ne me laissait pas jouer au hockey avec mes amis avant que j'aie rangé ma chambre, il envoyait une assistante sociale pour vérifier que je n'étais pas isolé par ma mère. Si je racontais à ma mère que mon père me laissait manger des céréales pleines de sucre avant d'aller me coucher, une autre assistante sociale venait interroger mon père sur ce qu'il me donnait à manger. Tout ça était documenté, car leurs avocats se servaient de ce que je disais.

– Mon Dieu, c'est horrible.

– Ils s'accusaient de mauvais traitements, de violences psychologiques, de carences nutritionnelles… Je ne pouvais rien leur raconter de ce que je ressentais. J'ai fini par ne plus leur parler de moi pour mettre fin au jeu des reproches.

– Le jeu des reproches ?

– Quand j'étais triste, j'entendais que c'était *la faute de mon père*. Quand j'étais en colère ? *La faute de ma mère*. Quand j'étais stressé pour un match ? C'était parce que *mon père ne m'avait pas suffisamment préparé*. Quand j'avais peur de quelque chose ? C'était parce que *ma mère m'avait élevé en mauviette*.

Je soupire en me rappelant combien leur parler m'épuisait. Ça n'a pas vraiment changé.

– Tu n'as pas pu dire au juge avec qui tu voulais vivre ? demande-t-elle. Ça n'aurait pas pu résoudre le conflit ?

– C'est ce qu'on pourrait croire. Je suis allé au tribunal un jour. Enfin, c'était plutôt une salle banale avec des tables, des chaises et une juge.

Je fais la grimace en y repensant. Une assistante sociale me tenait par la main. Elle m'a demandé d'entrer dans la salle et de m'asseoir sur une chaise. Mes parents étaient assis à côté de leurs avocats. Ma mère me suppliait du regard tandis que mon père m'observait avec encouragement, l'air de dire «*je sais que tu vas prendre la bonne décision*». Tout le monde me dévisageait. C'était horrible.

– La juge m'a demandé de décrire mon quotidien dans chacun des foyers, je poursuis en caressant la main de Summer. Elle m'a demandé ce que je mangeais, si j'aimais le hockey… Tout un tas de questions sur ce que mes parents avaient raconté à leurs avocats. Puis la juge m'a demandé avec qui je voulais vivre.

Summer retient son souffle.

– Qui as-tu choisi ?

J'esquisse un petit sourire en coin.

– J'ai plaidé le cinquième amendement de la Constitution.

Summer ouvre grand la bouche.

– Quoi ? Tu avais douze ans et tu as plaidé le cinquième amendement ?

– Oui. Je crois que j'avais vu ça dans un épisode des *Experts*, dis-je en riant. La juge a dit que je n'en avais pas le droit et m'a demandé de choisir. Alors, j'ai dit que je voulais vivre avec les deux. Elle a donc statué la garde alternée, ce qu'on faisait déjà. Selon elle, pour garantir mon bien-être, il fallait que je passe autant de temps avec mes deux parents.

– Et alors, la situation s'est améliorée ? Tes parents se sont calmés ?

– Non. Ils ont continué à se critiquer en permanence. Et c'est toujours d'actualité, même si c'est un peu mieux qu'avant.

Elle fronce les sourcils.

– Comment as-tu fait pour gérer cette situation en grandissant ?

– Je suis devenu invisible, je réponds d'un ton brusque. J'ai eu une phase de rébellion, quand j'ai fait mon premier tatouage dans leur dos, pour les inciter à s'intéresser à moi, mais la plupart du temps, je me cachais dans ma chambre. Tant qu'ils ne me voyaient pas, ils gardaient leur poison pour eux.

– Je suis vraiment désolée que tu aies dû traverser tout ça.

Je me contente de hausser les épaules.

– Tu recommences ! dit-elle pour me taquiner. Écoute Fitz… Je comprends mieux pourquoi tu as du mal à te confier, vu que tu as grandi en pensant que tes sentiments pourraient être utilisés contre toi. Mais je te promets que tout ce que tu me racontes restera entre nous. Je ne le répéterai jamais, même pas au juge.

Je souris à nouveau.

– Excuse-moi, c'est devenu une mauvaise habitude. Mais je vais essayer d'y remédier. À condition que tu promettes d'arrêter d'être aussi dure envers toi. Arrête de penser que tu es stupide, dis-je en lui lançant un regard sévère.

– D'accord, je vais essayer, dit-elle.

Je ne peux pas lui en demander plus.

– Tu as faim ? Avec tout ça, je n'ai toujours pas dîné ! lance-t-elle.

J'ai envie de lui demander ce qui s'est passé avec Hunter, mais je me retiens. Je ne veux pas casser l'ambiance en parlant d'un autre mec, ça attendra demain.

Cette soirée n'appartient qu'à nous.

25

Summer

– Je n'ai jamais dessiné une fille aussi belle que toi, m'informe Fitz, trois nuits plus tard.

Assise par terre dans sa chambre, je quitte des yeux les documents que je suis en train de lire et lui tire la langue. Puis je me rends compte qu'il ne plaisante pas. Il me fixe avec émerveillement.

– Tu es magnifique, insiste-t-il.

– Arrête, je lui ordonne. Tu vas me faire rougir.

– Comme si les compliments te faisaient rougir ! Tu adores ça.

Oui, c'est vrai. Mais l'intensité avec laquelle il me regarde est troublante. Nous nous retrouvons à nouveau tous les soirs pour qu'il me dessine pendant que je rédige ma dissertation. Mais, d'habitude, il reste plutôt silencieux. En tout cas, c'est la première fois qu'il dit me trouver « magnifique ».

J'essaie de mener la conversation avec lui, tout en énonçant à voix haute des idées qui me viennent avant de les rédiger, lisant même parfois des extraits de ce que j'écris. Sa présence m'aide à me concentrer. Je me sens plus responsable avec lui. La date de remise de la dissertation approche, je n'ai plus que quelques jours devant moi. Mais je suis plutôt satisfaite de mon travail. Même si ce n'est pas parfait, je compte au moins obtenir la moyenne.

Fitz étudie son dessin. Il contracte le bras en ajoutant un détail à l'aide de son crayon.

Bon sang, il est tellement sexy sans son tee-shirt. Il l'a retiré dix minutes après le début de notre session d'étude et de dessin, pour m'allumer. Je ne sais pas comment mon cerveau, pourtant atteint d'un trouble de l'attention, parvient à rester concentré sur mon travail.

– Magnifique, marmonne-t-il. Je comprends pourquoi les autres femmes se sentent menacées par toi.

Je me sens devenir toute rouge.

– Ça ne va pas la tête ! Personne ne se sent menacé par moi.

– T'es sûre ? Aurais-tu oublié la fille du bar ?

– Elle se sentait menacée par Brenna, pas par moi.

– Non, par toutes les deux, dit-il en examinant son dessin. Bon sang, je n'en reviens pas de voir combien tu es belle. D'une beauté totalement... inatteignable. Comme venue d'un autre monde...

J'éclate de rire.

– C'est très poétique, mon chou.

Dans mes pensées les plus profondes, Selena Gomez se joint à moi pour effectuer une danse de pom-pom girl déchaînée, avec sauts périlleux et saltos arrière. Personne n'avait encore associé ma beauté à *un autre monde*. J'aime bien ça.

Soudain, des pas résonnent derrière la porte. Nous sursautons. Voilà quelque chose que je n'aime pas du tout. Comme il y a trop de tensions à la maison, nous nous réfugions dans ma chambre ou dans celle de Fitz pour y échapper. Le bon côté des choses, c'est que je n'avais encore jamais été aussi à l'aise avec un mec. Nos conversations sont toujours très fluides.

Mais partout ailleurs dans la maison, l'orage menace.

Hunter ne nous a pratiquement plus adressé la parole depuis jeudi dernier. En sa présence, nous marchons tous sur des œufs. Même Hollis, rarement dérangé par quelque chose, a reconnu ne plus supporter sa mauvaise humeur. Pour autant, je ne sais pas comment améliorer la situation. Hunter a besoin de temps pour s'habituer à l'idée que Fitz et moi, nous… sortons ensemble, si c'est le ça terme ?

Nous n'avons pas encore officialisé notre relation, il n'y a pas d'urgence. Je sais qu'il aime passer du temps avec moi et c'est la seule chose qui compte pour l'instant. Et puis, le moment ne s'y prête pas : c'est la Saint-Valentin ! Beaucoup trop de pression pour un mec.

Hier, nous n'en avons presque pas parlé. La veille, nous avons regardé *Titanic* avec Hollis, puis nous sommes montés dans ma chambre pour fricoter (sans Hollis, bien sûr).

Derrière la porte, nous entendons des bruits de pas allant et venant dans les escaliers. Puis un grognement étouffé, et quelqu'un qui allume la télé dans le salon. Ouf! Ça doit être Hollis. Hunter ne traîne plus dans cette pièce depuis plusieurs jours.

– Je rédigerai la conclusion demain. J'ai besoin de m'aérer le cerveau, dis-je en déposant mon ordinateur et mon carnet sur le bureau.

Je saisis le porte-documents en cuir qui contient ma collection de maillots de bain. Je l'ai baptisée *Summer of Love.* (Je reconnais que le nom est un peu ringard !)

Dans quelques jours, je procéderai aux essayages. Toutes mes pièces sont prêtes, j'ai tout cousu moi-même dans les salles de couture du département de stylisme. Hier, Brenna m'a tenu compagnie pendant quelques heures (et en a profité pour me qualifier de Barbie maîtresse de maison). Je n'ai sous-traité que les bikinis en crochet à une excellente couturière de Hastings. Une fois que j'aurai adapté les maillots à mes mannequins, je ferai un tout dernier essayage pour fignoler les derniers détails, puis ce sera bon.

– Je dois refaire le croquis de cette culotte, dis-je en parcourant mes dessins. La couturière a dit que la taille est trop haute pour un homme.

– Tu dessines ? demande-t-il, surpris.

Je le regarde, aussi déconcertée que lui.

– Évidemment ! Comment crois-tu que j'ai conçu ma ligne de maillots ? J'ai dû faire des croquis en amont.

– Des croquis ?

Fitz me dévisage comme s'il ne m'avait jamais vue.

– Oui, des croquis. Qu'est-ce qui t'étonne autant ?

Il secoue la tête plusieurs fois, comme pour s'éclaircir les idées.

– C'est juste que… je n'aurais pas imaginé que tu savais dessiner. C'est la première fois que tu m'en parles.

Je hausse les sourcils.

– Il n'y a que toi qui as le droit de dessiner dans cette maison, ou quoi ? C'est un peu méprisant de ta part, non ?

Fitz pose son carnet et se rue vers moi.

– Montre-moi tout !

Je referme le porte-documents d'un coup sec et le serre dans mes bras. Je lui aurais volontiers montré mes croquis, mais son regard me met la pression.

– Ce n'est qu'une série de bikinis et de shorts de bain. Rien d'exceptionnel.

– Laisse-moi voir ça.

Je rougis.

– Non ! Tu es trop talentueux.

Il m'a montré des photos de ses tableaux, principalement des paysages fantastiques. Ça m'a impressionnée.

– Je ne fais que dessiner des vêtements.

– Mais c'est très difficile.

– Mmh… mmh. Pas la peine de te moquer de moi.

– Je ne plaisante pas. Les vêtements ont beaucoup de détails, les artistes ont du mal à les représenter. Il y a des ombres, des plis propres à chaque tissu… (il hausse les épaules) un vrai challenge !

– Pas faux.

Je continue de penser qu'il se paie ma tête. Mais la sincérité de son regard semble prouver le contraire, si bien que je lui cède mes croquis.

Il les observe un par un sans dire un mot. J'essaie de déchiffrer ce qu'il en pense, sans succès. J'ai dessiné des silhouettes basiques, sans tête, avec de longs bras et de longues jambes. Les corps de mes croquis ne sont pas réalistes, car cela n'a pas d'importance. Ce qui compte, ce sont les vêtements.

– C'est formidable, dit-il, puis il examine pendant un long moment le maillot une pièce au décolleté plongeant qui révèle de superbes seins dessinés au crayon.

– Belle poitrine, remarque-t-il.

Je me retiens de rire.

– Tu sais qu'ils sont faux, n'est-ce pas ?

– Je n'ai rien contre les femmes qui se font refaire les seins. Si ça peut leur faire plaisir…

– Très drôle.

Il regarde à nouveau mon dessin.

– Tu t'es inspirée de ta poitrine ? demande-t-il d'une voix traînante.

– N'importe quoi ! Ceux que j'ai dessinés sont beaucoup plus gros que les miens.

Il pose son regard de braise sur mes seins. Je porte encore la robe que j'ai enfilée ce matin pour aller à la fac, qui n'offre pas de quoi saliver, avec son col haut et ses manches longues, mais Fitz me scrute comme si j'étais toute nue.

– Je n'en suis pas si sûr… Les tiens sont gros.

– J'ai un bonnet C. La moyenne, quoi.

– C'est plus que la moyenne.

– Depuis quand tu connais la moyenne universelle des poitrines ? Tu as fait un sondage ?

– Non, mais je connais un truc sur Internet qui s'appelle le porno. Ça te dit quelque chose ?

Cette fois, j'explose de rire. Ce mec est hilarant, ça me fait vraiment du bien.

– Sache que je suis tout excité maintenant, ajoute-t-il.

– Parce que la femme de mon croquis a des seins plus gros que la moyenne ?

– Non, parce que tu es une artiste. Donc, encore plus sexy à mes yeux.

Levant les yeux au ciel, je rassemble mes affaires et me lève.

– Je vais déposer tout ça dans ma chambre. Tu veux toujours qu'on regarde un film sur Netflix ?

– Évidemment.

Dès que j'entends sa voix grave, je m'arrête net. Levant les yeux sur lui, je frissonne.

– Ton regard me brûle, dis-je.

Fitz m'arrache mes affaires des bras et, sans un mot, les dépose sur le lit. Puis il revient vers moi en défaisant sa braguette.

Seigneur !

J'en ai l'eau à la bouche. Il est tout dur. Et j'ai tellement envie de lui. À mon grand désarroi, il se contente de réajuster son sexe dans son caleçon.

Je n'en reviens pas.

– Tu te fiches de moi ? Tu viens de défaire ta braguette pour tout cacher ensuite ?

– Ça peut encore attendre quelques minutes.

– Attendre quoi ?

Je n'ai pas le temps de terminer ma phrase qu'il prend déjà ma bouche. Je pousse un gémissement qui résonne contre ses lèvres affamées.

– Tais-toi, murmure-t-il en m'embrassant fougueusement. Miles est en bas et ma porte n'est pas fermée à clé.

– Il vaudrait mieux la fermer…

Il me coupe encore la parole d'un baiser.

Je suppose qu'il fait confiance à ses colocataires pour respecter son intimité.

Ses lèvres scellées aux miennes, il me pousse en arrière jusqu'à ce que mes fesses heurtent son bureau, faisant tomber son casque audio. Fitz n'y prête pas attention. Il glisse une main sous ma robe. Je tremble quand ses doigts effleurent l'intérieur de ma cuisse. Il frôle aussi ma culotte toute mouillée, avant d'écarter le tissu pour caresser mon clitoris avec son pouce.

Je peine à respirer.

– Tu aimes ça ? chuchote-t-il à mon oreille.

À ton avis ?

Il m'adresse un sourire coquin en me caressant avec la main, titillant mon clitoris qui enfle. Puis il insère l'extrémité d'un doigt dans ma fente. Tous mes sens sont en éveil. Je ne veux plus que ça s'arrête.

Fitz se penche et m'embrasse la gorge. Je suis certaine qu'il sent mon pouls. Sa bouche brûle ma peau tandis qu'il pousse son doigt à l'intérieur de moi par des mouvements circulaires. Il ne va pas trop en profondeur, restant au niveau de mon point sensible.

– Tu es toute mouillée, grogne-t-il.

Évidemment. J'ai aussi du mal à rester debout. Heureusement qu'il me tient par les fesses tout en me pénétrant avec ses doigts, faisant grimper mon plaisir.

– Monte sur le bureau.

J'ai envie de le fustiger d'avoir retiré ses doigts, mais je lui obéis, trouvant une place sur son bureau parmi tout son matériel informatique. Fitz soulève ma robe jusqu'à la taille en effleurant mes jambes nues. Son regard affamé se pose sur ma culotte rose. Brusquement, il l'arrache et la jette derrière lui.

Je suis complètement exposée face à lui. Il me reluque avec avidité, comme s'il venait de découvrir un trésor.

– Pas de provocation, ce soir, dis-je, à la limite du désespoir. Je veux que tu me prennes.

Un sourire aux lèvres, il va chercher un préservatif dans la table de nuit, puis il baisse son pantalon et son boxer, libérant son sexe.

– T'es sexy, dis-je d'un souffle, en scrutant son érection.

Le lancinement entre mes cuisses s'intensifie. Fitz est tellement imposant, tellement viril. Je n'ai jamais autant désiré un homme.

Passant la langue sur ses lèvres, il enfile la capote avant de saisir son membre à la base. J'en meurs d'envie.

J'écarte alors les cuisses.
Le regard ardent, il vient contre moi et me pénètre enfin.
À ce moment-là, la porte s'ouvre brusquement.
Et Hunter fait irruption dans la chambre.

26

Fitz

– Vous voilà !

Summer et moi restons figés en assistant à l'entrée fracassante, ou plutôt titubante, de Hunter. Nous n'avons pas d'autre solution. J'ai les fesses à l'air et le sexe en elle.

Hunter ne s'en rend pas tout de suite compte. De son point de vue, on pourrait croire que Summer est assise sur le bureau et que je me tiens simplement debout entre ses jambes. Les fesses à l'air, certes, mais je ne pense pas qu'il ait la lucidité pour le remarquer.

Il a beaucoup bu. Il est même ivre mort. Son grand corps musclé chancelle à travers ma chambre. Il lève les yeux sur moi par intermittence, le regard brumeux, éprouvant visiblement des difficultés à fixer son attention. Finalement, il s'arrête au pied du lit, écarte les bras et se laisse retomber d'un coup sur le matelas, émettant un bruit sourd à l'atterrissage. Ça le fait rire.

Il se hisse ensuite sur les coudes et me regarde en souriant. Il n'a toujours pas remarqué que je ne porte pas mon caleçon.

– Putain, Fitz, ton lit est beaucoup plus confortable que le mien. Petit veinard !

La main de Summer tremble à ma taille. Lentement, elle la fait glisser jusque sur le bureau. L'intérieur de sa vulve se contracte autour de ma queue, je ravale un grognement.

– Je rentre tout juste d'une fête de la fraternité Sigma Cow… Non, Sigma Chow. Bordel ! Chi ! Sigma Chi, s'exclame-t-il. Bref, là-bas, un de mes potes m'a demandé ce que j'avais contre Fitzy. *Vous vous êtes crêpé le chignon, ou quoi ?*

Summer bouge un peu, je lui lance un regard pour lui faire comprendre que j'attends le bon moment pour me retirer. Quand Hunter aura terminé de me surveiller comme l'huile sur le feu.

Au bout de quelques secondes, je retrouve enfin la parole.

– Mec, on pourrait en parler plus tard ? En privé ?

– Qu'est-ce que vous…

Ne terminant pas sa phrase, il plisse les yeux puis éclate de rire.

– Je rêve ou tu es en elle, là ?

– Fous le camp ! je grogne.

Il rit de plus belle.

– Mais oui, c'est ça ! Plutôt sexy.

Et puis merde ! Même s'il continue à me fixer, je me retire et me dépêche de me rhabiller, en gardant la capote. Summer baisse sa robe et descend du bureau. Elle est toute rouge.

– Pas la peine de vous arrêter pour moi.

– Hunter ! je l'interpelle.

– Quoi ? dit-il en levant les mains en l'air pour se donner un air innocent. Entre colocataires, ça se fait, non ?

Summer quitte la pièce sans se retourner. Comment lui en vouloir ? Elle a les épaules raides, mais je sais qu'elle n'est pas en colère. Même pas contre Hunter. Tout ce que je perçois, c'est qu'elle est terriblement gênée.

– Salut, Blondie, lance Hunter quand elle passe devant lui, mais il n'obtient pas de réponse.

Il secoue la tête et se lève d'un bond.

– Tu n'as pas perdu ton temps, Fitz ! Dis-moi combien de temps s'est écoulé entre le moment où je l'ai déposée et votre première partie de jambes en l'air, jeudi dernier ?

Je ravale ma colère. Il a trop bu. Mais il n'a pas tort. C'est allé très vite.

– On en reparle quand tu auras dessaoulé, d'accord ?

–Vaut mieux pas.

Il continue à rire dans sa barbe en avançant vers la porte.

– Faites vos petites affaires, moi je m'occupe des miennes. Je vous souhaite de vivre *malheureux* pour toujours.

Je fronce les sourcils.

– Hunter ?

– Quoi ?

– On fait la paix ?

Il me jette un regard noir par-dessus son épaule :

– Pas question !

★ ★ ★

Après cet épisode, je fais tout pour éviter Hunter, surtout à la maison. Je n'ai pas le choix. Certes, Summer et moi n'avons rien fait de mal, ce n'est pas comme si elle était officiellement sortie avec lui. Mais Hunter m'avait fait part de ses intentions vis-à-vis d'elle. Il avait déjà marqué son territoire en quelque sorte, ce que je n'ai pas respecté. À l'époque, je n'imaginais pas qu'il puisse se passer quelque chose entre elle et moi. Je pensais n'être qu'un ami à ses yeux.

Ce qui est fait est fait. On ne peut pas changer le passé. Seulement espérer un avenir plus radieux.

Summer et moi avons donc décidé de laisser Hunter tranquille. Avec Tuck ou Hollis, j'aurais sans doute géré la situation différemment pour arranger les choses. Or, Hunter et moi ne sommes pas si proches que ça. Il a beaucoup d'humour et j'aime bien de passer du temps avec lui mais, en réalité, je ne le connais pas très bien.

Je me contente de garder mes distances. Ce n'est pas si compliqué, même en habitant sous le même toit, car, depuis notre accrochage, Hunter n'est jamais à la maison. En revanche, nous sommes forcément obligés d'interagir pendant nos entraînements.

Depuis le début de la saison, Harvard mène la compétition et nous jouons à nouveau contre cette équipe dans quelques semaines. Ces derniers jours, Coach Jensen et Coach O'Shea nous font travailler dur. Ce matin, nous nous livrons à divers exercices, dont un affrontement à trois contre trois, en l'occurrence Jesse, Matty et moi contre Hunter, Nate et Kelvin.

Hunter et moi occupons les postes du centre. Je lui jette un regard et ne manque pas de remarquer sa détermination. Ça ne va pas être une partie de plaisir.

Dès qu'il prend possession du palet, il s'éloigne à toute vitesse. Il essaie de le passer à Nate, mais il est intercepté par Matt qui me le renvoie. Je me précipite vers la ligne bleue et fais ricocher le palet avant de le rattraper derrière le filet. À peine je tends ma crosse que je me retrouve projeté contre le rebord de la patinoire. La bousculade est bien plus violente que nécessaire, tout comme le coup de coude que me donne Hunter dans les côtes.

Avec un sourire en coin, il subtilise le palet avant de disparaître.

Quel enfoiré ! Il m'a vraiment fait mal. Peu importe… Je laisse faire. Il a le droit d'être en colère. Mieux vaut qu'il l'exprime sur la glace qu'à la maison.

Dans l'enceinte d'une patinoire, la violence est toujours contrôlée. C'est ce que j'adore avec le hockey. Même si ce sport peut paraître, à certains égards, un peu primitif et, en conséquence, nous fait passer pour des brutes écervelées, il permet surtout de faire exploser notre violence dans un endroit où cela est autorisé.

L'entraînement se poursuit et mes interactions avec Hunter deviennent de plus en plus physiques. Nos coéquipiers finissent par s'en rendre compte. Nate pousse un sifflement quand je donne à Hunter un violent coup de crosse qui lui coupe la respiration.

– Garde cette énergie pour le match contre Harvard, me lance Nate.

Nous nous alignons pour un nouvel affrontement. Hunter me menace du regard. Il n'a pas aimé ce que je viens de faire. Moi non plus, je n'ai pas aimé qu'il enfonce son coude dans mes côtes. Comment ne pas réagir ?

Cette fois, je remporte le palet dès la mise en jeu. Avec Jesse, nous enchaînons les passes d'avant en arrière, pour préparer notre attaque. La ligne de Hunter n'apprécie pas nos provocations. Pile quand ils se jettent sur nous, Jesse me passe le palet et je tire. Corsen arrête le but de justesse avec sa crosse et repasse le palet à Hunter.

Je me lance à sa poursuite et nous nous affrontons derrière mon filet, les coudes déployés. Il me frappe dans le cou. Pendant un bref instant, je ne parviens plus à respirer.

Hunter s'en fiche. Il me repousse et s'éloigne à nouveau. J'arrive de justesse à retrouver mon équilibre alors que j'étais sur le point de tomber. Je ne peux pas laisser passer ça.

Je patine vers lui, oubliant que nous sommes en plein entraînement.

– T'as fait quoi, là ?

Tout le monde se tait dans la patinoire. J'entends le crissement des patins de Nate qui s'arrête à quelques mètres de nous.

– Un tir très propre, rétorque Hunter.

– Il n'y avait rien de propre dans ta façon de me frapper.

– Ah bon ? Désolé. Je n'ai pas fait exprès.

Son insouciance calculée me fait perdre mon sang-froid.

– Je t'en prie, continue comme ça, mon vieux. Si ça peut te faire plaisir…

– Quelle générosité ! Maintenant tu m'autorises à te cogner pour te faire pardonner d'avoir piqué la fille que je voulais ?

Voilà. C'est dit.

Nate se rapproche de nous, tenant lestement sa crosse dans les mains.

– Bon, les gars, on se remet au travail ?

Nous l'ignorons.

– Écoute-moi bien. Ça fait plus d'un an qu'on se tourne autour avec Summer. J'avais un faible pour elle avant même de te connaître.

– C'est drôle, pourtant tu n'as rien dit quand je t'ai avoué que moi, j'avais un faible pour elle.

Je sens que tous les regards sont braqués sur nous. Ça ne fait qu'augmenter ma gêne.

Quand je passe devant Hunter, il me saisit par le maillot.

– Sortons d'ici, je siffle entre mes dents.

– Pourquoi ? Pour que personne ne sache que tu es un salopard ?

– Eh, les filles ! hurle le coach. On n'a pas toute la journée devant nous. Asseyez-vous sur le banc.

Hunter obéit à contrecœur tandis que je suis soulagé. Je ne supporte pas d'être au centre de l'attention.

Le coach annonce un nouvel exercice opposant deux joueurs dans un coin : l'un doit tout faire pour atteindre le filet pendant que l'autre doit l'en empêcher. Depuis le banc, j'observe plusieurs duos s'affronter. Puis c'est mon tour. Sans surprise, le coach décide de m'opposer à Hunter. Il espère sans doute le voir évacuer son hostilité sur la glace.

Dès que le coup de sifflet retentit, Hunter utilise le moindre stratagème pour me bloquer dans le coin. J'arrive enfin à lui échapper et tire sur Trenton, le gardien de but, qui arrête facilement le palet avec son gant, avant de le jeter dans les airs en souriant.

– Encore ! ordonne le coach.

Une fois de plus, nous nous opposons dans le coin. Je parviens à prendre possession du palet et m'élance vers le filet mais, au moment de tirer, une douleur me déchire le bras. Cet enfoiré de Hunter est en train de me tordre le poignet.

– Mais qu'est-ce que tu f…

Je n'ai pas le temps de terminer ma phrase. Je me retrouve brusquement projeté au sol sur le dos, le souffle coupé.

Il retire ses gants, puis me donne un violent coup de poing dans le torse. Je perds mon casque, il en profite alors pour me frapper la mâchoire. J'entends les cris de liesse de nos coéquipiers. Certains nous encouragent, d'autres tentent de nous séparer. L'un d'entre eux essaie de relever Hunter, sans succès. J'arrive quand même à enlever mes gants pour lui asséner quelques coups. Mais quand il me frappe à nouveau, un goût de sang se propage dans ma bouche.

Le souffle haletant, nous continuons à nous cogner, jusqu'à ce que Nate se faufile entre nous, nous forçant à nous séparer. D'autres joueurs arrivent et nous tiennent fermement pour nous empêcher de continuer.

– C'est terminé, les filles ?

Depuis son perchoir, Jensen a l'air de s'ennuyer sévère.

Quant à O'Shea, il semble sur le point d'exploser de rire.

– Au vestiaire ! ordonne ce dernier.

Je regarde par terre et remarque des gouttes de sang, c'est le mien. Hunter n'a pas une seule égratignure, mais sa joue a déjà commencé à gonfler. Il aura un œil au beurre noir demain. Et moi, la lèvre fendue. Pas très équitable, même si je lui ai laissé quelques traces.

Je croise son regard sombre.

– Je suis désolé, mec.

Il contracte la mâchoire, un de ses muscles ne cesse de trembler.

– Ouais, rétorque-t-il. Je sais.

– Je suis sincère.

Nous nous dévisageons. Hunter écarte la jambe pour patiner, les joueurs qui nous retenaient se préparent à nous séparer à nouveau. Il se contente cependant de reculer en me scrutant d'un air pensif.

Haussant les épaules, il finit par se retourner, abandonnant son équipement derrière lui. Avant de s'éloigner, il me lance un dernier regard par-dessus son épaule.

– T'inquiète pas Fitz, je vais m'en remettre.

Je n'en suis pas si sûr.

27

Fitz

Deux semaines plus tard

Six joueurs de football à moitié nus se livrent à une compétition de twerk sur « It's Raining Men ».

Non, ce n'est pas le début d'une blague salace.

Mais le spectacle auquel nous assistons, Hollis et moi, quand nous rentrons à la maison en ce mardi matin. Après l'entraînement, nous avons pris notre petit déjeuner au *diner* de Hastings. Summer nous avait demandé la permission d'occuper la salle à manger et le salon afin de faire les derniers essayages de sa collection de maillots de bain.

Hollis reste bouche bée en découvrant la scène.

– On s'est trompés de maison ? demande-t-il.

– Allez, Rex ! hurle Brenna depuis son fauteuil en agitant un billet.

Summer et une fille que je ne connais pas sont tordues de rire sur le canapé.

Rex, qui n'est autre que la star des receveurs de l'équipe de foot de Briar, remue les fesses puis saute sur Brenna pour lui faire une lap dance.

– Oh non, marmonne Hollis. Non, non, non !

Aussitôt, il se dirige vers la sono et débranche les enceintes.

La musique s'arrête.

Rex interrompt brusquement sa danse. Au départ, il semble déçu, mais il fait un grand sourire en m'apercevant sur le seuil de la porte.

– Fitzgerald ! Qu'est-ce que tu en penses ? s'exclame-t-il en désignant son slip de bain bleu marine orné de bandes argentées sur les côtés.

Il fait un tour sur lui-même et je découvre un S cousu sur ses fesses.

– Pas mal, dis-je.

Sauf que je n'ai aucune opinion dans ce domaine. La preuve : ça fait cinq ans que j'ai le même short de bain.

Summer lève les yeux au ciel.

– N'écoute pas Fitzy, il ne connaît rien à la mode, dit-elle avant de s'approcher de Lockett. Ne bouge plus. Cette couture ne va pas.

Et voilà que ma nouvelle copine s'agenouille pile devant l'entrejambe d'un autre mec, et qu'en plus, elle le touche.

– Summer, dis-je poliment.

Elle tourne la tête.

– Qu'y a-t-il, mon chéri ?

– Tu veux ma main pour l'astiquer ?

Rex et les autres explosent de rire. Summer me tend son majeur. À ma grande surprise, elle entoure ses bras autour de Lockett et lui caresse les fesses.

– Bon, enlève-moi ça. Tu peux aller te rhabiller. Je vais devoir le recoudre.

Lockett passe ses doigts sous l'élastique du slip.

– Bon sang, mais va dans la salle de bains ! hurle-t-elle avant qu'il ne se déshabille devant tout le monde.

– T'es pas drôle, rétorque Lockett en faisant la moue, puis il quitte le salon.

– Vous pouvez tous vous rhabiller, ajoute-t-elle. Tout est parfait.

Elle se tourne vers Rex, qui semble avoir été désigné capitaine de l'opération maillots de bain, alors que le vrai capitaine de l'équipe, c'est Russ Wiley, un quaterback beaucoup trop égocentrique, à la différence de Rex que tout le monde adore.

– Vous êtes prêts pour la semaine prochaine ? Le défilé commence à neuf heures, mais il faudra arriver une heure avant.

– T'en fais pas, ma jolie. Nos grosses paires ne manqueront pas à l'appel.

– N'exagère pas, Rex. On sait que vous avez des petites bites, lance la copine de Brenna.

Il lui lance un regard noir.

– Non, je te rassure. On a de quoi remplir ces slips, Audrey.

Elle se met à rire en regardant à nouveau son portable.

– Vous êtes sûrs que vous serez à l'heure ? insiste Summer. Bibbly m'a parlé d'un stage sur l'esprit d'équipe auquel vous devez obligatoirement participer. Je croyais que la saison était terminée ?

– Elle est bien terminée, grommelle Bibbly.

Jules, un autre receveur, lève les yeux au ciel.

– Le coach nous impose ce stage de hippies parce qu'on a raté nos playoffs.

– À cause de Wiley, ajoute Lockett.

Leur déception est flagrante. Cela faisait longtemps que Briar n'avait pas réuni une équipe de football aussi forte. Après une saison au palmarès impressionnant, ils doivent vraiment avoir du mal à encaisser les défaites.

– Il trouve qu'il n'y a pas assez de confiance entre nous, dit Jules en haussant les épaules, du coup on est forcés de cohabiter pendant cinq jours.

– Cinq jours ? C'est n'importe quoi ! s'exclame Brenna.

– On reviendra le jour du défilé, explique Rex, et dès qu'il perçoit l'inquiétude de Summer, il la rassure : On arrivera largement à temps. Le bus est censé nous déposer sur le campus vers dix-neuf heures trente.

Elle acquiesce en poussant un soupir de soulagement.

– D'accord, c'est parfait.

Rex et les autres quittent la pièce pour aller se changer tandis que Summer rassemble tout son matériel dans une grande boîte à couture posée sur la table basse. Audrey discute à présent avec Lockett qui est revenu vêtu d'un pantalon de sport et d'un sweat à l'effigie des *Patriots.* Sur le fauteuil, Brenna a le regard plongé sur son téléphone. Ses cheveux forment un rideau noir qui cache son visage.

– À qui tu écris ? demande Summer.

– À personne.

Elle ment, vu le ton de sa voix et le coup d'œil discret qu'elle lance à Hollis. Ce dernier affiche un regard triste. J'éprouve vraiment de la compassion pour lui. Il n'a pas l'air d'avoir oublié Brenna, alors que ça fait déjà un mois qu'ils ont passé la nuit ensemble. A priori, ce n'est pas près de se reproduire.

– Je vais faire du café, dit-il quand il quitte enfin Brenna des yeux. Fitz, tu en veux ?

– Non, merci.

J'ai déjà pris deux cafés depuis le début de la journée, je me sens bien réveillé.

Dès qu'il disparaît dans la cuisine, Summer continue son interrogatoire.

– Dis-moi qui c'est, Bee ! Je le connais ?

Brenna hausse les épaules.

– Tu l'as rencontré une fois.

Summer braque son regard sur elle.

– C'est qui ?

J'ai l'impression qu'elle retient son souffle en attendant la réponse de Brenna. Comme cette dernière ne dit toujours rien, Summer hasarde :

– Jake Connelly ?

Je me tourne vers Brenna.

– Tu te fous de moi ?

– Mais, non, ce n'est pas Connelly. Quel enfoiré, celui-là !

– Alors, c'est qui ? insiste Summer. Dis-moi ! Sinon je prends ton téléphone pour véri…

– Calme-toi, la folasse ! C'est Josh, si tu veux tout savoir.

– Qui ?

– McCarthy, précise Brenna.

Summer écarquille les yeux.

– Le mec de Harvard ? Comment tu as eu son numéro ?

– Il m'a écrit sur Facebook pour s'excuser de sa réaction le soir où il a su qui était mon père, dit Brenna en haussant les épaules. On ne fait qu'échanger des messages. Rien de très sérieux.

Je vois bien la façon dont elle glisse discrètement son téléphone dans son sac, comme si elle redoutait que Summer le lui arrache des mains. La conversation est interrompue par l'arrivée des autres mecs dans la pièce. Ils disent au revoir à Summer, Brenna et Audrey annoncent aussi leur départ. Notre hall d'entrée se transforme en boîte à sardines, avec huit personnes (dont six au gabarit particulièrement imposant) enfilant leurs manteaux et leurs bottes pour affronter le froid.

– Au fait, Summer… hésite un des joueurs à la porte, visiblement timide. Est-ce que tu as encore des entrées pour le défilé ? Sur le site, c'est complet.

– C'est complet, mais les stylistes ont quelques entrées gratuites. Je crois qu'il m'en reste encore cinq. Combien tu en veux, Chris ?

– Juste une. Pour Daphné, ma copine.

Summer a un temps d'arrêt. Elle allait rabattre une mèche de cheveux derrière son oreille, mais elle reste figée, la main en l'air. Elle dévisage Chris pendant plusieurs secondes. Cela semble le mettre mal à l'aise.

– Tu veux dire que… Tu ne serais pas sorti avec une fille de la sororité Kappa qui s'appelle Kaya, par hasard ?

Chris range ses gants dans ses poches.

– Je suis sorti avec Kaya il y a longtemps, répond-il en fronçant les sourcils. Maintenant, je suis avec Daphné.

– Daphné Kettleman ?

Il semble surpris.

– Oui. Tu la connais ?

Summer semble folle de joie.

– Non, je ne la connais pas.

Depuis qu'elle a emménagé avec nous, j'ai remarqué qu'elle déborde facilement de joie, pour des choses totalement différentes.

Pour des bottes Prada.

Pour One Direction.

Pour Leonardo DiCaprio.

Pour le sexe.

Mais c'est la première fois que son visage s'illumine autant.

– Oh ! Wouah ! Excuse-moi. Je suis tellement contente, dit-elle en sautant presque de joie. J'ai hâte de la rencontrer. Dis-lui que je suis une grande admiratrice. Et que j'aimerais bien lui parler à la fête après le défilé.

Chris la regarde bizarrement.

Normal. Moi aussi, je trouverais ça bizarre que, sans raison apparente, une blonde un peu loufoque pète les plombs à l'idée de rencontrer ma copine.

– D'accord, je lui ferai passer le message.

Il nous salue et referme la porte derrière lui.

– Pourquoi tout ce cinéma ? je demande à Summer.

Elle me regarde avec un grand sourire.

– Daphné a une réputation de dingue !

Elle m'explique alors tout sur cette fille, le coma éthylique, en passant par le vol de ses vêtements, tandis que nous montons à l'étage. J'essaie de suivre tous les détails, mais je finis par décrocher.

Nous entrons dans ma chambre, puis je ferme la porte et fais taire Summer de la seule façon qui me vient à l'esprit : je l'embrasse.

Seulement, chaque fois que je l'embrasse, je ne peux m'empêcher de bander. Elle le remarque instantanément.

– Il est neuf heures du matin, Fitz. Comment fais-tu pour être toujours aussi excité ?

– Mes parties n'ont pas conscience du temps.

Elle éclate d'un rire mélodieux qui m'excite encore plus. Je l'embrasse à nouveau et nous nous déshabillons pour nous peloter sur le lit, les jambes enlacés et les mains baladeuses.

Tout en caressant mon torse, elle pousse un petit soupir de satisfaction.

– Il faudrait faire passer une loi pour t'interdire de porter des tee-shirts.

– Et une autre pour t'interdire de porter quoi que ce soit !

Je glisse vers son entrejambe, l'endroit que je préfère au monde, et la lèche jusqu'à ce qu'elle se cramponne aux draps et me supplie de la pénétrer. Mais, au lieu de m'allonger sur elle, je m'étends sur le dos et l'attire à califourchon sur moi.

– Prends-moi, je lui ordonne.

Elle s'exécute allègrement.

En un rien de temps, elle glisse déjà sur toute ma longueur, en enfonçant ses ongles dans mes pectoraux. Puis elle ondule lentement les hanches avant d'accélérer le rythme pour me chevaucher fougueusement.

Je reste allongé, admirant la vue, ses seins qui pointent et qui s'agitent en rythme avec son balancement, ses joues qui rosissent tandis qu'elle se mordille les lèvres. Dans ses yeux, je vois qu'elle n'est pas loin du but. Elle affiche cette expression mêlant tourment et extase que j'adore. Puis elle se met à pousser des cris et s'effondre sur moi, laissant la vague de son orgasme déferler sur elle. Moi aussi, j'y suis presque. Je la serre dans mes bras et jouis en poussant des grognements de plaisir. Je ne reprends mes esprits que quelques minutes plus tard. Quand j'ouvre les yeux, Summer me sourit.

– Tu es sûr que ça va ? demande-t-elle pour me taquiner.

– Je ne sens plus mes jambes.

– Oh, pauvre de toi ! dit-elle en déposant un baiser entre mes pectoraux. Qu'est-ce que je peux faire pour y remédier ?

– C'est déjà fait.

Avec regret, je la laisse descendre du lit. Je suis encore à moitié dur, ce qu'elle ne manque pas de remarquer quand elle revient de la salle de bains.

– Super ! Déjà prêt à remettre ça ! dit-elle en écarquillant les yeux.

Je roule sur le côté en rechignant.

– Dis donc, tu as des exigences démesurées ! T'en as pas déjà eu assez avec un orgasme ?

– J'en veux au moins deux, s'exclame-t-elle en sautant sur le lit avant de se blottir contre moi. Non, je plaisante. Pour l'instant, ça va. C'était trop bon.

– Mmm, c'était bon, j'ajoute en la prenant dans mes bras, pris de fatigue. Tu veux faire la sieste ?

– Mmm. Pourquoi pas.

Elle semble prête à s'endormir.

Je ferme les paupières, laissant mon esprit partir à la dérive. Mais soudain, quelque chose me revient en tête.

– Chérie ?

– Mmm. Quoi ?

Elle remue les fesses pour venir se blottir dans le creux de mon ventre, diffusant la chaleur de son corps sur ma peau.

– Jeudi soir.

– Que se passe-t-il ?

– C'est la soirée caritative de Kamal Jain. Son assistante m'a envoyé l'invitation ce matin. Elle a lieu dans l'hôtel de ta famille.

Cette information attire son attention.

– Le *Heyward Plaza* ?

– Oui, dis-je en caressant la peau douce de ses hanches. Je peux m'y rendre accompagné.

– Mmmm.

Je me mets à rire.

– C'est fou, on n'arrive à communiquer qu'avec des « mmm ».

– On verra si on y arrive encore quand je ne serai plus plongée dans un coma orgasmique.

– Marché conclu, je réponds en déposant un baiser sur sa nuque. Alors, tu veux bien m'accompagner à la soirée ?

– Attends, tu crois vraiment que je suis du genre à vouloir m'habiller comme une diva et passer la nuit à discuter avec plein de gens ?

– J'oubliais que c'était une question stupide.

– Bien sûr que je t'accompagne ! Mais à une condition.

– Laquelle ?

– Tu me laisses choisir ta tenue.

– Bon, d'accord, je réponds en riant et en la serrant fort dans mes bras. Sans aucun problème.

28

Fitz

– On va être en retard, Summer !

Je m'adresse à la porte de son dressing. J'aimerais pouvoir m'adresser à elle directement, mais ça fait deux heures qu'elle est enfermée dans cette mystérieuse tanière.

Au début, ça ne m'a pas dérangé. J'ai pu faire le tour du penthouse que je n'avais pas eu l'occasion d'explorer la seule fois où je suis passé voir Dean chez lui. Cet appartement moderne aux lignes épurées est un véritable temple du luxe. J'ai rapidement jeté un œil à la bibliothèque avant de faire demi-tour. Il faudrait au moins trois jours pour prendre connaissance de tous les titres que contient cette immense pièce ornée de boiseries.

Je n'arrive pas à croire que des gens puissent habiter dans un tel luxe. En plus, sans y résider à l'année. Les parents de Summer partagent leur temps entre ce superbe appartement et leur demeure de Greenwich. J'appréhende déjà de voir des photos de cette maison. J'ai entendu dire qu'elle dispose carrément d'une patinoire dans le jardin.

Néanmoins, c'est une chance que la soirée caritative de Kamal Jain ait lieu dans l'hôtel de la famille de Summer. Au moins, nous n'avons pas eu à réserver une chambre hors de prix car nous passons la nuit dans le penthouse, au dernier étage de l'édifice. Je n'ai toutefois pas l'intention de le révéler à Kamal. Il n'apprécierait probablement pas le fait que je passe la nuit dans un meilleur endroit que lui, en supposant qu'il ait réservé une chambre au *Heyward Plaza*. Si ça se trouve, une fois la soirée terminée, il a prévu de sauter dans son jet pour rallier une villa au bord de la Méditerranée.

– Je suis presque prête, répond Summer d'une voix étouffée.

– Pourrais-tu préciser ce que tu entends par « presque » ?

– Trois minutes. Maximum cinq !

Quelle chipie ! Elle me fait rire.

Depuis notre arrivée au penthouse la veille, nous passons de très bons moments ensemble. Je l'ai léchée sur la table de billard, c'était torride. Ensuite, elle m'a taillé une pipe sur son lit king size avant qu'on se mette sous la couette pour regarder tous les épisodes d'une série sur des tueurs d'enfants. Summer a accepté de la regarder à condition que… beurk. Je ne préfère même pas y penser… J'ai accepté de regarder la dernière saison de *The Bachelor* avec elle. C'est dire si je suis ensorcelé. J'accepte spontanément tout ce qu'elle me propose pour la rendre heureuse.

En trois jours, nous ne nous sommes pas quittés une seule seconde. Elle dort tous les soirs dans ma chambre. Ses produits de maquillage recouvrent déjà le comptoir de ma salle de bains. Mais chaque matin, elle froisse les draps de son lit pour faire croire qu'elle y a dormi. Elle fait sans doute ça pour Hunter, mais il n'est pas dupe.

Même si nous faisons attention à ne pas faire de bruit pendant nos ébats, je suis certain que Hunter et Hollis savent très bien que nous dormons ensemble.

À moins de déménager ou de demander à Summer de quitter la colocation, je ne vois pas comment améliorer la situation pour Hunter. Or, pour l'instant, je n'ai qu'un objectif en tête : épater Kamal Jain.

– Summer, ça fait déjà trois minutes, je rouspète. Je sais que la soirée a lieu au rez-de-chaussée, mais ça ferait mauvaise impression d'arriver en retard à…

Soudain, je reste sans voix. Toute pensée cohérente s'envole de mon cerveau.

Le dressing doit être une sorte de portail magique. Elle y est entrée avec un legging Lululemon, des chaussettes en laine et mon sweat de hockey.

Et elle en ressort transformée en déesse, avec une robe argentée très moulante qui souligne ses belles courbes et qui, fendue jusqu'à la cuisse, révèle une jambe hâlée et interminable. Elle a chaussé des talons aiguilles argentés qui la grandissent de dix centimètres, alors qu'elle est déjà grande, et a coiffé sa chevelure blonde en un chignon bas retenu par une barrette qui scintille sous les spots au-dessus de nos têtes. Ce n'est qu'au bout de quelques secondes que je remarque les diamants qui ornent sa barrette.

Summer me dévisage. Son maquillage est léger, à l'exception du rouge vif qui colore ses lèvres. Elle est ravissante.

– Ça te plaît ?

Elle fait un tour sur elle-même et l'ourlet de sa robe virevolte autour de ses chevilles.

– Oui, ça me plaît, dis-je d'une voix grave.

– Vraiment ?

Elle plaque une main sur sa taille et bascule les hanches en tendant sa jambe vers l'avant pour prendre une pose qui m'arrache un grognement. Je bande déjà en apercevant sa cuisse à travers la fente de sa robe.

– J'adore, je réponds en éclaircissant ma voix. Et moi ? Qu'en dis-tu ?

Elle m'examine de la tête aux pieds. Pourtant, c'est elle qui a choisi tout ce que je porte : des chaussures Tom Ford, une veste de costume noire et une chemise bleu marine, dont j'ai déboutonné uniquement le premier bouton. Summer trouve mes tatouages très sexy, mais elle préfère que je les dissimule ce soir.

Apparemment, elle a déjà assisté à cette soirée caritative par le passé (quelle surprise !). Parmi les invités, il y aura surtout des personnes âgées très fortunées et étroites d'esprit.

– Tu es beau, mon chéri. Très professionnel. Et hypersexy.

Ça me fait rire.

– Ça tombe bien, je prévois justement de coucher avec Kamal Jain pour obtenir le poste.

– Tu me diras si ça marche.

Le penthouse est relié au reste de l'hôtel par un ascenseur pour lequel il faut une clé spéciale. Summer et sa famille sont les seuls à la posséder. Pendant la descente jusqu'au rez-de-chaussée, elle sort son portable de sa pochette argentée et ouvre Instagram.

– Allez, on fait un selfie.

Elle m'attire contre elle pour que j'apparaisse dans le cadre et prend une dizaine de photos de nous.

– Tu es impossible ! dis-je.

Elle sait que je déteste les photos.

– Tu veux dire que je suis géniale et que tu m'adores, corrige-t-elle en m'adressant un grand sourire.

– Oui, je me suis trompé, je rétorque en riant.

Nous arrivons dans le hall d'entrée que nous traversons. Ses talons claquent sur le sol. Je n'ai jamais vu un hôtel aussi luxueux de ma vie. Je n'arrive pas à croire que Summer en sera un jour l'héritière.

Elle adresse un signe au maître d'hôtel en lui souriant.

– Bonsoir, Thomas.

L'homme aux cheveux blancs esquisse à son tour un sourire.

– Bonsoir, Miss Summer. Veillez à ne pas faire trop de bêtises ce soir, d'accord ?

Je pouffe de rire.

– Thomas travaille pour l'hôtel depuis plus de vingt ans, m'explique-t-elle, une fois que nous atteignons un couloir donnant sur d'autres ascenseurs.

– Ah bon ?

Elle acquiesce.

– J'étais encore bébé quand il a commencé à travailler pour nous. Il m'a vue grandir.

– Ah d'accord. Il t'a vue faire plein de bêtises.

– Oh oui ! Avec mes amies de Greenwich, on venait souvent à New York et on dormait à l'hôtel. Je pensais acheter son silence en lui glissant des billets, dit-elle en affichant un air scandalisé, sauf que j'ai découvert plus tard que c'était un traître !

– Il t'a dénoncée à tes parents ?

– Il leur racontait absolument tout. Mais mes parents n'ont rien dit. Ce n'est que quelques années plus tard, quand je suis partie à la fac, que j'ai réalisé qu'ils savaient. Mes parents sont vraiment cool, confesse-t-elle. Quand je n'avais pas envie d'aller en cours pour faire du shopping avec mes copines, ils ne me l'interdisaient pas. À condition, bien sûr, que je n'en fasse pas une habitude et que je ne me mette pas en danger.

L'ascenseur arrive. Une fois entrée, Summer presse le bouton de la « Salle Muguet ». L'hôtel compte quatre grandes salles de réception. Chacune porte le nom d'une fleur : Lilas, Rose, Muguet et Dahlia.

Quand les portes s'ouvrent, le bruit de la soirée s'élève un peu plus loin : une symphonie de verres que l'on fait tinter, de talons qui claquent sur le parquet et le bourdonnement des conversations et des rires.

Summer me prend par le bras, et nous avançons vers les grandes portes de la salle de réception. J'aperçois des gens très élégants dans un intérieur parfaitement décoré. Sur scène trônent les instruments d'un groupe qui ne joue pas encore. De part et d'autre de la piste de danse, des tables rondes sont ornées de serviettes blanches et de belles décorations de table. Personne ne mange vraiment, mais les serveurs circulent entre les tables avec des plateaux d'amuse-bouche.

Je n'aime pas vraiment ce genre d'ambiance, à base de robes de soirée et de smokings qui se bousculent ou encore de doigts, d'oreilles et de poignets qui scintillent beaucoup trop, comme la vitrine d'un bijoutier. Et moi qui trouvais la barrette en diamants de Summer trop tape-à-l'œil... Bouche bée, je remarque une femme d'âge mûr dont les lobes d'oreilles pendent sous le poids de deux énormes rubis.

– C'est lui ? chuchote Summer à mon oreille.

– Oui.

Ça ne m'étonne pas qu'elle ait repéré Kamal au premier coup d'œil. Malgré sa petite taille, il a du charisme. Le voilà qui préside une assemblée à proximité du plus grand bar de la salle, agitant les bras et esquissant des grimaces pour illustrer une anecdote qui semble interminable.

De loin, nous observons la dizaine de personnes qui l'entourent éclater de rire au même moment.

– Soit l'histoire est très drôle, soit elle est nulle, mais ils lui lèchent tous les bottes parce qu'il est multimillionnaire, constate Summer.

Son franc-parler est toujours aussi vivifiant.

– Ça pourrait être l'un comme l'autre.

– Qu'attendons-nous pour aller le saluer ? On est là pour ça.

– En effet.

Anxieux, le ventre noué, j'approche avec elle du bar. Dès que Kamal m'aperçoit, il interrompt son discours et son visage s'illumine. Tapotant le bras d'un vieil homme à côté de lui, il lance à son auditoire :

– Veuillez m'excuser, mon invité d'honneur vient d'arriver.

Il s'écarte du groupe et se dirige vers moi.

– Tu es venu !

– Merci de m'avoir inv...

Comme à chaque fois, il ne m'écoute pas.

– Je m'inquiétais. Je pensais que tu ne viendrais pas. Tous les autres sont arrivés avant l'ouverture des portes. Je les ai vus rôder dans le hall d'entrée, comme des fayots. Après tout, mieux vaut arriver trop tôt que trop tard, n'est-ce pas ?

Je perçois une petite attaque dans l'inflexion de sa voix.

– C'est moi qui l'ai retardé, s'exclame Summer d'un air penaud.

Kamal a un temps d'arrêt, comme s'il venait de prendre conscience que je n'étais pas seul. Il inspecte Summer de haut en bas, sans la moindre subtilité dans le regard. Il s'attarde sur son décolleté et, plus encore, sur les diamants de sa barrette.

– À qui ai-je le plaisir ? finit-il par demander.

– Je suis Summer, répond-elle en lui tendant la main. La copine de Colin.

Kamal frétille des sourcils. Il saisit sa main et, au lieu de se contenter de la serrer, la porte à ses lèvres pour l'embrasser.

– Ravi de vous rencontrer.

Elle ébauche un sourire forcé.

– Moi aussi.

Il lâche sa main et se tourne vers moi.

– Tu ne m'avais pas dit que tu avais une copine.

Je hausse les épaules avec maladresse.

– Euh… Non. Je n'ai pas été amené à en parler pendant notre entretien.

– C'est normal, ajoute Summer d'un ton léger, pour un entretien d'embauche, on aborde surtout le parcours scolaire et professionnel. Pas la vie privée, non ?

– C'est vrai, réplique Kamal.

Une fois de plus, le ton de sa voix trahit une forme de perfidie et, aussitôt, son visage s'assombrit.

Je n'arrive pas à comprendre ce qui lui déplaît tant chez Summer. En tout cas, plus il la regarde, plus son attitude change. Je suis certain d'apercevoir un rictus tordre légèrement ses lèvres. Cependant, je ne saurais dire pourquoi.

★ ★ ★

– C'est moi, ou la situation est vraiment gênante ? murmure Summer à mon oreille une heure plus tard.

Elle m'a traîné sur la piste de danse avant de passer ses bras autour de mon cou. Je n'ai pas eu d'autre choix que de poser mes mains sur ses hanches et de faire comme si je savais danser.

Je comprends qu'elle ait fait ça. C'était le seul moyen d'échapper à la présence de Kamal. Il ne nous a pas lâchés d'une semelle depuis que nous sommes arrivés, nous présentant à des gens, nous mêlant à toutes les conversations. Les autres candidats nous suivent comme des petits poussins. J'ai de la peine pour eux, car il ne leur accorde aucune attention. Il n'a d'yeux que pour Summer et semble à la fois subjugué et rebuté par elle.

– Tu as raison, il a un comportement bizarre.

– C'est un salopard, dit-elle en se mordillant les lèvres. J'ai l'impression qu'il nous juge. Je ne saurais pas expliquer pourquoi…

Je vois exactement ce qu'elle veut dire. Je le sens aussi.

La chanson se termine et le chanteur annonce que le groupe fait une pause. Je recommence à paniquer. Summer me prend par la main et m'entraîne sur le côté.

– Ne m'en veux pas, mais il faut vraiment que j'aille aux toilettes, dit-elle.

Je la retiens par la main.

– Non, tu ne peux pas m'abandonner comme ça, avec tous ces gens autour.

Elle se met à rire.

– On dirait qu'ils te font peur.

– Oui, je suis terrifié, je murmure.

– Je pense que tu peux survivre sans moi pendant cinq minutes.

Elle m'embrasse sur les joues, puis caresse mon visage avec la main, sans doute pour effacer la trace de rouge à lèvres qu'elle vient d'y laisser.

– Promis, je reviens vite.

Dépité, je la regarde s'éloigner. Je m'approche ensuite du bar pour commander une bière. Une serveuse très efficace, en chemise blanche et cravate noire, me tend une bouteille.

– Merci, dis-je.

Dès ma première gorgée, Kamal apparaît à côté de moi.

– Ta copine porte une très belle robe, Colin, dit-il avant de descendre son verre de whisky.

Ce n'est pas le premier de la soirée. Depuis que nous sommes arrivés, je l'ai vu commander au moins trois verres, et qui sait combien il en a bu avant.

Ne sachant pas comment réagir à un compliment sur Summer, je me contente de hausser légèrement les épaules.

– Qui es-tu ?

Sa question sort de nulle part. Je le dévisage, les sourcils froncés, mais je n'arrive pas à déchiffrer son expression.

– Qu'est-ce que vous voulez dire par là ?

– Je veux dire que… (Il avale les dernières gouttes de whisky avant de poser violemment le verre sur le bar.) Un autre ! aboie-t-il à la serveuse qui sursaute.

– Tout de suite, Monsieur.

– Ce que je veux dire, Colin, poursuit-il en ignorant la serveuse, c'est que je pensais que tu appartenais à notre camp. (Il désigne les autres candidats, deux mecs et une fille, étudiants comme moi). Neil, Ahmed, Robin, moi, toi… On est tous des losers qui se sont tournés vers les jeux vidéo en réaction à des gens de la trempe de cette fille qui t'accompagne.

Mes doigts se raidissent.

– Toute ma vie, j'ai dû lutter contre ces gens-là. Les gens beaux. (Il accepte le verre qu'on lui tend et avale plusieurs gorgées.) Les sportifs et les pom-pom girls, et tous ces crétins populaires qui pensaient avoir tous les droits. Qui tyrannisaient les autres sans être inquiétés. À qui on a tout offert sur un plateau d'argent. Et qui avancent toujours triomphants, exigeant que les autres s'écartent sur leur passage.

Je dépose ma bière sur le bar et m'adresse à lui d'un ton mesuré.

– Je n'ai jamais triomphé dans quoi que ce soit. Ma mère est prof d'anglais langue étrangère, mon père est chef d'équipe dans une centrale. Ils bossent dur, comme moi. Au lycée, je passais tout mon temps libre à dessiner, à peindre et à jouer à des jeux vidéo. Je faisais aussi du hockey, j'ajoute, même si je sais que c'est un gros mot pour lui. J'adore le hockey et je suis plutôt bon dans cette discipline. J'excelle aussi en conception de jeux vidéo, je conclus en haussant les épaules.

– Espèce de petit prétentieux ! lance-t-il en me fusillant du regard.

Summer choisit ce malheureux moment pour revenir dans la salle.

Tandis qu'elle avance vers nous d'un pas gracieux, elle attire tous les regards, ceux des hommes comme des femmes. Ils veulent tous obtenir quelque chose de sa beauté, même si ce n'est qu'en l'admirant de loin.

C'est à cause de cette fameuse orbite qui fait tout graviter vers elle.

Kamal boit ce qui reste dans son verre. Son regard méprisant est fixé sur Summer.

– Regarde-la, murmure-t-il. Tu penses vraiment qu'elle serait avec toi si tu n'étais pas dans l'équipe de hockey ? Les petites salopes comme elle ne veulent qu'une chose, Colin, ajoute-t-il en riant froidement. Je parie que si je claquais des doigts en lui disant qu'elle me plaît, elle serait déjà dans mon lit. Pourquoi resterait-elle avec un simple athlète alors qu'elle pourrait sortir avec un milliardaire ?

– Tu ne la connais pas, je siffle entre mes dents.

Il se met à rire.

Summer n'est plus très loin. Ses cheveux blonds brillent sous la lumière de l'immense lustre au-dessus de nos têtes. Sa barrette de diamants scintille à chaque foulée.

– Tu peux me croire, je connais ce genre de femme vénale sur le bout des doigts. Je ne sors qu'avec des filles comme elle. Elles se foutent de nous, Colin. Dès qu'elles trouvent mieux ailleurs, elles disparaissent.

Je pourrais soutenir le contraire, mais à quoi bon ? Il a l'air de s'être déjà forgé une opinion sur Summer et moi. Il semble déjà tout savoir sur les athlètes, les geeks et les jolies filles.

Summer arrive à notre hauteur. Elle a compris que quelque chose n'allait pas et cela semble l'inquiéter. Elle saisit ma main et la serre pour me réconforter.

– Tout va bien ?

– Pourquoi ça n'irait pas ? s'esclaffe Kamal, avant de taper sur le bar pour faire signe à la serveuse.

Il n'arrête pas de taper, comme un enfant mal élevé tentant désespérément d'obtenir l'attention de sa mère.

– Du bourbon, s'il vous plaît, ordonne-t-il à la pauvre femme avant de se tourner vers nous. Qu'est-ce que tu étudies ? demande-t-il à Summer.

Elle cligne des yeux, étonnée de le voir changer si brusquement de sujet.

– Le stylisme…

Il la coupe aussitôt.

– Suis-je bête !

Son mépris est manifeste.

– Ça vous pose un problème ? demande-t-elle en s'efforçant de prendre un ton insouciant et faisant semblant de rire, alors que sa position indique nettement sa méfiance. Pourtant, vous êtes du genre à apprécier la compagnie de mannequins, je me trompe ?

Ça ne fait pas rire Kamal.

– Je vois. Vous insinuez qu'un homme comme moi ne peut pas sortir avec de belles femmes, c'est ça ?

– Pas du tout. A priori, vous sortez avec de belles femmes…

– Parce que mon argent les intéresse ? C'est ce que vous sous-entendez ?

– Bien sûr que non, je…

– Mais, si ! C'est forcément ce que vous pensez, s'exclame-t-il, les joues rouges. Et puis, vous voulez que je vous dise ? Vous avez raison. Toutes les petites salopes comme vous ne courent qu'après une chose : mon compte en banque. Vous n'êtes pas du genre à signer un contrat de mariage, pas vrai Summer ? Eh non ! Les petites salopes comme vous ont besoin d'être dorlotées. De dépenser tout l'argent que j'ai gagné à la sueur de mon front.

D'un geste protecteur, je me rapproche de Summer.

– Ça suffit, dis-je d'une voix grave.

Il emploie un peu trop le mot «*salope*». Sans doute en réaction à une femme de son passé, peut-être la fille avec qui il avait failli se marier après la fac et qui ne voulait pas signer de contrat de mariage. Je me fiche pas mal qu'on lui ait brisé le cœur. Personne n'a le droit de s'adresser à Summer de cette façon.

Kamal ne semble pas intimidé par moi. Il continue à émettre un rire aigu qui me tape sur les nerfs.

– Quand je dis ça suffit, ça suffit!

Il avale d'un trait son verre de bourbon, puis tente de le reposer sur le bar. Seulement, il est trop loin, a trop bu et manque clairement de coordination.

Le verre explose par terre. Des bris de verre se répandent un peu partout autour de nous.

Je m'empresse d'écarter Summer, puis je regarde la serveuse.

– Vous pouvez faire venir quelqu'un pour…

– Ils vont venir, ne vous inquiétez pas! dit-il en riant. Il y a toujours quelqu'un pour venir réparer mes dégâts. Vous voulez savoir pourquoi? Devinez! Parce que je suis milliardaire. Je suis un dieu de l'informatique. Je pourrais acheter et revendre chaque personne présente! Et je…

– Vous êtes ivre, dis-je froidement pour l'interrompre.

– Oh! Ta gueule, l'athlète sans neurones!

Il a tellement bu qu'il ne tient presque plus debout. J'essaie de l'aider à se redresser, mais il repousse ma main.

– Va te faire foutre, je n'ai pas besoin de ton aide. Et je n'ai pas besoin de toi dans mon entreprise, compris? J'ai déjà trouvé quelqu'un, Colin, dit-il en gloussant. Mais je te remercie pour ton intérêt.

Summer fait un pas vers lui d'un air menaçant.

– Quel est le problème, Monsieur Jain? Pourquoi vous ne voulez pas embaucher Colin? Parce qu'il joue au hockey et qu'il est plus beau que vous?

Il recule, faisant craquer des bris de verre sous ses chaussures en cuir hors de prix. Du coin de l'œil, j'aperçois plusieurs silhouettes qui approchent. Tout autour de nous, les gens nous dévisagent avec curiosité. Je sens leurs regards posés sur moi. Ça me pique le dos.

– Tout va bien, Miss Heyward ?

Un grand type baraqué en costume et cravate apparaît devant nous.

Je n'ai aucune idée de qui il s'agit, mais Summer semble le connaître. Elle lui touche affectueusement la main.

– Ça va, Diego. Mais il y a du verre partout. Pourriez-vous demander à l'équipe d'entretien de venir au plus vite ?

– Je m'en occupe tout de suite, dit Diego avant de regarder Kamal de travers.

Ce dernier a les yeux braqués sur Summer.

– Heyward ? répète-t-il en fronçant exagérément les sourcils. Bordel, mais qui es-tu ?

– Surveillez votre langage, Monsieur Jain, aboie Diego.

– Et toi ? Pour qui tu te prends ? rétorque Kamal.

– Je suis le chef de la sécurité de cet hôtel, répond l'immense vigile en faisant une grimace effrayante. Cet hôtel appartient à la famille de Miss Heyward. Et je pense qu'il est grand temps pour vous de quitter la soirée, Monsieur Jain. Je vais demander à un de mes collègues de vous escorter jusqu'à votre suite, d'accord ?

– Va te faire foutre ! J'ai un discours à prononcer dans dix minutes, bordel de merde.

Il se tourne vers moi et éclate d'un rire gras.

– Félicitations, Colin. Et moi qui pensais que ce n'était qu'une fille vénale de plus. En fait, c'est toi la pute dans l'histoire, hein ? Tu couches avec elle pour son argent.

Summer sursaute.

Diego s'avance vers lui.

Quant à moi, je secoue la tête d'un air dépité avant de croiser son regard vitreux.

– Vous vivez vraiment dans un triste monde, Kamal. Un monde plein de personnes intéressées et de gens qui s'utilisent en permanence. Un monde où la compétition règne, où deux personnes ne peuvent pas être ensemble simplement parce qu'elles s'aiment, dis-je en ricanant. Honnêtement, je suis content que vous ne m'ayez pas choisi. Je préfère de loin mendier dans la rue que de travailler pour quelqu'un comme vous. Je suis sûr qu'à cause de vous, l'environnement de travail dans votre entreprise est hyper-toxique pour tous vos employés. Ça ne m'intéresse pas.

Je crois que Kamal essaie de me contredire, mais je ne l'écoute pas. De toute façon, Diego et ses collègues l'ont déjà saisi par les bras pour le faire sortir. Je me demande quelles seront les conséquences pour l'opération caritative. Je soutiens de tout cœur la recherche contre la leucémie, mais je n'ai pas envie de rester une seconde de plus à cette soirée merdique.

D'un commun accord, Summer et moi quittons la salle. Je vois bien qu'elle est en colère parce qu'elle se mordille violemment les lèvres, sans dire un mot. Elle se tait, jusqu'à ce que nous soyons dans l'ascenseur privé qui mène au penthouse.

Dès que les portes se ferment, elle me regarde d'un air navré et annonce :

– Je te quitte.

29

Fitz

Bouche bée, je fixe son dos élancé tandis qu'elle se rue hors de l'ascenseur.

Elle vient de dire qu'elle me quitte ?

– Hors de question ! je rugis.

Ses talons claquent sur le marbre de l'entrée. Elle s'arrête pour les enlever.

J'en profite alors pour lui saisir le bras.

– Summer, qu'est-ce qui t'arrive ?

Elle ne répond pas, se contente de repousser ma main et de déposer sa pochette argentée sur une console. Elle enlève ensuite la barrette de ses cheveux, mais sa coiffure reste en place. C'est alors que je remarque une dizaine de petites épingles qui retiennent ses cheveux. Elle les enlève, une par une, pendant que je la regarde, stupéfait. Pas une seule fois elle ne me lance un regard.

– Qu'est-ce qui se passe ? je demande.

Nos yeux se croisent enfin.

– C'est à cause de moi si tu n'as pas eu ce travail.

Je cligne des yeux.

– Quoi ?

– C'est de ma faute si tu n'as pas été pris ! s'exclame-t-elle. Visiblement, cet abruti a été rabaissé par une jolie fille dans le passé.

– Oui, mais je suis sûr qu'il a aussi été tyrannisé par un sportif. Ça n'a rien à voir avec toi.

– Mais si ! Tu n'as pas entendu ce qu'il a dit sur moi ? Il n'y aurait pas eu de problèmes si je ne t'avais pas accompagné. Voilà ce qui se passe avec moi, Fitz. J'attire les ennuis. Ce n'est pas ce que je cherche, mais c'est inévitable.

Elle soupire d'un air maussade avant de poursuivre :

– Tu détestes les drames, tu n'aimes pas attirer l'attention sur toi. Pourtant, toute la pièce te regardait à cause de moi. Parce que tu as choisi de me défendre. C'était pareil au *Malone's*, le mois dernier.

Je me frotte le nez. De quoi parle-t-elle ? J'ai choisi de la défendre et de me défendre aussi, parce que Kamal est allé trop loin. C'est ce que je ne cesse de lui répéter, mais elle secoue négativement la tête.

– C'est fini, Fitz. Tu préfères être invisible. Mais regarde ce qui s'est passé en bas ! Tous les regards étaient braqués sur toi.

Elle a raison. Quand Kamal s'est mis à hurler et à se comporter comme un salopard, je me suis vu comme poussé sous les feux des projecteurs. Je sentais les regards des curieux, j'entendais des chuchotements tout autour de nous.

Mais quand je l'ai remis à sa place, je me fichais pas mal de savoir que tout le monde nous regardait et nous écoutait. Tout ce qui m'importait, c'était de signaler à Kamal qu'il s'était mal comporté avec Summer. Pour moi, son attitude était inacceptable.

– Justement, ma chérie. Tu es en train d'en faire tout un plat alors que ce n'est pas la peine.

– Je n'en fais pas tout un plat !

– Bien sûr que si. Tu exagères. Tu décides de me quitter sans même en parler.

– Il n'y a rien à dire. Tu détestes être sous le feu des projecteurs, moi je n'attire que ça. Parfois, c'est intentionnel, mais pas le reste du temps, dit-elle avant de pousser un grognement. Bon sang, ce travail était important pour toi!

– À la base, oui.

Mais toi, tu es plus importante. Sauf que je ne le dis pas. Non pas parce que j'ai la fâcheuse tendance à garder mes sentiments pour moi mais parce que Summer s'éloigne à nouveau, en direction de l'escalier en colimaçon. Le penthouse s'étale sur trois étages (oui, je sais, c'est dingue) et sa chambre est située tout en haut.

Je fonce vers elle.

– Arrête-toi!

– Non.

Elle continue à avancer.

– T'es vraiment une gamine.

– Et toi, t'es un tyran, rétorque-t-elle. Laisse-moi tranquille. C'est fini entre nous.

– Tu rigoles! C'est pas fini, je crie.

Bon sang, j'ai dû élever la voix moins de dix fois dans ma vie. Mais depuis que je suis avec Summer, je n'arrête pas de m'égosiller. Elle réveille en moi des instincts primitifs dont j'ignorais l'existence. En somme, elle me rend complètement fou.

Mais... j'adore ça.

J'ai passé tant d'années à éviter les conflits. Je laissais mes parents déverser leur poison entre eux, parce que c'était plus facile que d'endurer les disputes et la culpabilisation qui s'ensuivait si je les affrontais. J'évite aussi de me retrouver entouré de monde parce que je n'aime pas qu'on prête attention à moi.

D'habitude, je sors avec des filles qui sont aussi timides que moi. Ainsi, elles ne s'attendent pas à ce que je me lâche un peu plus pendant une fête ou que je me rende à des soirées glamour, comme celle de ce soir.

J'aimais bien vivre de cette façon. C'était agréable. Et sans conflits.

Mais je ne me suis jamais senti aussi vivant que depuis que je suis avec Summer.

Je ne veux pas vivre avec une femme qui se cache dans mon ombre, tout ça pour me permettre de rester planqué. C'est ce que j'ai fait pendant des années : j'ai dissimulé qui j'étais vraiment à mes parents, à mes amis, à des filles, au monde entier. Maintenant, je veux vivre avec quelqu'un qui m'encourage à me confronter davantage au monde qui m'entoure. Et c'est avec Summer que je veux le faire.

Elle me rend dingue. Elle fait des choses complètement folles, comme par exemple tirer les cheveux d'une fille qui la traite de salope dans un bar, tripoter des joueurs de football à moitié nus dans notre salon et faire des petits sauts de danse classique tout en préparant le petit déjeuner dans la cuisine.

Évidemment, elle me fait perdre mon calme, mais j'ai aussi cet effet-là sur elle.

C'est ce qui pimente notre relation.

– Je vais me coucher, Fitz. Tu peux dormir sur le canapé ou dans la chambre de Dean. Partout sauf dans ma chambre, parce que c'est fini.

– Dis-le encore une autre fois si tu oses.

Elle s'arrête à la première marche de l'escalier et se tourne vers moi. Ses yeux verts brillent de courage.

– C'est fi…

Je plonge sur elle.

Elle lève les bras.

– Je t'interdis de faire ça.

C'est ça, cause toujours ! Je l'attrape par la taille et la soulève sur mon épaule en la tenant fermement par les fesses.

– On va se poser et discuter de tout ça en tête à tête, je grogne en me dirigeant vers le salon.

– Ce n'est pas la peine ! Lâche-moi !

Elle se tortille dans tous les sens avec une telle force que je finis par la reposer par terre.

– Bon sang, écoute-moi ! On ne va pas se séparer. Ce n'est pas envisageable, Summer. Je me fous pas mal de ce job chez *Orcus Games*. Tout ce qui compte pour moi, c'est toi. Cet enfoiré s'est mal comporté avec toi. Avec moi aussi. Et je refuse de travailler pour quelqu'un qui traite les gens avec aussi peu de respect et qui ne sait pas se tenir en public. Je l'ai remis à sa place et si c'était à refaire, je n'hésiterais pas une seconde, tu m'entends? Parce qu'il a été vraiment horrible avec toi. Et que je t'aime.

Summer retient son souffle.

– C'est… la première fois que tu dis ça.

– C'est la vérité. Je t'aime. Tu es ma copine et…

– J'étais ta copine.

– Tu l'es encore.

– Non, c'est fini.

Je l'enlace et l'attire contre moi. Elle sursaute dès qu'elle sent mon érection contre son ventre.

– Tu peux le répéter autant que tu voudras, mais on sait très bien qu'on ne va pas se séparer, dis-je en faisant glisser ma main sous sa robe pour caresser sa cuisse. Et de toute évidence, tu m'aimes aussi.

Elle plisse les yeux et me dévisage.

– Tu as l'air différent.

Elle a raison. Je suis à bout de nerfs, encore en colère contre Kamal et contre elle. Mais j'ai aussi terriblement envie de la prendre, là, tout de suite, comme je ne l'ai encore jamais fait.

Je pose ma main sur son entrejambe et frissonne de désir dès que je découvre qu'elle ne porte pas de culotte.

– Tu n'as rien mis ce soir?

Non, avec cette robe, je ne peux rien me permettre, dit-elle, puis elle marque une pause. Fitz… Je suis désolée de t'avoir empêché d'obtenir ce travail.

Je secoue la tête.

– Tu n'as toujours pas compris, ou quoi? Ce n'est pas ta faute. Et c'est Kamal le grand perdant dans l'histoire. Il se prive de mes talents de concepteur de jeux. Mais je trouverai autre chose, c'est sûr. En revanche, je ne trouverai jamais personne pour te remplacer.

Elle entrouvre la bouche, émerveillée.

– C'est la première fois que tu me dis quelque chose d'aussi touchant.

– Je sais être tendre parfois, dis-je en effleurant son clitoris. Mais là, j'ai pas envie de l'être. Je veux te prendre contre le mur. Écarte les jambes, dis-je en enfonçant un doigt en elle.

Elle écarquille les yeux.

– Tu as la pêche ce soir.

– Oui, alors arrête de vouloir me quitter. Arrête de t'en faire pour ce boulot. Arrête tout et embrasse-moi.

Ma bouche prend la sienne avec passion. À bout de souffle, je me frotte contre elle, mais ça ne suffit pas. Ma queue enfle sous ma braguette. L'envie est trop pressante pour les préliminaires.

– J'ai juste envie de te pénétrer, je murmure à son oreille. Je m'occuperai de toi plus tard, c'est promis.

– C'est tellement bon avec toi, chuchote-t-elle.

Mon cœur accélère.

Avec Summer, j'ai toujours un préservatif dans la poche. Je ne baisse même pas mon pantalon, me contentant de défaire ma braguette, de sortir mon sexe et d'enfiler la capote. J'arrache ensuite sa robe, entoure sa jambe autour de mes hanches et pousse au plus profond d'elle.

– Oh, putain, gémit-elle.

Sa chaleur m'enveloppe, ses muscles se contractent autour de ma verge comme pour me garder prisonnier. Ma peau est en feu. Mon cœur bat la chamade. J'ai chaud, je suis dur et j'ai terriblement besoin d'assouvir mes pulsions.

Mon va-et-vient n'a rien d'élégant. Le mur et la commode tremblent tandis que je la baise debout, ses deux jambes entourées autour de ma taille. Elle est tellement mouillée, tellement serrée que j'en perds la tête. Une vague de plaisir déferle sur moi sans prévenir. J'enfonce ma tête dans le creux de son cou et frissonne contre son corps. Mon orgasme est si puissant que je vois des étoiles.

– Putain, comme c'était bon ! je grogne contre son cou.

Mes hanches continuent à remuer pendant quelques secondes avant de s'immobiliser. Je sais qu'elle n'a pas joui, mais je lui ai promis de m'occuper d'elle plus tard. Mes genoux tremblent, mais je n'arrive toujours pas à bouger.

– Tu es tellement douce. Je ne veux plus jamais te quitter…

Ding-dong.

L'ouverture des portes de l'ascenseur nous arrache un sursaut. « *C'est quoi ce bordel !* » Voilà tout ce que j'entends.

C'est Dean.

Dean, le frère de Summer.

Dean, mon ami.

Bon sang, ça recommence !

– Encore ! crie Summer, ravagée par la honte.

Je ne comprends pas. C'est la deuxième fois que quelqu'un nous surprend en train de faire l'amour. Mais la situation est bien pire cette fois. C'est son frère. Je m'apprête à me retourner. Sauf que Dean me verrait la bite à l'air et comprendrait tout de suite ce qu'on était en train de faire.

– Je vais te tuer, Fitzgerald !

– Dean, l'implore Summer en enfonçant sa tête contre mon torse. Je t'en prie, tourne-toi !

– Bon sang, mais vous êtes en train de niquer ? gronde-t-il.

– Dean ! Tourne-toi.

Il a la décence de lui obéir, mais il est furieux.

– Quand vous serez habillés, retrouvez-moi dans le salon. Je vais passer devant vous, mais je ne regarde pas, d'accord. Putain, non, je ne regarde pas.

Du coin de l'œil, j'aperçois sa silhouette, les mains plaquées sur la figure.

Dès qu'il a disparu, je me retire, Summer saisit la capote et file dans les toilettes. La chasse d'eau tirée, elle revient et nous nous rendons dans le salon comme deux adolescents qui viennent de se faire…

Surprendre en train de faire l'amour ?

Oui. C'est exactement ça.

Une fois que nous sommes assis sur le canapé, Dean nous observe d'un air menaçant, les bras croisés.

– Ça dure depuis combien de temps ? demande-t-il sévèrement.

Je me retiens de rire. Entendre Dean prendre ce ton puritain et nous regarder d'un regard aussi désapprobateur, alors qu'à la fac tout le monde l'appelait Dean la Sex Machine, me semble être une mauvaise blague. Mais je sais qu'il joue son rôle de grand frère et qu'il tient vraiment à sa sœur.

– Depuis un moment, avoue Summer.

Il lui lance un regard noir.

– Mmm. Et t'aurais pas pu m'en parler ? La prochaine fois que tu veux me cacher quelque chose, évite de poster une photo sur Instagram.

Summer lève les yeux au ciel.

– Je n'essayais pas de le cacher.

– Alors, tu préférais que je le découvre sur les réseaux sociaux ?

Il est furax.

– Non, ça ne m'a pas traversé l'esprit. Je me suis rendue à une soirée avec Fitzy, j'ai pris une photo de nous, je l'ai postée sur Insta. Je n'ai absolument pas pensé à toi. Tu veux savoir pourquoi ? Parce que ça n'a rien à voir avec toi.

– Bien sûr que si ! rétorque-t-il.

Je comprends mieux d'où vient le goût de Summer pour le mélodrame.

Dean me lance un regard assassin.

– C'est ma petite sœur, mec !

– Je sais. Je tiens beaucoup à elle, je réponds calmement.

– Oui, Dicky, ajoute Summer. Il n'y a pas que du sexe entre nous. Enfin, il y en a beaucoup, mais…

Dean plonge sa tête entre ses mains.

– Mais pourquoi tu dis des trucs comme ça, Morveuse ?

Elle souffle.

– Toi tu peux me parler de ta vie sexuelle, mais moi je n'ai pas le droit de te parler de la mienne ?

– Je ne parle jamais de ma vie sexuelle avec toi. C'est un sujet tabou ! Tabou !

Exaspéré, il pousse un grognement, puis nous regarde à tour de rôle.

– Donc, ça y est, vous êtes ensemble maintenant ?

Je regarde Summer qui, quinze minutes plus tôt, menaçait de me quitter.

Elle se redresse et esquisse un sourire.

– Nous sommes ensemble. Colin est mon copain.

Je me mordille l'intérieur de joues pour m'empêcher de rire. Sa résignation est absolument adorable.

Dean hoche la tête en scrutant mon visage.

– Donc, tu es avec ma sœur ?

Il semble aussi résigné que Summer.

Je réprime un soupir, car je sais exactement ce qui m'attend.

– Oui.

– Bon, alors tu es prêt ? demande-t-il en passant sa main dans ses cheveux.

Je finis par soupirer.

– Oui. Finissons-en.

Déconcertée, Summer tourne brusquement la tête vers moi.

– De quoi vous parlez ?

Dean se lève. Je fais de même.

– Désolé, Morveuse. Je n'ai pas le choix.

– On n'a pas le choix, je répète d'un air coupable.

Dean fait craquer les doigts de sa main gauche contre sa main droite. Sa sœur devient blême.

– Tu vas le frapper ? s'exclame-t-elle en se levant d'un bond. Pas question ! Je te l'interdis !

– Fitz connaît le pacte. Il n'a pas fait ce qu'il fallait. Donc…

Dean a raison. Il existe une sorte de pacte dans notre équipe. Certaines équipes suivent carrément un code de conduite qui empêche de coucher avec une sœur ou une ex, mais Briar n'a pas de règles aussi strictes. Notre pacte consiste simplement à demander avant de faire quoi que ce soit.

En cas de refus, on peut quand même faire ce qu'on veut, puisqu'on ne peut rien nous imposer. Ce pacte sert surtout à garantir le respect entre chaque joueur.

Dean fait craquer les doigts de sa main droite.

– Ça va pas la tête ? Ne le touche pas, Dicky !

Elle se jette entre nous, mais je la pousse délicatement sur le côté.

– Laisse-le faire, dis-je, ce n'est vraiment pas si grave que…

Dean ne me donne pas de coup de poing. Il a choisi le coup de genou dans les couilles.

Je m'effondre par terre et me recroqueville en posant mes mains sur mon entrejambe, le souffle coupé.

– Enfoiré ! je hurle en regardant Dean d'un air accusateur.

– Dicky ! Pourquoi tu lui as frappé les couilles ? On va en avoir besoin si tu veux des nièces et des neveux.

– Des nièces et des neveux ? Combien tu veux d'enfants ?

– Plein.

– Je t'interdis d'être enceinte avant tes trente ans. Je ne suis pas prêt à devenir oncle.

– Bon sang, mais la vie ne tourne pas autour de toi !

Ils recommencent à se chamailler, oubliant que je suis plié en deux par terre, cherchant à reprendre mon souffle.

– Pas question d'avoir des enfants avec toi, Summer. Je refuse de faire partie de votre famille de dingues ! je m'exclame.

– Trop tard, chéri. Je suis déjà attachée à toi.

J'éclate de rire contre le sol en marbre alors que je pensais ne pas en être capable.

Mais avec Summer Heyward-Di Laurentis, tout est possible.

30

Summer

Mon dernier rendez-vous avec Erik Laurie a lieu quelques jours seulement avant le défilé de mode. J'aurais préféré un simple entretien après son cours, mais trop d'étudiants faisaient déjà la queue pour lui parler. Alors, j'ai traîné pendant deux heures sur le campus jusqu'à ce que commence sa permanence.

Je déteste me rendre dans son bureau. Je trouve Laurie encore plus obséquieux entre quatre murs. Au bout de quelques minutes, il m'a déjà fait quatre clins d'œil et quelques remarques gênantes pour flirter (ressassant encore qu'il aurait adoré me voir défiler pour présenter ma collection). Il va même jusqu'à effleurer ma main en me passant le programme de la soirée du vendredi, qui ressemble à la setlist d'un concert, avec le nom de chaque étudiant styliste dans l'ordre de passage des collections.

Je découvre que *Summer of Love* passe en premier. Merde. J'aurais préféré passer au milieu, c'est beaucoup trop de pression.

– J'aimerais vraiment commencer la soirée en beauté, dit-il en clignant à nouveau d'une paupière. Avec tes maillots, ce sera parfait.

Beurk. Pourquoi faut-il toujours qu'il me dégoûte ? Il me donne la chair de poule quand il parle.

– C'est vous qui décidez, dis-je en esquissant un sourire forcé. Donc, c'est bon ? Tout est en ordre ?

J'ai hâte de quitter son bureau.

Il me sourit.

– Tout est en ordre.

Soulagée, je me lève et attrape mon sac Prada. Ayant baissé la tête pour ranger le programme dans mon sac, je n'ai pas remarqué que Laurie s'est levé pour contourner son bureau. Quand je relève la tête, je l'aperçois à trente centimètres de moi, ce qui, en termes de distances, n'est vraiment pas assez.

Je recule brusquement.

– Eh bien… à mercredi ! Je suis impatiente que vous nous rendiez nos dissertations, dis-je à la hâte.

– Combien de temps allons-nous encore nier ce qui nous arrive, Summer ?

Je cligne des yeux. À peine quelques centimètres nous séparent désormais. Ses longs doigts caressent ma joue ; je frissonne (mais pas de plaisir). Sous le choc, je n'ai pas le réflexe de repousser sa main. Mon cerveau ne parvient pas à enregistrer sa question.

Continuer à nier ce qui nous arrive ? Il plaisante, ou quoi ? Pense-t-il vraiment que son obsession à mon égard est réciproque ? Que nous partageons une sorte d'attirance interdite depuis le début du semestre ?

– Summer, poursuit-il, le regard se consumant de passion.

Ma gorge se noue. Puis ma bouche se dessèche. Je passe ma langue sur mes lèvres pour les décoller. Il faudrait quand même que je parvienne à aligner deux mots !

Seulement, Laurie confond l'action de ma langue avec une autorisation tacite. Horrifiée, je le vois pencher la tête vers moi, les lèvres en avant, prêt à m'embrasser. Je plaque alors brusquement mes mains sur son torse et le repousse de toutes mes forces.

– Je suis désolée. Je ne comprends pas ce qui se passe, mais… (mes mains tremblent sur la bretelle de mon sac) j'ai un copain !

Or, même si je n'étais pas en couple, même si ma survie en dépendait, jamais je ne t'embrasserais, sale pervers !

Bien dit, ma grande ! renchérit Selena.

– Je vois, répond-il d'un ton sec, en passant la main sur le revers de sa veste à rayures, comme pour s'occuper.

– Je suis désolée…

Mais pourquoi suis-je en train de m'excuser ? Je reprends mon souffle. Rien ne m'oblige à être désolée de ce qui arrive. Je n'aurais vraiment pas dû utiliser l'excuse du copain.

– Même célibataire, je ne serais pas intéressée par vous. Ce serait contraire à la morale…

Arrête avec les excuses, Summer ! Ma colère monte. Pourquoi, nous les femmes, nous sentons-nous toujours obligées de nous justifier quand quelqu'un ne nous plaît pas ?

– En fait, vous ne m'intéressez pas.

Voilà. Pas de justification.

Il serre la mâchoire. Je n'arrive pas à déchiffrer son regard, n'y lisant pas vraiment de colère, ni de honte ou de tristesse.

Je pense qu'il se sent trahi.

– Je suis désolée que vous ayez pu croire le contraire, j'ajoute, même si je sais très bien que je n'ai jamais envoyé de tels signaux.

Il hausse les sourcils.

– Vous avez terminé ? demande-t-il froidement.

– Je crois que oui.

– Alors à mercredi, Summer.

Je sors du bureau, la porte claque derrière moi. Je reste debout dans le couloir pendant un petit moment, totalement abasourdie par ce qui vient de se passer. Puis mon téléphone vibre dans ma poche, m'extirpant de ma divagation.

FITZ : Je fais du codage en salle informatique. C'est bientôt la pause. Tu veux qu'on mange ensemble ?

MOI : Désolé, bébé. J'ai rdv avec mon conseiller pédagogique. On se voit à la maison. Bisous.

Je ne sais pas pourquoi je lui mens. Tant que l'humiliation est aussi vive en moi, je ne peux pas le voir. Je n'arrête pas de repenser à toutes mes interventions en classe. Laurie semblait toujours être d'accord avec ce que je disais, il allait même jusqu'à complimenter mes remarques. C'était calculé ? Faisait-il semblant de me trouver intelligente pour coucher avec moi ?

Bien sûr que tout était calculé, idiote. Sur quelle planète vis-tu pour penser qu'un prof puisse te trouver intelligente ?

Je me mords les lèvres pour m'empêcher de pleurer. J'ai envie de dire à ma petite voix d'aller se faire voir, mais je suis trop désemparée. Je ne peux vraiment pas raconter à Fitz ce qui s'est passé. Il perdrait son sang-froid s'il découvrait que Laurie a essayé de m'embrasser, et s'attaquerait à lui, ce qui n'arrangerait pas la situation.

C'est terminé maintenant. Laurie m'a fait des avances, je l'ai remis à sa place. Un jour, je le raconterai à Fitz.

Pour l'instant, je veux oublier ce qui s'est passé.

Seulement, c'est plus facile à dire qu'à faire. D'autant plus que Laurie n'a pas dit son dernier mot.

Quand il arrive dans l'amphithéâtre, pour son cours du mercredi, il me cherche immédiatement du regard, puis me toise d'un air glacial. J'en ai froid dans le dos. Aussitôt, il se tourne vers les autres étudiants avec un grand sourire.

– Devinez quel jour on est, les enfants ?

Tout le monde se met à glousser, surtout les filles. Quelques rangs devant moi, Nora chuchote quelque chose à l'oreille de sa copine et elles éclatent de rire. Depuis quelques semaines, elle me laisse tranquille. Terminés les regards noirs et les petites piques. Je pense qu'elle a fini par accepter que je sois la préférée, vu qu'aucune critique de Chanel ne semblait pouvoir changer l'opinion de Laurie sur moi.

– Comme vous le savez tous, aujourd'hui je vous rends vos copies.

De joyeux chuchotements s'élèvent dans la salle, entremêlés de grognements inquiets.

– Ne vous inquiétez pas. Les travaux de la plupart d'entre vous sont excellents. J'ai relevé beaucoup de choses très intéressantes. Comme la dissertation de Miss Ridgeway, qui m'a particulièrement fasciné à la lecture.

Nora lève brusquement la tête et semble sous le choc. C'est la première fois qu'il lui fait un compliment devant tout le monde. Je ne vois pas son visage, mais j'imagine qu'elle rougit de satisfaction.

– En revanche, j'ai remarqué que certains ne maîtrisent pas encore les bases de la rédaction d'une dissertation. Il faut pourtant veiller à bien citer vos sources et à correctement organiser vos paragraphes. J'ai donc pensé qu'il serait utile de faire un peu de méthodologie avant de vous rendre vos copies.

Il ouvre sa sacoche et sort son ordinateur portable qu'il installe sur le bureau de l'estrade.

– Pour vous expliquer ce qu'on attend de vous, il est parfois utile de montrer ce qu'il ne faut pas faire. Je vais donc analyser pour vous deux dissertations qui ont obtenu la note de cinq sur vingt. Vous allez vite comprendre pourquoi ces copies ont un résultat aussi faible, dit-il en faisant un clin d'œil. Ne vous inquiétez pas, elles datent d'il y a deux ans. À l'époque, j'enseignais l'histoire de la mode à l'UCLA. Vous verrez, j'ai l'habitude de donner les mêmes sujets de dissertation d'une année sur l'autre. Comme tout le monde, je suis un peu fainéant.

Ce qui fait évidemment rire l'assemblée.

Il se penche sur son ordinateur.

– Commençons par une dissertation sur l'évolution de la mode à New York.

Je ne bouge plus.

C'est juste un hasard, non ? Il vient de dire qu'il donne généralement les mêmes sujets à ses étudiants. Paniquée, j'attends qu'il projette le document sur l'écran.

Dès qu'il apparaît, ma gorge se noue. J'en suis presque malade.

La page de garde s'affiche une demi-seconde à l'écran avant que Laurie ne s'empresse de passer à la page suivante.

J'aperçois quand même furtivement mon nom. La date indique aussi que la dissertation a été rédigée ce semestre. Il se fout de notre gueule !

Je ne suis pas la seule à l'avoir remarqué. Ben, mon camarade de rangée, me lance un drôle de regard. Nora se retourne brièvement vers moi, les sourcils froncés.

– Comme vous pouvez le constater, cette étudiante a de gros problèmes de méthodologie. Regardez sa problématique. Elle explique clairement dans quel ordre seront abordés les différents thèmes. Pourtant, le paragraphe suivant ne respecte pas du tout son plan…

C'est parti. Il ne s'arrête plus, détruisant point par point tout le travail acharné que j'ai effectué, jusqu'à en pleurer, pendant deux mois. Au fil des secondes qui passent, je me sens devenir rouge. J'en ai même la nausée. Tous mes camarades de classe ont vu mon nom sur la page de garde. La plupart, en tout cas. Ils savent qui l'a écrit. Laurie l'a fait exprès. Il fait des clins d'œil à tout va, esquisse des grands sourires. Ça l'amuse beaucoup de disséquer mon travail.

– Comme vous pouvez le voir, la forme est plutôt bonne. Mais il n'y a pas de fond.

Nora rit dans sa barbe tandis que Ben me lance un regard compatissant.

Je m'efforce de ne pas pleurer, mes yeux fixant mes poings serrés sur mes cuisses. Je ne veux surtout pas que Laurie décèle mon envie de pleurer. Je refuse qu'il découvre que son stratagème pour m'humilier a fonctionné.

Avec suffisance, il souligne une faute qui a échappé à ma relecture. Et à celle de Fitz.

– On n'est plus à la maternelle ! Dans une université de l'Ivy League, les fautes sont rédhibitoires, les enfants.

Je regarde mes pieds. Ça suffit. Je n'en peux plus. Les mains tremblantes, je rassemble mes affaires et me précipite vers la sortie.

Laurie continue son exposé quand je disparais à travers les portes. Arrivée au bout du couloir, j'entends quelqu'un qui m'appelle.

– Summer, attends !

Visiblement inquiet, Ben arrive en courant vers moi.

– Ça va ?

– Non, pas vraiment.

J'essaie de tout faire pour ravaler mes larmes.

– C'est vraiment abominable ce qu'a fait Laurie, dit-il.

– Je sais.

– Il faut que tu le dénonces.

– Pour dire quoi ? *Bonjour, j'ai eu cinq sur vingt à ma dissertation, pourriez-vous virer le prof ?* je réponds avec sarcasme.

– Non, mais tu pourrais leur expliquer qu'il t'a humiliée devant tout le monde, sous-entendant que tu ne sais pas écrire et que…

– Excuse-moi, je l'interromps car je suis sur le point de craquer. Je dois y aller.

– Summer…

– Ben, je t'en prie, laisse tomber, dis-je en désignant la porte de l'amphithéâtre. Retourne à l'intérieur. Tu dois récupérer ta copie, je suis sûre que tu t'en es bien tiré.

– Summer, ce n'est pas juste.

Il secoue la tête, sa colère est manifeste.

– La vie n'est pas juste, j'ajoute d'une voix éraillée. Mais j'apprécie que tu sois venu. C'est très gentil de ta part, Ben. Merci.

Je pose ma main sur son bras avant de m'éloigner.

★ ★ ★

Je rentre à la maison et trouve Fitz assis à son bureau, avec son casque sur les oreilles. Il appuie frénétiquement sur les commandes de jeu reliées à son ordinateur. Du moins, c'est ce que je pense. Je ne comprends pas vraiment comment fonctionne son système pour jouer en ligne. Il me l'a expliqué, mais j'ai déjà oublié.

Je tire sur son casque et il sursaute en pivotant sur sa chaise.

– Putain, tu m'as fait peur, ma puce.

Dès qu'il voit mon visage, il s'inquiète.

– Qu'est-ce qui ne va pas ?

Je prends une longue inspiration.

– Je dois te demander quelque chose. Promets-moi d'être sincère.

– D'accord…

– Ma dissertation était-elle ratée ?

– Quoi ? s'exclame-t-il, troublé, portant ses mains à son visage. Tu parles de ta dissertation sur l'histoire de la mode à New York ?

J'acquiesce.

– Tu m'as dit que j'avais fait du bon travail.

– C'est vrai !

Je scrute son visage à la recherche d'une possible simulation. En vain. Il est sincère.

– Tu le penses vraiment ou tu le dis parce qu'on sort ensemble ?

– Summer, si je pensais que ta dissertation n'était pas à la hauteur ou qu'il y avait un gros problème, je te l'aurais dit, dit-il fermement. Et j'aurais proposé de t'aider à l'améliorer. Je ne vois pas l'intérêt de mentir pour ces choses-là.

Je m'assieds au bord de son lit. Une fois de plus, les larmes montent. Cette fois je n'arrive plus à me contrôler, quelques-unes coulent sur mes joues.

Fitz se lève d'un bond. Il s'agenouille devant moi et pose ses grandes mains sur mes cuisses.

– Parle-moi… Que se passe-t-il ?

– J'ai eu cinq sur vingt.

– T'es sérieuse ?

Je hoche lentement la tête.

D'abord surpris, il semble désormais incrédule.

– Mais c'est largement en dessous de la moyenne !

– Je sais…

Tout en laissant couler mes larmes, je lui raconte ce qui s'est passé pendant le cours. Et, puisque je ne suis plus à une confidence près, je lui révèle aussi l'incident dans le bureau de Laurie.

Son regard crache du feu.

– Quel enfoiré ! Il te punit d'avoir refusé de coucher avec lui ?

Je m'essuie les yeux.

– Je ne sais pas. Peut-être que je méritais vraiment un cinq.

– Pas du tout ! Ça valait bien plus qu'un cinq, Summer. Je ne suis pas un spécialiste, mais à sa place je t'aurais mis au moins douze. Pas un cinq ! (Il secoue violemment la tête.) C'est par pure vengeance qu'il a fait ça. Il faut que tu contestes cette note.

Grâce à lui, la confiance revient et mes larmes sèchent.

– Je peux vraiment faire ça ?

– Je ne sais pas comment fonctionne le département de stylisme, mais il y a forcément une procédure d'appel pour l'ensemble des départements de l'université. Il faut la saisir, dit-il en prenant mes joues dans ses mains et en caressant mon menton. Tu ne peux pas le laisser s'en tirer comme ça. Tu ne mérites pas cette note, ma chérie.

Et si tu la méritais vraiment ? le contredit ma petite voix intérieure. *On sait bien que tu n'es pas une lumière…*

La ferme ! Je coupe la parole à cette face négative de ma personnalité qui me tourmente depuis tant d'années. *Tais-toi une bonne fois pour toutes !*

Je ne vais pas écouter ces critiques. C'est Fitz que je veux écouter. Il est catégorique : j'ai fait du bon travail.

Bouleversée par la confiance qu'il me témoigne, je passe mes bras autour de son cou et le serre fort contre moi

– Je t'aime, je chuchote. Grâce à toi, je me sens… intelligente.

Ça le fait rire. Il caresse mon dos et me serre encore plus fort contre lui.

– C'est vrai, dis-je en souriant dans le creux de son cou, respirant son odeur aux notes masculines. Quand j'étudiais à Brown, je n'ai pas contesté la note de la dissertation que le prof avait fait passer pour du plagiat. Je pensais que personne ne m'aurait crue, alors que je ne l'avais pas fait exprès. Mais j'aurais dû me battre. Je ne méritais pas d'échouer. J'avais simplement besoin d'un peu d'aide… parce que j'ai des difficultés d'apprentissage.

J'incline la tête pour regarder Fitz dans les yeux.

– Je ne suis pas stupide, j'ajoute, et pour une fois ma petite voix intérieure se tait. J'apprends différemment, c'est tout. J'ai tellement travaillé pour cette dissertation. Je conçois que certaines phrases aient pu paraître trop longues, que certains paragraphes puissent être mieux structurés… Certes, j'ai laissé passer une faute… Mais je ne dois pas être la seule ! Je veux faire appel.

– Voilà ce je voulais entendre ! Laurie peut aller se faire voir.

– C'est sûr, dis-je en caressant sa barbe le long de sa mâchoire carrée. Merci de m'avoir remonté le moral.

– Je suis là pour ça, dit-il en pressant ses lèvres contre les miennes. Ne t'inquiète pas, mon cœur. Tu vas pouvoir contester cette note et l'université te donnera raison. Ça ne fait pas de doute, Laurie a voulu se venger de toi. Tout ira bien. Je te le promets.

Et il m'embrasse à nouveau.

31

Fitz

Suite à un contretemps indépendant de notre volonté, le défilé de mode du département de stylisme de Briar, initialement prévu à 21h à la Arbor House de Hastings, se tiendra finalement à 19h. Veuillez nous excuser pour ce désagrément.

– Je rêve !

La colère ravage les beaux traits de Summer. Elle est à deux doigts de se rendre chez Erik Laurie pour l'étrangler.

Je la comprends.

– Un contretemps ? hurle-t-elle. La veille de l'événement ? Il l'a fait exprès pour me mettre des bâtons dans les roues !

Comme elle, je suis furieux. Après avoir envoyé un mail à Laurie pour lui rappeler que la moitié de ses mannequins ne pourraient arriver à temps, elle a reçu une réponse des plus froides l'obligeant à présenter sa collection au défilé de l'année prochaine.

Un vrai coup de massue, alors qu'elle s'est démenée tout le semestre pour ses créations.

– Tu es sûre qu'il savait que Rex et les autres ne pourraient arriver qu'à partir de vingt heures ?

– Bien sûr ! Je lui en ai parlé plusieurs fois. Il voulait que je passe en premier et je lui ai dit que ça ne m'arrangeait pas, à cause des joueurs de l'équipe de football qui rentreraient tout juste d'un stage. Et puis, c'est beaucoup de pression d'ouvrir un défilé.

– Tu ne pourrais pas contacter sa hiérarchie ? je demande.

– Qui ? Mon conseiller pédagogique ? Il me déteste. Et il adore Laurie.

– Peut-être qu'il comprendra ? Ce n'est pas encore perdu. Il te reste six mannequins.

– Je l'ai déjà dit à Laurie, dit-elle en me tendant son téléphone.

Je lis à nouveau les mails qu'elle a échangés avec lui. Summer a tenté de se défendre en expliquant que les six mannequins de la collection pour femmes étaient prêtes à défiler, qu'il suffirait d'annuler les pièces pour hommes. Laurie a répondu que la présence des douze mannequins était requise. Avant de répéter qu'elle devrait attendre l'année prochaine pour se présenter.

Quelle ordure !

– Qu'est-ce que je vais bien pouvoir faire ?

Elle est consternée, mais ne pleure pas, ce qui indique qu'elle n'a pas encore baissé les bras.

– Il doit bien y avoir une solution. Tu as parlé à Rex ? Tu es sûre que les gars ne pourront pas revenir plus tôt ?

– Ils ne peuvent rien faire. Le coach les a isolés en plein milieu de la forêt, à des kilomètres de la civilisation. Le bus ne viendra les chercher qu'à dix-sept heures. Vu que le trajet dure au moins deux heures, ils ne seront jamais là à temps.

Je réfléchis.

– On a donc six maillots de mecs.

– Huit en tout. Rex et Lockett devaient défiler deux fois.

– Mais il te faut seulement six mannequins ?

– Oui mais… les maillots sont faits sur-mesure. C'est pour ça que j'ai dû faire des essayages.

– Sauf que nous avons leurs mensurations. Il suffirait de trouver des mecs qui font à peu près la même taille.

– Explique-moi où on peut trouver ça !

Qu'as-tu derrière la tête, Fitz ? lance ma petite voix intérieure.

Je pousse un long soupir.

– On va le faire.

Elle écarquille les yeux.

– On ?

– Enfin, eux ! Je propose de recruter des mecs de mon équipe, dis-je en saisissant mon téléphone. Hollis sera forcément partant, tu sais combien il aime faire le beau. Hunter...

Je m'interromps. Avec lui, ça m'étonnerait. Depuis des semaines, il ne nous adresse plus la parole. Je fais défiler la liste de mes contacts.

– Nate devrait d'accepter. Et puis on a besoin d'un mec un peu mince pour remplacer Lockett.

– Jesse ! propose Summer.

– À condition que Katie accepte. (Je cherche son nom parmi mes contacts.) Tu sais quoi ? Je vais la contacter directement pour lui demander. C'est elle qui décide tout dans leur couple.

– C'est vrai. En revanche, qui pourrait remplacer Rex ? Ne m'en veux pas mais... il a un quand même un gros paquet !

Je ferme les yeux.

– Tu te fous de moi ! Personne n'a envie d'entendre sa copine faire ce genre de commentaires sur la bite d'un autre, Summer.

– Je t'ai dit de ne pas m'en vouloir ! proteste-t-elle. T'en fais pas. Il n'est pas beaucoup plus gros que le tien. Vous avez presque la même...

Soudain, son regard s'illumine, comme si c'était Noël.

– N'y pense même pas ! je grogne. J'accepte de recruter les mecs, mais pas de participer.

Rien que l'idée de me pavaner sur un podium, avec tous les regards braqués sur moi, me donne envie de vomir.

– Alors, je te propose de demander à tous tes coéquipiers la taille de leur bite. Essaie de m'en trouver une grosse.

La garce ! Je lutte pour ne pas éclater de rire.

– Je vais voir ce que je peux faire.

★ ★ ★

Par chance, nous n'avons pas de match ce vendredi soir. En théorie, mes coéquipiers sont libres. Mais la plupart ont déjà prévu quelque chose. La moitié de l'équipe passe la soirée à Boston, dans un club de strip-tease. D'autres ne répondent pas à mes messages. Et certains n'ont pas obtenu l'autorisation de leurs copines.

Heureusement, Katie a accepté que Jesse participe et Hollis semble enchanté d'avoir été choisi. Il a fallu insister pour que Nate et Matt soient partants. Summer leur a fait miroiter qu'ils pourraient fricoter avec de jolies filles de la sororité Kappa. Enfin, Pierre, le Québécois de notre équipe, a bien voulu nous aider. Il est immense et très poilu, exactement comme Bibby.

En vingt-quatre heures, j'ai donc réussi à recruter cinq mannequins.

Mais il faut encore que je trouve un remplaçant pour Rex et son gros paquet.

Assis à mon bureau, je regarde mon entrejambe. Jamais je n'aurais imaginé regretter d'être particulièrement bien monté. Mais je suis à court d'idées. Et le spectacle va bientôt commencer. Summer est déjà sur place, pour aider à tout préparer. Apparemment, elle va aussi participer au rangement après le défilé. (Elle s'était déjà engagée quand Laurie a essayé de l'embrasser.)

Ce matin, elle a envoyé un mail à Laurie pour lui annoncer qu'elle avait trouvé des remplaçants.

Je ne souhaite pas la laisser tomber. Mais je ne sais pas qui lui proposer. Mes amis *gamers* n'ont vraiment pas des corps de rêve. Morris, Ray et Kenji sont petits et maigrichons, et ils sont beaucoup trop timides.

Tandis que je passe en revue toutes les possibilités, mon téléphone sonne. *Appelant inconnu.* Je décroche tout de suite, car j'ai demandé à mes amis de renvoyer vers moi toute personne potentiellement intéressée.

C'est alors que j'ai une impression de déjà-vu.

– Veuillez rester en ligne, nous allons vous passer Kamal Jain.

Quoi ? Mais pourquoi m'appelle-t-il ? Je n'ai aucune nouvelle (non pas que je souhaite en avoir) depuis notre altercation de la semaine dernière au *Heyward Plaza*.

– Colin ! s'exclame-t-il. J'espère que je ne dérange pas. Je voulais t'appeler plus tôt, mais j'ai eu des réunions toute la journée.

Le flot ininterrompu de ses paroles m'irrite déjà.

– Que voulez-vous, Monsieur Jain ? je demande d'un ton sec.

Impossible pour moi de rester poli.

– J'ai déjà dit que je préfère que tu m'appelles KJ ou…

– Non ! je l'interromps. On ne va pas recommencer. Dites-moi ce que vous voulez, sinon je raccroche.

Il se tait.

Bon sang, j'ai rabattu le caquet à un milliardaire !

Je crois qu'il ne s'y attendait pas. Il poursuit quand même, toujours aussi confiant :

– Colin, je suis désolé de la façon dont je me suis comporté pendant la soirée, dit-il avant de s'éclaircir la gorge. J'ai été insultant envers ta copine et méprisant envers toi. Je le regrette.

Je manque tomber de ma chaise. Il est vraiment en train de me présenter ses excuses ? Ça alors !

– Ne m'en veux pas, j'ai du mal à le dire… Ça ne m'est sans doute jamais arrivé de m'excuser. D'habitude, ce sont les autres qui me présentent leurs excuses. Quand je pense que je suis en train de demander pardon à un sportif ! Qui l'aurait…

– Encore vos conneries sur les sportifs ? dis-je en soupirant.

Il hésite.

– Une fois de plus, je te prie de m'excuser. J'ai quelques préjugés sur les athlètes…

– Sans blague.

– Je n'ai pas eu de très bonnes expériences au lycée, reconnaît-il. Je parie que tu t'en doutais. Cela dit, je suis vraiment désolé, mon p'tit gars. Je me suis comporté comme un salopard.

Pour tout te dire, tu m'as vraiment impressionné ce soir-là. Les autres candidats n'ont fait qu'acquiescer chaque fois que j'ouvrais la bouche. Ils n'ont pas arrêté de me lécher les bottes, émerveillés par ma personnalité exceptionnelle. Évidemment, je suis quelqu'un d'exceptionnel. Mais ça devient barbant d'être entouré de gens qui vous flattent à longueur de temps. Toi, tu as su me tenir tête, Colin. Et surtout, tu as énormément de talent.

Je suis content qu'il ne puisse pas voir à quel point je suis abasourdi.

Il reprend, d'un air penaud :

– Si tu es toujours intéressé par un poste dans mon entreprise, sache qu'il t'attend.

Quoi ? Je ne m'attendais absolument pas à ça. Et je dois reconnaître que je suis impressionné de voir qu'il a eu le courage de m'appeler pour s'excuser.

Mais je n'arrive pas à oublier la façon dont il a traité Summer. Il lui a clairement manqué de respect. Je ne suis pas sûr que des excuses suffisent pour tout réparer.

– Je vous l'ai déjà dit, ça ne m'intéresse pas de travailler pour quelqu'un comme vous, je rétorque sèchement.

– Je t'implore d'y songer à nouveau. J'ai besoin de quelqu'un comme toi dans mon équipe, mon gars. Quelqu'un qui sache me défier et qui me tienne tête. Quelqu'un qui me rappelle qu'avant de devenir un petit con arrogant, je n'étais qu'un geek passionné de jeux vidéo.

J'hésite quelques instants.

– J'ai besoin de temps pour y réfléchir.

– Pas de problème. Je te laisse quelques jours pour y penser. Même une ou deux semaines. Bon, disons que je veux ta réponse à la fin du mois.

– D'accord. Je vous donnerai ma réponse. C'est tout ce que vous vouliez ? je demande sans grande politesse.

Le défilé va bientôt commencer.

Summer compte beaucoup plus pour moi que ce petit con arrogant, comme il s'est appelé lui-même.

– Réfléchis-y, répète-t-il d'un ton mielleux.

– J'ai déjà dit que je le ferai.

Je prendrai le temps nécessaire pour décider si j'ai vraiment envie de travailler avec lui. J'espère qu'il ne s'attend pas à ce que je fasse des pieds et des mains pour lui, parce qu'il serait déçu. Il n'y a qu'une seule personne pour qui je suis prêt à faire tous les efforts du monde, sans qu'elle n'exige rien.

– Je dois raccrocher, Monsieur Jain, dis-je, puis j'ajoute ce que je n'aurais jamais imaginé dire un jour : Je dois défiler pour ma copine.

32

Summer

– Ce mec est vraiment fou de toi pour avoir accepté de faire ça.

– Je sais, je réponds à Brenna sans parvenir à dissimuler un sourire satisfait.

Depuis les coulisses, nous observons Fitz remonter le podium dressé au milieu de la salle de réception de la Arbor House. Le slip de bain qu'il porte met en valeur ses belles fesses, et ses muscles ondulent au rythme de ses grandes foulées.

Bianca et ses « sœurs » profitent aussi du spectacle de l'autre côté des coulisses. Elles ont déjà reçu les acclamations du public. Mes bikinis ont fait sensation, mais la pièce la plus appréciée est évidemment le maillot une pièce très décolleté que portait Bianca pour clôturer le défilé de la collection femme.

Bianca remarque que je la regarde et m'adresse un signe de la main avec un grand sourire aux lèvres. Je lui souris à mon tour. Je n'ai pas aperçu Kaya dans le public. J'en déduis qu'elle n'a pas accepté de soutenir le projet de ses sœurs. Quelle importance ? Les filles de la sororité ont quand même défilé pour moi et je leur en suis reconnaissante.

Fitz atteint le bout du podium et fait un petit tour sur lui-même, comme je lui ai montré. C'est bien exécuté, quoique légèrement maladroit. Les gens qui occupent les premiers rangs de part et d'autre du podium se mettent à applaudir. Alors, je souris de plus belle.

Comme je l'imaginais, son slip est un peu lâche à l'avant. Rex a un paquet légèrement plus gros que le sien. Mais ça n'empêche pas mon homme d'être canon. Et puis, ce n'est pas grave si tout n'est pas parfait. Je suis tellement contente que nous ayons trouvé des remplaçants pour chacune de mes pièces.

Or, j'en connais un qui n'est pas content : Erik Laurie, assis au premier rang à côté de représentants de l'université, dont Mallory Reyes, la directrice du département de stylisme. Il tient le programme du défilé sur ses cuisses, très chic, comme toujours, avec son costume rayé et ses cheveux rabattus vers l'arrière pour mettre en valeur son front et son visage rasé.

Il observe froidement mon mannequin. Ou plutôt mon mec, qui est tellement sexy qu'on le dirait venu… d'un autre monde. Je n'ai pas d'autres mots pour décrire ce que je vois. Tous ses muscles, ses tatouages, son corps huilé sont torrides.

– J'ai envie de lui sauter dessus et de le faire devant tout le monde ! je m'exclame.

– Ça ne m'étonne pas, répond Brenna, il a un corps absolument incroyable.

Dès qu'il revient dans les coulisses, il pousse un soupir de soulagement.

– J'ai envie de vomir, grogne-t-il.

– Tu as été fantastique ! dis-je en me retenant de rire. Faisons vite. Maintenant, tu dois enfiler le short de bain. Tu repasses juste après Nate.

Chaque styliste dispose d'une cabine d'essayage séparée d'un rideau. J'attire Fitz dans la mienne. J'ai gardé le short de bain pour son deuxième passage afin qu'il soit moins stressé. Le premier maillot était vraiment minuscule !

Fitz se gratte le torse. Il semble avoir oublié qu'avec l'aide de Brenna, j'ai recouvert leurs corps d'huile pour le show. La main luisante, il esquisse une grimace.

– Je suis couvert d'huile. Tu peux me déshabiller ?

Je lève les yeux au ciel.

– Ça ne t'empêche pas d'enlever ton maillot !

Je glisse quand même mes doigts sous l'élastique de son slip. Je ne vais quand même pas refuser de déshabiller un corps aussi sexy. J'en profite d'ailleurs pour glisser mes mains sous le tissu et lui pince les fesses. Il est tellement musclé !

Une lueur s'allume dans son regard.

– Ne fais pas ça. Sinon je vais bander.

– C'est toi qui m'as demandé de te déshabiller.

– Où avais-je la tête ?

Il repousse ma main et baisse lui-même son slip.

J'ai le temps d'admirer brièvement son sexe avant qu'il n'enfile le short.

– De quoi j'ai l'air ? demande-t-il.

– T'es canon ! Allez, au travail, dis-je en lui donnant une petite claque sur les fesses.

Il se met à rire et je le pousse hors de la cabine d'essayage pour qu'il se mette en ligne, prêt à faire son entrée. Nate revient en coulisse. Juste avant de s'engager sur le podium, Fitz se retourne en m'adressant un clin d'œil et murmure :

– Je ne ferais ça pour personne d'autre.

– Je sais. C'est pour ça que je t'aime.

Brenna pousse un soupir avant que Fitz ne disparaisse.

– Qu'est-ce que vous êtes niais !

– Je te l'accorde. Et toi, tu vois toujours McCarthy ?

Ces derniers temps, Brenna reste très discrète sur sa vie amoureuse.

Elle hausse les épaules.

– Pas vraiment. Il est à Boston. Je suis à Hastings. Je n'ai pas l'intention de faire autant d'efforts pour un mec de Harvard.

– Et si c'était Connelly ? Tu irais le voir ?

– Bon sang, qu'est-ce que tu as avec Connelly ? s'énerve-t-elle. Tu es obsédée par ce mec alors qu'il est super-arrogant.

– Et tellement beau.

– En général, les mecs arrogants sont beaux. C'est ce qui les amène à être arrogants.

Fitz revient, et un tonnerre d'applaudissements s'élève derrière lui. C'est au tour de Hollis que je pousse vers l'avant pour qu'il clôture le show. Évidemment, il en profite pour rouler des mécaniques, contractant ses biceps et ses abdos en faisant un tour sur lui-même.

Mon défilé est terminé. Les filles Kappa se jettent dans mes bras et quelques camarades de classe me félicitent.

Ben est le suivant. Nous libérons les coulisses pour que ses mannequins puissent prendre place. Brenna et les Kappas vont s'installer parmi le public tandis que Fitz et les autres se rhabillent. Je les remercie vivement pour leur aide. Je suis tout de même triste que Hunter ne soit pas parmi nous. Avec Fitz, nous nous sommes mis d'accord pour le laisser tranquille, mais j'accepte difficilement le fait de l'avoir blessé.

Une fois en tête à tête avec Fitz, je passe ma main derrière sa nuque et pose mes lèvres sur les siennes.

– Merci, je chuchote contre sa bouche. Tu m'as vraiment sauvé la vie.

– Non, pas vraiment, murmure-t-il.

– Si, j'insiste, et il sourit avant de m'embrasser à nouveau.

Quelqu'un pousse un petit cri de surprise derrière nous. C'est Nora. Sous le choc, elle blêmit avant d'esquisser une grimace.

– C'est pas vrai, Fitz ! C'est elle dont tu parlais ? Cette fille ?

Puis elle tourne brusquement les talons en faisant virevolter ses pointes roses dans les airs avant de s'éclipser

Ahurie, je me tourne vers Fitz.

– Qu'est-ce qu'elle a voulu dire par là ? Quand est-ce que tu lui as parlé de moi ?

– Juste après notre première fois, marmonne-t-il. Je lui ai annoncé que je ne pouvais plus la revoir parce que je sortais avec quelqu'un d'autre.

– Tu ne me l'as jamais dit.

– Ça m'est complètement sorti de la tête.

Moi aussi, j'avais oublié Nora. Elle ne représente plus une menace pour moi. D'ailleurs, je m'en veux un peu. Elle vient de nous voir nous embrasser alors qu'elle a un faible pour Fitz.

Vraiment ? Tu t'en veux ? demande Selena en tirant la langue.

Pas tant que ça, c'est vrai.

– Tu crois que je devrais aller lui parler ? demande Fitz, visiblement inquiet.

– Non ! C'est une grande fille, elle va s'en remettre.

★ ★ ★

À vingt et une heures trente, le défilé touche à sa fin, l'heure à laquelle il devait initialement commencer, si Laurie n'avait pas considéré mon humiliation devant toute la classe insuffisante pour sa vengeance. Heureusement, son sabotage a échoué. Pendant la réception organisée par l'université, je vois bien qu'il est en colère lorsque Mallory Reyes m'interpelle pour me féliciter. Elle a adoré mon style bohème chic. Pendant qu'elle me fait des éloges, Laurie, qui la dépasse d'une tête, en profite pour lancer des regards noirs.

– Vous viendrez me voir avant la fin du semestre pour qu'on discute de votre stage de dernière année. J'ai quelques idées à vous soumettre.

Puis elle ajoute à l'intention de Laurie :

– J'adore son style, Erik. C'est vraiment très prometteur.

– Je suis d'accord, répond-il d'un ton faussement insouciant.

Son regard trahit une colère non maîtrisée.

Peu importe qu'il me déteste. Le défilé n'est pas évalué par une note. Soit la collection est validée, soit nous sommes recalés. Vu l'enthousiasme de Mallory à l'égard de mon travail, il y a peu de risques que je sois recalée. En plus, c'est elle mon interlocutrice pour contester la note de ma dissertation. J'ai plutôt un bon pressentiment.

Je prends congé pour m'entretenir avec d'autres personnes. Fitz reste à mes côtés. Cette fois, il semble plus à l'aise que d'habitude parmi la foule. Mon homme fait des progrès. Je suis fière de lui.

Ses coéquipiers ont déjà envahi le bar. Comme la soirée est organisée par l'université, il faut présenter une carte d'identité pour obtenir de l'alcool, mais nous avons pratiquement tous l'âge légal pour boire. Je sirote un vin pétillant. Fitz boit une bière en observant les gens autour de nous. Brenna se trouve de l'autre côté de la salle, elle discute avec Hollis. Ils ont l'air de passer un bon moment. Chaque fois qu'elle renverse la tête en arrière pour rire, je remarque une lueur d'espoir dans le regard de Hollis. Pauvre Mike. Un jour, il devra finir par accepter qu'elle n'a pas de vues sur lui.

Fitz commence à parler hockey avec Nate et Matt. J'en profite alors pour me mêler à d'autres personnes. Au bout d'un moment, je tombe sur Nora et j'ai presque envie de la féliciter pour son défilé. Ses robes d'inspiration punk m'ont beaucoup plu. Mais, devant la froideur de son expression quand elle m'aperçoit, je me contente de murmurer des excuses et de m'éloigner.

Un peu plus tard, je la vois discuter au bar avec Laurie, le visage radieux. Elle sirote un cocktail rose. Laurie a un verre de vin rouge à la main. Il caresse sa main, lui adresse un clin d'œil et rabat une mèche rose derrière son oreille, ce qui la fait pouffer de rire.

On dirait que Nora a enfin obtenu l'attention exclusive de Laurie. C'est ce qu'elle voulait. Tant mieux, pour elle ! Et bon débarras !

La fête touchant à sa fin, je sens mon téléphone qui vibre dans la poche de mon jean slim. Je viens de recevoir un message de Rex.

REX : Les hockeyeurs ont assuré, d'après ce que j'ai vu sur Snapchat. Mais je suis dégoûté... On voulait vraiment le faire !

MOI : Je sais, mon chou.

REX : Toujours partants pour faire la fête chez nous ? Ce serait dommage de gaspiller tous les fûts de bière qu'on a à la maison...

Je reviens vers le bar.

–Vous êtes toujours d'accord pour l'*after* chez Rex ? je demande à Fitz et aux autres.

– Bien sûr, répond Fitz. Tu veux toujours y aller ?

– Évidemment. Daphné Kettleman sera là !

– Pourquoi tu t'intéresses autant à cette fille ?

– Parce que c'est Daphné Kettleman.

Il se frotte le visage.

– Summer… Je risque de te le dire souvent, mais parfois, je ne te comprends pas.

Nate s'esclaffe.

– T'inquiète pas, chéri. Tu n'es pas le seul, je riposte en l'embrassant sur la joue. Je vous propose d'aller chez Rex. On va bientôt commencer à ranger et je dois rester pour aider. Je vous rejoins là-bas dès que j'ai terminé.

– Je peux rester pour t'aider si tu veux, propose Fitz.

– Tu m'as déjà suffisamment aidée, mon cœur. Emmène plutôt Brenna et les Kappas chez Rex. J'en ai pour une heure, grand max.

– Je n'ai pas envie pas de te laisser toute seule ici.

– Couille molle, marmonne Hollis dans sa barbe.

– Je ne serai pas toute seule. Ben et Nora (je fais la grimace) se sont aussi portés volontaires.

– Sois gentille, dit Fitz.

– Je te signale que je suis toujours sympa avec elle. C'est elle, la garce.

J'envoie un message à Rex pour confirmer que tout le monde arrive, puis je glisse mon téléphone dans ma poche.

– Dès que je me mets en route, je vous préviens.

★ ★ ★

Quarante-cinq minutes plus tard, Ben et moi avons terminé de rassembler les chaises, de ranger les portants et de tout remettre en ordre. Un agent de l'université viendra récupérer toutes les affaires pour les rapporter au département de stylisme.

Je désigne le podium au centre de la salle.

– On n'est pas censé le démonter, n'est-ce pas ? je demande à Ben.

– Non, je pense que la personne qui vient demain s'en occupera.

– Alors, tu viens à la fête ? je lui demande en regardant mon portable.

– Je ne sais pas... Il y aura beaucoup de joueurs de football ? s'enquiert-il en passant ses doigts sur ses sourcils épais.

– Tu as quelque chose contre eux ? je renchéris pour le taquiner.

– Pas spécialement, mais je me suis souvent fait emmerder par des joueurs de football au lycée. Je ne suis jamais très à l'aise en leur présence, dit-il, puis il esquisse un petit sourire en coin. Enfin... j'en ai aussi eu beaucoup qui m'ont taillé des pipes, alors ça compense.

J'ai un temps d'arrêt.

– Oh, Ben ! Quel coquin ! D'une part, je ne savais pas que tu étais gay. Et je découvre que nous partageons une attirance pour les sportifs !

– Ce n'est pas notre seul point commun, rétorque-t-il sur le ton de la dérision. On étudie tous les deux le stylisme et on adore Chanel et Versace.

– C'est vrai. Bon alors, tu viens à la fête ?

– Évidemment. Tu veux faire le trajet avec moi ?

– Je te remercie, mais j'ai ma voiture.

Soudain, je me souviens d'avoir laissé mon sac dans la salle qui servait de coulisses, pendant que nous étions en train de replier les rideaux qui séparaient les cabines d'essayage. Nora nous a un peu aidés, mais elle a eu vite fait de disparaître. Sans doute pour éviter de passer trop de temps avec moi.

– Je te retrouve chez Rex, dis-je à Ben.

– Mmm, Rex, c'est *sex* !

– Ce serait tellement drôle que tu lui dises ça en face, pour voir sa réaction.

– Si j'obtiens une gâterie de sa part, je le ferai, promis ! rétorque-t-il en éclatant de rire.

Ben s'en va, je vais récupérer mon sac dans les coulisses et, en repartant, j'entends des rires de fille.

Je m'arrête net, balayant du regard le couloir qui mène aux bureaux et à la salle de bains.

J'entends à nouveau des rires. Je suis certaine que c'est Nora. Je plisse les yeux. Avec qui est-elle ?

Soudain, je comprends. Avec Laurie ! Je ne l'ai pas encore vu partir. Comme Nora, il a disparu au beau milieu du rangement.

Je tends l'oreille. J'entends aussi une voix d'homme. Dans la salle de bains. Je suis quasiment certaine que c'est lui. La voix étouffée de Nora résonne, suivi de celle de Laurie. Il la fait rire de plus belle.

Tant mieux pour elle. Elle en pince pour lui depuis le premier jour. Elle va enfin pouvoir réaliser son rêve (absolument répugnant).

Je suis sur le point de faire demi-tour quand je l'entends pousser un cri.

Pas un cri d'effroi, mais plutôt de surprise, comme si elle venait de sursauter en réaction à quelque chose. Ça suffit pour que je me précipite vers la porte de la salle de bains. Je veux vérifier qu'elle va bien. La déception qu'a affichée Laurie au moment où j'ai repoussé ses avances dans son bureau me revient en tête. Avec moi, il n'a pas insisté, mais il n'avait pas bu et il se trouvait dans l'enceinte de l'université.

Ce soir, je l'ai vu boire au moins trois verres de vin. En plus, comme j'ai contrarié son plan diabolique, il est de mauvaise humeur. Je ne peux pas me résoudre à partir sans avoir vérifié que Nora va…

– Arrêtez !

Ça ne pouvait pas être plus clair dans mes oreilles.

J'avance vers la porte, pile au moment où du remue-ménage se fait entendre de l'autre côté : un bruit sourd, comme si quelqu'un venait de se cogner contre quelque chose. Puis le tintement d'un objet métallique contre le carrelage, sans doute un porte-savon.

Nora s'adresse à Laurie d'une voix ferme :

– Arrêtez, j'ai dit non.

Puis j'entends Laurie murmurer :

– Espèce d'allumeuse !

Encore un heurt. Nora pousse à nouveau un cri. Quel soulagement de découvrir que la porte n'est pas fermée à clé ! Je tourne la poignée et fais irruption en hurlant :

– Laissez-la tranquille !

33

Summer

Laurie a glissé sa main entre les cuisses de Nora, qui essaie pourtant de le repousser. Mon sang ne fait qu'un tour. Je plonge sur lui à la manière d'une karatéka, lui assénant un coup sec dans la nuque. Il pousse un cri de douleur et s'écarte de Nora.

– C'est quoi ce bordel ? gronde-t-il en caressant sa nuque.

– Oh, excusez-moi ! Je vous dérange ?

Écœurée, je remarque une bosse sous son pantalon. Quel enfoiré ! Je me tourne vers Nora qui, le visage blême, agite frénétiquement ses mains sur sa robe pour la défroisser.

– Ça va ? je lui demande sans perdre de temps.

– Oui.

Pourtant, ça n'a pas du tout l'air d'aller. Sa voix est faible et ses jambes tremblent tandis qu'elle avance vers moi. Elle me laisse passer mon bras autour de ses épaules qui tressaillent, c'est dire si elle est sous le choc !

– Bien sûr que ça va, rétorque sèchement Laurie. Je ne comprends pas ce que vous avez bien pu vous imaginer, Summer. Nora n'est pas en danger avec moi. Vous êtes hystérique, ma pauvre. Non seulement vos suppositions sont totalement absurdes et insultantes mais je vais devoir porter plainte pour agression.

Je ne peux m'empêcher de rire.

– C'est moi la coupable d'agression ? Vous vous foutez de moi ? Je sais parfaitement ce qui se tramait ici avant que j'arrive.

– Il ne s'est rien passé de grave entre Nora et moi. Pas vrai, Nora ?

Elle ne répond pas et tremble de plus belle dans mes bras.

– Vous êtes dégoûtant !

– Vous ne savez absolument pas de quoi vous parlez, s'exclame-t-il. Vous venez d'interrompre un moment d'intimité consenti avec…

– Une étudiante ! je m'écrie, effarée. Et ce n'était pas consenti ! D'ailleurs, même si ça l'avait été, c'est totalement déplacé ! Vous êtes notre professeur.

Agacé, il pince les lèvres. Je m'attends à ce qu'il nie les faits ou, encore, qu'il s'excuse. Contre toute attente, il se contente de déclarer :

– Inutile de discuter avec vous.

Je le regarde, bouche bée.

– Je vous interdis de…

Trop tard ! Il est déjà parti. Nous entendons le bruit de ses pas résonner à travers la salle de réception avant qu'une porte ne claque. Ensuite, c'est le silence total.

Nora tremble de la tête aux pieds.

– Merci, murmure-t-elle.

– Pas de problème, dis-je en resserrant mon étreinte.

Elle en a bien besoin, je la sens prête à basculer.

– Nora, il faut aller voir la police maintenant.

Elle lève brusquement la tête vers moi, heurtant presque mon menton.

– Quoi ? Mais pourquoi ?

– Si je n'étais pas intervenue, il aurait pu te violer.

– Peut-être pas, dit-elle sans grande conviction.

Elle s'éclaircit la voix en se redressant.

– Il ne m'a pas violée. Et je sais très bien la tournure que ça va prendre, ma mère est avocate. Ce sera sa parole contre la mienne. Tout ce qu'il a fait, c'est glisser sa main entre mes cuisses. Il n'y a pas de traces, aucune preuve d'agression.

– Il y a moi. J'ai vu ce qu'il a fait. Je t'ai parfaitement entendue dire non.

– Summer, tu sais que ça ne sert à rien, dit-elle d'une voix frêle. Les flics lui feront la morale, mais ils n'engageront aucune poursuite.

Malheureusement, elle a raison. Je me mordille les lèvres en réfléchissant à ce que nous pourrions faire. Pas grand-chose, mais j'ai une idée.

– Je pense savoir qui peut nous aider, dis-je lentement.

– Qui ?

Je lui saisis la main.

– Suis-moi.

★ ★ ★

– On ne peut tout de même pas se pointer comme ça chez le doyen de l'université ? s'exclame Nora une heure plus tard.

Assise sur le siège passager de mon Audi, elle ne cesse de protester.

– Tu n'as pas à t'en faire, dis-je en m'engageant à travers le grand portail en fer de la propriété de David Prescott.

Il vit dans une somptueuse villa de Brookline, un quartier huppé à l'extérieur de Boston, où habitent également Tom Brady et Gisele. Soudain, j'imagine un scénario où Gisele, faisant un jogging devant la maison du doyen, remarquerait ma fabuleuse tenue et m'inviterait à prendre un verre chez elle. Wouah ! Ce serait hallucinant !

Malheureusement, nous ne sommes pas là pour jouer aux paparazzis mais pour dénoncer une tentative d'agression sexuelle.

– Mon père l'a appelé pour le prévenir.

Parce que mon père est absolument génial.

Apparemment, Prescott a appelé des renforts. Nous ne sommes pas les seules à rejoindre le porche de la maison. Hal Richmond est là aussi. Il nous salue.

– Bonsoir, Miss Ridgeway. Bonsoir, Summer.

Comme toujours, son « accent » lui donne un air condescendant.

– Que se passe-t-il ? demande le doyen.

– Quelque chose de grave est arrivé ce soir. Nora ne voulait pas se rendre à la police, mais j'ai réussi à la convaincre de dénoncer ce qui s'est passé.

Prescott écarquille les yeux.

– Quelque chose de grave ?

Il ouvre grand la porte et nous fait signe d'entrer.

Nora me lance un regard paniqué, mais je caresse son bras pour la rassurer.

– Ça va aller, ne t'inquiète pas.

Nous suivons les deux hommes dans le salon qui fait la taille de ma maison de Hastings. Je compose alors le numéro de mon père. Il répond aussitôt, car il attendait mon appel.

– Allô, papa ? On vient d'arriver. Je mets le haut-parleur, dis-je avant de me tourner vers Prescott. Monsieur le Doyen, vous connaissez mon père. Il souhaite assister à cette conversation. J'espère que cela ne vous dérange pas.

Je remarque tout de suite l'agacement de Richmond, sans doute parce qu'il ne peut s'empêcher d'y voir encore d'un traitement de faveur.

Il peut aller se faire voir.

– Je sais que ça peut vous paraître bizarre mais, comme mes parents sont avocats, ils m'imposent de les consulter pour des questions de très haute importance, j'explique.

Quelqu'un se met à rire à travers le haut-parleur.

– Bien dit, ma princesse.

Nora esquisse un petit sourire.

– C'est drôle, mes parents aussi sont tous les deux avocats.

– Tu vois ! Toi qui pensais que nous n'avions rien en commun…

Si elle m'avait donné ma chance au lieu de me prendre pour une idiote, on aurait peut-être pu devenir amies. Enfin... ça m'étonnerait. Je suis de nature très jalouse et comme elle est sortie avec Fitz, j'aurais toujours secrètement envie de lui arracher les yeux.

Mais ce soir, j'ai assisté à son agression par Laurie. Et je ne souhaiterais ça à personne, même à ma pire ennemie.

Prescott et Richmond sont pendus à mes lèvres. Je leur raconte tout ce que j'ai vu. Nora ajoute aussi sa version des faits, relatant que Laurie lui a offert deux verres et qu'il a flirté avec elle tout au long de la soirée, avant de lui faire des avances une fois que tout le monde était parti. Les deux hommes semblent particulièrement choqués quand je rapporte que Laurie était en train de glisser sa main entre les cuisses de Nora quand j'ai ouvert la porte de la salle de bains.

– Je lui ai donc fait une prise de karaté et...

On entend encore un rire provenant de mon téléphone.

– Papa ! je le gronde.

– Désolé, je ne voulais pas te couper. Je te rappelle que tu n'as fait que trois mois de karaté dans ta vie, quand tu avais douze ans. Je suis sûr que tu ne te souviens d'aucune prise.

– Si ! Je me souviens de celle-là.

– Tant mieux si ça a pu te servir ce soir, dit-il, fier de moi.

– Bref...

Je termine mon récit en ajoutant que ce n'est pas la première fois que Laurie fait des avances à une étudiante. Nora me regarde avec surprise lorsque je révèle qu'il a essayé de m'embrasser dans son bureau.

Mon père pousse un cri.

– Je vais le tuer...

– Papa, tais-toi ! Je te rappelle que tu es avocat. Tu ne peux pas menacer de tuer des gens, dis-je avant de poursuivre : Avec moi, Laurie n'a pas insisté quand je lui ai dit que je n'étais pas intéressée. Ce soir, il a beaucoup bu. C'est sans doute ce qui a aggravé la situation. Mais il ne peut pas s'en tirer comme ça.

Ce n'est pas normal qu'un homme comme lui enseigne à Briar, j'ajoute en regardant Prescott et Richmond dans les yeux.

– Je suis tout à fait d'accord avec vous, déclare Prescott pendant que Richmond hoche la tête. Ne vous inquiétez pas, Mesdemoiselles. L'université va agir sans tarder. Nora, sachez que vous pourrez bénéficier d'un soutien psychologique à tout moment.

Elle hoche timidement la tête.

C'est au tour de mon père de prendre la parole :

– Personne ne peut vous forcer à porter plainte, Nora. Faites ce qui semble être le mieux pour vous. En revanche, si vous changez d'avis, je pourrai vous conseiller. Summer vous donnera mon numéro. N'hésitez pas à m'appeler.

Elle se mordille les lèvres, le regard admiratif.

– Merci, Monsieur.

Notre visite tardive chez le doyen touche à sa fin. Nous remercions Prescott et Richmond de nous avoir écoutées. Pendant qu'ils nous escortent vers la sortie, je désactive le haut-parleur.

– Merci, papa. Je t'aime.

– Moi aussi je t'aime, ma princesse. Au fait, je viens tout juste d'obtenir le renseignement que tu m'avais demandé. Je n'ai pas pu le faire avant parce que… ta mère n'était pas d'accord. Elle dit qu'il ne faut pas encourager ta folie.

– Papa !

– Mais ce n'est pas moi qui l'ai dit !

– Et donc ?

– Cette personne est originaire de Leeds, dans le Yorkshire de l'Ouest.

Je tourne la tête vers Richmond qui marche devant nous. Il est vraiment anglais ? Ce n'est pas croyable !

– Merci pour le renseignement, dis-je d'un air morose. Bisous, papa.

Lorsque nous atteignons la porte d'entrée, Richmond se tourne vers moi.

– Summer, je peux vous dire un mot ?

Sum-ah. Bon sang. Je déteste avoir tort.

– Je t'attends dans la voiture, me dit Nora.

– Je n'en aurai pas pour longtemps, dis-je et j'attends qu'elle s'éloigne avant de croiser les bras. Que voulez-vous ?

– J'aimerais vous présenter mes excuses, déclare-t-il avec une lueur de remords dans le regard. J'ai été un peu dur avec vous, n'est-ce pas ?

– Un peu, dis-je sèchement.

– Je dois vous avouer que j'avais quelques préjugés à votre égard.

– Vous trouvez ? ?

Il appuie son regard.

– Puis-je continuer ?

– Excusez-moi.

– Vous savez, j'ai grandi dans une famille pauvre, Summer. J'ai beaucoup travaillé pour pouvoir faire mes études à l'université, car je n'ai pas obtenu de bourse. Au fil des ans, je crois que ma rancœur n'a cessé d'augmenter contre les gens comme vous qui viennent de familles riches et qui se font pistonner. Moi, je n'ai pas obtenu mon premier choix d'université et personne n'a exercé son influence pour moi. (Il marque une pause en baissant la tête.) Je suis désolé de m'être comporté ainsi. Je suis surtout confus de ne pas avoir écouté vos inquiétudes au sujet du professeur Laurie. Vous avez pourtant essayé de m'alerter.

– Mais vous m'avez ignorée, dis-je en lui lançant un regard désapprobateur.

– Si vous saviez combien je le regrette… Ce qui est arrivé à Miss Ridgeway ce soir est épouvantable. Comme je n'ai pas tenu compte de vos accusations, il aurait pu vous arriver la même chose, ajoute-t-il en frissonnant. Je suis terriblement désolé.

Je pousse un soupir.

– C'est terminé maintenant. J'espère que si une étudiante revient vous voir pour vous faire part d'un cas similaire, vous l'écouterez.

–Vous avez ma parole. Et je vous promets que, dorénavant, je me montrerai plus aimable avec vous. N'allez toutefois pas imaginer un changement radical de ma part. Je vous rappelle que je suis anglais ! conclut-il avec un petit rire sec.

34

Fitz

Je suis encore fou d'inquiétude quand j'entends la clé tourner dans la serrure. Il est presque minuit. J'ai quitté la fête dès que Summer a appelé pour m'annoncer ce qui était arrivé à Nora. Elles étaient déjà en route pour se rendre chez le doyen de l'université. Je voulais les rejoindre, mais Summer a insisté pour que je reste à la maison. Il y avait déjà trop de monde sur le coup.

Apparemment, son père a assisté à la réunion à distance. Ça m'a rassuré de savoir que Summer serait soutenue par une personne de son entourage.

Dès que la porte s'ouvre, je me lève d'un bond pour aller la prendre dans mes bras.

– Je suis tellement content de te voir. Ça va ?

– Oui, dit-elle.

– Et Nora ? je demande pendant qu'elle déboutonne son manteau.

– Elle va bien. J'ai réussi à frapper Laurie avant qu'il ne puisse vraiment lui faire du mal.

Je prends son manteau et l'accroche dans la penderie.

– Et le doyen ?

– Il a dit qu'il allait s'occuper de lui.

– Il a intérêt ! Mais Nora ne veut toujours pas porter plainte ?

– Même mon père dit que ça ne sert à rien. C'est terrible de vivre dans un monde où les coupables restent impunis.

– Je sais, dis-je d'une voix grave.

Je suis sûr que Laurie sera inquiété. Pas plus tard que la semaine dernière, j'ai lu un article sur trois professeurs récemment licenciés de grandes universités. L'un d'eux a même été destitué de ses fonctions. Le harcèlement sexuel est un sujet brûlant. L'université de Briar ne risque pas de prendre ce problème à la légère.

Je pose la tête dans le cou de Summer et respire mon odeur préférée. Chanel n°5. Le meilleur parfum du monde, m'a-t-elle dit un jour.

– J'étais très inquiet quand tu m'as raconté ce qui s'est passé.

– Moi aussi, j'ai paniqué, dit-elle en me prenant la main pour m'entraîner à l'étage. Mais je n'ai plus envie d'en parler. Je meurs d'envie de prendre une douche, de me glisser sous la couette et de regarder le dernier épisode de *The Bachelor.*

J'esquisse un sourire en coin. Je n'aurais jamais pensé tomber amoureux d'une fille qui aime autant la télé-réalité.

Heureusement, ce n'est qu'une des multiples facettes de la personnalité de Summer Heyward-Di Laurentis. Elle en a tant d'autres ! C'est aussi une fille qui taquine en permanence ses frères et qui adore ses parents. Une fille qui se fait des amis en un claquement de doigts. Alors que la plupart des gens restent sur leurs gardes à la première rencontre, Summer s'ouvre instantanément aux autres et leur accorde toute sa confiance.

Elle est intelligente, en dépit de ses difficultés à l'écrit. Son vocabulaire est plus riche que le mien. Elle écoute souvent des livres audio de romans fantastiques. J'adore ensuite en discuter avec elle. Je n'ai jamais eu de copine intéressée par la saga *Glass Forest*, capable de réciter toutes les raisons pour lesquelles Sir Norman n'aurait pas dû utiliser l'épée de l'ange et révéler l'existence des habitants de la grotte qui protège l'Au-delà.

Summer est tout pour moi.

Summer est ma muse. J'ai numérisé presque tous les croquis que j'ai faits d'elle pour créer le personnage de mon nouveau jeu vidéo.

Summer est celle qui me fait toujours rire.

Celle qui me rend dingue parfois, quand on se hurle dessus. Avant de la rencontrer, je ne me savais pas capable d'exprimer mes émotions avec autant de brutalité.

Summer est l'objet de tous mes désirs. Pas un jour ne passe sans que je n'aie envie de lui faire l'amour.

Mon cœur lui appartient.

– Je t'aime, Summer, dis-je tandis que nous marchons vers ma chambre.

– Moi aussi, je t'aime, chuchote-t-elle.

Elle lance un bref regard en direction de la porte de Hunter.

– Je ne pense pas qu'il soit rentré, je murmure.

Nous sommes tous deux très affectés que Hunter nous en veuille encore. Mais ça finira par lui passer. Sinon, tant pis. Ce sera douloureux de le perdre pour de bon, mais j'aurai largement gagné au change.

Pour la première fois, j'ai la sensation de vraiment vivre ma vie plutôt que de rester caché dans l'ombre. Mes parents peuvent bien continuer à se détester. La prochaine fois qu'ils m'appelleront pour déverser leur haine, ils comprendront que je ne veux pas que leur négativité empoisonne ma vie. Quitte à raccrocher. J'ai bien raccroché au nez d'un milliardaire !

En attendant le retour de Summer, j'ai réfléchi à la proposition de Kamal. Je suis arrivé à la conclusion qu'il a sans doute vraiment besoin de quelqu'un comme moi dans son entreprise. Quelqu'un qui n'est pas à sa botte et qui sait le remettre à sa place. Je suis encore indécis, mais je choisirai plus tard.

Pour l'instant, je veux prendre une douche avec la fille que j'aime, avant de me glisser sous la couette pour regarder ensemble une émission débile.

– Tu as vraiment un goût de chiotte pour les émissions de télé, dis-je en entrant dans la chambre.

Ses yeux verts me toisent avec malice.

– Tu m'aimes quand même ?

Je la prends dans mes bras et l'embrasse langoureusement.

– Mais oui, je t'aime quand même.

THE END